Roese, Be

Johann Friedrich 6. He...

Roese, Bernhard

Johann Friedrich 6. Herzog zu Sachsen.

Inktank publishing, 2018

www.inktank-publishing.com

ISBN/EAN: 9783750111387

Johann Friedrich der Sechste,

Herzog zu Sachsen,

Ernestinischer Linie.

Ein

biographischer Versuch

von

D. Bernhard Röse.

Neustadt a. d. Orla,

Druck und Verlag von Johann Karl Gottfried Wagner

1827.

Vorwort.

Wenn diese Schrift, welche ich bloß einen biographischen Versuch zu nennen wage, der Öffentlichkeit von mir mit der schüchternen Besorgniß gewidmet wird, ob das Räthselhafte ihres Gegenstandes glücklich gelöst, das Dunkele desselben in klares Licht gesetzt, und ob der Aufgabe überhaupt die annehmliche Form geschichtlicher Darstellung angepaßt worden sey, wie es das Urtheil und der Geschmack gebildeter oder gelehrter Leser verlangt: so kann ich auch das Mißtrauen auf meine Kräfte nicht verhehlen, welches sich bei solchen Forderungen in mir regt. Daher möge die freundliche Nachsicht die Mängel, welche dieser erste Versuch geschichtlicher Darstellung an sich trägt, den guten Absichten des Verfassers zu Gute halten, mit welchen er die Schrift, als einen Beitrag zur Culturgeschichte der ersten Hälfte des siebenzehnten Jahrhunderts betrachtend, dem Publicum darbietet. Vielleicht ist es ihm künftig vergönnt, derselben eine vervollkommnetere Gestalt zu geben; jetzt aber glaubte er mit Herausgabe derselben um so weniger zögern zu müssen, als er es für Pflicht hielt, vorläufig Rechenschaft über Das abzulegen, was ihm zum Behufe einer größern Arbeit anvertraut worden ist.

Vor sechs Jahren begann ich neben meinem Lehrgeschäfte zu Schnepfenthal, welches ich im Frühjahre 1823 verließ, um den literarischen Hilfsmitteln und Quellen näher zu seyn, für die Geschichte des Weimar'schen Helden, Herzogs Bernhard, von seinen Zeitgenossen mit Recht der Große genannt, zu sammeln, wozu die Durchlauchtigsten Höfe zu Weimar und Gotha die Benutzung ihrer Archive zu erlauben geruhten. Nachdem diese Untersuchungen, wozu die große und preißwürdige Liberalität Sr. Königl. Hoheit des Großherzogs den unbeschränkten Gebrauch des Archivs gnädigst verstattete, großen Theils beendet waren, wurde mir durch Dessen Huld eine Reise nach Paris möglich gemacht, um in den dortigen Bibliotheken und in dem Archive der auswärtigen Angelegenheiten für die Geschichte Bernhards und seiner Zeit zu benutzen, was die rühmliche Willfährigkeit der Franzosen darbot. Seit meiner Rückkehr ins Vaterland habe ich noch durch Sammeln Das zu ergänzen mich bestrebt, was für einzelne Lebensperioden des Fürsten hier und da zerstreut gefunden wurde, und jetzt beschäftige ich mich mit der Anordnung und Verarbeitung des Stoffes, welcher noch im Laufe dieses Jahres im Drucke erscheinen wird. Die Untersuchungen über die Jugendzeit Herzogs Bernhard führten mich um so mehr auf den noch wenig gekannten ältern Bruder dieses Helden, Herzog Johann Friedrich VI., als einer des andern Waffengenosse war, und Beide im Dänischen Feldzuge plötzlich in unangenehme Berührungen mit einander kamen. Der Reiz, welchen mir die wenigen, in kurzen Auszügen bestehenden, Nachrichten über diesen unglücklichen Fürsten gewährten, bestimmte mich, den darauf Bezug habenden vorräthigen Stoff zu einer kleinen Abhandlung zu verwenden, die ich in der öffentlichen Sitzung des verehrlichen Voigtländ'schen Vereins für Erforschung des vaterländischen Alterthums am 31. August vorigen Jahres mittheilte. Die Schrift inzwischen der öffentlichen Bekanntmachung bestimmt, erforderte eine größere Ausdehnung und die möglichste Berücksichtigung dessen, was Theils in Handschriften, Theils in gedruckten Werken über das Leben dieses Fürsten vorhanden ist. Dem Wohlwollen des Herrn Geheime Rathes D. Schweitzer zu Weimar und des Herrn Geheime Assistenzrathes von Hoff zu Gotha verdanke ich die Benutzung der in den geheimen Archiven beider Orte aufbewahrten Herzog Johann Friedrich betreffenden Acten. Möchte es mir doch gelungen seyn, nur in einiger Beziehung diese ehrenvolle Unterstützung verdient zu haben!

Hinsichtlich der gedruckten Hilfsmittel findet sich wenig über den Herzog Johann Friedrich. Denn kein Schriftsteller des dreißigjährigen Kriegs hat desselben gedacht, und die Sächsischen Geschichtschreiber geben nur wenige Ausbeute, ja Manche von ihnen erwähnen ihn gar nicht; ob aber aus dem Grunde, den Eyring in der vita Ernesti Pii S. 12 anführt, möchte wohl, wenn es auch außer Zweifel gesetzt werden könnte, nicht auf Alle anwendbar seyn. Denn nach seiner Behauptung sollen Imhof und andere Genealogisten erlauchter Geschlechter den Namen jenes Fürsten wie eine gefährliche Klippe vermieden haben, und Eyring selbst glaubte zur Rechtfertigung dessen, was er in der angeführten Schrift von Johann Friedrich erzählt, sich auf das Beispiel Herzogs Ernst des Frommen berufen zu müssen, welcher seines unglücklichen Bruders in dem großen Ernestinischen Bibelwerke gedenken ließ. Doch dürfte an Imhof bezweifelt werden, ob gerade er aus bedenklichen Rücksichten den Namen Johann Friedrichs in seiner Notitia S. Rom. Germ. Imp. Procerum verschwiegen habe, weil in der dritten Ausgabe dieses Werkes (Tubing. 1693 in Fol.) von den acht Söhnen Herzogs Johann III. bloß Wilhelm, Albrecht, Ernst und Bernhard namhaft gemacht werden, und in den spätern, von Joh. David Köler besorgten Ausgaben (wie z. B. in der fünften Tubing. 1782 in Fol.) neben Johann Friedrich auch Friedrich Wilhelm verschwiegen wird. Der gründlich unterrichtete Tentzel sagt in seiner curieusen Bibliothec Frankf. u. Leipzig 1704 in 8. 1r Bd. S. 805: „Ich sehe keine Ursache, warum man nicht Herzog Ernstens Bibel folgen, und Herzog Johann Friedrichs Geburt, Gefängniß und Tod anzeigen sollte, ob er gleich wegen übelgeführten Lebens einem bösen Tod zu Theil worden. Sein Name steht ja mit auff den achtköpffichten Thalern, Goldgülden und andern Müntzen, und sein Bildniß wird unter den Kupffern dieser acht Printzen gefunden." Die frühern Sächsischen Geschichtschreiber, zu welchen aber Imhof nicht gezählt werden kann, mögen allerdings in ihren Werken Rücksichten genommen haben. Johann Heinrich Hagelganß in seinem sächsischen Helden- und Heldinnen-Baum, Coburg 1646 in 8., welcher den Zeiten Johann Friedrichs am nächsten war und Manches von ihm durch mündliche Ueberlieferung wissen konnte, nennt S. 51 bloß dessen Geburts- und Sterbejahr; und M. Israel Claubers stemma Saxonicum, Coburg 1683 in 8. S. 103 fügt zu dieser spärlichen Bemerkung die Nachricht, daß der Herzog im Gefängnisse gestorben sey. Nicht viel weiter geht der Sächsische Annalist Johann Sebastian Müller in seinem bekannten 1701 erschienenen Werke. Seinen kurzen Nachrichten folgten A. Friedr. Glasey in dem Kern der Geschichte des hohen Chur- und Fürstlichen Hauses zu Sachsen rc., Frkf. u. Leipz. 1721 in 8. S. 653; ferner der anonyme Verfasser (Rüdiger) der Sächsischen Merkwürdigkeiten rc., Leipz. 1724 in 4. S. 574 u. f. und Gottfr. Alb. de Wette in der kurzgefaßten Lebens-Geschichte der Herzoge zu Sachsen Weimar 1770 in 8. S. 204. Erst Gelbke lieferte im ersten Theile seines schätzbaren Werkes: Herzog Ernst I., genannt der Fromme, als Mensch und Regent, Gotha 1810 in 8. S. 23—29 einen aus beglaubigten Nachrichten entworfenen Abriß von dem Leben Johann Friedrichs. Der vor Gelbke gefühlte Mangel an Nachrichten über den Herzog aber scheint ihn so unbedeutend gemacht zu haben, daß ihn Gottschalg in seiner Geschichte des Herzoglichen Fürstenhauses Sachsen-Weimar und Eisenach, Weißenf. und Leipzig 1797 in 8. übergeht, und Herr Professor Pölitz in dem von ihm fortgesetzten und ergänzten Handbuche der Sächsischen Geschichte von Chr. Gottl. Heinrich, Leipzig 1812 in 8. 2r Thl. S. 648 in den Irrthum fällt, ihn in kaiserlicher Kriegsgefangenschaft sterben zu lassen.

Fast scheint es, als hätte die mehr als ein Jahrhundert hindurch beobachtete Verschwiegenheit über die Geschichte dieses Fürsten, nach einer schon bei den Alten herrschenden Sitte, zur Strafe gedient, damit der Name mit seiner Person verrufen und abgestorben bliebe. Antiquos Romanorum audio, erzählt Gellius in den N. A. IX, 2., praenomina patriciorum quorundam male de republica meritorum, et ob eam causam capite damnatorum, censuisse, ne cui ejusdem gentis patricio inderentur, ut vocabula quoque eorum defamata atque demortua cum ipsis viderentur. Das Haus Sachsen mochte früherhin etwas Ähnliches beabsichtigt haben. Denn nicht nur Herzog Wilhelm IV. soll die von einem Wächter nachgeschriebenen Gespräche, welche der Fürst in seinem Kerker mit sich gehalten hatte, sondern später auch Herzog Wilhelm Ernst (S. Gelbke a. a. O.) soll die Hauptacten über die Gefangenschaft und den Tod Johann Friedrichs haben verbrennen lassen. Unmöglich kann der Ehre eines so angesehenen Fürstenhauses, wie das Weimar'sche, welches vor mehreren andern große und ruhmvolle Namen in der Geschichte aufzuweisen hat, nachtheilig seyn, einen Prinzen, wie Johann Friedrich, hervorgebracht zu haben. Indeß erklärt jener Umstand nicht nur das Stillschweigen des Annalisten Müller — er schrieb sein Werk unter der Regierung Herzogs Wilhelm Ernst — über

Johann Friedrichs Schicksale, sondern auch die Mangelhaftigkeit der archivalischen Nachrichten über dieses Herzogs Leben.

Was nun diese letztern, die einzigen Quellen vorliegender Schrift, anlangt, so befinden sie sich Theils im Großherzogl. S. Geheime-Haupt- und Staats-Archive zu Weimar, Theils im Herzogl. S. Geheime-Archive zu Gotha. Für Erstere ist zu bemerken, daß sie unter der Regierung Sr. K. H. des Großherzogs gegen das Ende des vorigen Jahrhunderts gesammelt und in einen kleinen Folioband unter den Titel: Fragmenta von Herzogs Johann Friedrich zu S. Weimar Leben, Wandel und fürstlicher Custodie vereinigt worden sind. Das Urkundenbuch theilt sie unter den Nummern 1, 3 bis 22 nebst 38, 39, 40, 44 u. 45 großen Theils mit, von den übrigen wenigern ist in den Anmerkungen gesprochen worden. Weil aber mehreren derselben die Zeit ihrer Abfassung mangelte, so habe ich dieselbe aus ihrem Inhalte nachzuweisen gesucht. Die abgedruckten Urkunden unter den Nummern 6, 10, 13, 16, 38, 39, 40 u. 45 sind aus beglaubigten Abschriften, die übrigen oben genannten aus den Originalen entlehnt worden. Bei der letzten Nummer dürfte noch bemerkt werden, daß die Abschrift, in einem Quartbüchlein bestehend, wahrscheinlich dasjenige Exemplar der Wächterinstruction ist, welches während Johann Friedrichs Verhaftung zu Weimar in der Wachstube aufbewahrt und alle Monate den Wächtern vorgelesen wurde. Diese Vermuthung stützt sich außer dem S. 242 in der Anmerkung angeführten Grunde noch auf folgende auf der Außenseite des Büchleins stehende Bemerkung: „Diese Ordnung soll in geheim bleiben vndt wohl verwahrt werden, daſ sie nicht ein Jeder, dem eſ nichtt gebühret, zu lesen bekomme, wornach sich nun ein Jeder zu richten hatt vndt für schaden wirdt zu hüetten wissen.“ Nächst dem fanden sich im Großherzogl. Archive noch andere Johann Friedrich betreffende Actenstücke, bei deren Aufsuchung mir die Gefälligkeit des Herrn Geheime-Archivsecretär Kräuter und dessen genaue Kenntniß der ihm anvertrauten Schätze bedeutende Erleichterung verschaffte, welchem ich in diesen Zeilen meinen wärmsten Dank sage.

Die Urkunden unter den Nummern 23 bis 50 dieser Schrift, mit Ausnahme der bereits angeführten Nummern 38 bis 40, 44 u. 45, sind aus Abschriften entlehnt worden, welche das Herzogl. Geheime-Archiv zu Gotha aufbewahrt, und auf Verordnung Herzogs Ernst II. im Jahre 1802 aus den im Königl. Sächs. Archive zu Dresden befindlichen Acten gemacht worden sind. — Noch dürfte zu bemerken nöthig seyn, daß die in einigen Urkunden bemerkbaren Ergänzungszeichen (ꝛc., u. s. w.)

keine absichtlich gemachten Abkürzungen sind. Die Urkunde Nr. 2. ist mir im Originale von dem wegen seiner hilfreichen literarischen Darreichung vortheilhaft bekannten Herrn Bibliotheksecretär Kräuter zu Weimar mitgetheilt worden, dessen Gefälligkeit ich eben sowohl als der rühmlichen Bereitwilligkeit des achtungswerthen Vorstehers der hiesigen akademischen Bibliothek die Benutzung gedruckter Hilfsmittel verdanke. Der Güte des Herrn Justiz- und Rentamtmannes Göhring zu Oldisleben verdanke ich die Nachforschungen, ob sich mündliche und schriftliche Nachrichten über Johann Friedrichs Gefangenschaft daselbst erhalten hatten.

Gern hätte ich dem Werkchen das Bildniß des Fürsten als Zugabe gewidmet, wenn das auf der Großh. Bibliothek zu Weimar befindliche Gemälde mit Zuverlässigkeit als ächt hätte angenommen werden können. Tenzel, Eyring und der verstorbene hiesige Professor Müller behaupten, daß in der Ernestinischen Bibel ein Bildniß Johann Friedrichs befindlich sey; allein dieß scheint unrichtig zu seyn, weil in sechs bis acht Exemplaren dieses Werkes, welche ich durchsucht habe, keine Spuren von dem Bilde zu finden war. Die bedeutende Sammlung fürstlicher Familiengemälde auf dem Schlosse zu Altenburg, welche neuerdings durch die Bemühungen des Herrn Geheimen Rathes von Münchhausen aus dem Staube hervorgezogen, gereinigt und wieder aufgestellt worden ist, enthält ein Originalgemälde Johann Friedrichs in Brustbild. Durch die Güte des Herrn Professor Döll bin ich in den Stand gesetzt, von dem Bilde folgende Beschreibung zu machen: Die Gesichtszüge des Prinzen sind denen seines Vaters sehr ähnlich, aber ernster als die der übrigen Brüder, welche nebst dem Vater ebenfalls im Brustbilde der Gemäldesammlung angehören. Die Haare haben die gewöhnlich mit cendré bezeichnete Farbe. Die Kleidung, mit silbernen Borden eingefaßt, ist von dunkelgrüner Seide, in welche große Blumen eingewebt sind. Ein Kragen von Spitzen ziert die Schultern, Aufschläge von demselben Zeuge schmücken die Aermel. Mehrere goldene Kettchen laufen von der rechten Schulter über die Brust unter dem linken Arme hindurch, und um die Handgelenke winden sich gleiche Geschmeide, während den Leib ein schwarzlederner mit Goldstickerei versehener Gürtel umschließt. Links im Grunde des Bildes stehen die Worte: Joh. Friedrich Herzog zu Sachsen ward geb. d. 19. Sebt. Ao. 1600 Fruh umb X Uhr. Die unter dieser Schrift stehende Jahrzahl 1603 deutet wahrscheinlich auf die Zeit, als das Bild gefertigt wurde. Herzog Johann III. ließ sich nämlich mit fünf seiner Söhne Friedrich, Johann († den 6. October 1604), Wilhelm, Johann Friedrich und Ernst in dem genannten Jahre zu Altenburg malen. Das Bild eines dreijährigen Prinzen dürfte wohl zu wenig Ausdruck des sich später entwickelten Characters geben, als daß es zur erklärenden Zugabe einer Lebensbeschreibung hätte gewählt werden können.

Vielleicht bedarf der Titel dieses Buches eine Rechtfertigung, in sofern auf demselben Johann Friedrich nicht Herzog zu S. Weimar, sondern Herzog zu Sachsen Ernestinischer Linie genannt worden ist. Diese allgemeine Bezeichnung ist durch die Angabe, daß der Herzog der sechste seines Namens im Stamme der Ernestiner war, veranlaßt worden. Diese betrachteten sich insgesammt als eine Herrscherfamilie, in welcher den einzelnen Gliedern, mit Ausnahme des von der mittels kaiserlichen Machtspruches bevorrechteten Linie abstammenden Erstgeborenen, nicht der größere oder kleinere Umfang ihres Länderbestandes, sondern lediglich das persönliche Alter den Rang vor den übrigen gab. Sie saßen und stimmten nicht nur auf den Reichstagen nach dem Alter, sondern sie beobachteten auch diese Sitte bei Zusammenkünften aller Glieder ihres Stammes. Auf der Zusammenkunft zu Naumburg aber im Jahre 1614 gab der parteiische Einfluß des Kurfürsten von Sachsen Anlaß, daß der Herkömmlichkeit zuwider Herzog Johann Philipp von S. Altenburg über Herzog Johann Ernst von S. Weimar gesetzt wurde. Aus diesem Vorrangsrechte des persönlichen Alters ging auch der Gebrauch hervor, die männlichen Namen der einzelnen Herrscherfamilien nach den gleichnamigen Gliedern des ganzen Stammes zu zählen, und mit großer Strenge darauf zu halten. So legte sich der älteste Sohn Herzogs Johann III., Johann Ernst, den Beinamen des Jüngern bei, wegen seines Großoheims, Herzogs Johann Ernst von S. Eisenach, welcher mit dem Beinamen des Ältern bezeichnet wurde. Sodann wurde Friedrich, der dritte Sohn Herzogs Johann, der Ältere genannt, weil das damalige Regentenhaus zu Altenburg unter seine Fürsten einen gleichnamigen Prinzen zählte, der jenem im Alter nachstehend der Jüngere hieß. Daher darf wohl die Bezeichnung Johann Friedrichs als des sechsten Herzogs dieses Namens im Hause Sachsen Ernestinischer Linie um so eher eine Entschuldigung finden, als in diesem Stamme der Name selbst durch die Schicksale Derer, die ihn geführt haben, verhängnißvoll geworden ist.

Jena, am 10. Februar 1827.

D. Röse.

Druckfehler und Verbesserungen.

S. 11 Z. 11 v. unten streiche das Semikolon und setze ein Komma.
— 27 : 21 v. oben l. Haag statt Hang.
— 29 : 9 v. oben ist sogar zu tilgen.
— 45 : 12 v. oben l. wilder st. milder.
— 57 : 15 v. oben l. behauptete st. behauptet.
— 58 : 14 v. oben l. Furcht st. Frucht.
— 63 : 16 von oben l. verursachen st. verursachten.
— 67 : 12 v. oben tilge wußte sammt dem Komma u. lies: ohnedieß, a. d. G. d. Gh. g. w. mußte.
— 80 : 6 v. oben l. des st. den.
— 105 : 4 v. unten l. rieth st. riethe.
— 123 : 8 v. unten l. dem st. den.
— 126 : 7 v. oben streiche das Ausrufungszeichen und setze ein Semikolon.
— 129 : 10 v. unten l. 600 für 6000.
— : : 9 v. unten setze gebrauchet st. gebrauchet.
— 131 : 7 v. oben füge nach haben, hinzu: die katholische Partei glauben zu lassen,.
— 137 : 3 v. unten l. oben st. eben.
— 144 : 6 v. oben setze nach vollständige ein).
— 151 : 8 v. oben l. welcher die fehlende Zeitbestimmung durch f. St. g. w., st. welcher, wiewohl ohne Zeitbestimmung dieselbe doch d. f. St. g. w.
— 152 : 7 v. unten l. zu haben scheint st. haben zu scheint.
— 161 : 4 v. oben l. ahnrueffung st. ahnreffung.
— 162 : 3 v. unten l. ahnwenden st. ahnwendene.
— 173 : 17 v. oben l. freundtschaft st. freundschaflt.
— 179 : 4 v. unten streiche das Komma nach vernehmen und setze es vor Was.
— 188 : 9 v. unten l. wier st. wie.
— 190 : 13 v. unten füge nach habe ich hinzu: gestern frue.
— 195 : 2 v. unten l. mungn st. munge.
— 235 : 20 v. unten l. vnterschiedtlich st. vnterschiedtig.
— 248 : 4 v. oben streiche das Semikolon u. setze ein Komma.
— 271 : 1 v. unten l. Alß st. also.

Johann

Johann Friedrich VI.

Herzog zu Sachsen.

Ernestinischer Linie.

A

Herzog Johann von Sachsen Weimar, dieses Namens der Dritte im Ernestinischen Hause Sachsen, hatte mit seiner Gemahlin, Dorothea Maria, elf Söhne und eine Tochter gezeugt, von welchen noch acht Prinzen bei'm Tode des Vaters (31. Octbr. 1605) am Leben waren. Er war Herzogs Johann Wilhelm zweiter Sohn und Enkel des großmüthigen, unglücklichen Kurfürsten Johann Friedrich I. Den 22. Mai 1570 geboren und im dritten Jahre seines Alters durch den frühzeitigen und plötzlichen Tod seines Vaters (am 2. März 1573) schon Waise, wurde er Anfangs unter des Kurfürsten August von Sachsen, nachher unter seines ältern Bruders, Friedrich Wilhelm, Vormundschaft gestellt, als dieser nach erlangter Volljährigkeit die Regierung der gemeinschaftlichen Lande angetreten hatte. Seine Bildung hatte Johann theils zu Weimar unter der sorgsamen Pflege seiner als geistliche Schriftstellerin bekannten Mutter Dorothea Susanna, einer gebornen Pfalzgräfin bei Rhein, die ihn das Gnadenkind zu nennen pflegte, theils am kurfürstlichen Hofe zu Dresden empfangen und durch Reisen zu erweitern sich bestrebt. Als er zur Mündigkeit gekommen war, mochte er bis zum Tode seines Bruders wenigen oder keinen Theil an der Landesregierung genommen haben, weil er sich von dem Tage seiner Vermählung an (den 7. Januar 1593) nach Altenburg in ein geräuschloses Leben so lange zurückgezogen hatte, bis ihn der mit den

A 2

Söhnen seines verstorbenen Bruders abgeschlossene Theilungsvertrag vom 13. Novbr. 1603, durch welchen ihm das Herzogthum Sachsen Weimar — im Gegensatze des neuen Altenburg'schen, welches seine Neffen erhielten — als erbliches Eigenthum angewiesen worden war, in den Genuß der ungetheilten Rechte eines regierenden Reichsfürsten versetzte, welche er fast zwei Jahre in Weimar, wohin er seine Residenz verlegt hatte, ausübte. Die zehnjährige Muße benutzte Johann zur Gründung seines häuslichen Glückes, in welchem er gern den äußern Glanz entbehrte, welchen ihm ungünstige Umstände versagten. Vorzüglich nahm er sich der Erziehung seiner Kinder an, auf welche er durch sein frommes Beispiel zu wirken suchte, indem er regelmäßig jeden öffentlichen Gottesdienst am Sonntage und in der Woche besuchte, die Predigten nachschrieb, zu Hause täglich die üblichen Betstunden hielt, fleißig in der Bibel und in Luthers Schriften las, mit seinen Prinzen noch besonders betete und ihren Lehrstunden beiwohnte. Allein die ängstliche Besorgniß für die Reinheit der Lehre Luthers, welche durch die geheimen Umtriebe angesehener, dem Calvinismus ergebener Männer, besonders in Sachsen bedroht worden war, machte eine gewisse Einseitigkeit im Religionsunterrichte der Söhne eben so unvermeidlich, als sie bei der Erziehung des Vaters, wegen des umsichgreifenden Kryptocalvinismus, nothwendig gewesen seyn mochte, und unvertilgbare Wirkungen in dessen Seele zurückgelassen hatte. Dieser fromme, tugendhafte, milde und friedliebende Fürst, welcher heftigen hypochondrischen Zufällen und deßhalb trüben Launen öfters ausgesetzt war, hatte jedoch das Glück nicht, die Früchte seines musterhaften Beispiels und Wirkens an den heranwachsenden Prinzen reifen zu sehen, indem der Jüngste derselben erst einjährig und der Aelteste elf Jahre alt war, als er in der Blüte seiner Jahre der fürstlichen Familie durch den Tod entrissen wurde, und den schönen Wirkungskreis seiner Gemahlin Dorothea Maria überlassen mußte, welche zwölf Jahre noch für die unmündigen Söhne mit großer Einsicht und seltener weiblicher Charakterstärke wirkte. [1])

Diese Fürstin, den 2. Juli 1574 geboren, war die Tochter des Fürsten Joachim Ernst von Anhalt-Köthen und Eleonorens, einer gebornen Herzogin von Würtemberg. Ihr trefflicher Charakter machte sie zu einer der Liebenswürdigsten, ihr wissenschaftlich gebildetet und aufgeklärter Geist zu einer der Ausgezeichnetsten ihres Geschlechts und Standes in jener Zeit. Ihr drückender Wittwenstand, in den Vorabend jener verhängnißvollen Zeit fallend, in welcher sich nachmals die meisten ihrer Prinzen unsterblichen Ruhm erwarben, war reich an Kummer und Kränkung. Die durch unbestimmte Hausgesetze zweifelhaft gemachten Vorrechte ihrer Söhne, die durch kaiserliche Machtsprüche streitig gewordenen Ansprüche derselben auf rechtmäßige Erbfolge suchte sie vergebens geltend zu machen, und mußte endlich ihrem Erstgebornen die Übernahme der Landesregierung vom kurfürstlichen Vormunde erkämpfen, als dieser zu den Jahren der Mündigkeit gekommen war. Je mehr Eigennutz und unfreundliche, stiefväterliche Gesinnungen der kurfürstlichen Vormünder, Christians II. und Johann Georgs I. von Sachsen, ihr in diesen Streitigkeiten entgegenwirkten, desto mehr Einsicht, Klugheit, Entschlossenheit und Muth zeigte die Herzogin Wittwe. Weit glänzender aber ist ihr Leben in den Jahrbüchern der Geschichte geworden durch die Erziehung ihrer acht fürstlichen Söhne. Der Umfang ihrer Kenntnisse, durch welchen sie eine würdige Tochter ihres gelehrten Vaters geworden war, und den sie als Wittwe noch durch Erlernung der lateinischen und hebräischen Sprache zu erweitern sich bemühte, so wie ihr klarer, ausgezeichneter Verstand machten sie vollkommen zur Übernahme dieses Erziehungsgeschäfts geeignet, welches jedoch, im Geiste jener Zeit, von dem heutigen wesentlich verschieden und mit einer fast militärischen Strenge verbunden war.

Jeder Tag war in gewisse Abschnitte getheilt, welche den Andachtsübungen, den Lehrstunden und der Erholung gewidmet wurden, wobei man die Zeit des An= und Auskleidens, des Aufstehens und Niederlegens auf das Genaueste zu bestimmen nicht vergessen hatte. Die Gegenstände des Unterrichts betrafen die lateinische und französische Sprache, in deren letzterer sich die Prinzen auf spätern Reisen nach Frankreich und in die Niederlande vervollkommnen sollten; dagegen wurde größerer Fleiß auf Erlernung der erstern, als der damaligen diplomatischen Sprache verwendet; hieran schloß sich der Unterricht in der Erdbeschreibung, Geschichte, Politik, dem Staatsrechte besonders der sächsischen Häuser, dem öffentlichen und Privat=Rechte und den mathematischen Wissenschaften, wobei die Erlernung der Musik und mechanischen Kunstfertigkeiten den Neigungen der Prinzen überlassen wurde. Hingegen wurden die körperlichen Übungen sehr stark getrieben, Reiten, Fechten, Bogenschießen und andere Waffenübungen wechselten mit einander ab, und zur Ergetzlichkeit oder zur Belohnung wurden bisweilen auch kleine Turniere angeordnet. Der Hauptgegenstand des Unterrichts aber war Religion und Theologie, wobei man mehr das Gedächtniß als den Verstand der Prinzen beschäftigte, weil damals ein hoher Werth auf die buchstäbliche Einprägung des reinen und unverfälschten Augsburgischen Glaubensbekenntnisses gelegt wurde. Dem Studium der

Concordienformel ging die Lehre des Katechismus voran, welchen der General-Superintendent Lange verfaßt hatte; diesen mußten die Prinzen eben so sorgfältig auswendig lernen, als gewisse Abschnitte der Bibel und andere Kraftsprüche, die für ihr ganzes Leben dienen sollten. Außerdem waren gewisse Stunden des Tages für das Lesen in der Bibel bestimmt, mit welchem die Andachtsübungen verknüpft waren. Diese bestanden in dem gewöhnlichen Morgen- und Abendsegen, in den Früh- und Abendbetstunden und in dem Besuche jedes öffentlichen Gottesdienstes, welchem zu Hause eine kleine Vorbereitung voranging und eine Prüfung über die gehaltene Predigt nachfolgte. Nicht bloß der Gewissenhaftigkeit der Lehrer überließ die Herzogin die pünktliche Erfüllung dieser Vorschriften, sondern sie selbst wachte mit angestrengter Sorgfalt darüber, besuchte die Lehrstunden der Religion und ließ häufig Prüfungen mit den Prinzen in ihrer Gegenwart anstellen, um die Fortschritte und die Reinheit ihrer Religionskenntnisse selbst wahrzunehmen. Am Schlusse eines jeden halben Jahres ließ sie eine Hauptprüfung anordnen, welcher die Räthe und oft auch eine oder mehrere fürstliche Personen beiwohnten. [2]) Daß sie es dabei an mütterlichen Ermahnungen nicht fehlen ließ, beweisen die darauf hindeutenden Ausdrücke ihres letzten Willens, in welchem sie ihren Söhnen empfiehlt, keinen Umgang mit Andersgläubigen zu pflegen, sich an keine Prinzessin, die nicht guter lutherischer Religion wäre, zu vermählen, weil die tägliche Erfahrung lehre, was aus dem Widerspiele zu erfolgen pflege, und auf Reisen solche Orte, wo ihre Lehre nicht herrschend sey, entweder ganz zu meiden, oder nur auf kurze Zeit zu besuchen. [3])

Uebrigens scheint der, sämmtlichen Prinzen ertheilte, Unterricht nicht ganz nach einem Plane oder wenigstens nicht mit gleicher Gewissenhaftigkeit verfolgt worden zu seyn. Nur die beiden ältesten und beiden jüngsten Prinzen genossen den Vorzug akademischer Bildung zu Jena, während die übrigen darauf verzichten mußten. Wenn Kurfürst Christian II. von Sachsen, als Vormund, bei dem Unterrichte der beiden ältesten Fürsten, Johann Ernst und Friedrich erinnern mußte, daß dieselben mit Lehrstunden und Lehrgegenständen nicht zu sehr überhäuft würden, um ihnen die Lust nicht zu benehmen und Zeit für die äußere Bildung zu gewinnen, so hörte man den weisen Herzog Ernst in seinen reifern Jahren öfters in Klagen, nicht nur über den empfangenen fehlerhaften Unterricht, sondern auch über die Hindernisse ausbrechen, die seinem Streben nach gründlichen und vielseitigen Kenntnissen entgegengewesen waren. [4]) Zwar war mit der durch Sparsamkeit und Mangel an Raum veranlaßten Einrichtung, sämmtliche Prinzen auf ein Zimmer zu beschränken, das unvermeidliche Übel verbunden, daß die ältern durch das kindische Benehmen der jüngern häufigen Störungen ausgesetzt waren, wodurch die Herzogin bewogen war, die beiden ältesten Prinzen Johann Ernst und Friedrich frühzeitig nach Jena zu schicken [5]); allein sie mußte doch Anstalt getroffen haben, die übrigen diesem Hindernisse zu entziehen, weil sie nicht nur bei ihrem Lebzeiten Keinen derselben außerhalb Weimars erziehen ließ, sondern auch in ihrem letzten Willen sich nachdrücklich dagegen aussprach. Vielmehr mochten die Ursachen des Hindernisses und der ungleichen wissenschaftlichen Ausbildung in der Einschränkung des Hofes, welche Unglücksfälle des Landes und selbst die Menge der Prinzen erheischten, in mancherlei störenden Ereignissen der fürstlichen Familie, wie es der frühzeitige Tod der Herzogin Wittwe und die lebhafte Theilnahme der ältern

Prinzen an den Vorgängen im deutschen Reiche waren, und endlich in dem häufigen Wechsel der Lehrer zu suchen seyn, bei deren Wahl man nicht immer glücklich gewesen zu seyn schien, wie die Beispiele des Wolfgang Ratichius, Abraham de Lafoi und Barthold Nihusius lehren.

Das rühmliche Streben des Weimar'schen Hofes, Männer von glänzenden Talenten und umfassenden Kenntnissen für den Unterricht der Prinzen zu gewinnen, war der einzige Grund dieses Mißgriffs. Wie es Abentheurer aller Art damals in Menge gab, so fanden sich auch dergleichen unter den Gelehrten, die von einem Hofe zum andern zogen, um mit ihren Kenntnissen ihr Glück zu machen. Dieß begünstigte der gelehrte Prunk der damaligen Fürsten, die entweder selbst Freunde und Beförderer der Wissenschaften waren, oder sich bemühten, den Schein davon zu erhalten. Der Charakter solcher wandernden Gelehrten konnte durch die Unstetigkeit ihres Lebens gewiß nichts Empfehlenswerthes bekommen, wie es sich an jenen drei Männern beweisen läßt. Wolfgang Ratichius, welcher durch die Geheimhaltung seiner neuen Methode, die Sprachen leichter, faßlicher und in kürzerer Zeit zu erlernen, mehr sein eigenes als das allgemeine Wohl bezweckte, kam im Jahre 1613 nach mancherlei bestandenen Abentheuern an den Weimar'schen Hof, mußte denselben bald nachher wegen unzeitig verworfener Händel, wie sich Herzog Johann Ernst, der Jüngere, ausdrückt, verlassen, kehrte aber später wieder dahin zurück, weil die Herzogin Dorothea Maria zu sehr von seiner Lehrart eingenommen war. Im Jahre 1619 rief ihn Fürst Ludwig von Anhalt zu sich nach Köthen mit Bewilligung der Herzoge von Weimar; dort aber wurde er als Verleumder seiner fürstlichen Wohlthäter, Johann Ernsts von

Weimar und Ludwigs von Anhalt, und als Betrüger, der zu leisten nicht im Stande war, was er versprochen hatte, im folgenden Jahre auf entehrende Weise des Landes verwiesen. [6]) Abraham de Lafoi hatte sich an mehreren Höfen deutscher Reichsfürsten aufgehalten, als ihn Kaspar von Teutleben in Jena kennen lernte, und ihn wegen seiner großen Kenntnisse besonders in den neuern Sprachen der Herzogin Dorothea Maria empfahl. Er wurde als Lehrer angenommen, mußte aber auch im Jahre 1613 Weimar verlassen, weil er sich unanständig betragen hatte. Nach mancherlei bestandenen Abentheuern wurde er endlich als schwedischer Kriegs-Commissär im Herbste 1632 vom Herzoge Bernhard wegen grober Beschuldigungen auf die Vestung Coburg gesetzt, wo er nachmals bei Eroberung dieses Platzes durch die Kaiserlichen (1635) seine Freiheit wieder erhielt. [7]) Der berüchtigte Barthold Nihusius hatte kaum drei Jahre das Amt eines Prinzenerziehers in Weimar verwaltet, als er plötzlich, wie man sagt, aus der Stadt verschwand, in die Niederlande ging, dort den evangelischen Glauben aus eigennützigen Absichten abschwor und ein Geschöpf der Jesuiten wurde, die ihn wegen seiner Brauchbarkeit zu hohen kirchlichen Ehrenstellen beförderten. Dieser zweideutige Mann suchte im Schooße der katholischen Kirche seinen vorigen Glaubensgenossen durch Schriften auf jegliche Weise zu schaden. [8])

Wenn auch die meisten Prinzen durch alle diese Umstände an vielseitiger, gelehrter Bildung gehindert wurden, so ist dessen ungeachtet ihre Erziehung unter die musterhaftesten an damaligen deutschen Höfen zu zählen, wenn man bedenkt, daß jene Zeit keinen erfreulichen Charakter an sich trug. Abgesehen von dem bürgerlichen Leben, welches mit vielen Lastern behaftet war, so war das Leben der Fürsten ein Gemisch von religiöser Schwärmerei und Unsittlichkeiten. Zwar bildeten die täglichen Andachtsübungen, der Wetteifer im Lesen der Bibel, die geistlichen und theologischen Beschäftigungen, die fast unbedingte Unterwürfigkeit unter das Ansehen der Geistlichen einen eigenen Ideenkreis in der Seele, aber er war nicht vermögend, weder das rohe Leben der Fürsten zu verfeinern, noch ihrer Politik eine veredelte Gestalt zu geben. Letztere mit der Religion häufig vermischt oder gar verwechselt, gewann zwar, wie ein geistreicher Geschichtsschreiber unserer Zeit sagt, äußerlich an Würde, aber gewiß nicht an Aufrichtigkeit. Neben einem beispiellosen Religionshasse und verderblichen Glauben an Zauberei und an die Macht des Teufels, waren an den fürstlichen Höfen die Laster der Trunkenheit und Spielsucht herrschend, und ihre oft bis zu Lächerlichkeiten getriebene Verschwendung stand im auffallendsten Widerspruche mit dem großen Geldmangel, welcher von den Geldwucherern (Kipper und Wipper) zum Theil herbeigeführt, durch die Werkstätte der Alchymisten gänzlich wieder ersetzt werden sollte. Das Leben der Weimar'schen Fürsten hingegen gibt den erfreulichen Beweis, daß man ihre Jugend vor den Einflüssen der damals herrschenden Laster bewahrt hatte; und wenn Dorothea Maria mit ihrem treuen Gehilfen Friedrich Hortleder bei der Menge der Prinzen die nöthige Strenge übte, und mit dem Unterrichte derselben die Wirkungen weislich zu verknüpfen wußte, welche die Unfälle des Landes und ihres Hauses so wie die beschränkten äußern Verhältnisse zur Folge hatten, um ihren Söhnen den hohen Werth brüderlicher Eintracht und Uneigennützigkeit eindringlich zu machen, sie zur treuen Sorgfalt für Reinheit der Sitten und des Lebens, zur tiefen Ehrfurcht vor Gott und Religion, zur Sparsamkeit, Mäßigkeit und Einfachheit, zur Ordnung und zum Gehorsam zu gewöhnen, und sie auf die Bahn der Unsterblichkeit zu führen, welche die meisten von ihnen entweder als ausgezeichnete Helden oder als weise Regenten betreten hatten, so wird dieses große Verdienst keineswegs durch die Mängel geschmälert, mit welchen die Gewalt der damaligen Vorurtheile diese Erziehungsweise behaftete. [9]) Gewiß kein geringer Ruhm für eine Fürstin, die gegen den Einfluß eben nicht musterhafter kurfürstlicher Vormünder zu kämpfen hatte, von denen Christian zu den größten Verschwendern seiner Zeit gehörte, und Johann Georg durch sein Beispiel die Trunkenheit zum herrschenden Tone an seinem Hofe gemacht hatte. Darum verdient Dorothea Maria der weiblichen Zierde des 17. Jahrhunderts, der geistreichen und heldenmüthigen Landgräfin Amalia Elisabeth von Hessen-Kassel, mit Recht an die Seite gestellt zu werden.

Die Prinzen, welche einer solchen Mutter ihre Erziehung verdankten, waren: Johann Ernst, der Jüngere, Friedrich der Ältere, Wilhelm, Albrecht, Johann Friedrich, Ernst, Friedrich Wilhelm und Bernhard. Friedrich Wilhelm starb in seinem 17. Jahre nach kurz vorher angetretener akademischer Laufbahn, von den Übrigen erreichten nur zwei ein hohes Alter, die Herzoge Wilhelm und Ernst; denn Johann Ernst, Friedrich, Albrecht, Johann Friedrich und Bernhard starben in der Blüthe ihrer Jahre. [10]) Sechs von ihnen zogen das Schwert für Religion und deutsche Reichsfürstenfreiheit; nur Albrecht blieb zu Hause, die Regierungsgeschäfte verwaltend, wenn Noth und Gefahr des Vaterlandes die Andern auf das Schlachtfeld rief. Drei von ihnen, Johann Ernst, Friedrich und Bernhard starben in diesem ehrenvollen Berufe, so wie der Erste und

Letzte sammt Wilhelm sich hohe militärische Würden errungen hatten. Der Jüngste aber, Bernhard, überglänzte alle seine Brüder mit kriegerischen Talenten und erwarb sich durch seine unsterblichen Thaten den Ruhm, in die Reihe der größten Helden seiner Zeit gesetzt, und durch die Dankbarkeit seiner Zeitgenossen mit dem Beinamen des Großen verewigt zu werden. Aus der Reihe dieser heldenmüthigen Brüder trat einer, Herzog Johann Friedrich, in ganz eigenthümlicher Weise heraus, dessen herrliche Talente während der kriegerischen Laufbahn, die er ruhmvoll betreten hatte, die Macht des düstern und abergläubischen Zeitgeistes so wenig zu beherrschen vermochten, daß er ein Opfer derselben werden mußte. Sein Leben bewährt die merkwürdige Erscheinung in der Geschichte, daß manche Namen fürstlicher Personen durch eine Reihe unglücklicher Ereignisse verhängnißvoll geworden sind. Wie die englische Geschichte den Namen Richard, die französische den Namen Heinrich als Beispiel hierzu aufweist, so gibt die sächsische Geschichte gewiß eine der auffallendsten Bestätigungen in dem Leben von vier Fürsten, die den Namen Johann Friedrich geführt haben. Zwar hat kein Fürst aus dem Hause Sachsen Meißnischen Stammes, vor der Stiftung der beiden noch jetzt blühenden Hauptlinien, auch keiner der Albertinischen Linie diesen Namen getragen; allein die Ernestiner liebten ihn ein ganzes Jahrhundert hindurch so sehr, daß er sechs Fürsten, neben oder kurz nach einander lebend, beigelegt wurde, und nachher eben so plötzlich verschwand, als er eingeführt worden war. [11]) Der erstgeborne Sohn des Kurfürsten Johann erhielt zuerst den Namen Johann Friedrich, welchem die Kurwürde geraubt wurde. Dieser belegte, was vielleicht nicht leicht durch ähnliche Beispiele in der Geschichte bestätigt werden kann, zwei am Leben gebliebene Söhne mit seinem Namen, so daß diese Familie siebenzehn Jahre lang einen Johann Friedrich den Ältern, Mittlern und Jüngern hatte; aber alle drei sind mit Recht unglücklich zu nennen. Die Schicksale des Vaters und seines noch unglücklichern ältesten Sohnes sind zu bekannt, als daß sie hier einer nähern Erörterung bedürften; der jüngste gleichnamige Sohn führte mit einem gebrechlichen Körper ein sieches, ungesundes Leben von 28 Jahren. [12]) Die beiden folgenden, Johann Friedrich IV. und Johann Friedrich V. starben in den ersten Tagen ihrer Kindheit. Dagegen ist Johann Friedrich VI. der unglücklichste von allen Fürsten dieses Namens zu nennen. Mit seinem Tode erlosch auch der Name im Hause Sachsen. Wie das Manlische Geschlecht sich vor Unglück zu bewahren meinte, wenn es den Namen des noch schuldloser geopferten Marcus bei sich ächtete, so scheint von dem Hause Sachsen in heimlicher Scheu der Name Johann Friedrich vermieden! Sein Leben und sein in geheimnißvolles Dunkel gehülltes Schicksal zu beschreiben, ist der Zweck nachfolgenden Versuches.

Johann Friedrich der VI.,

zu Altenburg den 19. September 1600 geboren, kam nach dem Tode seines Vaters, Herzogs Johann, als Waise von fünf Jahren unter die Vormundschaft des Kurfürsten Christian II. von Sachsen, welche nach dessen Tode (am 23. Juni 1611) Kurfürst Johann Georg I. übernahm, bis Herzog Johann Ernst, der Jüngere, durch die Jahre seiner Mündigkeit berechtigt, dieselbe über ihn und die andern Brüder führen konnte, (am 30. Octbr. 1615); das Erziehungsgeschäft aber behielt die Herzogin Dorothea Maria bei diesem Wechsel bis zu ihrem Tode, welcher durch einen Sturz vom Pferde in die Ilm veranlaßt, am 18. Juli 1617 erfolgte. [13]) Die Bildung, welche diesem Prinzen gegeben wurde, war den oben beschriebenen Grundsätzen und dem Geschmacke damaliger Zeit gemäß, und es verdient bloß noch bemerkt zu werden, daß er zu Folge der getroffenen Einrichtung, je zwei Prinzen in ein und denselben Lehrgegenständen zu unterweisen, mit seinem jüngern Bruder Ernst unterrichtet wurde. Seine Lehrer in der Religion und Theologie waren ohne Zweifel der General-Superintendent Lange und der Hofprediger Kromayer; die ihn in andern Wissenschaften unterrichteten, lassen sich bis auf Hortleder, welcher Geschichte, Staatsrecht und Politik vortrug, nicht namhaft machen. Vielleicht hat ihn Nihusius noch kurze Zeit unterrichtet, weil dieser auch Ernsts Lehrer gewesen seyn soll. Der Prinz entwickelte frühzeitig Talente, welche zu den schönsten Erwartungen berechtigten, vorzüglich einen scharfen, durchdringenden Verstand in Verbindung mit einem großen Ehrgeize, der bei Lebhaftigkeit seines Geistes leicht gereizt und verletzt werden konnte. Im Übrigen haben sich über seine Jugend wenige zuverlässige Nachrichten erhalten: ein Schicksal, welches er mit allen seinen Brüdern theilt; dieses Wenige aber verräth das zarteste Band, welches ihn an seine Mutter und Geschwister knüpfte. Am Geburtstage der Erstern vereinte er sich mit seinen Brüdern, ihr schriftlich den kindlichen Glückwunsch, mit kleinen Geschenken verbunden, zu überreichen, und war sie verreist, wie im Herbste des Jahres 1609, als sie sich zu ihren Verwandten an den Hof zu Zerbst begeben hatte, so gab er ihr Nachrichten von sich und der Familie, wobei er den Wunsch ihrer baldigen, glücklichen Rückkehr nicht vergaß. Ein Gleiches that er, als die Herzogin im

August 1611 nach Freiberg gereist war, um der feierlichen Beerdigung des verstorbenen Kurfürsten Christian von Sachsen beizuwohnen. [14]) Während seine beiden ältesten Brüder Johann Ernst und Friedrich dem Studium der Wissenschaften zu Jena vier Jahre lang oblagen, besuchte er sie zuweilen auf mehrere Tage, wie im Mai 1611, und bemühte sich die durch die kurze Trennung unterbrochene persönliche Verbindung mit der Mutter durch eine schriftliche zu ersetzen. [15]) Bei einem solchen Verhältnisse möchte das bis diesen Tag fortgepflanzte Gerücht von einem boshaften, ungestümen und widerspänstigen Betragen, welches Johann Friedrich den öftern Ermahnungen seiner bekümmerten Mutter entgegengesetzt haben soll, grundlos erscheinen. Man erzählt nämlich, daß diese ihn zurückzusetzen und seine Brüder in Allem vorzuziehen veranlaßt worden sey, daß er hingegen in der Erbitterung über solche Verachtung nicht nur die Mutter, sondern auch die Brüder, namentlich Bernhard, den Liebling der Herzogin, sammt der ganzen Dienerschaft des Schlosses tödtlich angefeindet und verfolgt habe. [16]) Wie nun ein Gerücht in der Art seiner Verbreitung durch Zusätze und Übertreibung verunstaltet zu werden pflegt, so konnte dieses Prinzen Jugend um so leichter mit Beschuldigungen befleckt werden, je mehr Verachtung und Abscheu sich die vorurtheilsvollen Zeitgenossen und Nachkommen in der Beurtheilung über sein späteres Leben erlaubten. Wäre auch Johann Friedrich, als ein wilder und leidenschaftlicher Knabe schwerer Vergehen fähig gewesen, so würde es wenigstens das zarte Gefühl der fürstlichen Familie nicht ertragen haben, ein solches Verbrechen durch ein künstlerisches Werk der Nachwelt zu verewigen, wie es die Sage an ein unächtes Gemälde knüpft. [17]) Gewiß mag seyn, daß die Waffen ihm frühzeitig zum Spiel-

Spielzeug gegeben, seinen Körper stärkten und zur Ertragung allen Ungemachs ausbildeten, das in schweren Lasten über ihn hereinstürzte. *) Nicht minder erweckte das Waffenspiel in ihm die Neigung zum Kriegerstande, die er nicht bald genug befriedigen konnte. Hiermit entwickelte sich das Kräftige und Derbe in Wort und That, ein charakteristisches Merkmal seiner Zeit, wie das unerschütterliche Festhalten an dem, was er einmal wollte oder verfolgte; allein daraus flossen auch die tadelhaften Eigenschaften der Unbeugsamkeit und Hartnäckigkeit, die viel zu seinem Unglücke beitrugen. Ungeachtet dieses kriegerischen Sinnes und der daraus entsprungenen Hartnäckigkeit aber entwickelten sich allmälig in dem Prinzen eine Unsicherheit und ein schwankendes Wesen in mehrfacher Beziehung, wodurch seine Ausbildung sehr bald einen eigenthümlichen Charakter bekam, sein Geist auf Abwege gerieth, und er selbst nach und nach in ein ungemüthliches Verhältniß zu seiner nächsten Umgebung gesetzt wurde.

Der Vater Johann Friedrichs war mit trüben Launen behaftet gewesen, die Mutter hatte in ihrem Wittwenstande manchen Jammer im Stillen zu ertragen, wie leicht konnte der ernste, schwermüthige Zug der Ältern erfolgreich auf ein Kind zurückwirken, in dessen zartem Gemüthe sich ähnliche Anlagen entwickelten! Und nimmt man Hortleders Strenge in der Erziehung hinzu, so war dem Prinzen Johann Friedrich von Außen und Innen Anlaß genug gegeben, allmälig in den traurigen Zustand der Melancholie zu verfallen, welcher in

---

*) Als elfjähriger Knabe schon führte er einen Siegelring, in welchen eine Hand mit dem bloßen Schwerte eingegraben war. Um dieses Symbol steht der bedeutsame Wahlspruch: Adoppio Bisogno Risoluto (Noth verdoppelt den Muth)!

B

dem Charakter seiner Zeit ohnedieß reichliche Nahrung fand. Jenes Zeitalter hatte viel Düsteres, wie die in Schwärmerei ausgeartete Frömmigkeit und der allgemein verbreitete Aberglaube dafür sprechen. Aus der Natur der erstern erklärt sich auch das Wesen des andern: wenn jene die Sehnsucht nach einer Verbindung mit überirdischen Wesen bezeichnet, so ruft dieser die Mitwirkung höherer Geister an. So führt das Eine zu dem Andern; Dieses befördert Jenes, und aus gemeinschaftlicher Quelle geflossen, leiten sie den menschlichen Geist zu Verirrungen und zu verderblicher Bestrebung, wie auch Beide nur in schwermüthig gestimmten Menschen tiefe Wurzeln schlagen können. Dieser Aberglaube bestand in dem Hange zum Wundervollen und Magischen, der die Gemüther so sehr ergriffen, und sich so allgemein verbreitet hatte, daß man eher die wichtigsten Religionswahrheiten zu bezweifeln, als diesen irrigen Glauben zu bestreiten gewagt hätte. Er zeigte sich in den mannigfaltigsten und fremdartigsten Gestalten, welche man größten Theils unter die beiden Hauptbegriffe der christlichen und schwarzen Magie zurückführen kann. Beide in sofern mit einander verwandt, als sie sich auf den Glauben an die unmittelbare Mitwirkung höherer Geister stützten, unterschieden sich bloß darin, daß jene die guten und diese die bösen Geister zu Gehilfen hatte, und sie erreichten in der ersten Hälfte des siebenzehnten Jahrhunderts ihre größte Höhe. Zu ihrer Befestigung und Verbreitung hatten vorzüglich beigetragen die abentheuerlichen Bestrebungen der Philosophen, welche mittelst Chemie, Astronomie und Mathematik, den Schlüssel zu den Geheimnissen der Natur zu suchen bemüht waren, so wie der durch Luthers Lehre und Beispiel verbreitete Glaube an die Macht des Teufels und deren fortdauernden Wirkungen auf die Menschen. Wie im Zeitalter der Reformation die Sitte herrschte, über wichtige und unwichtige Aufgaben der Religion mit großer Erbitterung zu streiten, so regte sich im folgenden Jahrhunderte in den rechtgläubigen Theologen der protestantischen Kirche ein heiliger Eifer für praktische Religion, der in Rede und Schrift auf Kosten des Verstandes vielfältig in ein Gemisch von wahrhaft christlichen Ideen, dämonischen Einbildungen und vorgeblich salomonischer oder magischer Weisheit ausartete. Zu gleicher Zeit verbreiteten sich in Menge auch die gedruckten und ungedruckten magischen Schriften des Paracelsus, unter welchen sich manche in seinem Geiste von seinen Verehrern verfaßte Werke befinden mochten. Also konnten die lächerlichen Künste auf der einen Seite in das Interesse der Wissenschaft, auf der andern in das der Religion gezogen werden; und Fürsten, welche die Wissenschaften liebten, oder sich gern den Ruhm eines Beschützers derselben erwerben wollten, liefen desto leichter Gefahr, in die leeren Geheimnisse der Magie eingeweiht zu werden; wie denn am Hofe Rudolphs II. solche Künste und deren Verehrer so sehr geschätzt wurden, daß dieser Kaiser die wichtigsten Angelegenheiten seiner Krone darüber vergaß, und wie später Wallenstein ihnen, selbst im Geräusche der Waffen, die größte Aufmerksamkeit schenkte. Den verführerischsten Ruf jedoch hatte vor Allem die Alchymie erhalten, welche das Lieblingsstudium nicht nur der gebildetsten Stände, sondern auch und hauptsächlich der Fürsten geworden war, weil sie durch trügerische Vorspiegelungen geleitet, mit Hilfe dieser Kunst ihren zerrütteten Finanzzustand verbessern zu können glaubten. Es gab wenig fürstliche Höfe in Deutschland, von dem kaiserlichen an bis zu dem des geringsten Reichsfürsten herab, an welchen ein Laboratorium für Goldmacher vermißt wurde.

Auch dem Weimar'schen Hofe war die Verehrung dieser Kunst nicht fremd geblieben, welche vielleicht durch das lockende Beispiel der Kurfürsten von Sachsen zu diesem herübergedrungen war; denn bekannt ist, daß im Jahre 1618 die Unvorsichtigkeit eines italienischen Alchymisten das fürstliche Schloß zu Weimar anzündete und größten Theils in Asche legte. [18]) Sah Johann Friedrich von Kindheit an diese Kunst und vielleicht noch ähnliche andere in der älterlichen Wohnung verehren: so konnte sich auch in ihm frühzeitig der Hang zu den sogenannten geheimen Künsten entwickeln, welcher später von ihm gemißbraucht, in seine kriegerischen Beschäftigungen nach damaliger Sitte gezogen und dann in die gewöhnliche Zauberei und Teufelsbeschwörung ausartete, während der große Haufe entweder aus Eitelkeit, Gewinnsucht oder Betrügerei in dieses zauberische Handwerk verfiel. Wie nun solche unglückliche Beschäftigungen, wenn sie auch wissenschaftlich, wie von Johann Friedrich, betrieben werden, nicht selten unheilbare Melancholie zur Folge haben, so mochte sich der wißbegierige Prinz außer diesem Übel auch noch die abweichenden und freien, jedoch damals sehr anstößigen Religionsgrundsätze durch sein magisches Studium um so leichter angeeignet haben, als ihm die Religionslehre seiner Theologen die gewünschte Befriedigung nicht geben konnte, so wie es sich auch an Beispielen mehrerer talentvoller Männer der abergläubischen Zeit nachweisen läßt, welche, von den herrschenden kirchlichen Systemen nicht befriedigt, neben der Zauberei auch freigeisterische Grundsätze der Religion vertheidigten. Wie bei diesen Männern der Hang zu den geheimen Künsten nachtheilig auf den Geist zurückwirkte, so war er auch bei Johann Friedrich das vorzügliche Hinderniß einer gesunden Entfaltung seiner geistigen Kräfte; denn er gab denselben nicht bloß eine falsche Richtung, sondern brachte auch etwas Unstetes und Schwankendes in seinen Charakter, in seine Handlungen und in sein ganzes Leben. Seinen Geist beschäftigte eine sonderbare Mischung von Widersprüchen, wobei helle Gedanken und Ansichten mit düstern Grillen und abentheuerlichen Vorstellungen abwechselten.

Johann Friedrich hatte bis zum Eintritte in sein neunzehntes Jahr den Hof zu Weimar nicht verlassen, und binnen dieser Zeit hinreichende Kenntnisse eingesammelt, um mit Nutzen eine große Reise antreten zu können. Wie es der deutschen Fürsten Sitte war, die Niederlande, Frankreich und Italien zu bereisen, so folgte dieser Prinz dem Beispiele seiner beiden Brüder Friedrich und Wilhelm, welche im December 1618 eine Reise nach Frankreich angetreten hatten. Mit Genehmigung und unter den beßten Wünschen und Ermahnungen seines Vormundes, des ältesten Bruders Johann Ernst des Jüngern, verließ Johann Friedrich, nachdem er zuvor unter dem Namen des Entzündeten in den Palm-Orden aufgenommen worden war, zu Anfang Mai's 1619 die Residenz Weimar in Begleitung seines Bruders Albrecht, zweier Hofmeister, welche beiden Prinzen zur Aufsicht gegeben worden waren, und eines kleinen Gefolges von Bedienten. [19]) Die Dauer seiner Reise war vorläufig auf zwei Jahre bestimmt worden — ein Vorzug, den bisher keiner seiner Brüder genossen hatte. Sie sollte zunächst Vervollkommnung in der französischen Sprache, Erweiterung der wissenschaftlichen Kenntnisse, namentlich der Politik und Verfeinerung der Sitten beabsichtigen. Der Prinz ging durch die Schweiz in die Provinzen des südlichen Frankreichs, hielt sich einige Zeit zu Lyon auf, und verlebte den Winter dieses Jahres zu Montpellier, wo er vierzehn Tage nach Empfang eines Briefes von seinem Bruder Bernhard, welcher ihm meldete, daß er die Blattern gehabt habe, von derselben Krankheit befallen wurde. [20]) Im Frühjahre 1620 reiste er durch Languedoc, Guienne, Saintonge, Bretagne, Anjou, Poitou und Touraine nach Tours, wo er zu Ende Mai's ankam, den größten Theil des Sommers dort verlebte und sodann nach Paris ging, wo er wahrscheinlich bis zur Rückreise nach Weimar geblieben ist. [21]) Am 18. Juni des folgenden Jahres kam er mit Albrecht daselbst an, und hatte während der zweijährigen Abwesenheit mit seinen Brüdern, besonders mit dem Aeltesten und Jüngsten, eine schriftliche Verbindung zu unterhalten nicht vergessen, aus deren herzlichem Inhalte sich die mündliche Überlieferung nochmals widerlegen läßt, daß er von Kindheit an seine Brüder angefeindet habe. Im Herbste desselben Jahres verließ Johann Friedrich Weimar auf kurze Zeit und besuchte in Gesellschaft seines Bruders Bernhard den Hof zu Zerbst; vorher aber hatte er an den Unterhandlungen der Brüder Albrecht, Ernst und Bernhard mit dem Kurfürsten Johann Georg von Sachsen und dem kaiserlichen Commissär, Landgraf Ludwig von Hessen Darmstadt, wegen der Aussöhnung seiner drei ältesten Brüder mit dem Kaiser lebhaften Antheil genommen. [22]) Nämlich Johann Ernst, der Jüngere, nebst Friedrich und Wilhelm, welche Letztere schon im Herbste 1619 von ihrer Reise nach Frankreich zurückgekehrt waren, hatte sich auf dem Bundestage zu Nürnberg noch in demselben Jahre an die evangelische Union angeschlossen, und deren Haupte, dem unglücklichen Pfalzgrafen, Kurfürst Friedrich V., nachdem ihn die Bundesglieder verlassen, die unerschütterlichste Treue in Wort und That bewiesen, weßhalb sie vom Kaiser zwar nicht geächtet, aber doch gehaßt wurden, der ihnen die Ertheilung der herkömmlichen Belehnung verweigerte. Um nun größeres Übel zu vermeiden, waren die jüngern Brüder in Verbindung mit Herzog Johann Casimir von S. Coburg auf besondern Antrieb des Kurfürsten von Sachsen veranlaßt worden, die ältern Prinzen zur Niederlegung der Waffen zu bewegen. Das Schicksal mehrerer Bundesgenossen des Pfalzgrafen aber hatte die kriegerischen Herzoge belehrt, dieser Aufforderung nicht eher zu genügen, bis ihnen gewisse Bedingungen zur Sicherung ihrer Person, Würde und Rechte genehmigt worden wären; da aber der kaiserliche Commissär unbedingte Unterwerfung verlangte, so zerschlugen sich diese Unterhandlungen sehr bald, wodurch dem Prinzen Johann Friedrich die Gelegenheit dargeboten wurde, sich unter der Leitung seiner Brüder als Krieger auszubilden. 23)

Der kriegerische Sinn, welcher den Prinzen von zarter Kindheit an belebt hatte, regte sich in ihm seit der empfangenen Nachricht, daß seine ältesten Brüder Dienste in der Armee des Pfalzgrafen genommen hatten, desto stärker. Noch vor Ende des Jahres 1619 sprach er in einem Briefe an den Bruder Johann Ernst seine lebhafte Freude aus, daß dieser Oberster geworden und ein Regiment Reiterei befehlige, und wünschte zugleich unter ihm dienen zu können. Da dieß zu erfüllen unmöglich war, so bat er sich einstweilen eine genaue Beschreibung dieses Regiments und eine Angabe der Befehlshaber aus, unter welchen sein Bruder stand. 24) Mit solchem Sinne belebt, bot ihm folgendes Ereigniß die Befriedigung seiner Neigung zu den Waffen dar. Am Ende des Jahres 1621 hatte Herzog Wilhelm den Kriegsdienst unter dem Grafen von Mansfeld mit dem bei Georg Friedrich,

Markgrafen von Baden Durlach, vertauscht, und von diesem den Auftrag erhalten, eine bestimmte Anzahl Truppen zu werben und sie in der Eigenschaft eines Obersten zu befehligen. Im Januar 1622 kam er nach Weimar, um daselbst und an andern Orten Thüringens die Werbeplätze zu eröffnen. Sogleich zeigte sich Johann Friedrich bereitwillig, seinen Bruder in diesem Geschäfte zu unterstützen, indem er die Werbung einer Compagnie von 300 Mann zu Pferde übernahm. [25]) Damit aber begnügte er sich nicht, sondern er wollte auch die geworbenen Truppen bei ihrer Wegführung am 27. Februar begleiten, wogegen die ältern Brüder, besonders Johann Ernst, die Bedenklichkeit äußerten, es möchte der Unwille des Kurfürsten von Sachsen gegen sie vermehrt werden, wenn er auch die jüngern Herzoge von Weimar nach den Waffen greifen sähe. [26]) Nach langen Berathungen und vergeblichen Vorstellungen wurde ihm sowohl, als seinem Bruder Bernhard, welcher dasselbe Verlangen geäußert hatte, gestattet, die abziehenden Truppen zwar eine Strecke Weg's, vielleicht bis an die Landesgrenze, zu begleiten, denselben aber nicht eher ins Baden'sche Lager zu folgen, bis man deren Ankunft und Bestimmung daselbst erfahren haben werde. [27]) Bei der Mangelhaftigkeit der Nachrichten hierüber ist es um so schwerer, die wahre Absicht dieser vielleicht nur scheinbar ergriffenen Maßregel zu ergründen, als der Zorn des Kurfürsten von Sachsen dadurch nicht gemildert worden war, welcher unmittelbar nach Wilhelm's Abzuge, das Herzogthum Weimar mit seinen Truppen besetzen ließ.

Endlich brach Johann Friedrich zu Weimar auf und begab sich in Gesellschaft Bernhard's in das Lager der Baden'schen Truppen, wo er vielleicht als Rittmeister, wie es sich von Bernhard mit mehr

Gründen der Wahrscheinlichkeit nachweisen läßt, die gewünschte Anstellung fand. Er nahm an allen Unternehmungen dieses kurzen und unglücklichen Feldzugs Theil, und focht an Bernhard's Seite in der Schlacht bei Wimpfen (am 26. u. 27. April 1622) mit wahrem Heldenmuthe. Nachdem aber die markgräflichen Truppen schon im Juni, die Mansfeldischen im folgenden Monate desselben Jahres abgedankt worden waren, begleitete er seinen Bruder Johann Ernst, der dem Feldzuge als Freiwilliger beigewohnt zu haben scheint, in die Niederlande, wo dieser seine am Ende des vorhergehenden Jahres verlassenen Kriegsdienste wieder antrat, während von Johann Friedrich nicht bekannt worden ist, ob er dem Beispiele seines Bruders oder der damals gewöhnlichen Sitte, als Freiwilliger zu dienen, gefolgt sey; denn es ist nicht zu zweifeln, daß er mit dieser Reise die weitere Ausbildung in der Kriegskunst beabsichtigt habe, für welche die Generalstaaten als die beßte Schule anerkannt waren. Wie dem auch seyn mag, Herzog Johann Friedrich hielt sich im September zu Breda auf, wo er den Leichnam seines in der Schlacht bei Fleury (am 19. August 1622) gefallenen Bruders Friedrich in Empfang nahm, und denselben nach Weimar bringen ließ. Er selbst folgte bald nach, entweder um dem feierlichen Begräbnisse am 8. Novbr. beiwohnen zu können, oder um wieder unter die Fahnen Herzogs Wilhelm treten zu können.[28]) Gewiß ist, daß dieser schon im December neue Rüstungen unternahm, welche einen insgeheim verabredeten Bund protestantischer Fürsten und Stände verriethen, deren Seele dieser Herzog gewesen zu seyn schien. Johann Friedrich zeigte sich bei diesem Geschäfte eben so thätig als Bernhard, und begleitete im folgenden Jahre (1623) (jedoch ist unbekannt, in welcher Eigenschaft) die geworbenen zahlreichen Krieger in das Lager Herzogs Christian von Braunschweig, zu dessen Generallieutenant Herzog Wilhelm ernannt worden war, und lehnte dort mit diesem die wiederholte Aufforderung des Kurfürsten von Sachsen ab, die Waffen niederzulegen. [29]) Bekanntlich wurde Herzog Christian kurz nachher von den Ständen des Niedersächsischen Kreises, zu deren Beschützer er sich erboten hatte, genöthigt, mit seinem Heere ihr Gebiet zu verlassen, und sich im Juli nach Westphalen zurückzuziehen, zweifelhaften Sinnes, wo der Schauplatz seiner Abentheuerlichkeiten am Schicklichsten eröffnet werden könnte. Aus dieser Ungewißheit riß ihn die plötzliche Annäherung des ligistischen Generals, Grafen von Tilly, mit seinem Heere. Von diesem überfallen wurde er bei Stadtlohn gänzlich aufs Haupt geschlagen. Johann Friedrich, der in dem Treffen an der Seite seines Bruders Bernhard tapfer gefochten hatte, floh mit diesem über Breedevoort nach dem Haag, wo sie ihren ältesten Bruder Johann Ernst, der acht Tage vor der unglücklichen Schlacht das Braunschweig'sche Heer verlassen hatte, am Hofe des vertriebenen Pfalzgrafen fanden. [30]) Bernhard soll sogleich Niederländische Dienste genommen haben, von Johann Friedrich aber ist nicht bekannt worden, in welcher Absicht er sich dort aufhielt; gewiß aber ist, daß er schon im October wieder in Weimar war, und von da erst im Februar 1624 in Gesellschaft Bernhards, der inzwischen auch nach Weimar gekommen, in die Niederlande zurückkehrte, welche er mit diesem und Johann Ernst schon im April durch folgendes Ereigniß abermals zu verlassen genöthigt wurde.

Herzog Wilhelm war in der Schlacht bei Stadtlohn (am 27. Juli 1623) gefangen und von der Liga dem Kaiser Ferdinand II. ausgeliefert worden. Die

Herzoge von Weimar hegten die gegründete Besorgniß, daß ihr Bruder vom Kaiser nur unter schweren und drückenden Bedingungen für ihr Haus frei gegeben werde, wenn nicht der Kurfürst von Sachsen als kräftiger Vermittler auftrete; allein Johann Georg schien gegen seine jungen Vettern ungnädiger zu seyn, als der Kaiser, weil seine öftern Ermahnungen, die Waffen niederzulegen, von ihnen verachtet und dadurch der ihm als Familienhaupte des gesammten Hauses Sachsen gebührende Gehorsam zurückgesetzt worden war. Daher glaubte er seinen Einfluß am kaiserlichen Hofe für Herzog Wilhelm dann erst verwenden zu müssen, wenn dessen Brüder auf jegliche Kriegsbedienung gegen den Kaiser, dessen Verwandte und Bundesgenossen verzichtet, sich ihm unterworfen haben, und zu einem stillen, unverdächtigen Hofleben zurückgekehrt seyn würden [31]) Dieser Umstand nöthigte jene drei fürstlichen Brüder, ihre Verbindungen in den Niederlanden wenigstens dem Scheine nach aufzugeben, und sich nach Weimar zu verfügen. Sie verließen zu Ende Aprils 1624 den Hang, Johann Ernst und Bernhard gingen über Hamburg nach Hause, Johann Friedrich aber reiste nach Frankreich, wo sein Aufenthalt von kurzer Dauer gewesen seyn muß, weil er sich zu Ende Augusts schon wieder in Weimar und dessen Umgegend befand. [32]) Im Frühlinge des folgenden Jahres verließ er die Heimath abermals, und folgte seinem vorausgeeilten Bruder Bernhard in den Haag, wo dieser in sein voriges Verhältniß so lange eingetreten war, bis er über den Erfolg von der Reise des ältesten Bruders nach Kopenhagen Nachricht erhalten hatte. Johann Ernst hatte inzwischen die Aussöhnung mit dem Kurfürsten von Sachsen, welche der Rückkehr in des Kaisers Gnade vorausgehen mußte, ihrer lästigen

Bedingungen wegen durch gewandte Unterhandlungen so lange hinzuziehen gewußt, bis sich Herzog Wilhelm selbst mit großer Klugheit die Freiheit bei dem Kaiser ausgewirkt hatte. Hiervon benachrichtigt, brach er die Unterhandlungen ab und reiste im December zum König Christian IV. von Dänemark, welcher sich damals mit einigen Fürsten des Niedersächsischen Kreises nicht ohne Uebereilung zum Kriege gegen den Kaiser und die Liga rüstete. Mit diesem knüpfte der Herzog die bereits insgeheim eingeleiteten Verbindungen fester, und wirkte wahrscheinlich auch seinen beiden nach Holland zurückgekehrten Brüdern Kriegsbedienungen aus, weil Bernhard nach empfangenen Briefen Johann Ernsts schon im März 1625 auf dessen Werbeplätze nach Niedersachsen eilte. Erst am 18. April kam Herzog Johann Friedrich aus Weimar in dem Haag an. Hier erfuhr er von dem zurückgebliebenen Secretär die Abreise Bernhards und die Rüstungen der Dänen. Dieß bewog ihn zum Aufbruche: schon am 6. Mai verließ er den Haag, um über Hamburg nach Weimar zu reisen, bevor er sich zu seinem ältesten Bruder begab. 33) Jedoch ist seine Ankunft daselbst eben so ungewiß, als es die Absichten sind, die er bei dieser Reise haben mochte; gewiß aber ist, daß er zu Anfange Juni's bei dem Dänischen Heere war, und am 10. desselben Monats mit den Truppen seines Bruders Johann Ernst, unter dessen Oberbefehle er in der Eigenschaft eines Obersten diente, in das Stift Verden verlegt wurde. 34) Obgleich dieses untergeordnete Verhältniß, in welchem neben ihm sein Bruder Bernhard in gleichem Range focht, die Züge der Unerschrockenheit und Tapferkeit verdunkelte, welche er während des Feldzugs bewiesen haben mochte, so konnten ihn doch diejenigen seiner Eigenschaften der

Aufmerksamkeit nicht entziehen, in welchen die Quelle mancher ihm aufgebürdeter Vergehen entsprang; allein weder der Umfang noch die Beschaffenheit derselben, wenn auch Vorurtheil und Rohheit der Zeit ihn in einzelnen Fällen dazu fähig gefunden hatten, verdienten den übertriebenen Tadel seiner Zeitgenossen, daß er einem Nero gleich, bis zum Ungeheuer herabgewürdigt wurde. Ein Fürst, welcher die unbefleckte Ehre mehr als das Leben schätzte, welcher mitleidig war und sogar an den Grausamkeiten Anderer Mißfallen fand, konnte nur von Außen her und in Uebereilung leidenschaftlicher Hitze zu gewaltsamen Handlungen getrieben werden, welche in jener aufgelösten Zeit von Tausenden auf die vielfältigste und ausschweifendste Weise verübt wurden. Zwar flossen die damals verübten Gräuel größten Theils aus der Verschiedenheit der Meinungen und des Glaubens; allein an Johann Friedrichs Vergehen hatte diese keinen unmittelbaren Antheil, obgleich das Urtheil der öffentlichen Meinung über dieselben von ihr unbilliger Weise bestochen worden war. Daher kostet es Mühe, alles Mißtrauen gegen sie zu unterdrücken, wenn man auch die Unnatürlichkeit ihrer unerwarteten und schnellen Erscheinung ganz übersehen wollte.

Den Herzog Johann Friedrich hatte nämlich der Hang zu magischen Beschäftigungen aus der friedlichen Burg Weimar's hinaus auf die Reisen und ins Feldlager begleitet, und überall durch den ausgebreiteten Aberglauben reichliche Nahrung gefunden. Seine zweite Reise nach Frankreich aber, oder wie die ungegründete Sage behauptet, nach Italien, im Sommer 1624, wo ihm der kurze Aufenthalt so sehr zugesagt hatte, daß er sich späterhin mit dem Gedanken beschäftigte, auf längere Zeit dahin zurückzukehren, scheint keinen unbedeutenden Einfluß auf diese Neigung gehabt zu haben, vielleicht weil sie dort entweder in dem Umgange mit Gleichgesinnten größere Nahrung fand, oder in der Entfernung von Brüdern und Verwandten ungestörter befriedigt werden konnte. [35]) Kurz es ergab sich, daß er seit der Rückkehr aus Frankreich den Hof seiner Brüder zu Weimar vermied, so oft er sich in der Heimath aufhielt, und in strenger Zurückgezogenheit abwechselnd zu Ichtershausen, Tambuchshof, Georgenthal und Reinhardsbrun lebte, nur zuweilen insgeheim nach Weimar kam, und daselbst mit gewissen Personen Verkehr trieb, welche mit seinen Beschäftigungen wohl vertraut gewesen seyn mochten. Von jetzt an floh er auch den öffentlichen Gottesdienst, und versagte sich den Genuß des heiligen Abendmahls. [36]) Seine Beschäftigungen gingen aus dem in ihm rege gewordenen lebhaften Bedürfnisse nach klarer, mehr als gewöhnlicher geistiger Ausbildung hervor, welche bei so herrlichen Talenten, wenn sie die Vorurtheile der Zeit hätten besiegen können, den ausgezeichnetsten Erwartungen entsprochen haben würde. Allein er machte sich unglücklicher Weise die Ergründung geheimer, in der Natur verborgener Kräfte zum Hauptzwecke seines Studiums, mit welchen er, wenn sie verständig gebraucht würden, wunderähnliche Dinge verrichten zu können glaubte. Hierdurch muß er sich seine materialistischen Grundsätze angeeignet haben, weil er späterhin gestand, daß sich das Daseyn Gottes aus dem Buche der Natur nicht beweisen lasse, und er deßhalb oft an diesem Glauben gezweifelt habe. Aus derselben Quelle entsprangen seine Zweifel an der Unsterblichkeit der Seele, die so tief in ihm gewurzelt hatten, daß er sie mit Aussprüchen der Bibel zu unterstützen suchte. Unter andern führte er folgenden Beweis: weil Alles, was Gott erschaffen habe, vergänglich sey, so könnten auch die Seelen der Menschen und Thiere, als dessen Geschöpfe, keine Ausnahme davon machen; dieß stimme selbst mit dem Prediger Salomo überein, der weder von einer Auferstehung der Todten, noch von einem jüngsten Gerichte rede. Die Gewalt, welche seine Deutungen der heiligen Schrift anthaten, beweist auch die Behauptung, daß dem Menschen die Sünde nicht zugerechnet werden dürfe, weil nach dem fünften Verse des 139 Psalmen Gott die Ursache derselben sey. Dagegen verräth seine Ansicht von der Bibel überhaupt ein unbestochenes, gesundes und reinmenschliches Urtheil, wenn er behauptet, daß dieselbe vieles Wahre enthalte, aber auch Vieles, was historisch nicht erweislich sey, oder noch bewiesen werden müsse, und Anderes poetische Ausschmückung sey, wie sie im Ganzen von Irrthümern nicht freigesprochen werden könne, als ein Werk, welches Menschen — ohne höhere unmittelbare Eingebung — zu Verfassern habe. Den jüdischpoetischen Schmuck des neuen Testaments verwarf er, wie die Bilder von der Auferstehung der Todten und vom jüngsten Gerichte, an welchen der blinde Glaube des Buchstabens damals noch fest hing.[37]) Diese und ähnliche andere Grundsätze scheint Johann Friedrich nicht verhehlt zu haben, zumal da er sie aus fester Überzeugung, bisweilen auch wohl aus List, was damals nicht selten geschah, Aussprüchen der Bibel unterzuschieben pflegte; allein er fand doch großen Anstoß und Widerspruch, wie sein unfreundliches Verhältniß zu dem Prediger in Ichtershausen beweist, welcher sich nicht scheute, öffentlich den Herzog anzugreifen, sobald er aus den Gesprächen mit ihm dessen abweichende Meinungen kennen gelernt hatte. Die Geschichte des unglücklichen Philosophen Vanini, welcher seiner Freidenkerei wegen verbrannt wurde, und des

Astronomen Gallilei, welcher sein auf tiefes Studium gegründetes Weltsystem auf den Knieen abschwören mußte, spricht hinlänglich für die ausschweifende Unduldsamkeit jener Zeit. Zu ähnlichen Gewaltthaten aber, wie diese von den Katholischen verübten, waren auch die Protestanten fähig, weil sie Alles für gotteslästerlich und strafbar hielten, was mit ihrer buchstäblichen Deutung der Bibel nicht vereinbart werden konnte.

So seltsam heut zu Tage die Erscheinung seyn dürfte, einen mangelhaften und ungeläuterten Religionsglauben mit Scharfsinn und Klarheit zu bestreiten und doch zugleich dem finstern Aberglauben zu opfern, so gewöhnlich war es damals, in dem Freidenker auch den Zauberer zu finden. Dieser Widerspruch floß aus der gemeinsamen Quelle, welche in dem abentheuerlichen Studium der Natur ihren Ursprung hatte. Herzog Johann Friedrich aber verband mit diesem noch eine genaue Bekanntschaft der Paracelsischen Werke, besonders dessen magischen Psalmen, die er, wie man sagt, unter sein Kopfkissen zu legen pflegte, so wie das Lesen anderer, bei ihm gefundener magischer Schriften zu seiner angenehmsten Unterhaltung gedient haben mochte. [30]) Höchst wahrscheinlich verschmähte er auch die Werke des Pomponazzi, Cardan, Jordan Bruno und Vanini nicht, oder ihr Inhalt wurde ihm durch den Umgang mit Verehrern dieser Männer bekannt, welche ungeachtet ihrer freigeisterischen Grundsätze der gemeinsten Zauberei Weihrauch streuten. Daher ist leicht begreiflich, wie der Herzog selbst im Geräusche der Waffen seinen Lieblingsbeschäftigungen Zeit gönnte, und mit dem Kriegsdienste auch Zauberei verband, wozu die damals herrschende Sitte mit dieser Kunst Alles gern zu vereinigen, ein sehr

ver-

verführerisches Beispiel gab. Man erzählt, daß er sich ins geheim alte Kriegsbücher mit zauberischen Segen zu verschaffen gesucht und geglaubt habe, mittelst geheimer Künste Reiterei ins Feld stellen, die Stärke von zwölf Mann erlangen, sich unsichtbar, oder vor Verletzung jeder Waffenart fest und sicher machen zu können, wenigstens ist nicht zu leugnen, daß er Kräuter, seltsame und räthselhafte Zeichen am Körper oder in den Kleidern zu tragen pflegte, welche eben so gewiß zauberische Zwecke verriethen, als die merkwürdigen Worte: „Hier Schwert des Herrn und Gideon!" welche auf dem siebeneckigen Schildchen seines Degenknopfes zu lesen waren. [39]) Er verschwieg nicht, daß man gewisse Psalmen, wie den 35. 49. und 144., wenn sie nach der Vorschrift des Paracelsus sieben Mal gebetet würden, mit großem Vortheil gegen den Feind gebrauchen könnte, ungeachtet ihn der Muth niemals verließ. Solche Grundsätze und die daraus fließenden Handlungen waren eben so unbedeutend, als die zauberischen Beschäftigungen, welche er entweder in den einsamen Wohnungen am Thüringer Walde trieb, oder bei dem öftern nächtlichen Ausreiten beabsichtigte. So mischte er z. B. Kräuter, Wurzeln und andere Dinge mit einander, zerstieß sie im Mörsel, läuterte den Branntwein sieben Male, und konnte bei seinen geheimnißvollen Versuchen, ohne zu ermüden, oft bis ein oder zwei Uhr des Nachts geschäftig seyn. Manches mußte zu bestimmten Stunden des Tags verrichtet werden, wenn es die zauberischen Wirkungen thun sollte. Einst ließ er aus einem Stücke eichenen Holzes, welches er sich von Weimar hatte kommen lassen, zwei Hefte an Rappiere machen mit der Vorschrift, daß der Schwertfeger die Arbeit Schlag 11 Uhr Mittags begonnen und um 12 Uhr geendet

C

haben müsse. Welche große Bedeutung die Zahl sieben seiner Meinung nach haben mußte, beweist außer den schon angeführten beiden Beispielen noch folgendes: Die siebenjährige Tochter des Scharfrichters zu Ohrdruff mußte ihm den Strick, an welchem ein armer Sünder gehangen hatte, aufdrehen, zu Garn spinnen und auf einen Knauel winden, welchen er so sorgfältig aufbewahrte, daß ihn Niemand betasten durfte. Wenn er ausritt, so geschah es gewöhnlich des Abends, und nicht selten soll er seinen Weg nach einem Hochgerichte genommen haben. Niemand durfte ihn bei dem Wegreiten begleiten, noch weniger ihm nachsehen. Vielleicht wollte er sich dort mit den bösen Geistern unterhalten, oder er suchte Schädel und Ketten der Missethäter. Auch gab er einst einigen seiner Diener den Auftrag, ihm den Kopf und die Ketten eines gehängten Spitzbuben zu verschaffen, erstern, um Moos darin zu suchen, letztere, um sie in Stücken hauen zu lassen, damit sie in Gewehre geladen werden könnten. Diesen Leuten war zur Vollziehung des Geschäfts eine bestimmte Zeit des Nachts vorgeschrieben worden. Ein anderes Mal ließ er sich ein trächtiges Schaf holen, das er selbst ausgeweidet und das Gehirn des ungebornen Lammes gegessen, oder wie er sagte, Pergament aus dessen Felle gemacht haben soll. 40)

Solche und ähnliche Dinge, welche an sich als unschädlich höchstens mit einem Lächeln übersehen werden können, damals aber für anstößig und strafbar gehalten wurden, mochte Johann Friedrich lange getrieben haben, ohne durch ein Bündniß mit dem Teufel dazu verleitet worden zu seyn; allein diesen thörichten Schritt *) that er früher oder später, als er in

*) Um Mißdeutungen zu vermeiden, dürfte hier wohl bemerkt werden müssen, daß die Einbildung Zauberei treibender Individuen so stark

einem Zustande der Noth und der Verzweiflung sich von fremder Hilfe verlassen sah, wie seine zu verschiedenen Malen ausgestoßenen Drohungen verrathen, sich dem Teufel zu ergeben, sobald er aus dieser oder jener verzweiflungsvollen Lage nicht gerettet werde. Dieß waren in jener abergläubischen Zeit keine leeren Worte, wo man schon solche Personen eines Bündnisses mit dem bösen Feinde verdächtig glaubte, oder sie sogar, wie das Beispiel Johann Friedrich's lehren wird, zur Verantwortung zog, welche denselben bloß in leichtfertigen Reden zu nennen pflegten. So hatte schon Herzog Johann, der Vater dieses Fürsten, nebst seinem Bruder Friedrich Wilhelm einen Orden für Fürsten und Adelige gegen den Mißbrauch gestiftet, den Teufel oder andere ähnliche Reden im Munde zu führen.[41])

Die geheimnißvolle Geschäftigkeit des Herzogs

C 2

---

von Teufeleien angefüllt war, daß sie sich selbst die Ueberzeugung eines wirklich mit dem Teufel geschlossenen Bündnisses aufdrangen. Nach Horst's Dämonomagie, 2. Thl. S. 149 u. f. stimmen dergleichen Bündnisse, so mannichfaltig sie auch waren, in folgenden Punkten mit einander überein: Das Individuum entsagt auf ewig der Gottheit und ihrer Gnade, ergibt sich nicht nur auf gewisse Jahre, sondern auch auf immer dem Teufel mit dem Versprechen, denselben für seinen Gott zu halten, so viel Böses zu thun und so viel Unheil zu stiften, als ihm nur immer möglich sey, und als der Teufel ihm Kräfte und Vermögen dazu geben werde. Dagegen verspricht der Teufel dem Individuum, daß es keinen Mangel leiden solle, daß er es schützen und alle Pflichten eines treuen Verbündeten an ihm erfüllen werde. Gewöhnlich mußte der schriftliche Contract mit dem Blute des Bundesgenossen unterzeichnet werden, wofür ihn der Teufel mit einem Male bezeichnete. In den Hexenprocessen war daher eine der ersten Fragen: wo und wann, mit oder ohne Blut ist das Teufels Bündniß abgeschlossen worden. In Horst's Zauberbibliothek, 3. Theil S. 308 u. ff. und 4. Thl. S. 317 u. ff. wird die Geschichte eines mit Schwermuth beladenen Mannes erzählt, der sich hilflos glaubend, dem Teufel mit seinem Blute verschrieb, um sich Beistand zu verschaffen. Dieß und ähnliche Beispiele lehren, daß nicht immer Bosheit oder Rachsucht die Menschen zu solchen Lächerlichkeiten trieb.

hätte zwar Argwohn und Mißtrauen bei seinen Brüdern erregen können, allein sie möchte noch nicht zur Verfolgung reif gewesen seyn, als er in Dänische Kriegsdienste trat. Hier ward er als Oberster in ein bestimmtes Verhältniß versetzt, welches eine seinem Range angemessene Fügsamkeit verlangte, die ihm früher weder bekannt noch fühlbar gewesen seyn mochte; denn der bald geendete Kriegsdienst bei dem Markgrafen von Baden sowohl, als bei Herzog Christian von Braunschweig erforderte seiner Abentheuerlichkeit wegen eben so wenig disciplinarische Strenge, als der freiwillige und öfters unterbrochene Dienst bei den Oraniern ihn gebunden hatte, so daß er, sich freibewegend, auch im Waffengeräusche manche Lieblingsneigung verfolgen konnte. Nun aber beengte ihn die strenge Militärdisciplin der Dänen, seine Grundsätze der Religion sowohl als seine Zauberei fanden Anstoß und zogen ihm allmählig Verachtung, Spott und Verfolgung seiner Kampfgenossen zu, gegen welche er bei dem frommen Könige Christian keine Hilfe, bei seinen Brüdern hingegen Kälte und Abneigung fand. So war die Unverträglichkeit, Händelsucht, ja feindselige Stellung zu seiner Umgebung entstanden, von der er mit Mißtrauen beobachtet bis zur Krankhaftigkeit gereizt wurde, und ihr durch seine Schwermuth noch mehr Nahrung gab. In solchem Zustande pflegte er auch wohl Manches höher abzuwägen, als es verdiente, und über unerhebliche Dinge in Streit zu gerathen, wie ihm sein ältester Bruder Schuld gibt. [42]) Die unangenehmen Vorfälle im Lager betrafen, soweit die Mangelhaftigkeit und Einseitigkeit ihrer Erzählung eine Beurtheilung zuläßt, theils Händel wegen verletzter Ehre, theils Bestrafung untergeordneter Offiziere, welche die Kriegsgesetze, vielleicht wegen Ungehorsams, verletzt haben mochten; allein man schien ihm weder die mit dem Degen geforderte Genugthuung auf empfangene Beleidigungen, noch die Vollziehung der Strafen, die ihm Kraft seines Amtes erlaubt war, zugestehen zu wollen, um ihm die Anstößigkeit seines sonstigen geheimnißvollen Lebens fühlbar werden zu lassen, dessen er sich entweder durch übereilte und unbedachtsame Aeußerungen verdächtig gemacht hatte, oder das man, wenn bestimmte Beweise dafür sprachen, nach den Kriegsgesetzen nicht bestrafen zu können glaubte. Dagegen meinte die Unduldsamkeit seiner andersdenkenden und glaubenden Umgebung gegen ihn schonend zu verfahren, wenn sie ihm die Strenge des Gesetzes wegen der Ausforderungen zum Zweikampfe erließ, und seine Streitigkeiten oder Ehrensachen auf gütlichem Wege auszugleichen suchte. Allein die Bedingungen zu der Aussöhnung mit seinen Gegnern mochten nicht immer dem Ehrgeize Johann Friedrichs genügen, weil er so lange als Schuldiger erscheinen sollte, bis er der Anstößigkeit seiner Grundsätze und der damit verbundenen Handlungen entsagt haben würde. Dieß erkannte der Herzog nicht, und darum mußte er büßen, wie Jeder büßen muß, welcher die Forderungen seiner Zeit nicht erkennen kann, oder erkennen will.

Demnach dauerte der Zwist mit den angesehnsten Offizieren und selbst mit den Fürsten fort, welche dem Könige Christian dienten. Besonders werden die Herzoge Friedrich von Altenburg und Bernhard, sein eigner Bruder, nebst dem Pfalzgrafen Friedrich von Birkenfeld genannt, mit welchen der Herzog Johann Friedrich sich nicht habe vertragen können. Die Mittel der Aussöhnung verschmähend, soll er vielmehr auf Rache gesonnen haben, und jemehr die Gegner seinen Ausforderungen auszuweichen sich bemühten, desto öfterer soll er ihnen nachgestellt haben, so daß diese endlich ihre Zuflucht zum Generale, Herzog Johann Ernst, nahmen. Wie schwer es aber diesem wurde, die entzweiten Parteien zu versöhnen, beweist das von ihm erzählte Beispiel von seinem Bruder, welcher den Herzog von Altenburg auf's Neue gefordert haben sollte, als er bereits seine Neigung zur gütlichen Ausgleichung erklärt hatte. Natürlich gab die Ablehnung des Zweikampfes seinem Ehrgeize Nahrung zur wachsenden Erbitterung, die ihn auf das Aeußerste gebracht haben mußte, weil die Militärbehörde die Ausbrüche seiner Leidenschaftlichkeit zum Vorwande nahm, ihn mit einer empfindlichen Verhaftung zu bestrafen. Jedoch scheint die Veranlassung hierzu, wenn gleich nebst den sie begleitenden Umständen dunkel geblieben, sehr unbedeutend gewesen zu seyn. Am 20. September 1625 nämlich hatten sich viele Fürsten und Offiziere in der Wohnung des Königs zu Nienburg, wo damals das Hauptquartier war, versammelt, unter denen auch Johann Friedrich, wie erzählt wird, zum Verdrusse des Monarchen erschien. Unglücklicher Weise ließ er sich mit seinem Bruder Bernhard und dem Pfalzgrafen Friedrich in ein Spiel ein, während dessen sich ein heftiger Streit des Gewinnstes wegen entspann, welchen sich diese Beiden aneignen wollten, da er doch Jenem zukommen mußte. Ob nun außer dem Ungestüm, mit welchem der Herzog seinen Gegnern das Geld entriß, noch Unanständigkeiten vorgefallen sind, welche die Gegenwart des Königs beleidigten, ist nicht zu bestimmen; wenigstens behauptet Johann Friedrich, daß er die beiden Fürsten nicht nur nicht gefordert, sondern auch mit Fleiß Alles vermieden, was die dem Könige gebührende Achtung hätte verletzen können, ja seine Gegner sogar daran erinnert habe. Dessen ungeachtet gab der König Befehl, dem Herzoge Bernhard und dem

Pfalzgrafen die Entfernung aus der Stadt bis auf weitere Verordnung zu untersagen, und den Herzog Johann Friedrich zu verhaften. In seine Wohnung auf dem Lande bereits zurückgekehrt wurde er durch einen Trompeter seines Bruders, des Generals, aufgefordert, zu ihm in die Stadt zu kommen. Der Herzog wies den Antrag ab, welcher durch ein zweites Schreiben, von einem Bedienten überbracht, wiederholt, aber dahin beantwortet wurde, daß er in der vermauerten Stadt nicht erscheinen könne; dagegen werde er seinen Bruder in der Wohnung des Obersten Obentraut erwarten, wenn er mit ihm sprechen wolle. [43]) Johann Friedrich erschien zur bestimmten Zeit, und brach nach einem zweistündigen vergeblichen Warten nach der Stadt auf, um sich zu erkundigen, ob Johann Ernst sein Schreiben erhalten habe. Unterwegs begegneten Beide einander und kehrten in Obentraut's Wohnung zurück, vielleicht ohne Argwohn von Seiten Johann Friedrichs. Dort eröffnete der General seinem Bruder im Beiseyn des Obersten den königlichen Befehl zur Verhaftung, nachdem er ihm die Beschuldigungen vorgeworfen hatte, deren dieser sich durch sein Betragen im königlichen Zimmer sollte zugezogen haben. Der Herzog widerlegte sie alle auf das Bestimmteste bis auf den Ungestüm, zu welchem er wegen des gewonnenen Geldes gereizt worden war. Dennoch bestand Johann Ernst auf einer Unterwerfung, Johann Friedrich weigerte den Gehorsam und erklärte endlich auf die Drohungen seines Bruders, daß man, wenn er seine Charge nicht niederlegen dürfe, ihm die Faust oder das Leben nehmen solle, weil er den Schimpf der Ablegung seines Degens nicht ertragen könne. Nun wurde ihm dieser, wie es scheint, durch einen unvorhergesehenen Überfall von sechs Offizieren, zu denen Johann Ernst und Obentraut gehörten, mit Gewalt abgenommen. Der Herzog wehrte sich wie ein Verzweifelnder, und als ihm auch die letzte Waffe, ein Stock, genommen worden war, suchte er durch einen Sprung aus dem Fenster seinen Überwältigern zu entrinnen. Er wurde eingeholt und in dem Wagen seines Bruders und in dessen Gesellschaft nach der Stadt geführt. Unterwegs vergriff er sich an diesem, suchte sich zu befreien und in die Weser zu springen, als über die Brücke gefahren wurde. Nach manchen, mit Mühe vereitelten Versuchen zur Flucht wurde er endlich in die Wohnung des Generals zu Nienburg gebracht und dort streng verwahrt. [44]) Tags darauf, als dieß geschehen war, erschienen drei Abgeordnete des Königs bei dem Gefangenen, um demselben eine Erklärung über sein widerspänstiges Betragen bei der Verhaftung abzufordern. Er gab sie schriftlich, aber in den bittersten und kühnsten Ausdrücken, wie sie der Augenblick der Leidenschaftlichkeit einzuflößen pflegt. Er rechtfertigte darin sein Benehmen bei dem Vorfalle am 20. Septbr. und klagte seinen Bruder an, daß er so rasch und hart mit ihm verfahren sey, wie man keinen rechtschaffenen Cavalier, sondern nur einen Hund zu behandeln pflegt. Auf das Gefühl seiner Unschuld sich stützend verschmähte er die Gnade des Monarchen und ließ diesem sagen, wenn mit solcher Behandlung Opfer und Dienste, die er im Laufe des Feldzugs gebracht habe, belohnt würden, so verlange er Nichts mehr. Seine Ehre wäre ihm geraubt worden, also möchte man ihm den Kopf vor die Füße legen; man habe aber zu verantworten, daß es auf das Aeußerste mit ihm gekommen sey, wodurch er nicht selig, sondern des Teufels werden müsse. [45]) Mag man immer diese Drohung lächerlich, oder seine Hartnäckigkeit tadelnswerth finden, so ehrt ihn die muthige Sprache des Ehrgeizes. Nur dessen Mund ist einer solchen Rede fähig, welcher durch höhnische Neckerei und planmäßigen Druck langsam gequält wird, und an dessen Ungemache selbst die Theilnahme derer erkaltet ist, welche mit ihm unter einer Mutter Herzen getragen worden sind.

Wenn man auch den Eindruck nicht kennt, welchen diese Worte auf den König gemacht hatten, als sie ihm hinterbracht wurden, so geht doch aus Allem hervor, daß derselbe die Untersuchung gegen Johann Friedrich in seinem Namen nicht weiter betrieb, sondern sie dem General, Herzog Johann Ernst, allein überließ, welcher seinen Bruder dem Urtheilsspruche des strengen Militärgesetzes entzog und vor den Richterstuhl der sämmtlichen Höfe von Sachsen stellte. Gleich nach dem Vorfalle schrieb er an die Herzoge Wilhelm, Albrecht und Ernst zu Weimar, und verlangte von diesen und den fürstlichen Anverwandten Rath und Verhaltungsbefehle wegen seines Bruders, welchen er inzwischen gefangen halten wollte [46]). Das Schreiben aber enthielt eine kurze, unvollständige Erzählung von der Verhaftung Johann Friedrich's, den sie begleitenden Vorfällen, ihrer Veranlassung und einigen Händeln, die nicht ganz der Wahrheit gemäß dargestellt wurden; denn der Herzog wurde in demselben fälschlich angeklagt, seinen Bruder und den Pfalzgrafen bei dem Spiele gefordert, und bei einem Blutstropfen geschworen zu haben, daß er, oder Bernhard und der Pfalzgraf sterben müßten, obgleich er dieß nicht nur geleugnet hatte, sondern auch in dem mit ihm veranstalteten Verhöre bloß eines ähnlichen Schwurs in Beziehung auf die Aussöhnung mit dem Pfalzgrafen beschuldigt wurde. [47]) Ohne den Grund dieses Schrittes und die Befugniß dazu zu wissen, bleibt derselbe um so merkwürdiger, als ein auf seine Majestät so eifersüchtiger Herr, wie König Christian, sich nicht gern seines Ansehens oder Richteramtes begab, wie das Beispiel des alten Markgrafen von Baden Durlach gelehrt hat, welcher ein Reichsfürst, wie Johann Friedrich, und im militärischen Range weit über diesen stehend, zwei Jahre später als Schuldiger vor das Dänische Kriegsgericht gezogen wurde [48]); noch merkwürdiger aber wird er dadurch, daß Brüder und Seitenverwandte sich als Richter über ein Glied ihrer Familie aufwarfen, welches, als regierender Reichsfürst, mit ihnen auf gleicher Stufe des Ranges und der Macht befindlich, über die Gesetze erhaben war, denen es unterworfen werden sollte. Nimmt man hinzu, daß nach der Angabe Johann Ernst's die Vergehen seines Bruders sowohl, als die Veranlassung zu dessen Verhaftung in Ehrensachen bestanden, welche an den Herzogen Friedrich von Altenburg und Bernhard von Weimar, als sie die von einem Herzoge von S. Lauenburg empfangenen Beleidigungen vor ihrem Eintritte in den Dänischen Kriegsdienst durch den Zweikampf eigenmächtig gerächt hatten, vom Hause Sachsen nicht geahndet worden waren [49]): so würde es unbegreiflich bleiben, wie sich dasselbe über ähnliche Handlungen Johann Friedrichs, welche überdieß in einem parteiischen und leidenschaftlichen Berichte zur Entscheidung vorgelegt wurden, ein richterliches Urtheil anmaßen konnte, wenn nicht die Hauptvergehen dieses Fürsten in Umständen aufgesucht werden müßten, welche den Seinigen vorzüglich bekannt und höchst anstößig gewesen seyn mochten. Diese Behauptung dürfte dadurch an Wahrscheinlichkeit gewinnen, wenn man das Verfahren gegen diesen Fürsten mit der spätern Einkerkerung desselben vergleicht, deren Veranlassung eben sowohl in einem Vorwande von Thätlichkeiten gesucht wurde, welche, wie die Beschuldigungen in Dänischen Diensten, Folgen seiner feindseligen Stellung waren, als dort solche Absichten dabei er=

zielt werden sollten, wie sie hier Johann Ernst zu erreichen meinte.

Dieser veranstaltete bald nach der Verhaftung seines Bruders ein Verhör mit demselben, durch welches er zum Geständnisse der beschuldigten Vergehen und zugleich zum Versprechen genöthigt werden sollte, sich derselben künftig zu enthalten. Außer dem Vorwurfe, zur Verstärkung seines Schwurs einen Blutstropfen genommen zu haben, wurden dem Herzoge noch folgende gemacht: ob seine gotteslästerlichen Äußerungen, des Teufels zu seyn oder loszukommen — sein Bedauern, nicht ins Wasser gesprungen zu seyn und sich ersäuft zu haben, dem Christenthume und Taufgelübde nicht zuwider wären? 50) Solche und ähnliche Äußerungen geben der Vermuthung Raum, daß Johann Friedrichs Widerspänstigkeit bei der Verhaftung, und seine Hartnäckigkeit bei der Aussöhnung mit seinen Beleidigern, auch dem Ausflusse zauberischer und freigeisterischer Grundsätze zugeschrieben wurden, und daß man ihn, wo nicht für einen Verbündeten des Teufels, doch wenigstens dazu fähig und reif hielt, weil sonst Johann Ernst in dem nach Weimar gerichteten Schreiben nicht behauptet haben würde, daß seines Bruders Zustand Schimpf und Schaden hätte bringen können, wenn an ihm die Strafe der Verhaftung nicht vollzogen worden wäre. Daher mag der fromme Aberglaube seiner Zeitgenossen zunächst auf die Maßregeln gewirkt haben, die gegen ihn ergriffen wurden, um Besserung und Bekehrung zu beabsichtigen. Seiner Eigenthümlichkeit wegen konnte jedoch dieses gutgemeinte, aber gesetzlose Verfahren schwerlich von weltlichen Richtern vollzogen werden, die nur nach dem Buchstaben des Gesetzes richten, sondern man mochte schon damals, wie es später auch geschah, den Herzog Geistlichen, etwa Feldpredigern, anvertrauen, die ihn von der Strafbarkeit seiner Grundsätze überzeugen sollten. So konnten der König Christian und sein Kriegsgericht bei dieser Angelegenheit übergangen werden, ohne ihr Ansehen dadurch zu schmälern, wo nicht gar Ersterer die Veranlassung zu diesem Verfahren gegeben hatte.

Man weiß nicht, was die Herzoge Wilhelm, Albrecht und Ernst auf den Bericht ihres ältesten Bruders, der nicht der Einzige gewesen seyn kann, beschlossen hatten; allein mag auch entschieden worden seyn, was da wolle, so arteten höchstwahrscheinlich die Bekehrungsversuche in eine langsame Qual geistlicher Unduldsamkeit aus, welche den Herzog hartnäckiger und unbeugsamer machte, als er zuvor gewesen war. Vor den veranstalteten Untersuchungen über seine Vergehen hatte Johann Friedrich versöhnliche Gesinnungen gegen seinen Bruder Johann Ernst geäußert, und war entschlossen gewesen, sich dem Könige zu unterwerfen; er ließ auch seinen Bruder um Fürsprache bei diesem bitten, damit er in Freiheit gesetzt werde; allein der General antwortete: daß dieß nicht in seiner Macht allein stehe, noch weniger könne es mit der Befreiung so schnell gehen, als er wünsche. Diese Kälte mochte den ruhig gewordenen Fürsten von Neuem gereizt haben, zumal da auf die gehoffte Linderung seiner Lage eine Menge Vorwürfe folgten, welche den geängstigten Fürsten trotzig und unbeugsam machten. Man überging unter den Beschuldigungen den Streit zwischen ihm und seinem Bruder Bernhard nebst dem Pfalzgrafen; man suchte ihm den Glauben zu benehmen, daß die Abnahme des Degens Schande bringe, und daß Johann Ernst des Königs Befehle bei der Verhaftung überschritten habe; vielmehr sollte er überzeugt werden, daß es sein Bruder dabei an freundlichen Ermahnungen nicht habe fehlen lassen. Dagegen wurde ihm die Widersetzlichkeit gegen den General bis auf die geringsten

Umstände, selbst solche, welche bereits nachgesehen worden waren, vorgehalten, obgleich weder von Strafe noch von Abbitte zugefügter Beleidigungen die Rede seyn sollte [51]): eine Milde, die mit der militärischen Strenge, welche bei der Verhaftung ausgeübt worden war, im auffallendsten Widerspruche stand. Dieß Alles, sammt den Besorgnissen Johann Ernsts, daß die gegen seinen Bruder ergriffenen Gewaltmittel mißgedeutet, er aber deßhalb von der Welt verleumdet werden würde, gab dem Verfahren ein Schwanken und eine Unsicherheit, welche den schlauen Blicken des gefangenen Fürsten nicht entgehen konnten, und ihn nur kühner und milder machen mußten, so daß er in demselben Geiste auf die Vorwürfe geantwortet haben mochte, in welchem er sich dem Könige erklärt hatte. Gewiß ist, daß er sich in einem Schreiben an die Brüder Wilhelm, Albrecht und Ernst der Drohung bediente, sich durch die Macht des Teufels in Freiheit setzen zu lassen, wenn sie ihm dieselbe nicht verschaffen wollten. [52]) Sey es, daß diese Worte auf die Frömmigkeit der Fürsten wirkten, und in ihnen allerhand Besorgnisse erregten, oder daß man zur Überzeugung gelangt war, auf diesem Wege für des Bruders Seelenheil Nichts zu gewinnen; kurz Johann Friedrich erhielt — wie es scheint nach einigen Monaten — seine Freiheit wieder, ohne daß man die Bedingungen weiß, unter welchen sie ertheilt wurde; denn der Umstand, daß er den Degen nicht zurückerhielt; dürfte wohl wenig zur Aufklärung dieses Dunkels beitragen, weil ihn der Herzog aus gekränktem Ehrgefühl eben sowohl verschmähen, als sein Bruder die Zurückgabe desselben verweigern konnte. [53]) Nur soviel ist bekannt, daß der Herzog das Heer des Königs sogleich verließ.

Man hatte ihm die Freiheit gegeben, um sie ihm wieder zu rauben; vielleicht schätzte man diesen Verlust um so geringer, als der Fürst auch im Genusse dieses höchsten menschlichen Gutes durch ein freiwillig gewähltes zurückgezogenes Leben dasselbe selbst zu verachten schien. Von der Strafbarkeit seiner Grundsätze zwar nicht überzeugt, aber doch durch sie in Furcht gesetzt, hing er fortwährend fest an ihnen, und stürzte sich dadurch in Widerspruch mit sich und mit der Welt. Er fühlte es wohl; allein ihm fehlte entweder die Kraft oder der Wille, sich davon loszureißen. So groß war der Reiz des Geheimnißvollen! In der tiefsten Schwermuth, der gewöhnlichen Begleiterin eines solchen Zustandes, im Überdrusse des Lebens reifte der unglückliche Fürst allmälich zu dem Opfer, welches sich der finstere Geist seiner Zeit in ihm auserwählt hatte.

Mit einem unversöhnlichen Hasse gegen Bernhard, besonders aber gegen Johann Ernst war er von dem Dänischen Heere geschieden und entschlossen, sich auf immer vom herzoglichen Hause Weimar zu trennen. [54]) Nachdem die Ausforderung an jene Brüder zum Zweikampfe vereitelt worden zu seyn schien, begab er sich aus Niedersachsen nach Ichtershausen, welches er nach einigen Wochen wieder verließ, ohne daß man wußte, wohin er gegangen war. [55]) In Anfange des Jahres 1626 kehrte er in seine einsamen Wohnungen am Thüringer Walde zurück, und bot den in Weimar lebenden Brüdern seinen Landesantheil für funfzigtausend Thaler zum Verkauf an, nebst der Versicherung, sich künftig jeder Art von Ansprüchen auf die gemeinschaftlichen und ererbten Rechte zu enthalten, damit er aus aller Gemeinschaft mit den Seinigen gesetzt, und einem Unglücke vorgebeugt werde, welches sein tödtlicher Haß gegen Johann Ernst und Bernhard bei einem künftigen Zusammentreffen mit ihnen herbeiführen könnte. [56]) Herzog Wilhelm hatte schon, wiewohl vergeblich, versucht, den

Zwiespalt seiner Brüder durch schriftliche Unterhandlungen auszugleichen. Daher mochte ihm das Schreiben Johann Friedrichs, in welchem dieser die gefaßten Entschließungen meldete, nicht ganz unerwartet kommen. Er war eben in Dresden, als diese Nachricht nach Weimar kam, die Brüder Albrecht und Ernst konnten sich zu keiner Beantwortung entschließen, sondern warteten Wilhelms Rückkehr ab, von dem sie wußten, daß er am Meisten über ihren Bruder vermochte, und großes Zutrauen bei ihm genoß.

Man glaubte nicht ohne Grund, daß der gekränkte Fürst in der Meinung, von allen seinen Brüdern verachtet und verlassen zu seyn, den verzweiflungsvollen Entschluß der Trennung gefaßt habe; daher Wilhelm alle Beredtsamkeit und Wärme, die ihm eigen war, aufbot, seinen Bruder vom Gegentheile zu überzeugen. Er wäre gern, wie er selbst sagte, zu ihm gekommen, um durch mündliches Zureden eine Sinnesänderung in ihm zu bewirken; allein die Umstände seiner Gemahlin, welche täglich ihrer Niederkunft entgegensah, verbot ihm, sich aus der Residenz zu entfernen. [57]) Also schlug er seinem Bruder eine geheime Unterredung in Weimar vor, und als sie ihm verweigert worden war, machte er einen zweiten Versuch mit der wiederholten Versicherung, die Zusammenkunft so geheim, als möglich zu halten. Nach langem Zögern und geäußerten Bedenklichkeiten gab Johann Friedrich nach, und nahm auch den Wagen sammt der angebotenen Dienerschaft an, die ihn nach Weimar führen sollte. [58]) Wilhelm bat nun seinen Bruder dringend, den verzweiflungsvollen Plan der Trennung aufzugeben, sich ihm ganz zu vertrauen und ihm die Aussöhnung mit dem ältesten und jüngsten Bruder zu überlassen; nur müsse er der Billigkeit gemäß bedenken, daß ein Unterschied zwischen Beleidigungen von Brüdern, und

Beleidigungen von Andern empfangen, gemacht werden müsse: lieber werde er das ganze Haus Sachsen um Beistand anrufen, als eine Uneinigkeit zwischen seinen Brüdern dulden. Diese gutgemeinte Vorstellung leuchtete dem gekränkten Fürsten eben so wenig ein, als die Behauptung Wilhelms, daß Brüder einander weder schänden noch ehren könnten; vielmehr brach er in laute Klagen über seine beiden Brüder, namentlich den ältesten aus, und meinte, daß alle Mittel zur Aussöhnung weder die Schwere der empfangenen Beleidigungen aufwägen, noch die Erinnerung an den erlittenen Schimpf unterdrücken könnten. Ihm ständen nur zwei Wege offen, die er mit Ehren betreten könnte, Rache oder Trennung; erstere aber wolle er vermeiden, darum habe er den zweiten gewählt. Zwar gab er nach langem Zureden diesen Plan auf, aber den Vorschlag zur Aussöhnung wollte er nicht eingehen, weil ohne Verletzung des Gewissens und ohne üble Nachrede bei der Welt sein Schwur nicht umgangen werden könnte; allein auch diese Grille mußte der aufgereizte Fürst endlich aufzugeben geneigt seyn, weil sein Bruder ihn zu dem Versprechen, ihm in Allem zu folgen, die Angelegenheit nochmals zu überlegen und ihm Nachricht zu ertheilen, bewegt hatte. [59]) In dem Augenblicke nun, als dieses geschehen sollte und der Herzog sich den Secretär seines Bruders schon erbeten hatte, um durch denselben die schriftliche Erklärung nach Weimar bringen zu lassen, kam Herzog Bernhard in Weimar an, der von den eingeleiteten Verhandlungen hörend, sogleich erklärte, seinem beleidigten Bruder die versöhnende Hand zu reichen. Wilhelm benachrichtigte diesen davon mit der Erinnerung an das gegebene Versprechen. [60]) Johann Friedrich zeigte sich nur unter den Bedingungen dazu bereitwillig, die er seinem Bruder Bernhard früher schon angetragen hatte. Diese zielten wahrscheinlich auf einen

Zwei=

Zweikampf; denn er erließ sogleich eine schriftliche Aufforderung an diesen, sich am 9. März früh Morgens im Troistedter Walde zu stellen. [61]) Der schlummernde Groll in der Seele des beleidigten Fürsten war mit seiner vorigen Kraft erwacht; der ruhigere Bernhard aber wich dem drohenden Ungewitter aus, und überließ dem unermüdeten Wilhelm, die Hitze des aufbrausenden Bruders zu dämpfen. Dieser begab sich sogleich zu ihm nach Tambuchshof; die Unterredung war zwar nicht ganz ohne Erfolg, aber stürmisch genug, daß Johann Friedrich nach zurückgekehrter Ruhe seinen Bruder deßhalb schriftlich um Verzeihung bitten zu müssen glaubte. [62]) Acht Tage waren seit dieser Zusammenkunft verflossen, ohne daß sich Johann Friedrich erklären wollte, weil ihn das Vorurtheil ängstigte, seine Ehre werde durch gütliche Ausgleichtung nicht gerettet werden können; daher er auch verlangte, daß der persönlichen Aussöhnung die schriftliche vorangehen sollte, damit er der Bedingungen gewiß wäre. Wilhelm erinnerte nun an eine bestimmte Erklärung, und um den hartnäckigen Bruder zu erweichen, nahm er die Verbindlichkeit auf sich, mit Hilfe Bernhard's den Hofmeister Wittersheim aus Johann Ernst's Diensten zu entfernen, weil er den Herzog Johann Friedrich beleidigt hatte, und diesem die Freiheit zu lassen, an jenem Rache zu nehmen, sobald durch neue Kränkungen dazu Veranlassung gegeben werde. [63]) Der beleidigte Fürst wollte sich aber nicht eher erklären, bis er die schriftliche Abbitte Bernhard's gesehen hatte, und wegen der vorgeschlagenen Bedingungen zur Aussöhnung mit dem ältesten Bruder meinte er, erst mit dem jüngsten Rücksprache nehmen zu müssen. Dessen ungeachtet müssen noch Schwierigkeiten entweder bei Bernhard oder bei Johann Friedrich zu besiegen gewesen seyn, weil Herzog Ernst sich noch ein Mal mit letzterem unterredete, ehe

D

ersterer die schriftliche Abbitte gab. 64) Diese in einem eigenen Tone verfaßt, und die vorhergegangenen vorsetzlichen Beleidigungen in Zweifel ziehend, möchte schwerlich den erwünschten Eindruck auf den Herzog gemacht haben, wenn nicht Wilhelm Bernhard's Brief mit einem herzlichern Schreiben begleitet hätte. 65) Nachdem er ihm zugeredet hatte, sich mit seines Bruders Versicherungen zu begnügen und alle Mißverständnisse zu heben, schloß er sein Schreiben mit folgender Einladung zur veranstalteten Zusammenkunft in Weimar: „Wenn es Ew. Liebden gefallen sollte, nach genommener Abrede mit Bruders Ernst Liebden binnen hier und Freitag zu uns zu kommen, so wollen wir uns Alle mit einander freundlich und brüderlich ergetzen, wobei Ew. Liebden sich überzeugen werden, daß Ihnen Bruder Bernhard alle Liebe und Freundschaft erweisen wird. Ich bitte daher, mir Ihre Gesinnungen darüber mitzutheilen, damit ich Ihnen Wagen und Pferde schicken könne." Der Herzog nahm die Einladung an, wiewohl ihn Bernhard's Schreiben nicht befriedigt hatte: er hielt es für kaltsinnig und verlangte deßhalb bei seiner Ankunft in Weimar eine bessere und verbindlichere Erklärung, damit seine Ehre ganz gerettet und die Welt nicht auf die Gedanken gebracht werde, sein Schwur sey aus Feigheit umgangen worden. Die persönliche Aussöhnung geschah in Gegenwart des ganzen Hofes, die zu einem schönen Familienfeste Gelegenheit geben mochte. Das Fest erhielt dadurch noch größere und freudigere Bedeutung, daß Johann Friedrich erklärte, seinen Groll gegen Johann Ernst schwinden zu lassen, wenn ihm dieser im Beiseyn der Cavaliere den Degen zurückgeben, ihn freundlich und brüderlich begrüßen und den Hofmeister von Wittersheim abdanken werde. 66)

Die Schwierigkeiten, welche der Herzog der Ausschwung mit seinen beiden Brüdern entgegengesetzt hatte, waren sowohl Folgen der tiefverletzten Ehre, die ihm nach seinen Begriffen und Wünschen zu rächen nicht vergönnt worden war, als seines krankhaften Gemüthszustandes, welcher seit den Vorfällen im dänischen Lager bis zur Unheilbarkeit verschlimmert worden war. Hierzu kam, daß er mit den Gedanken, von Jedermann verlassen, verachtet und verspottet zu werden, eine ängstliche Sorge für Erhaltung seines guten Rufes verband, und sich um so mehr mit solchen Vorstellungen martern mußte, als er sich jede Gelegenheit zur aufheiternden Zerstreuung und zur Ueberzeugung vom Gegentheile seiner Sorgen versagte, weil er den unerschütterlichen Vorsatz befolgte, allem Umgange mit Menschen zu entsagen. Diese Zurückgezogenheit beobachtete er so streng, daß er den Hof seiner Brüder zu Weimar vermied, und nur selten, jedoch insgeheim, ihnen eine Unterredung an verborgenen Orten gestattete. 67) Dadurch wurde sein schwermüthiger, gebrechlicher und elender Zustand, den er selbst zu beschreiben unvermögend war, bis zum Ueberdrusse des Lebens gesteigert. Zwar zog er den Leibarzt seines Bruders Wilhelm zu Rathe und verschmähte auch den Beistand anderer geprüfter Aerzte nicht; allein die Kur, welcher er sich unterwarf, mochte das tiefgewurzelte Uebel nicht heben können. Einst schrieb er darüber an Herzog Wilhelm: „Hinsichtlich meiner Kur weiß ich noch nicht, was aus solcher werden wird; daher muß ich mich immer mit Hoffnungen begnügen. Doch wollte ich wünschen, daß entweder der Tod oder eine andere Veränderung daraus entstehe, weil ich diesen Zustand in der Länge nicht ertragen kann.“ 68)

Das düstere einsame Leben, welches er führte, wirkte freilich der ärztlichen Hilfe entgegen, sowie die lästige Melancholie fortwährend Nahrungsstoff in seinen aber-

D 2

gläubischen Beschäftigungen fand, und diese hinwiederum ein Hauptgrund seiner Besorgnisse wegen ungünstiger Urtheile waren, worauf er selbst, ohne die Folgen zu ahnen, welche der abergläubische Schritt nach sich ziehen werde, in einem Schreiben an Wilhelm hinzudeuten schien, daß die Leute zur Schande und zum Schaden für ihn seinen traurigen Zustand verunglimpften, in welchem er Etwas vorgenommen habe, wozu er aus Ungeduld sehr versucht und gedrungen worden wäre. [69]) Seine Erfahrungen im Dänischen Heere, wegen seiner Zauberei angefeindet zu werden, hatten ihn besorgt gemacht; vielleicht waren auch mancherlei Gerüchte von seiner geheimnißvollen Einsamkeit durch Verrath der Diener oder durch Späher in Umlauf gekommen, deren Wahrheit er durch die Drohung entkräften zu wollen schien, daß er sich an Allen rächen werde, die ihn verleumden, verspotten, oder auch nur übel von ihm reden würden. So war in ihm ein unvertilgbares Mißtrauen entstanden, welches, mit der Hitze seiner Leidenschaftlichkeit verbunden, ihn bisweilen zu tadelnswerthen und gewaltsamen Handlungen hinreißen mochte; wenigstens trug Herzog Wilhelm Bedenken, seinen Sekretär zu ihm zu schicken, aus Furcht denselben Mißhandlungen auszusetzen. Seine Dienerschaft war sehr ungern um ihn, und ihm einst bis auf den Koch entlaufen; auch dieser konnte nur mit Mühe zurückgehalten werden. Auf diese Leute aber konnte der fromme Aberglaube bedeutenden Einfluß ausgeübt haben, weil sie durch die Nähe des Herzogs in die Gemeinschaft des Teufels gezogen zu werden befürchten mochten, in welche sie ihren Herrn gebunden glaubten. Schuldlos waren gewiß die Leute nicht, an denen sich Johann Friedrich vergriff, weil er zu ehrgeizig war, als daß er sich durch muthwillige gewaltsame Handlungen üble Nachrede zugezogen hätte. So beklagte er sich einst bitter über das Entlaufen seiner Diener, und äußerte nicht nur Empfindlichkeit gegen seinen Bruder, als dieser ihm seinen Sekretär zu senden Bedenken trug, sondern auch große Verwunderung, wie man ihm Etwas zumuthen könne, dessen bloß Menschen, ihrer Vernunft beraubt, fähig wären. Und als Wilhelm ihm einen entlaufenen Pagen zurückschickte, so versicherte er, derselbe sey so gut aufgenommen worden, daß er nicht mehr klagen dürfe, auch als ein guter Diener an ihm einen guten Herrn haben werde. 70)

Mit seinen Brüdern Wilhelm, Albrecht und Ernst stand er in gutem Vernehmen, und der erste von ihnen genoß noch sein besonderes Vertrauen. Er unterstützte diesen bisweilen mit Darlehen, wofür sich Wilhelm durch andere Gefälligkeiten erkenntlich bewies, indem er ihm entweder die entlaufenen Diener zurückschickte, oder andere an deren Stelle verschaffte. Doch konnte keiner dieser Brüder soviel über ihn vermögen, daß er seine Einsamkeit mit der lebhaftern Wohnung zu Weimar, gegen welches er überhaupt einen Widerwillen gehabt zu haben schien, vertauschte, obgleich er auf Zureden entschlossen war, seinen Aufenthaltsort und vielleicht auch die zurückgezogene Lebensweise zu ändern. Denn er selbst schien endlich zur Ueberzeugung gekommen zu seyn, daß die ärztliche Hülfe ihre heilsamen Wirkungen in ihm so lange versagen werde, als er sich zu keiner Zerstreuung entschließen konnte. Daher fing er an, sich mit der Jagd zu beschäftigen, wie der Umstand vermuthen läßt, daß er seinen Bruder Wilhelm um einen Falkner gebeten hatte. 71) Nicht wenig aber trugen zu seiner Aufheiterung die geäußerten versöhnlichen Gesinnungen bei; und nun glaubte Herzog Wilhelm ihn ganz heilen zu können, wenn er in das Geräusch des Kriegs zurückgeführt werden werde. Vielleicht kam diesem Plane die nie erloschene Waffenlust Johann Friedrichs zu Hilfe. Zweifelhaft wird es doch immer bleiben, ob er sich mit Oekonomie beschäftigen wollte, da er das Cammergut Tambuchshof, auf welchem er im Monate März lebte, in Pacht zu nehmen sich erboten hatte, sobald seine Brüder mit dem bereits in Unterhandlung getretenen Pachter nicht einig werden könnten, oder ob es ihm Ernst war, in Kriegsdienste zu gehen, da Herzog Wilhelm ihm schon vor der Aussöhnung mit Bernhard die Armee des Grafen von Mansfeld vorgeschlagen hatte. Die unerwartet schnelle Entfernung des Herzogs aus Thüringen, deren Absichten vielleicht seinen Brüdern nicht einmal bekannt worden waren, kann nicht geeignet seyn, dieses Dunkel aufzuklären.

Mansfeld seit Anfange des Jahres 1626 mit König Christian verbunden, stand um diese Zeit an der Elbe bei Dessau, mithin Thüringen näher, als die königliche Armee. Dieser Umstand und vielleicht auch die Absicht, nicht wieder unter Johann Ernst's Oberbefehle zu stehen, dem sich auch Bernhard entzogen hatte, mochten veranlaßt haben, daß der Herzog in des Mansfelders Dienste treten sollte. Also gab Herzog Wilhelm seinem Sekretär Siegmund Heusner von Wandersleben, welcher mit den Bedingungen der Aussöhnung zwischen Johann Ernst und seinem Bruder am 6. April (1626) zur dänischen Armee geschickt wurde, den mündlichen Auftrag, bei dem Könige von Dänemark um eine Kriegsbedienung für Johann Friedrich in dem Heere des Grafen von Mansfeld anzuhalten. [72]) Der Erfolg dieser Bemühung aber ist ebenso ungewiß geblieben, als die damit verbundene Aussöhnung, welche, so scheint befürchtet worden zu seyn, von Johann Ernst erschwert wurde, indem ein Schreiben Herzogs Wilhelm den König dringend ersuchte, durch seinen Einfluß die Versöhnung beider Brüder zu vermitteln. Und wenn auch der General durch den König dazu gestimmt worden, oder aus freiem Entschlusse zur Annahme der vorgeschlagenen Bedingungen geneigt gewesen seyn sollte, so werden dadurch doch die Zweifel nicht gehoben, ob das Gesuch des Abgeordneten um Wiederanstellung Johann Friedrichs genehmigt worden sey. Daß diese Angelegenheit mit bedeutenden Schwierigkeiten verknüpft gewesen seyn müsse, mochte Wilhelm selbst gefürchtet haben, weil er nicht wagte, dieselbe in seinem Schreiben an den König zu berühren, was doch billig erwartet werden konnte. Hierzu kommt noch folgender wichtige Umstand. Seitdem sich Herzog Wilhelm vermählt hatte (am 23. Mai 1625), wünschte er auch die Regierung der gemeinschaftlichen Lande zu übernehmen, welche bisher Herzog Albrecht im Namen Johann Ernst's verwaltet hatte. Albrecht war zur Abtretung geneigt; aber es stieß sich noch an die Einwilligung des ältesten Bruders, mit welchem fast ein Jahr lang deßhalb unterhandelt worden war. Die erwähnte Sendung Heusners ins Dänische Lager sollte diese Verhandlungen zum Ende bringen. Johann Ernst gab wirklich am 28. April seine Einwilligung unter den Bedingungen, daß die fürstlichen Verordnungen und Befehle hauptsächlich in dem Falle, wenn Wilhelm das Herzogthum Weimar gegen die willkührlichen Einlagerungen der kaiserlichen und ligistischen Truppen in Vertheidigungsstand setzen wollte, bloß in dessen und der übrigen Brüder Namen ausgefertigt werden sollten, ohne seiner und Bernhards besonders darin zu gedenken; dagegen verlangte er von seinen Brüdern und der Landschaft die Versicherung, daß weder dieser Ausschluß ihnen Beiden nachtheilig, noch die Auszahlung der ihnen gebührenden Deputate verweigert werde. [73]) Mit Vorsicht war diese Maßregel ergriffen worden, weil Johann Ernst und Bernhard thätigen Theil an dem Kriege gegen den Kaiser und die Liga nahmen, und sie wäre gewiß auch auf Johann Friedrich ausgedehnt worden, wenn man diesen in Dänische Dienste hätte wieder aufnehmen wollen. Demnach schied Johann Ernst aus der Welt, ohne seinem Bruder die versöhnende Hand gereicht zu haben.

Sey es, daß Johann Friedrich von dieser Sendung nichts Erfreuliches erwartete, oder daß er seinen Plan plötzlich geändert hatte; kurz er verschwand in Begleitung eines kleinen Gefolges bald nach der Abreise Heusners aus Thüringen, und fiel am 27. April bei Lippstadt in die Hände Spanischer Truppen, nachdem der Abgeordnete seines Bruders am folgenden Tage erst im Lager Johann Ernst's bei Hillersen zur Rückkehr abgefertigt wurde. Es ist schwer, über den Plan, welchen der Herzog mit dieser Reise nach Westphalen bezweckte, einiges Licht zu verbreiten, wenigstens kann er die Aufsuchung seines Bruders, des dänischen Generals, nicht beabsichtigt haben, weil dieser schon im März aus Westphalen nach Niedersachsen zurückgekehrt war, und es dem ehrgeizigen Charakter des Herzogs widerspricht, welcher nicht eher die versöhnende Hand zu reichen pflegte, bis er von ähnlichen Gesinnungen seines Gegners überzeugt war; ebenso wenig kann er die Absicht gehabt haben, sich zum Könige zu begeben, welcher damals im Hauptquartiere bei Wolfenbüttel stand, und durch Tilly's Armee von Westphalen abgeschnitten war. Wenn sich aber bestätigen ließe, daß Herzog Christian gerade damals seinen Streifzug von Hameln und Horn herab durch das Stift Paderborn nach den Ufern der Diemel unternommen hätte: so könnte vermuthet werden, daß sich Johann Friedrich zu diesem Fürsten habe begeben wollen, nachdem ihm der Weg über den Rhein durch die Spanische Besatzung zu Wesel gesperrt worden war. 74) Diesem nach scheint des Herzogs Absicht zunächst gewesen zu seyn, in die Niederlande zu gehen, zumal da er einen Paß der Generalstaaten bei sich gehabt haben soll. Sey dem auch, wie ihm wolle, Johann Friedrich stieß, von Soest kommend, welches von Truppen seiner Partei besetzt war, in der Nähe Lippstadts auf Spanische Truppen, welche ihn als Gefangenen in diese Stadt führten, zu deren Besatzung sie gehörten. Hier gab er sich als einen Niederländischen Rittmeister außer Diensten an, zeigte den eben erwähnten Paß vor, und verschwieg lange Zeit seinen wahren Stand und Namen, in der Meinung, desto leichter seine Freiheit wieder zu erhalten; allein er mochte gleich Anfangs sich verdächtig gemacht haben, daß der Kommandant ihn vesthalten zu müssen glaubte. Hierüber geriethen Beide sehr bald in verdrießliche Händel, wobei der Herzog die Schranken der Mäßigung überschreiten mochte. Der Kommandant behauptet zwar, seinen Gefangenen anständiger behandelt und ihn sogar in seine Wohnung genommen zu haben, sobald er dessen Fürstenstand entdeckt habe; allein ihm muß doch mancherlei Anlaß zur Erbitterung gegeben worden seyn, weil er einen Bedienten seines Wirths in dessen Gegenwart mit einem Dolche niederstieß. Erst zu Anfange Juni's erfuhren die Herzoge von Weimar durch unzuverläßige Gerüchte den Unfall ihres Bruders, und sie beschlossen, denselben durch Verwendung bei der Infantin zu Brüssel, bei Spinola und dem Kurfürsten von Sachsen zu befreien, ihn aber künftig von jeglichem Kriegsdienste abzuhalten. Johann Friedrich erhielt seine Freiheit, wiewohl die Begünstigung nicht bekannt ist, durch welche sie gegeben worden war. Am 20. Juli verließ er Lippstadt in der größten Erbitterung auf den Commandanten, und kehrte ohne Zweifel in die vorige düstere Einsamkeit seiner Lieblingsplätze am Thüringer Walde zurück, wo er sichern Nachrichten zu Folge wenigstens vom Herbste dieses Jahres an, meisten Theils zu Ichtershausen gelebt hat, bis er zum zweiten Male in feindliche Gefangenschaft gerieth. [75])

Jene plötzliche Entfernung des Herzogs aus Thüringen hatte wichtige Folgen für ihn gehabt. Zuerst gab sie Anlaß, das bisher erhaltene freundliche Verhältniß zu seinen Brüdern zu trüben, ohne daß man das Verbrecherische in jener Handlung recht begreifen kann, zumal da der Erfolg der Sendung Heusners so sehr zweifelhaft war. Dessen ungeachtet mußten wichtige Besorgnisse vorhanden seyn, weil die Herzoge von Weimar ihrem Bruder verboten, wozu dieser zwei Monate vorher war ermuntert worden. Die Lippstadter Gefangenschaft kann weniger Anlaß dazu gegeben haben, als die Frucht, des Herzogs freie Wahl zum Kriegsdienst möchte mißfällig für das Haus Sachsen ausfallen, oder der Gebrauch seiner Freiheit demselben zu Schimpf und Schaden gereichen. Soviel ist gewiß, daß dieses merkwürdige Verbot zunächst dem Herzoge den Gebrauch des freien Willens benehmen, und ihn unter Aufsicht stellen sollte, welche seine Schritte streng zu bewachen hatte. Dieß war die zweite Folge jenes Ereignisses, mit welcher alles Ungemach zusammenhängt, welches der unglückliche Fürst von nun an zu ertragen hatte.

Unter solchen Umständen nun verlebte Johann Friedrich den Herbst und Winter des Jahres 1626 bis zum Frühjahre 1627 zu Ichtershausen. Er sah selten und nur nothgedrungen seine Brüder, welche seinen Umgang eben so sorgfältig vermieden zu haben schienen, als er sich scheuen mochte, öffentlich zu erscheinen. Er lebte eingezogen, einsam, mäßig und enthaltsam; dagegen beschäftigten ihn Magie und Zauberei weit eifriger, als früher. Der fortgesetzte Verkehr mit gewissen Leuten zu Weimar, welche, wie der Beiname, Sibylle, einer dieser Personen vermuthen läßt, ähnlicher Beschäftigungen verdächtig waren, veranlaßte ihn, oft insgeheim und besonders des Nachts nach der Residenz zu gehen, wo er eben so unbemerkt wieder verschwand, als er gekommen war; allein je geheimnißvoller diese Geschäftigkeit betrieben wurde, desto verdächtiger machte sie den Fürsten. Manches mochte verrathen worden seyn, so wie des Herzogs freisinnige und zum Theil profane religiöse Ansichten mehr und mehr bekannt wurden. Dieß Alles brachte ihn in den Ruf eines Ungeheuers und Eigenthums des Teufels, welches der Gemeinschaft der Christen entzogen werden müsse.

Die Stiftung der Concordienformel (1576) hatte einen ängstlichen und knechtischen Sinn in Beziehung auf religiöse Meinung hervorgerufen, welcher sammt der aus ihr fließenden Unduldsamkeit vorzüglich die erste Hälfte des siebenzehnten Jahrhunderts charakterisirt. Die religiöse Bildung der Lutheraner war sorgfältig auf die Grundsätze dieses Buchs gebaut worden, und abweichende Meinungen wurden mit dem Namen der Ketzerei belegt, und als solche bestritten oder verfolgt, selbst wenn man nur über den Buchstaben Luthers hinausgegangen war. Die sächsischen Fürsten aber, denen das unsterbliche Verdienst, das heilsame Werk der Reformation beschützt und gepflegt zu haben, vorzugsweise gebührt, glaubten um so mehr mit äußerster Vorsicht sich abweichender Meinungen enthalten zu müssen, um den Ruf evangelischer Fürsten und Beschützer des reinen, ungeänderten Augsburg'schen Glaubensbekenntnisses nicht zu beflecken. Daher meinten sie ihrem Ruhm sowohl, als ihrer Frömmigkeit schuldig zu seyn, sich in religiösen und kirchlichen Angelegenheiten den Urtheilen der rechtgläubigen Geistlichkeit unbedingt zu unterwerfen, wodurch diese eine solche Macht bekam, daß sie verwerfliche Meinungen mit Erbitterung bestreiten und die Verehrer derselben mit allen Mitteln verfolgen konnte, wie sie die Rohheit jener Zeit gab. In Beziehung auf die Zauberei und der damit verbundenen Wirkungen des Teufels aber hatte die Reformation einen doppelt nachtheiligen Einfluß gehabt; die buchstäbliche Auffassung der Lehre Luthers von der Versöhnung, vom Teufel und seinem Einflusse auf die Menschen hatte nicht nur zur Verbreitung des Glaubens an ein böses Wesen, sondern auch zur Verfolgung desselben außerordentlich beigetragen. Nun war es damals allgemein herrschender Glaube, daß der Teufel durch Zauberer und Hexenleute den Christen zu schaden suche, und daß diese als seine Werkzeuge ausgerottet werden müßten, um dadurch auch ihn zugleich anzufeinden. Hierbei wirkte selbst das vom großen Reformator gegebene Beispiel ungemein, welcher häufig mit dem Teufel gekämpft zu haben meinte. 76) Daher ist begreiflich, daß die unerhörten Grausamkeiten, welche sich der fromme Aberglaube gegen Zauberer und Hexen erlaubte, in protestantischen Ländern mehr um sich griffen als in katholischen. Während in Würzburg zum Beispiel innerhalb zwei Jahren zweihundert sogenannte Hexenleute verbrannt wurden, so büßten zu Braunschweig in einem Zeitraum von zehn Jahren an einem Tage zehn bis zwölf solcher Opfer mit dem Leben. 77)

Dieß war die Herrschaft des Aberglaubens, welchem Johann Friedrich huldigte; auch er würde in den Flammen des Scheiterhaufens sein Grab gefunden haben, wenn ihn der Rang des Reichsfürsten nicht geschützt hätte. Er war sich selbst Richter, sobald des Reiches Oberhaupt über ihn nicht zu Gericht saß, und dieser hatte keine Befugniß, jenen zu verdammen, weil dessen Zauberei weder die kaiserliche Majestät, noch des

Reiches Hoheit verletzte. Dagegen glaubten die Herzoge von Weimar, getrieben von einer eifrigen und unduldsamen Geistlichkeit, ihre und ihrer Ahnherren unbefleckte Ehre zu verletzen und der Welt ein ärgerliches Beispiel zu geben, wenn sie die anstößige Lebensweise ihres Bruders mit Gleichgültigkeit betrachteten. Man war in großer Verlegenheit, wie das Seelenheil des Herzogs gerettet und dabei alles Aufsehen vermieden werden könnte. Von einem milden Bekehrungsversuche ließ die Hartnäckigkeit des Fürsten nichts Erfreuliches versprechen, so wie von Gewaltmitteln mehr zu fürchten als zu hoffen war; denn die schlimmen Folgen der Nienburger Haft mußten noch in lebhafter Erinnerung seyn. Also scheint man zu scheinbarer Nachsicht geneigt gewesen zu seyn. Dieß konnte billiger Weise gewagt werden, weil Johann Friedrich seine Zauberei nicht nur sehr geheim hielt, sondern auch mit derselben Niemandem lästig oder schädlich war. Dadurch wurde zugleich einem Umstande abgeholfen, welcher die Herzoge von Weimar nicht wenig bekümmerte, und sie vielleicht am Meisten zur Nachsicht stimmte. Nämlich, es war ihr ernster Wille, den teuflischen Zustand ihres Bruders, wie sich ein damaliger angesehener Geistlicher ausdrückte, nicht bekannt werden zu lassen; diesem würde entgegengearbeitet worden seyn, wenn man Johann Friedrich bloß der Zauberei wegen gewaltsam behandelt hätte, weil im Falle einer öffentlichen Rechtfertigung die Gründe des Verfahrens nicht verschwiegen werden konnten. Nun aber ereigneten sich in kurzer Zeit mancherlei Vorfälle, welche die Gesinnungen des Hofes zu Weimar plötzlich änderten.

Die Herzoge bestraften ihren Bruder seit dessen Rückkehr aus Lippstadt mit Kälte und Verachtung, und nahmen in Schutz, wer gegen ihn sprach oder handelte.

Dieß wirkte so nachtheilig, daß der unglückliche Fürst auf Ansprüche des Gehorsams, der Unterthänigkeit, des erheiternden Wohlwollens und der Huldigung verzichten mußte, ja endlich nicht ein Mal mehr die Macht hatte, über die geringsten seiner Diener zu gebieten. Ihn traf zum zweiten Male das Mißgeschick von diesen verlassen zu werden und zwar in einem weit empfindlichern Grade, als früher; denn er mußte sich um das Geringfügigste in seinem Hauswesen bekümmern, so daß er sogar der Sorge für Anschaffung einiger Hemden nicht überhoben war. [78]) Diese fast beispiellose Erniedrigung wurde durch die bittere Erfahrung noch drückender, daß seine Brüder der ihm entlaufenen Dienerschaft nicht nur Schutz gewährten, sondern auch zur Flucht beförderlich waren, wenn sie es wünschte. Dennoch mäßigte sich der Herzog Anfangs, er bat um Zurücksendung seiner treulosen Diener, und wollte von keiner Bestrafung derselben wissen, um nicht in den übeln Ruf eines harten Verfahrens gegen seine Untergebenen zu kommen. [79]) Als dieß nichts gefruchtet hatte, so war er genöthigt, bei seinen Brüdern auf Bestrafung und Entfernung seiner Leute aus Weimar mit der Drohung zu bringen, daß, wenn seine Bitte unbeachtet bliebe, er auf ihre Gleichgültigkeit gegen seine Freundschaft oder Feindschaft schließen müsse. [80]) Allein Bitten und Drohungen waren vergebens, Johann Friedrich mußte den Geleitseinnehmer zu Erfurt ersuchen, ihm Jemanden zu verschaffen, der mit ihm die Sorge seiner häuslichen Geschäfte theilen könnte. [81]) Es war noch kein Jahr verflossen, als Herzog Wilhelm in Ausdrücken des herzlichsten Mitleids seinem verlassenen Bruder geschrieben hatte: „Ich bitte Ew. Liebden um Gottes willen, ja nicht zu denken, daß sich Niemand Ihrer annehmen wolle. Erwägen Sie doch, daß ich nicht allein

Ihr Bruder bin, sondern auch mit Ihnen unter einem Mutterherzen gelegen habe, und daß es als ein Fleisch und Blut mir gebührt, so wie den andern Herren Brüdern, Ihnen in allen Nöthen und Anliegen beizustehen, wenn wir die ewige Seligkeit erlangen wollen. Mit Schmerzen muß ich vernehmen, daß Sie einsam, elend und jämmerlich leben, so daß ich die Strafe Gottes befürchten muß, wenn ich Ew. Liebden Rath und That versagen wollte." [82]) Darf es demnach nach einer plötzlichen Veränderung der Gesinnungen einem Fürsten so hoch, als es wirklich geschah, angerechnet werden, wenn er sich an der Menschheit zu rächen suchte, die ihn wegen unschädlichen Aberglaubens mit Verachtung erniedrigte? Gewiß ist, man beschuldigte den Herzog von nun an unchristlicher und unfürstlicher Händel, welche vor Gott und der Welt nicht verantwortet werden könnten; man sprach von Gefährdung der öffentlichen Sicherheit, welche seine grausamen Ausschweifungen verursachten sollten. Und doch werden von allen Verbrechen, welche Johann Friedrich begangen haben soll, nur die Verwundung eines Weimar'schen Oberstlieutenants und das Erschießen einiger Personen aus Ichtershausen namhaft gemacht. Das erstere aber war nach des Herzogs eigenem Geständnisse die Folge einer Ehrensache, die der Offizier mit dem Degen auszugleichen sich geweigert hatte; die Gewaltthaten an den übrigen Personen mochten aus dem Umfange seines Elends und seiner Erfahrung geflossen seyn, daß die ihm gebührende Huldigung in Verachtung und Verfolgung verwandelt worden war. [83]) Diese Behauptung wird durch die Gefühle des Mitleids unterstützt, welche den Herzog beseelten; denn als um dieselbe Zeit, da dieses sich zutrug, die Landleute am Thüringer Walde, in dessen Umgegend der Herzog abwechselnd lebte, willkührlichen Einlagerungen fremder Truppen und den damit verbundenen qualvollen Ausschweifungen ausgesetzt waren, so bemühte sich der Fürst mit rühmlichem Eifer das Ungemach von seinen Unterthanen abzuwenden. Diese Sorgfalt veranlaßte einen Briefwechsel zwischen ihm und seinem Bruder Wilhelm, in welchem jener diesen um Truppen ersuchte, die Durchzüge der Kaiserlichen abzuwehren, oder, wenn dieß nicht möglich wäre, wenigstens die Grausamkeiten derselben zu zügeln; auch drang er darauf, daß den Bauern die geraubten Güter zurückgegeben werden sollten. Deßhalb bat er seinen Bruder, den Befehlshaber der fremden Truppen an sein gegebenes Versprechen zu erinnern, welches nach damaliger Weise unerfüllt geblieben war. [84]) Dieser charakteristische Zug sowohl, als die Bitte Johann Friedrichs an Wilhelm um Erledigung eines in langer Gefangenschaft schmachtenden Mannes verdienen um so mehr hervorgehoben zu werden, als das vorurtheilsvolle Zeitalter bedacht war, nur Zeichen der Unmenschlichkeit von ihm der Nachwelt zu überliefern. Wo Mitleid und Abscheu vor Grausamkeiten Anderer sich regt, in dessen Herz kann die Verworfenheit ihren Sitz nicht aufgeschlagen haben. Darum dürften die Vergehen des Herzogs, wofern sie mit allen Beziehungen auf ihre Veranlassung bestätigt werden könnten, in ein milderes Licht gestellt werden, wenn man auch die Zeit ihrer Verübung um Hilfe zu rufen abgeneigt wäre, wo die Rohheit des verheerenden Kriegs täglich die bürgerliche Ordnung schonungslos und ungestraft störte, und die menschlichen Gefühle durch Verletzung der zartesten Bande des geselligen Lebens abgestumpft waren. Und wenn es sich auch erweisen ließe, daß er auf das Mutter-Gottesbild in einer Kirche geschossen, in einer andern das Kruzifix zerstochen habe, wie ihn die Sage beschuldigt, oder daß

er

er die heilige Handlung der Austheilung des Abendmahles gestört habe, so wären dieß nicht zu entschuldigende Frevel, die aber damals, wo die Unduldsamkeit sich ähnliche Ausschweifungen erlaubte, schwerlich dem Herzoge die allgemeine Verachtung zu zuziehen geeignet waren. [85]) Allein man übersah die Quelle, aus welcher diese Handlungen flossen, man vergaß die Lage des unglücklichen Fürsten, welcher, aus der Welt gleichsam verstoßen, die zarten Bande menschlicher Verhältnisse vor sich gelöst sah, und man verschloß das Ohr, nur für Anklagen empfänglich, dem Rufen der theilnehmenden Stimme. Wen einmal Kälte, Abscheu und Anfeindung umweht, der darf auf Mitleid und Schonung nicht rechnen! Das fühlte Johann Friedrich im Innersten seiner Seele. Rache an Zurücksetzung, an Schimpf und oft wiederkehrendem Ungemache zu nehmen, war vergebliches Bemühen seines schwer verwundeten Ehrgefühls; denn der Strahl seiner fürstlichen Hoheit war erloschen, und der Kreis seiner freien Bewegung immer enger und enger geworden. Er sah in eine trübe Zukunft hinaus. Dennoch war er noch nicht verlassen, weil er sich selbst nicht verlassen hatte. Er glaubte nun in der Fremde suchen zu müssen, was ihm die Heimath verweigerte.

So war die Lage Johann Friedrichs beschaffen, als er zu Anfange des Jahres 1627 beschloß, das Herzogthum, wie er sagte, drei Jahre lang zu verlassen. Der Zweck und das Ziel seiner Reise ist ungewiß geblieben. Er selbst soll gesagt haben, dem ligistischen Generale Tilly seine Dienste anbieten zu wollen, und wenn dieß nicht gelänge, nach Frankreich zu gehen; nach der Erzählung Anderer aber soll er einen Anschlag auf das Leben jenes Generals entworfen und denselben selbst auszuführen beabsichtigt haben. [86]) Das Eine wie das Andere wird durch des Herzogs Benehmen im Lager

Tilly's sehr zweifelhaft gemacht. Sey dem auch, wie ihm wolle, so war keines von Beiden die nächste Veranlassung zu der beschlossenen Entfernung. Er wünschte deßhalb die durch den Vertrag von 1624 ihm angewiesenen Aemter Wachsenburg und Ichtershausen, aus denen er seinen Unterhalt zog, um denselben Preis zu verpachten, um welchen sie ihm waren übergeben worden, um den jährlichen Ertrag von 7000 Gulden. Unter diesen Bedingungen bot er seinen Brüdern in Weimar den Pacht auf drei Jahre an, mit der geforderten Versicherung, die Summe der ganzen Pachtzeit voraus zu bezahlen, und sie an den Ort seines künftigen Aufenthaltes zu liefern. Er trat mit Wilhelm und Ernst — Albrecht befand sich damals auf einer Reise nach Frankreich — in Unterhandlung. Der Antrag wurde nicht ausgeschlagen, vielleicht aus Vorsicht, ja Wilhelm zahlte an ihn die geborgten Summen zurück, wiewohl man nicht Willens war, ihn ziehen zu lassen. [87]) Also wurden Schwierigkeiten wegen der dreijährigen Pachtsumme gemacht, um den Herzog so lange aufzuhalten, bis nach getroffener Berathung mit den sämmtlichen Fürsten des Hauses Sachsen Maßregeln ergriffen worden wären, die das Vorhaben der Reise vereiteln sollten. Natürlich mußten dieselben auf Gewalt und Beschränkung der persönlichen Freiheit ausgedehnt werden, weil man den Ehrgeiz und die Rache des Fürsten kannte, der durch das bisherige Verfahren bereits auf das Aeußerste gereizt worden war, und selbst seine Brüder wegen ihrer eigenen Sicherheit besorgt gemacht zu haben schien. Dieses drohende Ungemach hätte umgangen werden können, wenn des Herzogs Entfernung nicht gehindert worden wäre; allein man schien zur Nachgiebigkeit nicht geneigt, weil von dem unbeschränkten Besitze seiner Freiheit befürchtet wurde, daß er in der Ferne dieselbe entweder zu einer mißfälligen Wahl des Kriegsdienstes, oder auf andere Weise zum Schimpfe und Schaden seiner Verwandten gebrauchen werde. In dieser Verlegenheit fanden die Klagen der Geistlichen zu Weimar über Johann Friedrichs anstößigen Lebenswandel, so scheint es, am dortigen Hofe jetzt ein willigeres Gehör, als zuvor. Sie drohten „mit der Rache Gottes im Himmel, wenn man den Unglücklichen nicht bald aus der Gewalt des Teufels retten werde.“ Sie selbst schlugen wahrscheinlich vor, einen Versuch der Bekehrung mit ihm zwischen den Mauern eines Kerkers zu machen, da er ihrer Meinung nach wußte, ohnedieß aus der Gemeinschaft der Christen gezogen werden, so lange er im Umgange mit dem Teufel lebte. Ein solcher Eifer konnte gewiß auf die Frömmigkeit des in Furcht und Zweifel gesetzten Hauses Sachsen soviel wirken, daß es alle Bedenklichkeiten der unberechenbaren Last unterdrückte, welche ein gewaltsamer Schritt gegen den Herzog Johann Friedrich ihm aufbürden würde. Schon am 17. Februar 1627 beschloß Herzog Wilhelm eine geheime Sendung seines Rathes Rudolph von Dieskau an den Kurfürsten von Sachsen, um diesen von seines Bruders Beginnen in Kenntniß zu setzen, und die Meinung Johann Georgs darüber zu erfragen. Mag der Abgeordnete auch vorgetragen haben, was er wollte, so hielt der Kurfürst die Sache doch für wichtig genug, daß darin weder zu Viel noch zu Wenig gethan würde. Diese wenigstens scheinbare Mäßigung bestimmte ihn auch, sein Urtheil darüber nicht eher zu geben, bis er die Angelegenheit mit den Herzogen Johann Casimir und Johann Ernst, dem Aeltern, nochmals berathen hatte. [88]) Diese Fürsten kamen nebst Herzog Johann Philipp von Sachsen-Altenburg am 1. April nach Torgau, wo die Vermählung der ältesten Tochter des Kurfürsten, Sophie Eleonore, mit dem Landgrafen Georg von Hessen Darmstadt gefeiert wurde. [89]) Während dieses Festes wurde die Weimar'sche Angelegenheit in reifliche Berathung gezogen, wobei weder Wilhelm noch ein anderer seiner Brüder zugegen war, und zu dem einstimmigen Beschlusse gebracht, den Herzog Johann Friedrich, der dem Hause Sachsen bisher nur Verdruß und übele Nachrede verursacht hatte, durch sichern Gewahrsam in dem Gartenhause zu Weimar (jetzigem Großherzoglichen Bibliothekgebäude) jeder Gelegenheit und aller Mittel zu schädlichen Handlungen auf immer zu berauben, und dabei zu versuchen, ob Leib und Seele desselben vom Verderben gerettet werden könnte. [90]) In Weimar aber fand man diesen Beschluß, welchen Herzog Johann Casimir, vielleicht nur mündlich, überbrachte, in sofern anstößig, daß der Kerker des Herzogs in der Nähe seiner Brüder eingerichtet werden sollte. Dieser Umstand sowohl als die Besorgniß, sich seiner Person nicht bemächtigen zu können, ohne ihm selbst am Leben zu schaden — wenigstens gibt Herzog Wilhelm dieß zur Entschuldigung an, — verzögerten die Gefangennehmung so lange, bis Johann Friedrich den wahrscheinlich schon gelegten Schlingen entschlüpft war.

Ohne Zweifel ahnete er die Gefahr, welche seiner Freiheit drohte, und wenn gleich scharf bewacht, so gelang es seiner List doch, unbemerkt seine Heimath zu verlassen. Ohne Begleitung von Dienern ging er höchst wahrscheinlich in den ersten Tagen des April zu Pferde nach Niedersachsen, welches größten Theils schon in der Gewalt der kaiserlicheu und ligistischen Truppen war. Sein Benehmen daselbst läßt es unentschieden, ob er einen der beiden erwähnten Plane beabsichtigte, oder ob er sich in die von Tilly belagerte Stadt Nordheim einschleichen und bei dem dortigen Dänischen Commandanten Schutz suchen wollte; nur soviel ist gewiß, daß er sich den Tilly'schen Vorposten feindselig zeigte. Der

Herzog hatte sich nämlich den Truppen genähert, welche Nordheim belagerten. Ungeachtet er dieß wissen konnte, saß er doch sorglos auf dem Graben einer Wiese, um sein Pferd weiden zu lassen; allein kaum hatte er die Annäherung eines feindlichen Reiters wahrgenommen, als er sein Pferd bestieg, sich schlagfertig machte, und die Fragen, welche jener an ihn richtete, trotzig beantwortete: „Du bist mir viel zu schlecht, als Dir von meinem Thun und Lassen Rechenschaft geben zu müssen." Da nun der Reiter durchaus wissen wollte, zu welcher Partei der Herzog gehörte, so sagte dieser: „Ich bin von Wolfenbüttel, und will nach Nordheim." Mit diesen Worten drückte er die Pistole auf seinen Gegner ab. Diese versagte; desto glücklicher war der Reiter, der den Herzog in den linken Arm verwundete. Dennoch vertheidigte sich dieser so lange ritterlich, bis er von der zu Hilfe geeilten Verstärkung übermannt worden war. Man führte ihn ins Tilly'sche Lager, wo er einem Oberstlieutenant des Herbersdorf'schen Regiments übergeben wurde. Dieser vertraute ihn der Aufsicht eines Lieutenants an, mit dem er bald in einen heftigen Streit gerieth, sich in der Hitze dessen Degens bemächtigte und ihn mit demselben durch den Leib stach, entweder um sich zu befreien oder die gekränkte Ehre zu rächen. Der gefährlich verwundete Offizier schrie nach Hilfe und nach Waffen. Der Herzog wurde umringt und gewaltsam entwaffnet, nachdem er zuvor mehrere Wunden empfangen hatte, die seines Ungestüms wegen erst nach vier Tagen verbunden werden konnten. [91]) Tilly soll eben so über den abentheuerlichen Aufzug seines Gefangenen verlegen gewesen seyn, wie über die Art der Behandlung desselben; indeß muß er ihn doch für einen gefährlichen Parteigänger der Dänen gehalten und einen strengern Gewahrsam desselben für nöthig gefunden haben, weil er

Befehl gab, den Herzog auf die Festung Erichsburg führen zu lassen. Als ihm dieß von dem Oberstlieutenant angekündigt wurde, widersetzte er sich und gab dem Offizier eine Ohrfeige. Dieser ließ ihn dafür so lange züchtigen, bis er sich in den Wagen zu setzen bequemte. In Begleitung von zwei Mann, die neben ihm saßen, wurde er nach der Festung abgeführt. Unterwegs entriß er dem einen das Messer und brachte ihm mit demselben mehrere Wunden bei, vermuthlich um sich die Freiheit zu verschaffen. Auf der Erichsburg wurde er der Wache und Aufsicht von hundert Musketieren übergeben. 92) So hatte sich Johann Friedrich unbedachtsamer Weise den Verlust seiner Freiheit zugezogen, und sich in das vorbereitete Elend gestürzt, dem er in der That zu entrinnen bemüht gewesen war. Daher darf es nicht auffallen, wenn er sich in dieser Gefangenschaft ungestüm und bis zur Ausschweifung widerspänstig benahm.

Das Haus Sachsen, über dieses Ereigniß froh und einer großen Sorge überhoben, lobte die von Tilly veranstaltete Bewachung des gefangenen Herzogs, sobald es davon Nachricht erhalten hatte; allein es befürchtete doch von dessen List die Möglichkeit, sich zu befreien, sobald die ligistische Armee aufgebrochen seyn und ihn auf der Erichsburg zurückgelassen haben würde. Daher eilte Herzog Wilhelm dem General die sorgfältige Verwahrung seines Bruders nochmals zu empfehlen, bis derselbe werde abgefordert werden, ohne die Gründe dazu anzugeben, welche auf sein Fürbitten der Kurfürst von Sachsen jenem wissen lassen sollte, damit wahrscheinlich die öffentliche Meinung erfahre, das eingeleitete Verfahren gegen Johann Friedrich werde im Einklange des ganzen kurfürstlichen und herzoglichen Hauses Sachsen betrieben. Der Kurfürst verstand sich eben so gern dazu, als Tilly bereit war, Wilhelms Bitte zu erfüllen, und überdieß noch den Gefangenen durch seine Truppen dahin führen lassen wollte, wohin es werde befohlen werden. 93) Nun wurde der Weimar'sche Oberst Frenck an den Grafen von Tilly geschickt, um die Abführung des Gefangenen von der Erichsburg nach Oldisleben auszuwirken, wo inzwischen das Kloster zu einem Gefängnisse eingerichtet, und sogar für äußere Befestigung des Gebäudes gesorgt worden war, damit es im Nothfalle gegen Angriffe streifender Truppen vertheidigt werden konnte. Am 30. Mai gelangte Johann Friedrich unter Bedeckung von 30 Mann Reiterei und der erlassenen Verordnung gemäß bei einbrechender Nacht zu Oldisleben an, wo er von 50 Mann Musketieren, zwei Hauptleuten, einem Lieutenant und einem Commissär, von Herzog Wilhelm dahin abgeschickt, in Empfang genommen wurde. Die Tilly'schen Truppen wurden im Dorfe verpflegt und am folgenden Tage mit ansehnlichen Geschenken an Geld entlassen; die Weimar'schen hingegen kündigten dem Herzoge bei dessen Einführung in das Gefängniß an, daß es des gesammten Hauses Sachsen ernster Wille sey, sich in dessen Beschlüsse gutwillig zu fügen, bis andere gefaßt seyn würden. Bei seiner Durchsuchung, ob er ein Gewehr oder ein anderes gefährliches Werkzeug bei sich verborgen habe, verwahrte die Mannschaft ihre eigenen sorgfältig, damit sich der Fürst keines derselben bemächtigen konnte. Diese Behandlung aber machte ihn so wild, daß man sich der Erlaubniß, die nur für den äußersten Nothfall gegeben worden war, bedienen mußte, ihn in der Hofstube des Erdgeschosses einzukerkern. 94) Von den funfzig Musketieren wurden dreißig der stärksten und tüchtigsten ausgewählt und zur Wache zurückbehalten, während die übrigen nebst einem Hauptmanne und dem Lieutenant nach Weimar zurückkehrten. Den dienstthuenden Kriegern aber wurde der Eid abgenommen, ihren Auftrag und Dienst auf das Unverbrüchlichste zu verschweigen, sich durch keine Drohungen, Versprechungen oder Geschenke des Gefangenen verführen zu lassen, sondern sich streng an die Befehle Herzogs Wilhelm und des hochlöblichen kurfürstlichen und herzoglichen Hauses Sachsen zu halten, und mit Aufbietung aller ihrer Kräfte die Flucht des Fürsten zu verhindern. Daher wurden sie ermahnt, sich der Trunkenheit, des Spielens und anderer Ausschweifungen, aus welchen Unvorsichtigkeit oder Nachlässigkeit entspringen könnte, sorgfältig zu enthalten, widrigenfalls das geringste Versehen des Einen wie des Andern ohne Urtheil und Recht mit dem Tode werde bestraft werden. [95]) Außer ihnen wurden noch neun auserlesene, starke Weimar'sche Bürger bei der Wache angestellt, die, weil sie in des Herzogs Nähe seyn mußten, strenger vereidet worden waren, als jene. Sie mußten nicht nur die Vorschriften für die Soldaten beschwören, sondern auch an Eides statt versprechen, sich in kein Gespräch mit dem fürstlichen Gefangenen einzulassen, und Alles, was sie bei demselben wahrnehmen würden, bis an ihren Tod zu verschweigen. Auch an ihnen drohte man das geringste Versehen auf das Härteste zu ahnden, nach Befinden ohne Gnade an Leib und Leben, an ihren Familien aber mit Verbannung aus den Landen sämmtlicher Sächsischen Regentenhäuser zu bestrafen. Dagegen war ihnen sowohl als den Soldaten verstattet, das Leben ihres Gefangenen nicht zu schonen, sobald dessen gewaltsame Versuche zur Flucht durch andere Mittel nicht abgewehrt werden könnten. Der Dienst der Wächter bestand darin, daß ihrer drei ohne Gewehre und ohne irgend ein Werkzeug in das Vorgemach des fürstlichen Kerkers eingeschlossen wurden, um durch die in der Wand angebrachte Oeffnung den Herzog von Viertelstunde zu Viertelstunde zu beobachten, ihn von den Versuchen, sich zu befreien abzumahnen, und wenn dieß Nichts fruchtete, um Hilfe zu rufen. Nach 24 Stunden wurden sie von Andern abgelöst; doch ward nur einem Einzigen von ihnen der Zutritt in das Gefängniß verstattet, welcher die erforderlichen Dienste bei dem Herzoge versah. Ihr Auftrag war wichtiger und mit größerer Verantwortlichkeit verknüpft, als der Dienst der Musketiere, von welchen zehn Mann täglich die Wache außerhalb des Hauses und am Eingange versahen; daher erhielt Jeder von ihnen wöchentlich nur einen Gülden Löhnung, während von jenen Einer außer den Nahrungsmitteln und der Kleidung noch mit anderthalb Gülden belohnt wurde. Ueber die gesammte Mannschaft führte Heinrich von Sandersleben die Oberaufsicht, der eben so streng als seine Untergebenen verpflichtet worden war. Er durfte sich über den Zustand des Gefangenen, oder dessen Behandlung gegen Andere nicht äußern, und Niemandem, welcher keinen eigenhändigen Erlaubnißschein Herzogs Wilhelm vorzeigen konnte, Zutritt ins Gefängniß gestatten; und damit das Geheimniß des Auftrags auf keine Weise verrathen werden könnte, so verbot er seinen Leuten, sich aus dem Kloster zu entfernen, und unterwarf ihren Briefwechsel einer sorgfältigen Durchsicht. 96)

Obgleich alle diese Vorschriften auf das Aengstlichste befolgt wurden, und der Herzog gefesselt in seinem Kerker lag, so scheint doch die Beschaffenheit und entfernte Lage des Verwahrungsortes Besorgnisse erregt zu haben, weil man nach Ablauf eines halben Jahres auf eine Veränderung desselben bedacht war, worauf der Unwille des Kurfürsten von Sachsen über die Wahl des Ortes nicht geringen Einfluß gehabt haben mochte. Herzog Wilhelm nämlich hatte dem Torgauer Beschlusse zuwider Oldisleben gewählt, weil seinem Vorgeben nach in Weimar kein passender Raum für den fürstlichen Kerker gefunden werden konnte; allein der Hauptgrund war, die Nähe seines unglücklichen Bruders eben so sehr, als irgend eine Unterredung mit ihm zu vermeiden. 97) Sodann befürchtete er, daß die Einkerkerung zu Weimar mehr, als an jedem andern Orte, besonders wenn der Hof fremden Besuch erhalten würde, Gelegenheit gäbe, den wahren geistigen Zustand Johann Friedrichs zu verrathen, welcher hauptsächlich verschwiegen bleiben sollte. Diese Besorgniß war gewiß auch der Grund, daß die Ursachen der Verhaftung in allgemeine, vieldeutige, oder nur unbestimmte Ausdrücke eingekleidet wurden, wenn von derselben in Verordnungen die Rede war; selbst der Kurfürst hütete sich in seinem Schreiben an den Grafen von Tilly davon zu sprechen. Nun aber geschah, daß Tilly mit der Auslieferung seines Gefangenen wider Erwarten geeilt hatte, und daß dieser früher nach Oldisleben gebracht, als der Bau des Gefängnisses vollendet worden war. 98) Daher wünschte Herzog Wilhelm, daß der Kurfürst Johann Georg seine in Sachsenburg liegenden Truppen zur Sicherheit und Vertheidigung Oldislebens im Nothfalle gebrauchen lassen sollte. Dieß wurde abgeschlagen und die Einkerkerung zu Weimar von Neuem dringend empfohlen. 99) Hierauf entschloß sich der Herzog, in dem ehemaligen Kloster oder Kornhause ein neues Gefängniß für seinen Bruder bauen zu lassen, wobei weder Kosten noch Vorsichtsmittel gespart wurden, um das Haus so fest und sicher, als nur immer möglich, zu machen. 100) Am ersten November 1627 wurde eine Abtheilung von 50 Musketieren auf Befehl der Herzoge Wilhelm, Albrecht und Ernst nach Oldisleben geschickt, um den Gefangenen aus dem alten Kerker in den neuen zu führen. Bei Todesstrafe war der Mannschaft und ihren Offizieren geboten, den Herzog Johann Friedrich nicht entkommen zu lassen. Die Abführung wurde ohne das geringste Aufsehen veranstaltet. Die Truppen standen unter dem Gewehr, als der Fürst in seinen Fesseln auf den Wagen gebracht wurde, um Widersetzlichkeiten desselben zu verhüten, und Niemand durfte ihm sagen, wohin er geführt wurde. Während des Marsches gingen 25 Mann neben dem Wagen her, auf welchem neben dem Gefesselten drei der stärksten Wächter saßen; die übrigen aber wurden nachgefahren, um die Vorangehenden von Zeit zu Zeit abzulösen. Der Professor der Theologie Himmel von Jena begleitete in einem besondern Wagen den Zug. Ihnen insgesammt war das Leben des Fürsten preisgegeben, sobald er sich mit Gewalt in Freiheit zu setzen versuchen würde. Man hatte es absichtlich eingeleitet, daß der Herzog mit seiner Bedeckung spät des Nachts in Weimar ankam, um wo möglich ein Aufsehen zu vermeiden.[101]) Das neue Gefängniß, in welches er gebracht wurde, befand sich im zweiten Stocke des Kornhauses. Kleine vergitterte Fenster, unter der Decke angebracht, warfen ein spärliches Licht in dasselbe. Ein Tisch und eine Bank von Stein nebst einem an die Wand befestigten Bette waren der einzige Reichthum, welcher den fürstlichen Kerker schmückte. Das Loch in der Mauer, welches den Herzog mit den Wächtern in Verbindung setzte, war ebenfalls mit eisernen Stäben verwahrt, und der Eingang aus der Wachstube durch doppelte Thüren verschlossen; an diese, welche einer Kapelle glich, und mit einer Kanzel und andern zum Gottesdienste erforderlichen Einrichtungen versehen war, stieß eine Kammer, in welcher sich des Nachts vier Wächter aufhielten, um auf ein gegebenes Nothzeichen ihren Kameraden beispringen zu können. Eine verschlossene Treppe führte hinab auf die lange, eben so sorgfältig verwahrte Gallerie, auf der sich der Eingang in die Stube der abgelösten Wächter befand. In diese, wie in das Zimmer des Oberaufsehers, liefen Glockenzüge aus der obern Wachstube, mit welchen man sich die erforderlichen Zeichen geben konnte. Die äußere Bewachung fiel weg, die innere versahen jetzt bloß zwei Mann, welche in die neben dem Kerker befindliche Wachstube 24 Stunden lang eingeschlossen wurden. Die neun Mann waren dieselben, welche den Fürsten in Oldisleben bewacht hatten, so wie in der verordneten Einrichtung im Wesentlichen Nichts geändert wurde. Man hielt bloß für nöthig, die Wächter sammt ihrem Oberaufseher auf die geheime Verordnung, welche in einer verschlossenen Kapsel in der untern Wachstube aufbewahrt wurde, nochmals vereiden und ihnen dieselbe jeden Monat vorlesen zu lassen. Den Wächtern aber, welche abgelöst worden waren, gestattete man von nun an, bisweilen zu den Ihrigen in die Stadt zu gehen, jedoch sich nicht aus derselben zu entfernen; und weil der Hof die Beschwerlichkeit des Dienstes anerkannte, so wurden den Wächtern bedeutende Vortheile für die Zukunft bewilligt. Eine herzogliche Verordnung sprach sie von allen Abgaben frei und sicherte ihnen nach Ablauf der Dienstzeit den dreijährigen Genuß ihrer jetzigen Besoldung zu; wenn aber Einer oder der Andere vorher sterben würde, so sollten dessen Erben die Besoldung noch ein halbes Jahr genießen. Im Uebrigen ward ihnen der Schutz und Beistand des kurfürstlichen und herzoglichen Hauses Sachsen in jeder Noth und Gefahr zugesichert, so wie das Versprechen einer künftigen Versorgung, welches auch treulich erfüllt wurde. [102])

So waren die Anstalten beschaffen, welche zur sichern Verwahrung Herzogs Johann Friedrich dienten. Durch sie könnte man leicht zu dem Glauben verführt werden, daß es sich um eine Person handle, die dem Staate und der öffentlichen Sicherheit höchstgefährlich gewesen seyn müsse; allein weder dieß, noch die Vermuthung, daß er wahnsinnig gewesen sey, läßt sich bestimmt darthun, obgleich der Kurfürst von Sachsen sich einige Male solcher Ausdrücke bediente, woraus Letzteres geschlossen werden könnte. [103]) Zur richtigen Beurtheilung desselben aber dürfen folgende Umstände nicht außer Acht gelassen werden, wodurch die Erzählung der Begebenheiten der Zeit nach, um ein halbes Jahr zurückgesetzt wird, mit welchem die beschriebene Verlegung des Gefängnisses von Oldisleben nach Weimar um so eher voraus eilen konnte, als dieselbe nicht durch Das veranlaßt worden war, was im Kerker vorfiel.

Kaum war Johann Friedrich in dem Kloster zu Oldisleben angelangt, als Herzog Wilhelm den Kurfürsten Johann Georg und alle Herzoge von Sachsen davon benachrichtigte [104]), und eine Verordnung erließ, daß die Wohnungen seines Bruders zu Ichtershausen, Tambuchshof, Reinhardsbrun und Georgenthal erbrochen und durchsucht werden sollten. [105]) Man fand dort Nichts als Kleidungsstücke und Mobilien des Herzogs, welche von weltlichen Personen aufgezeichnet wurden; außerdem entdeckte man noch — wonach am Sorgfältigsten geforscht wurde — einige magische Schriften, Siegel, Zeichen und andere dahin deutende seltsame Gegenstände nebst Beschwörungsformeln, von der Hand des Herzogs geschrieben. Diese war der Hofprediger von Weimar zu verzeichnen und einzuliefern beauftragt worden. [106]) Nicht so glücklich scheint man bei Ausforschung der Gewaltthaten gewesen zu seyn, die der Herzog zu Ichtershausen verübt haben sollte, weil hierzu eben sowohl die Bestätigung fehlt, als zu dem Erfolge der demselben Geistlichen übertragenen Erkundigung über den unangenehmen Vorfall, welchen Johann Friedrich mit dem Prediger zu Ichtershausen bei Austheilung des Abendmahles angeblich gehabt hatte. Nicht minder schweigen die Nachrichten von dem

Erfolge der verordneten Vernehmung mit einer dortigen alten Frau. Inzwischen waren die Hofräthe Braun und Hortleder beauftragt worden, die verdächtigen Personen zu Weimar, welche mit Johann Friedrich in Verbindung gestanden hatten, ins Verhör zu nehmen. Diese Leute, von niederer Herkunft, hießen Hans Preußer, Silber Wolff, Abraham der Zwerg, nebst zwei alten Weibern, Vippich und Georg Fröhlichs Frau, auch die Sibylle genannt. Von ihnen gestand bloß die Vippich ein, daß sie dem Herzoge vor mehreren Jahren alte Kriegsbücher und einen Donnerkeil, an welchem der Aberglaube haftete, daß er den Besitzer vor dem Blitzstrahle sichere, habe verschaffen müssen, und daß ihr bei Todesstrafe verboten worden sey, Etwas von ihrem gegenseitigen Verkehre zu verrathen; alle Uebrige hingegen leugneten in irgend einer Verbindung mit ihm gestanden, oder von ihm Geschenke empfangen zu haben. Jedoch bekennten die vernommenen Hofbedienten, Stallknechte und Burgvögte (von welchen sich einige durch charakteristische Beinamen auszeichnen, wie Paul Vogt auf der Stiede und Andreas Keumling im blauen Rocke), daß der Herzog oft und besonders des Nachts nach Weimar gekommen sey, und sich entweder im Schlosse, oder, was häufiger geschah, im Vorwerke und im Ballhause aufgehalten habe. Diese kurze Anwesenheit habe er entweder zur Ruhe benutzt, oder er sey in die Stadt gegangen, wo man nicht wisse, was er vorgenommen habe.[107]) Von den Dienern des Herzogs selbst weiß man bloß zwei (vielleicht die einzigen ihm treu gebliebenen), welche vernommen wurden. Ihre Aussagen enthalten die Beschreibung zauberischer Beschäftigungen des Fürsten, an denen sie hatten Theil nehmen müssen, aber nichts Gewisses von gewaltsamen Handlungen, die ihm hätten vorgeworfen werden können.[108]) Bevor man aber zur Kenntniß dieser Aussagen gelangt und die Untersuchung

Hortleders und Brauns vollendet war, versammelten sich schon am 4. Juni die Theologen Major und Gerhard, Professoren zu Jena, nebst dem General-Superintendenten Kromayer und den beiden Weimar'schen Juristen Rudolph von Dieskau und Friedrich von Kospoth, um sich über das Verfahren gegen den eingekerkerten Fürsten gemeinschaftlich zu berathen. Die Anklagen gegen ihn wurden auf Verbrechen zwiefacher Art beschränkt: auf die freien Ansichten über Religion, welche die Theologen Epicurischen Atheismus nannten, und auf die Magie nebst den damit verbundenen Teufelsbeschwörungen. Die Beweise der ersten Anklage begründeten sich auf des Herzogs eigene Äußerungen, die der letztern auf die bereits erwähnten Entdeckungen in den eröffneten Wohnungen, wiewohl man nicht wußte, daß er davon Gebrauch gemacht hatte. Man schien ihm aber diese Anklagen nicht zur Ursache seiner Verhaftung, sondern zum Beweise eines sündhaften Lebens machen zu wollen, durch welches er sich die ewige Seligkeit verscherze. Daher sollte sich auch der Zweck dieser Berathung ausschließlich mit den Mitteln beschäftigen, welche den Fürsten von den freigeisterischen und zauberischen Grundsätzen abschrecken und zum ungeänderten, reinen Augsburgischen Glaubensbekenntnisse zurückführen könnten. Allein da man einsah, daß alle Versuche zur Bekehrung erfolglos seyn würden, wenn nicht der Gefangene zuvor wenigstens von der Billigkeit der gegen ihn angewandten Strenge — Gerechtigkeit schien man es nicht nennen zu wollen — überwiesen worden wäre, so nahm man seine Zuflucht zu gewaltsamen Handlungen und Anschlägen, die ihm vorgeworfen, das Geständniß seiner Strafbarkeit erwecken sollten. Dieses Amt wurde den Rechtsgelehrten allein übertragen, obgleich sie ahneten, daß der Herzog ihre Befugniß dazu schwerlich anerkennen werde, und die Theologen zu zweifeln schienen, ob sie ihn wegen solcher Vergehen, wie z. B. Mordthaten, von denen keine namhaft gemacht wurde, zur Rechenschaft ziehen dürften. Bei dieser seltsamen Ungewißheit der geistlichen und weltlichen Richter muß bemerkt werden, daß man sich scheuen mochte, den Rationalismus und das Zauberwerk den Gefangenen als gesetzlich strafbar zu verdammen, sowie man sich hütete, sie Beide öffentlich zur Ursache seiner Einkerkerung zu machen, wiewohl die öffentlichen Gesetze damals Befugniß dazu gaben. Entweder war dieß eine Rücksicht vor der fürstlichen Person, oder eine Ungewißheit des Thatbestandes für die Anklage. Soviel geht indeß aus Allem hervor, daß weit mehr Schein und Verdacht gegen den Herzog sprachen, als bestimmte verbrecherische Handlungen, weil sonst nicht würde beschlossen worden seyn, ihn theils durch verfängliche Reden, Eifer und Schärfe, theils durch grelle Schilderungen der ewigen Höllenqualen, die er einst in Gesellschaft des Teufels zu dulden haben werde, zum Geständnisse der Anschuldigungen zu bringen, wofern er sich durch Gelindigkeit nicht dazu bequemen werde. [109]) Vergleicht man diesen Beschluß mit den Vorschriften der Wächter, so fehlte Nichts als die Folter, um in der Person des Fürsten einen armen Sünder vollkommen zu bezeichnen. Darum mußten in des Herzogs Seele Mißtrauen und Zweifel an der gutgemeinten Absicht entstehen, welche die frommen Eiferer zu ihm ins Gefängniß führte. Ihre Erscheinung mußte den quälenden Gedanken an einen gewaltsamen Tod, und hiermit zugleich das Gefolge aller Schlauheit und List zur Rettung seines Lebens hervorrufen. Nicht leicht wird der Kerker gewähren, was der Beichtstuhl vermag! Wie die Mäßigung das Herz erweicht, so verhärtet es die Gewalt.

Der Hof zu Weimar unterwarf sich diesen Beschlüssen

schlüssen und überließ der Einsicht und dem Gewissen ihrer Urheber, Alles zu versuchen, was dem Vorhaben förderlich und heilsam seyn werde, das heißt, die Herzoge von Weimar übergaben Leib und Seele ihres Bruders der Gewalt einzelner, unduldsamer und blinder Eiferer, die in ihrer Leidenschaftlichkeit nicht wußten, wo die Verantwortlichkeit ihres Amtes anfange und wo sie ende. Bei ihrer Ankunft zu Oldisleben am 6. Juni wurde Befehl gegeben, den Herzog in Fesseln zu legen. Zwar war vom Hofe vorher schon die Erlaubniß dazu für den äußersten Nothfall gegeben worden; allein schwerlich dürfte die angebliche Besorgniß wegen der Versuche, das Gefängniß zu durchbrechen, die einzige und nächste Veranlassung gegeben haben, weil dem Gefangenen, sobald ihm der Tischschemel und der elfenbeinerne Kamm genommen worden war, die Werkzeuge mangelten, um durch die doppelten Mauern des von 39 starken Männern bewachten Kerkers dringen zu können. Persönliche Furcht hatte gewiß eben so vielen Antheil daran, als das Vorurtheil ein zweites unkluges Verfahren ergreifen hieß. Nämlich Johann Friedrich trug nach damaliger Sitte, an welche er einen bekannten Aberglauben knüpfen mochte, ein langes Haar zum Abscheu und Entsetzen seiner Wächter. Dieses wurde bei der Ankunft der Geistlichen und Rechtsgelehrten mit Gewalt abgeschnitten, da er sich nicht gutwillig dazu verstand. Beides, das Einschmieden in die Ketten und der Verlust der Haare, machte ihn bis zur Raserei wild. Sechs der stärksten Personen hatten Mühe, ihm das Geschmeide anzulegen, das er zu zersprengen Besorgniß gab, als ihm das Haar abgenommen wurde. 110)

Nachdem Johann Friedrich auf das Äußerste gereizt worden war, begaben sich die Rechtsgelehrten von Dieskau und von Kospoth in Begleitung des Oberaufschers ins Gefängniß, um ihm im Namen der Herzoge Wilhelm, Albrecht und Ernst die Vergehen vorzuhalten, welcher wegen er mit dem Verluste seiner Freiheit büßen sollte. Zur Bekräftigung ihres Auftrages wiesen die Abgeordneten ein Schreiben des Kurfürsten von Sachsen an Herzog Wilhelm vor, in welchem die Ausführung des Torgauer Beschlusses befohlen worden war. An der Ächtheit desselben zweifelte er, und gab auf alle Vorwürfe kurze und bündige Antworten, durch welche seine Unschuld dargethan werden sollte. Vielleicht sagte er ihnen dasselbe, womit er öfters die Geistlichen abwies: als Fürst und obrigkeitliche Person habe er sich selbst das Recht zu sprechen. Diesen Grundsatz hielt er stets vest; daher die weltlichen Richter niemals auf ihn wirken konnten. Von nun an sind sie selten, oder nie wieder im Kerker erschienen, den Geistlichen gern das undankbare Amt überlassend. Hinsichtlich dieser aber war in der Berathung vom 4. Juni beschlossen worden, vom Herzoge selbst zu vernehmen, ob er einen oder mehrere Theologen zur erbaulichen Unterhaltung um sich haben wollte. Ob diese Frage an ihn gerichtet worden sey, weiß man nicht; und ist es geschehen, so mochte die Antwort eher verneinend als bejahend ausgefallen seyn, weil er die Geistlichen haßte. Dessen ungeachtet war er stets von ihnen umlagert und bestürmt.

Major, Gerhard und Kromayer waren mit den Juristen am 6. Juni nach Oldisleben gereist, und begannen am folgenden Tage theils abwechselnd, theils insgesammt ihren Auftrag auszurichten. Bis zum 10. Juni blieben die drei Theologen bei dem Herzoge, als sich Major und Gerhard verabschiedeten; der Generalsuperintendent blieb bis zum 17. zurück, wo ein anderer Weimar'scher Geistliche, Namens Grauchenberg seine Stelle einnahm. Zehn Tage nachher wurde dieser von dem Magister Henzelmann abgelöst, welcher die Beichtvaterstelle bei dem Herzoge bis zum 12. Juli bekleidete; dann trat für ihn der Prediger Rinder ein, der dieses Amt ununterbrochen verwaltet haben soll, ohne jedoch die öftern Besuche anderer Theologen unnöthig zu machen. [111]) Denn alle Antworten, welche der Herzog auf die Fragen seiner Geistlichen gab, sammt den freiwilligen Äußerungen oder den Worten, die man am Loche der Wachstube abgehorcht und erlauscht hatte, wurden, so lächerlich und abgeschmackt sie bisweilen auch waren, pünktlich und schnell an die geistliche Oberbehörde nach Weimar berichtet; was davon für anstößig, sträflich oder gotteslästerlich gehalten wurde, das mußte ein besonders abgeordneter Theologe, entweder der Generalsuperintendent, oder ein Jena'scher Professor, dem Fürsten wieder vorhalten. Ein solches Verhör fand unter andern am 9. Juli statt. Diese Scenen scheinen nach und nach desto öfter wiederholt worden zu seyn, je größer der Haß des Herzogs gegen die Geistlichen wurde.

Da die Rechtsgelehrten den Herzog weder zum Geständnisse der ihm vorgeworfenen Gewaltthaten, noch zur Einsicht der Strafbarkeit derselben hatten bewegen können, so machten die Geistlichen, wenigstens gelegentlich, Versuche in der Hoffnung, daß es ihnen besser gelingen werde. Dadurch fielen sie aus der Rolle der Beichtväter in die der weltlichen Richter, und legten den Grund zu der Unerreichbarkeit ihrer Absichten. Johann Friedrich gestand ihnen zwar zwei Mordthaten ein, die er aber damit entschuldigte, daß sie ohne Vorsatz auf gegebene Veranlassung, oder als Züchtigungsmittel wegen Vergehen verübt worden wären. Einem Cavalier, meinte er, und noch mehr einem Fürsten komme dieß zu, der als obrigkeitliche Person das Recht über Leben und Tod

F 2

habe. Er ging in seinen Behauptungen weiter, und suchte aus dem fünften Verse des 139. Psalmen zu beweisen, daß dem Menschen die Sünden nicht zugerechnet werden könnten, weil Gott ihr Urheber sey; daher mache er sich auch kein Gewissen aus diesen Verbrechen. Wohl mochte es Verstellung seyn, als er einmal Reue äußerte und versicherte, daß es nicht wieder geschehen sollte; habe er aber, sagte er ein anderes Mal, das Gefängniß verdient, so wolle er den Todesstreich je eher desto lieber erleiden, als das elende Leben länger ertragen. Dennoch wurden dieselben Vorwürfe wiederholt. Ganz erfolglos blieben die Versuche der Geistlichkeit, den Herzog zur protestantischen Rechtgläubigkeit zurückzuführen. Es läßt sich zwar niemals beweisen, daß Johann Friedrich ein Gottesleugner gewesen sey, wohl aber gesteht er selbst, bisweilen an dem Daseyn des höchsten Wesens gezweifelt zu haben. Dagegen hatten die Zweifel an der Unsterblichkeit der Seele in ihm festgewurzelt. Als ihm deßhalb Vorwürfe gemacht wurden, so wollte er sie weder leugnen noch bekennen, sondern er gab vor, daß er den Prediger zu Ichtershausen damit habe prüfen wollen, ob dieser auch das Gegentheil beweisen könnte. Endlich gestand er seine Behauptung ein und suchte sie sogar mit Sprüchen der Bibel zu unterstützen, wiewohl seiner Meinung nach das Christenthum dadurch eben so wenig verleugnet als verworfen werde. Hierbei kam das Gespräch auf eine andere sträfliche Äußerung Johann Friedrichs, daß die Ehre ihm lieber, als die Seligkeit sey. Auch hier war er vorsichtig genug, um sich gegen die Geistlichen zu verwahren, indem er meinte, daß Beide von ihm gleich hochgeschätzt würden; und als ihm dagegen Einwürfe gemacht wurden, so schrieb er es einer Übereilung des Zorns zu. Hinsichtlich seiner freien Ansichten über die heilige Schrift, blieb er unerschütterlich, ja er fügte hinzu, daß sie bloß zur Unterhaltung geschrieben worden sey, wie andere geschichtliche Werke, die er ihrem Werthe nach weit über jene setzte; welche Schriften er darunter verstand, ob die alten Classiker, das läßt sich nicht bestimmen. Den Vorwurf, drei Jahre lang weder den öffentlichen Gottesdienst besucht, noch das heilige Abendmahl genossen zu haben, entschuldigte er mit dem unangenehmen Verhältnisse, welches zwischen ihm und dem Prediger zu Ichtershausen Statt gefunden hatte. Letzterer nämlich hatte den Herzog in seinen Predigten gestraft und gelästert. Indeß blieben Unsterblichkeit der Seele und Göttlichkeit der Bibel ein Hauptgegenstand des täglichen Gespräches, mit welchem die Theologen den Herzog marterten, ohne daß es ihnen gelang, ihm ihre Meinungen aufzudringen. Dieser Dinge überdrüssig fing er an zu spotten; so sagte er einst, daß seine Brüder eben soviel glaubten als er: gehacktes Fleisch sey besser als Sauerkraut. Man setzte ihn deßhalb zur Rede, um zu erfahren, was er darunter verstanden hätte; allein er rechtfertigte sich mit der Frage: ist es nicht wahr, daß Fleisch dem Kraute vorzuziehen ist? Dem Geistlichen, welcher im Gespräche mit ihm behauptete, daß Christus um der Menschen Sünde willen am Ölberge blutigen Schweiß geschwitzt habe, entgegnete er lächelnd: Ja, Christus wird sich vielleicht vor dem Tode gefürchtet haben; ich aber fürchte mich nicht vor demselben. Nicht selten verlangte er von seinen Beichtvätern umständliche Beweise ihrer eignen Behauptungen, oder er richtete unerwartete Fragen an sie. So fragte er, woran die Juden erkannt hätten, daß Christus der wahre Messias gewesen sey. Die Antwort des Geistlichen wird nicht angegeben; wenn diese aber mit Bibelstellen ihre Beweise zu unterstützen suchten, so machte er sie ihnen lächerlich, wie er z. B. bei Aufführung eines Trostspruches (Ps. 73, 25.) sagte: Dieß ist wohl ein feiner Spruch, aber er dient nicht zum Braten.

Mit gleichem Eifer wurden Johann Friedrichs zauberische Beschäftigungen bestritten; allein er suchte sich oft mit vieler Gewandtheit diesen Beschuldigungen zu entziehen. Im Allgemeinen erklärte der Herzog, nie einen Gefallen an Magie und Zauberei gefunden, geschweige sie ausgeübt zu haben. Zauberer, wie die Ägyptischen, seyen listige Betrüger, Das, womit er sich beschäftigt habe, seyen freie Künste, die er weder für sündhaft noch für verboten halte. Die früher geäußerten Drohungen, sich dem Teufel ergeben zu wollen, schrieb er der verzweiflungsvollen Lage zu, in welcher er sich aller Hilfe beraubt gesehen hatte. Und als ihm vorgeworfen wurde, daß er die schrecklichen Beschwörungen der bösen Geister sammt dem ganzen magischen Processe mit eigner Hand geschrieben habe, so gestand er zwar, daß es zu Hamburg, wo er sie in einem Buche gefundeu, geschehen, aber von ihm nie Gebrauch davon gemacht worden sey. Nun suchten die Geistlichen das eigenhändige Abschreiben dieser Dinge für sündhaft zu erklären, worauf der Herzog antwortete, daß er dieß nicht gewußt, vielweniger darüber nachgedacht habe. So leugnete er auch den Gebrauch zauberischer Künste, welche in einem magischen Buche beschrieben, von ihm selbst mit der Aufschrift versehen waren: „Allerlei Künste, an denen ich noch täglich lerne"; denn wenn er, so fügte er hinzu, die Soldaten sich der Kunst des Festmachens zu bedienen gesehen hätte, so wäre er mit Abscheu erfüllt worden, und seine Wunden, die er hin und wieder bekommen habe, gäben den sprechendsten Beweis, daß er weder schuß- noch hiebfest sey. Man fand es anstößig, daß er die magischen Schriften so sehr verehrte, sie in kostbaren Kästchen verwahrte, oder sogar unter sein Kopfkissen gelegt hatte. Der Herzog wollte Nichts davon wissen, lobte aber doch die magischen Psalmen des Paracelsus, von welchen er öfters mit großer Vorliebe sprach. Dagegen leugnete er den Gebrauch der in seiner Wohnung gefundenen magischen Zeichen, Siegel und anderer seltsamen Dinge, wie des Alräunchens, und als man ihn überführte, dergleichen Sachen am Halse und in den Kleidern getragen zu haben, so betheuerte er, daß sie Schrift und Wort ohne Zauberei und Beschwörung enthielten, wie die Inschrift auf dem Knopfe seines Degens. Als man sich in Vorwürfen dieser Art erschöpft hatte, so nahm man zu Lächerlichkeiten und abgeschmackten Beschuldigungen seine Zuflucht. So sollte einst ein Zischen und Blöken in seinem Zimmer gehört worden seyn; die Geistlichen fanden dieß verdächtig, allein der Herzog wußte Nichts davon. Selbst die Äußerung, man könne wohl auf einem Ziegenbocke entführt werden, wurde ernstlich genommen und verantwortlich gehalten; Johann Friedrich antwortete darauf lächelnd: ja, ich habe es wegen meines Elendes gewünscht. Daß er selbst mit seinen Bedienten an einen Galgen geritten war, um den Körper eines armen Sünders zu holen, war ihm nicht auffallend. Die abentheuerliche Beschäftigung mit dem trächtigen Schafe und dem ungebornen Lamme erklärte er als Narrenspoffe. Den Vorwurf, die bösen Geister in der Nacht angerufen zu haben, beantwortete er: O, ich war damals betäubt, weil ich die ganze Nacht nicht geschlafen hatte. So vorsichtig Johann Friedrich in den Antworten auf die beschuldigten Zaubereien war, so suchte er doch bisweilen absichtlich die Geistlichen irre zu führen, oder ihre Fragen zu verspotten. Einst hatte er seinem Bruder Herzog Ernst erzählt, daß er sich des Nachts oft mit dem Teufel überwerfe und das Bett deßhalb verlassen müsse. Mochte es Scherz oder Ernst gewesen seyn, kurz der Generalsuperintendent, dem diese Äußerung absichtlich war mitgetheilt worden, mußte ihm dieselbe jetzt vorhalten; er aber deutete sie so, der Teufel sey ungerufen gekommen, um ihn bei dem Schlafengehen zu bedienen. Also müssen Sie, schloß der Geistliche, in gutem, freundschaftlichem Vernehmen mit dem Satan gestanden seyn. Nein, erwiederte der Fürst, das folgt noch nicht daraus; denn wenn er mein Freund wäre, so schlüge er mich nicht — wiewohl er mich niemals geschlagen hat. Als sein Beichtvater wissen wollte, wozu er das Moos in dem Schädel eines Spitzbuben gesucht habe, so antwortete er spöttisch. Eine ähnliche Antwort gab er demselben Geistlichen, welcher ihm zum Vorwurf machte, aus der Haut eines ungebornen Lammes Pergament gemacht zu haben, da doch andere Felle eben so gut dazu hätten gebraucht werden können. Es mußte gerade solches seyn, erwiederte der Herzog. Ob er gleich den Aberglauben des Festmachens lächerlich gemacht hatte, so erzählte er doch den Geistlichen von einer Wurzel, welche, wenn sie zu gewissen Zeiten gegraben und genossen würde, steinfest machen könnte; er aber habe sie niemals essen mögen. Eben so erzählte er unaufgefordert von der Kraft geweihter Hostien gegen jede Verwundung, welche die Mönche verkauften. Die Geistlichen in Ungewißheit zu lassen über seine Zauberei, schien ihm vieles Vergnügen zu verschaffen. Dem Generalsuperintendenten erzählte er z. B., daß er einst zwei Worte gehört habe, die, wenn er sie jetzt sprechen könnte, seine Fesseln sogleich lösen würden. Jener nahm es als Zauberei, und machte deßhalb dem Herzoge Vorwürfe, die dieser belächelte.

Dieser Wechsel des Ernstes und Scherzes, der Neckerei und der Furcht in seinen Antworten, war zum

Theil auch Folge der Launenhaftigkeit Johann Friedrichs; im übrigen aber beseelten ihn Gewandtheit des Geistes, Festigkeit und Muth, um sich in den Ketten als freien Menschen zu zeigen. Dennoch ließen sich die Geistlichen von ihren Bekehrungsversuchen nicht abschrecken, glaubend, daß das verstockte Herz des Fürsten erweicht und in einen frommen Schlummer gewiegt werden könnte. Gleich bei ihrer Erscheinung im Kerker hatten sie in demselben und in der Wachstube Andachtsübungen zu diesem Behufe angeordnet. Täglich wurde zu verschiedenen Stunden gepredigt, vorgelesen, gesungen und gebetet. Hiermit wechselten die Gespräche über Religion und Moral ab, und fand sich noch ein Raum des Tages, der ausgefüllt werden mußte, so sollte der Fürst mit sich selbst erbauliche Betrachtungen anstellen. Deßhalb wurden ihm bloß Bücher religiösen Inhalts, wie die Bibel, das Concordienbuch, Lobwassers Psalmen, das Gesangbuch und die Schola pictata vorgelegt, andere Schriften aber auf das Strengste untersagt. [112]) Allein das Gute läßt sich nicht erzwingen, so wie Zwang nie Tugend genannt werden kann. Darum war dem Herzoge diese geistige Tyrannei unerträglich. Er verschmähte den ihm vorgeschriebenen Gebrauch der geistlichen Bücher, machte sie lächerlich, oder warf mit denselben nach seinen Beichtvätern. Die Predigten und Betstunden verspottete er, oder störte sie durch muthwilliges Geräusch. Der fromme Eifer der Geistlichen ließ sich nicht irren, sondern setzte unbekümmert den Gottesdienst fort, sowie man ihn stets die Überzeugung von seinem sündhaften Leben aufzudringen, und die Anklagen zu häufen bemüht war. Weil es aber an Stoff dazu fehlte, so nahm man seine Zuflucht zu jeder Klatscherei, die über den hülflosen Fürsten in Umlauf gekommen war. So wurden z. B. zwei Diener Johann Friedrichs ausgeforscht, deren Aussagen sich widersprachen. Der Eine behauptete, daß der Herzog in dem Diebeskopfe, welchen er sich vom Erfurter Hochgerichte hatte bringen lassen, Moos, nach des Andern Aussage aber, Gehirn gesucht und dasselbe gegessen habe. Letzterer klagte ferner seinen Herrn an, das Gehirn eines von ihm selbst mit verdächtigen Gebehrden aus einem trächtigen Schafe geschnittenen Lammes verzehrt zu haben. Zwei Tage nachher widerrief er nicht nur diese sondern auch jene Beschuldigung. Dennoch wurden dieselben kurz darauf dem Fürsten vorgeworfen. [113]) War man so leichtsinnig bei Lächerlichkeiten, die auf unhaltbaren Klatschereien beruhten: wie viel Wahres mag nun an den Gewaltthaten gewesen seyn, die dem verfolgten Fürsten zum Verbrechen gemacht wurden! Natürlich mußte ihn dieses Verfahren zur Widerspännstigkeit und zum Starrsinne reizen. Wenn er auch bisweilen an dem Gottesdienste oder an den Betstunden andächtigen Theil nahm, oder wenn er seufzte, ja sogar betete, daß ihm die Sünden vergeben werden möchten, und einige Male den 32. Psalm las, so war dieß ein vorübergehendes Gefühl seines Unglücks, oder Schein und List, um die Geistlichen zu täuschen. Denn fühlte er sich irgend einmal schuldig, so rief er spöttisch aus: habe ich Etwas begangen, so hat Gott mein Herz, wie das des Pharao, verstockt. Im Übrigen aber behauptete er, daß sein Gewissen nicht beladen seyn könnte, weil es sonst längst aufgewacht seyn würde. Wohl wissend, daß sein Schicksal von den Berichten seiner Beichtväter abhing, schmeichelte er ihnen niemals, sondern schärfte vielmehr ihr Gewissen, so oft er merkte, daß ihr Gutachten über ihn abgefordert werden würde. Weil Ihr, sagte er zu dem abreisenden Prediger Grauchenberg, vor die Hohenpriester zu Weimar werdet gefordert werden, so werdet Ihr berichten, wie viel noch meinem Gewissen mangele; am jüngsten Gerichte aber werdet Ihr Rechenschaft geben müssen, wie Ihr Eure Schäfchen geweidet habt. [114])

Seine Einkerkerung hielt Johann Friedrich stets für ungerecht, beklagte sich, vorher niemals gehört worden zu seyn, und wenn er gewußt hätte, setzte er einst hinzu, daß man ihn in dieses Gefängniß hätte führen wollen, so würde er sich mit Gewalt aus den Händen der Tilly'schen Reiter befreit haben. Zwar schien er sich Anfangs gemäßigt zu haben, weil er die Geistlichen ersuchte, sich bei seinen Brüdern zu verwenden, damit er aus der Gefangenschaft erlöst werde, die weder ihm noch seinen Brüdern zur Ehre gereiche; und einem Wächter machte er große Versprechungen, wenn er ihn frei lassen wollte. Als aber alle Ohren gegen sein Bitten verschlossen waren, so verlangte er einen Rechtsgelehrten, mit dessen Hilfe er seine Angelegenheit gegen das Haus Sachsen auszuführen Willens war. Auch dieser Wunsch blieb unerfüllt. Nun wuchs sein Ungestüm und seine Wildheit von Tage zu Tage. Er überfiel einen Wächter in der Meinung, ein Werkzeug bei demselben zu finden, mit welchem er sich in Freiheit setzen könnte. Alle waren mit Gefahr bedroht, die sich ihm nahten; denn was in seine Hände gerieth, gebrauchte er gegen sie zur Waffe. Dabei wurzelte der Glaube an seine Hinrichtung um so fester in ihm, als er schon längst davon gehört zu haben vorgab. Die Ermahnungen des Geistlichen zur Beichte und zum Genusse des heiligen Abendmahles hielt er für die Annäherung seiner letzten Lebensstunde, wo er sich mit Gott und den Menschen versöhnen sollte, verwarf sie aber als unnöthig, weil sein Gewissen nicht beschwert sey. Man könne ihm unbefangen sagen, setzte er hinzu, wenn seine Brüder noch andere Thätlichkeiten gegen ihn verfügen wollten, da er sich lieber heute als Morgen bequemen werde. [115])

Unter solchen Umständen war der erste Monat der Gefangenschaft Johann Friedrichs zu Oldisleben verflossen, als er plötzlich in abergläubische Phantasien verfiel, die vorher an ihm nicht bemerkt worden waren, wenigstens sprachen die Berichte der Geistlichen und Wächter erst vom 4. Juli (1627) an von verdächtigen und wunderlichen Dingen, mit welchen sich der Gefangene die Zeit vertrieb. Die Lebhaftigkeit seines Geistes, an Thätigkeit gewöhnt, wollte Beschäftigung haben, die er weder in den Andachtsübungen noch in den erbaulichen Gesprächen, am wenigsten aber in der ihm aufgedrungenen Lectüre fand. In solcher qualvollen Müßigkeit nun war er zu seinen Lieblingsideen zurückgekehrt, die er vielleicht absichtlich seit der Einkerkerung unterdrückt hatte. Zunächst jedoch mochte ihn das sehnliche Verlangen nach Freiheit in die lächerlichen Phantasien eingeschläfert haben, in welchen er sich die Erlösung aus dem Kerker durch die Macht des Teufels vorspiegelte. Wie viele hat die Schwermuth oder eine verzweiflungsvolle Lage, wo die Hilfe unmöglich oder fern zu seyn schien, zur Zeit des herrschenden Aberglaubens zu dem thörichten Schritte verleitet, sich dem bösen Feinde zu ergeben und Beistand von ihm zu erwarten! Augenzeugen erzählen folgende Scenen aus dem Gefängnisse des Fürsten.

Am 4. Juli Nachmittags stand der Herzog, nachdem er Tags zuvor schon wunderliche Bewegungen gemacht hatte, von seinem Bette auf, sah in die Winkel des Kerkers, murmelte in einem jeden, oder sprach heimlich zum Fenster hinaus, und machte dabei bald freundliche, bald traurige Mienen. Bisweilen horchte er sehr aufmerksam, als ob er eine Antwort erwartete. Alles dieß geschah mit seltsamen Gebehrden. In der folgenden Nacht hörten die Wächter unter dem Gefängnisse und vor demselben ein starkes Toben, das auch sie der Neckerei aussetzte. Als nun am Morgen der Diener zum Herzog kam, um ihm Wasser zu bringen, sah er denselben starr an und sagte lachend: Ihr seyd mir ein feiner Gesell! Warum habt Ihr heute Nacht vor meinem Bette gepocht? Mit diesen Worten warf er einen Teller nach ihm. Kaum aber hatte sich dieser entfernt, so trat Johann Friedrich auf sein Bett, winkte mit den Händen in alle Winkel, lachte und setzte sich nieder. Hierauf kleidete er sich an, nahm die Ketten, befühlte ein Glied derselben nach dem andern, kniete mit dem linken Fuße nieder, während er den rechten vor sich setzte, und riß mit solcher Gewalt an denselben, daß das Gefängniß bebte. Die Wächter mahnten ihn vergebens zur Ruhe, und dem Geistlichen, der ein Gleiches that, rief er mit lautem Gelächter zu: Es soll und muß seyn! Sie drohten nun mit Anlegung neuer Ketten, der Herzog warf mit Steinen nach ihnen, die er in seinen Kleidern verborgen hatte, und verantwortete sich auf die sonderbare Weise: Ich will Euch sagen, warum ich dieß thue: Man hat mir vergangene Nacht zugerufen, ich müßte mich heute losmachen, sonst würde ich für einen schlechten Kerl gehalten werden. Dieses Geschrei hat mich die ganze Nacht hindurch gestört. Er unterließ nun zwar das Arbeiten an den Ketten, aber die heimlichen Gespräche mit den wunderlichen Gebehrden setzte er fort. Aus den wenigen Worten, welche die Wächter verstanden, dürfte zu schließen zu seyn, daß er sich mit dem Entwurfe eines Planes beschäftigte. Gegen Abend, als er sich, wie der Geistliche meinte, vor Beobachtung sicher glaubte, setzte er sich, in den Mantel gehüllt, auf die steinerne Bank, winkte mit Kopf und Händen nach dem Fenster, lachte und gebehrdete sich, als wenn Jemand, neben ihm sitzend, mit ihm spräche. Bald redete er heimlich, bald hielt er das Ohr an die Wand, um aufmerksam anzuhören, was ein Anderer sagte. Dabei wechselte er bald freundliche bald traurige Mienen, schüttelte zuweilen mit dem Kopfe, oder schlug zornig um sich und machte solche Bewegungen, wie wenn er Etwas zum Fenster hinausscheuchen wollte. Die Beobachter glaubten, daß er sich mit dem Teufel bespräche, ja sie wollten sogar in seinen Mienen lesen, daß er an den Zusagen des Satans zweifele, die ihm dieser so eben gemacht habe. Als dieses Spiel zu lange dauerte, ordnete der besorgte Beichtvater eine Betstunde in dem Wachtzimmer an, in der Meinung den Teufel zu vertreiben; und da man die Worte sang: für den Teufel uns bewahr', sprang der Herzog wie ein Wüthender auf und schlug mit den Fäusten um sich. Solche und ähnliche Possen setzte er fort, worüber die Berichte bloß bis zu Anfange August's reichen. Bei seinen angeblichen Unterredungen mit dem Teufel nahm er bisweilen das Arbeiten an den Ketten wieder vor, die er endlich zerriß. Die wenigen Worte, welche die Beobachter an der Öffnung der Kerkermauer verstehen konnten, beschränkten sich größten Theils auf die eingebildete Zusage des Teufels, ihn binnen drei Tagen zu befreien; allein jener mochte sein Wort nicht gehalten haben, weil ihm Johann Friedrich bittere Vorwürfe machte, ihn der Lüge und Wortbrüchigkeit beschuldigte und mit einer Menge Schimpfreden belegte. Bisweilen aber rief er den Satan wieder bei den Namen Hippocras oder Herrmann, und wenn dieser in seiner Einbildung erschienen war, warf er ein Geschirr nach ihm, oder wiederholte die Vorwürfe. Manchmal klagte er ihm auch sein Mißgeschick, so z. B., daß ihm die Kräuter und Wurzeln Nichts geholfen hätten. Ein anderes Mal rief er ihm zu: Siehe, ich bin mitten unter meinen Freunden, und doch geschieht mir dieß. Hättest du mir nicht sagen können, daß es mir so gehen werde? [116])

Freilich hat Vorurtheil, Aberglaube und Furcht der beobachtenden Personen viel zur Ausschmückung dieser Erzählung beigetragen; denn es scheint fast, daß sie Traum und wachenden Zustand des Fürsten oft nicht unterschieden oder unterscheiden konnten. Wie sehr die Furcht vor dem Teufel im ganzen Gefängnisse verbreitet war, beweist der Umstand, daß die Wächter selbst vor seinen Neckereien sich nicht sicher glaubten. Sie boten dem Herzoge sogar ihre Hilfe an, dem Teufel gemeinschaftlich aus dem Kerker zu verjagen, wenn sie ihn mit Anfechtungen beladen glaubten. Ihre Täuschung ging soweit, die Stimme des Satans öfters vernommen zu haben. So versicherten selbst der Beichtvater Rinder und der Oberaufseher von Sandersleben, einst zwischen Johann Friedrich und dem bösen Feinde einem heftigen Wortwechsel in Französischer Sprache zugehört zu haben, welcher so lange anhielt, daß der Prediger eine Betstunde halten zu müssen glaubte. Bei dem Gesange des Liedes: Gott, der Vater, wohn' uns bei rc. (das man sehr oft zur Vertreibung der Anfechtungen sang) wurde der Herzog aufgebracht und warf mit Gewalt gegen die Thür. Seine geheimen Gespräche und Phantasieen wurden nicht für einen krankhaften Zustand, sondern für Folge eines mit dem Teufel geschlossenen Bündnisses gehalten. Die Geistlichen machten es ihm wirklich zum Vorwurf, und ohne sich zu vertheidigen nahm er die vorgezeigte Schrift, auf welcher die Beschuldigung stand, las sie selbst und antwortete ganz ruhig: Was steht doch Alles in dem Dinge! Er gab übrigens doch zu, daß der

Teufel ein Lügner sey, dem man nicht trauen dürfe. Mithin darf man nicht folgern, daß Johann Friedrichs Innere schon in gänzlicher Verstandesverwirrung befangen gewesen wäre. Denn gerade in dieser Phantasie-Periode kam der Generalsuperintendent von Weimar nach Oldisleben und stellte mit ihm ein großes Verhör über mancherlei, zum Theil sehr lächerliche Beschuldigungen an, gegen welche sich der Fürst sehr verständig vertheidigte. Auch darf man nicht übersehen, daß er sich seiner Phantasieen bewußt war, wenn ihm dieselben von den Geistlichen, wie es gewöhnlich geschah, vorgeworfen wurden. Vielmehr waren sie Folge seines lebhaften Verlangens nach Freiheit mit Hilfe des Satans, das seinen Geist selbst im Schlafe beschäftigt haben mochte. Gewiß ist, daß der Herzog in dieser Epoche häufig an seinen Ketten arbeitete und sie zu sprengen suchte. Es gelang ihm auch, das Schloß an der großen Kette abzuschlagen, und die kleinere am linken Schenkel zu zerreißen. Dabei nahm er eine drohende Stellung an, Jeden zu erschlagen, der sich ihm nahen würde. Niemand scheint gewagt zu haben, ins Gefängniß zu treten; denn selbst das fürstliche Schreiben, welches auf den Bericht über diesen Vorfall von Weimar an ihn geschickt worden war, wurde am dritten Tage nach jener That dem Herzoge durch die Öffnung der Mauer mit der ernsten Mahnung überreicht, die Ketten abzugeben, widrigenfalls Gewalt an ihm gebraucht würde. Johann Friedrich las es und gab es weinend zurück. Dieser Augenblick schien dem Oberaufseher günstig zu seyn, dem Gefangenen die Fesseln abzunehmen und wieder einzurichten. Sogleich wurden drei Männer in ganzer Rüstung zu einem Einfalle in den Kerker befehligt. Der Herzog widersetzte sich und nur mit der

äußer-

äußersten Anstrengung gelang es den Leuten, ihren Auftrag zu vollziehen.

So standen die Sachen nach den ersten drittehalb Monaten, als Herzog Wilhelm am 18. August 1627 den Professor Gerhard zum Kurfürsten Johann Georg nach Weida schickte. Diese Sendung war durch mancherlei Umstände veranlaßt worden. Johann Friedrich hatte bisher gezweifelt, daß der Kurfürst von seinem Unglücke etwas wisse, vielmehr hielt er den Herzog Johann Casimir und dessen Hofmarschall von Gottfart für die Urheber desselben, welche, wie er meinte, seinen Bruder Wilhelm dazu vermocht hätten. Wenn auch hierin der gefangene Fürst in Irrthum war, und demselben entrissen werden mußte, so hatte sich doch der Weimar'sche Hof ein eigenmächtiges Verfahren im Laufe der Gefangenschaft Johann Friedrichs vorzuwerfen. Der Kurfürst hatte nämlich seit dem 6. Juni, als ihm die Ankunft Johann Friedrichs zu Oldisleben gemeldet worden war, keine Nachrichten wieder vom Herzoge Wilhelm erhalten. Der Torgauer Beschluß, der eine milde Behandlung des Gefangenen empfohlen zu haben schien, war besonders dadurch verletzt worden, daß man den Gefangenen in Fesseln gelegt hatte. Über diesen willkührlichen Schritt wollte nun Herzog Wilhelm dem Sächsischen Familienhaupte Rechenschaft ablegen lassen, weil ihm und seinen Brüdern das Stillschweigen darüber gemißdeutet werden konnte. Allein ungeachtet dieser Besorgniß und der geäußerten Zweifel Johann Friedrichs würde wohl schwerlich damals schon die Sendung zum Kurfürsten veranstaltet worden seyn, wenn nicht andere dringendere Umstände, die Last der kaiserlichen Einquartierung und der bevorstehende Kurfürstentag zu Mühlhausen, dazu aufgefordert hätten, welche dem Rudolph von Dieskau, dem Jena'schen

G

Theologen bei seiner Gesandtschaft als Begleiter beigegeben, anvertraut worden waren. Wie dem auch seyn mag, Gerhard stellte dem Kurfürsten die Nothwendigkeit vor, daß man ein schärferes Verfahren, als es beschlossen gewesen war, gegen den Gefangenen habe anwenden müssen. Er unterstützte seine Aussagen mit schriftlichen Berichten der Geistlichen und Wächter, die über den Zustand Johann Friedrichs nach Weimar geschickt worden waren, und da er diese nicht hinreichend, oder vielleicht parteiisch glaubte, so forderte er im Namen Herzog's Wilhelm den Kurfürsten auf, seinen Oberhofprediger, oder einen andern gelehrten Theologen nach Oldisleben zu schicken, der sich nicht nur von der Wahrheit der vorgelegten Beschreibungen überzeugen, sondern auch bemühen sollte, dem Gefangenen die Zweifel an der Kenntniß des Kurfürsten von seiner Lage zu benehmen. Sey's, daß sich Johann Georg in dieser zarten Angelegenheit keine größere Verantwortlichkeit aufbürden oder daß sein geheimer Groll auf das Haus Weimar über dessen Verlegenheit triumphiren wollte: kurz er schlug das Gesuch Herzogs Wilhelm ab, tadelte die geschärfte Behandlung, und rieth dem Torgauer Schlusse zu Folge zu einer gelinden und freundlichen Behandlung, die weit mehr fruchten würde, als alle Gewalt. Doch billigte er das fortgesetzte Predigen, Lesen, Beten und Singen, welches noch ersprießlicher werden könnte, wenn man mit allen diesen erbaulichen Betrachtungen im Kerker öffentliche Gebete für den Fürsten, als eine hochangefochtene Person, in den Kirchen des Herzogthums Weimar verbände. [117]) Man hatte vielleicht diese Antwort nicht erwartet, wenigstens nicht die milden Gesinnungen Johann Georgs hinsichtlich des Verfahrens, weil er ein eifriger Lutheraner, und ein der Geistlichkeit unbedingt ergebener Fürst war. Es läßt sich nicht bestimmen, ob sein Vorschlag wegen Anordnung eines Kirchengebetes von Herzog Wilhelm gebilligt worden sey, weil dasselbe die Neugierde gereizt und die Verschwiegenheit bedroht haben würde, was ganz gegen des Fürsten Absichten war, der nicht bloß die wahre Beschaffenheit seines Bruders, sondern auch dessen Behandlungsweise so geheim, als nur immer möglich, gehalten wissen wollte. 118) Noch weniger war man zur milden Behandlung geneigt, die Johann Georg gerathen hatte. Denn der Oberaufseher Heinrich von Sandersleben wurde zwei Monate nachher angeklagt, den gefangenen Fürsten zu gelinde behandelt zu haben. Er wurde zur Verantwortung gezogen und bedroht, wenn er künftig seine Pflichten nicht besser erfüllen wolle, so werde man ihn absetzen, oder nach dem Inhalte seiner beschworenen Bestallung an ihm ein solches Beispiel aufstellen, das seinen Nachfolgern zur Lehre und Warnung dienen sollte. 119) Dagegen wurden Alle gelobt und mit Geschenken ermuntert, welche den beschwerlichen Dienst im Gefängnisse mit der empfohlenen Strenge verrichteten. So erhielt z. B. ein Offizier hundert Gülden zur Belohnung, welcher sich um die Bewachung Johann Friedrichs zu Oldisleben sehr verdient gemacht hatte. Man vernachlässigte eher andere Bedürfnisse, als die Fürsorge und Unterstützung der Wächter. 120)

Es sind zwar von der Mitte August's 1627 bis zum Juni des folgenden Jahres keine Nachrichten aus dem Gefängnisse des Herzogs vorhanden, als die Versetzung desselben von Oldisleben nach Weimar und die erneuerte Verpflichtung der Wächter auf die vorigen strengen Vorschriften; der Umstand aber, daß die Andachtsübungen nach Verlauf des ersten halben Jahres nicht mehr im Kerker selbst, sondern in der daran sto-

G 2

ßenden Wachstube gehalten wurden, spricht für den zugenommenen Ungestüm des Gefangenen, wie für den tyrannischen Religionseifer der Weimar'schen Geistlichen. Dessen ungeachtet fuhr Johann Friedrich fort, sich ihnen hartnäckig zu widersetzen. Er belegte sie mit beleidigenden Namen, warf mit den Gebetbüchern nach ihnen, und rief ihnen zu, daß er sie verachte. Wenn sie kamen, seine Ansichten anzugreifen und zu verdammen, so vertheidigte er sich mit Gründen; wenn sie Gottesdienst im Wachtzimmer hielten, so tobte er entweder im Gefängnisse, oder schrie den Predigern Einwürfe und Drohungen zu, um sie zum Schweigen zu bringen. Kurz er dachte auf die empfindlichsten Mittel, ihr Amt zu dem mühseligsten zu machen. Die Geistlichen hingegen von der Heiligkeit ihrer Mittel zum frommen Zwecke überzeugt, ließen sich nicht durch die halbjährige Erfahrung belehren, daß weder verordnete Betstunden, noch anhaltendes Predigen die Anfechtungen des Herzogs, wie dessen zauberische Geschäftigkeit im Kerker genannt wurde, vertreiben oder nur vermindern konnten; vielmehr setzten sie dieselben mit verdoppelter Gewissenhaftigkeit fort, und wiesen sogar die Wächter an, in ihrer Abwesenheit das geistliche Amt zu verrichten. Ja, man ging soweit, daß der Herzog an die Wand angeschlossen wurde, um den Gottesdienst im Wachtzimmer vor seinen häufigen Störungen zu sichern. Je mehr also Johann Friedrich die eifrigen Bekehrer in ihren Werken zu hindern suchte, desto verblendeter und erbitterter wurden diese, so daß es zweifelhaft wird, ob sie endlich noch ein christliches Mitleiden, oder bloß Rache beseelte; ob sie für eine verlorene Seele die Gottheit zur wunderbaren Erbarmung zwingen, oder jene in gänzliche Verdammniß stürzen wollten. Denn von Außen nicht gehindert, standen ihnen alle Mittel zu Gebote, deren der roheste Bekehrungseifer fähig ist. Ihre Berichte begegneten keinen Bedenklichkeiten, ihre Berathungen keinen Einwendungen, ihre Beschlüsse keinen Hemmungen: Alles, was sie anordneten und verordneten, wurde den Befehlen des fürstlichen Hofes gleichgeachtet, unbedingt genehmigt und vollzogen. Und wenn den andern Sächsischen Höfen Bericht abgestattet, oder die Bewilligung Dessen abgefordert werden sollte, was in Beziehung auf den Gefangenen beschlossen worden war, so übernahmen sie die Gesandtschaften, wobei vielleicht niemals oder doch selten ein fürstliches Schreiben den Umfang ihres Auftrags beschränken mochte. Wohin dieß Alles noch führen sollte, da der Herzog schonungslos behandelt, und die Heiligkeit seines fürstlichen Hauptes auf das Tiefste verletzt wurde: wer mag das mit Sicherheit entscheiden! Das aber dürfte mit Zuverlässigkeit behauptet werden, daß der gutgemeinte Zweck durch seine Mittel, selbst wenn viele derselben die Schuld jener rohen Zeit trugen, um so verdächtiger gemacht wurde, als bei ihrer Anwendung das Leben Johann Friedrichs fortwährend der Willkühr seiner Wächter preisgegeben war.

So war ein ganzes Jahr verflossen, als die Widerspännstigkeit Johann Friedrichs gegen seine Beichtväter die Verlegenheit seiner Brüder auf den höchsten Gipfel gesteigert zu haben schien. Die Herzoge von Weimar trugen zwar aus frommer und abergläubischer Scheu Bedenken, sich ihrem Bruder — einen Verbündeten des bösen Feindes — zu nähern, oder von dessen Behandlung sich persönlich zu überzeugen [121]); allein seine Gefangenschaft mußte ihnen doch allmälig zur drückendsten Last geworden seyn, wie denen jede Angelegenheit große Beschwernisse verursachen muß, welche eine solche zum tiefsten Geheimnisse machen. Und doch wäre es jetzt eben so unklug als gefahrvoll gewesen, dem Gefangenen die Freiheit zu geben, wie jeder Rückschritt zur milden Behandlung nicht vermocht haben würde, die unbeugsame Hartnäckigkeit desselben zu erweichen. Also mochten sie des guten Rathes bedürfen, oder der Mißbrauch übertragener priesterlicher Gewalt, der sich in den Qualen, durch welche der Herzog zur evangelischen Rechtgläubigkeit zurückgeführt werden sollte, erschöpft zu haben schien, verlangte entweder hilfreiche Unterstützung, oder Bewilligung neuersonnener Martern. Bezweckte es das Eine, oder das Andere: so beschloß doch Herzog Wilhelm nach seiner Rückkehr von Prag im Juni 1628, dem Kurfürsten von Sachsen von dem Zustande seines eingekerkerten Bruders Nachricht zu geben, und zugleich um dessen Gutachten zu bitten. Er sandte deßhalb seinen Beichtvater, Magister Lippach ab, welcher gegen die herkömmliche Sitte nicht einmal ein Beglaubigungsschreiben, geschweige eine Vorschrift vorzuzeigen hatte, die seinen Auftrag beschränken konnte. Mit freier, leidenschaftlicher Zunge schilderte der Geistliche am Dresdener Hofe die unbesiegbare Beharrlichkeit des gefangenen Fürsten in seinen Grundsätzen. Ungeachtet alles angewandten Fleißes, berichtete Lippach, ist keine Besserung, vielmehr große Bosheit an ihm zu bemerken; denn wenn er auch bisweilen Freundlichkeit und Demuth zeigt, so geschieht es nur, um zu täuschen. Seine Verachtung des göttlichen Wortes und heiligen Amtes kann durch fortwährendes Predigen, Singen und Beten nicht vermindert werden. Er stört diese Andachtsübungen durch ärgerliche Einwürfe und Widersprüche, oder erlaubt sich schreckliche Drohungen und grausame Gotteslästerungen, die mit Anrufung des leidigen Satans und geheimen mündlichen Unterhaltungen desselben abwechseln. Er ißt und trinkt wenig, macht aber das, was er übrig läßt, durch Verunreinigung ungenießbar. Im Übrigen wüthet und tobt er auf die unmenschlichste Weise, und zerschlägt alle Geräthe, deren er sich bemächtigen kann. Der ganze Auftrag beabsichtigte eine vollkommene Schilderung von des Herzogs gänzlicher Unverbesserlichkeit, von der Verbitterung des Dienstes, den die Geistlichen und Wächter bei ihm versahen, und von der Vereitelung der Bekehrungsversuche. [122])

Mag es Zufall oder Absicht seyn, daß die Antwort des Kurfürsten unbekannt geblieben ist, so läßt sich auch schwer vermuthen, wohin der Rath, welchen Johann Georg geben konnte, gezielt habe, selbst wenn er den Erwartungen des Weimar'schen Hofes und seiner Geistlichkeit entsprochen hätte; wenigstens konnte derselbe keine Mittel enthalten, die den hartnäckigen Sinn des Gefangenen gebrochen haben würden. Dagegen mochten Alle, die den Herzog behandelten, oder Berichte über ihn erhielten, die Überzeugung gewonnen haben, daß er von dem Teufel an der Erlangung göttlicher Gnade gehindert werde, wiewohl er noch nicht eingestanden zu haben schien, daß er mit demselben in engem Bunde wäre. Was demnach diese Sendung zum Kurfürsten erreicht, und wieviel oder wie wenig der Erfolg derselben auf die letzten Monate von Johann Friedrich's Leben gewirkt habe, das wird schwerlich aufgeklärt werden können. Auf diese Weise gibt die über beide Umstände verbreitete Dunkelheit der Vermuthung einen großen Spielraum. Wenn auch der Herzog durch die Tyrannei der Geistlichen endlich zum völligen Wahnsinne gereizt — was jedoch bis zur Abschickung Lippach's an den Kurfürsten von Sachsen noch nicht geschehen war — und dadurch sein Leben verkürzt worden seyn sollte, so darf in solcher Ungewißheit nicht übersehen werden, daß dasselbe längst schon, wenigstens den Wächtern preisgegeben war, für die sich immer bei dem allgemeinen Hasse gegen den hilflosen Gefangenen entschuldigender Vorwand finden konnte, sobald der blinde Gehorsam ihres lästigen und geheimen Dienstes eine öffentliche Deutung für die abergläubischen Zeitgenossen erforderte.

Es war ein fast allgemein verbreiteter Glaube der frommen Vorzeit, daß der Teufel über unglückliche Personen, zu denen auch der Herzog gehörte, sobald sie vor Gericht das Geständniß ihrer Gemeinschaft mit ihm, oder ihrer Zauberei abgelegt hatten, Verwirrung der Sinne, Raserei oder den plötzlichen Tod verhänge, um sich dieselben durch Beichte und Buße nicht entreißen zu lassen. [123]) Etwas ähnliches geschah auch bei Johann Friedrich. Er hatte am 16. October 1628 das Geständniß abgelegt, sich dem Teufel mit seinem Blute verschrieben zu haben, und wurde am 17. desselben Monats todt, mit dem Gesichte auf der Erde in gekrümmter Stellung und mit einer blutenden Wunde in der Seite gefunden. Seine Brüder und die Geistlichkeit glaubten, daß ihn der Teufel getödtet habe, vielleicht weil die Zeit des gemeinschaftlichen Bündnisses abgelaufen wäre; die Wächter aber waren sogleich in den Dienst des Weimar'schen Hofstaates genommen worden. [124])

Die Herzoge Wilhelm, Albrecht, Ernst und Bernhard, welcher letztere kurz zuvor nach Weimar zurückgekehrt war, verheimlichten den Todesfall, und beriethen sich drei Wochen lang, ob derselbe bekannt gemacht, und wie der Leichnam beerdigt werden sollte. Inzwischen wurde (am 23. October) der Hofprediger Lippach insgeheim zum Kurfürsten Johann Georg geschickt, um die Nachricht vom Tode Johann Friedrichs mündlich zu überbringen. Als der Kurfürst einen umständlichen schriftlichen Bericht darüber verlangte, so weigerte sich der Abgeordnete, unter dem Vorwande, keinen Befehl dazu zu haben; weil aber jenem viel daran lag, so richtete er sein Gesuch unmittelbar an den Weimar'schen Hof mit der ausdrücklichen Versicherung, daß die Nachrichten, wenn sie mitgetheilt würden, von ihm sorgfältig verwahrt und Niemandem gezeigt werden sollten. Die Antwort darauf ist eben so unbekannt geblieben, als es die Absichten sind, welche der Kurfürst dabei haben mochte. In Betreff des Begräbnisses jedoch, über welches man seine Meinung zu wissen wünschte, rieth er, solches ohne Feierlichkeiten begehen, und den Todesfall, der ohne dieß nicht könnte verschwiegen gehalten werden, in den Kirchen mit der Bemerkung bekannt machen zu lassen, daß der fürstliche Leichnam bis zu andern schicklichern Zeiten einstweilen beigesetzt werden sollte. [125]) Auf sein Anrathen wurden auch die Höfe zu Altenburg, Coburg und Eisenach befragt, und nächst ihnen die Stimmen der Geistlichen abgehört, welche wahrscheinlich im Einklange mit dem Gutachten des Altenburg'schen Generalsuperintendenten Eckard waren. Dieser, am 9. November zur geheimen Berathung von seinen Fürsten wegen der dem Weimar'schen Hofe zu ertheilenden Antwort gerufen, verwarf den Vorschlag des Kurfürsten von Sachsen in Beziehung auf die Bekanntmachung des Todes wie auf die Beerdigung; denn es sey gegen die Ordnung der Dinge, einem Verbündeten des Teufels, ohne dieß jeden Andenkens unwerth, ein ehrbares christliches Begräbniß zu gestatten. Vielmehr müsse ein solcher, riethe er in vollkommener Übereinstimmung mit den Grundsätzen der Weimar'schen Geistlichkeit, wie er im Leben von den Christen abgesondert worden wäre, auch nach seinem Tode von denselben getrennt bleiben. Wenn man aber diesen Grund nicht beherzigen wolle, so müsse wenigstens bedacht werden, daß, wenn der Herzog öffentlich begraben werden sollte, es unvermeidlich sey, von seiner Lebensweise und seinem teuflischen Zustande auch öffentlich zu sprechen, was dem ganzen Sächsischen Hause nicht nur sehr schmerzhaft seyn, sondern dessen Feinden auch Gelegenheit zum Spotte geben würde. Daher sey das Rathsamste, die fürstliche Leiche an einem abgelegenen, verborgenen Orte einzuscharren, damit dem Teufel jede Gelegenheit, durch seine Gespenster Andern zu schaden, entzogen werde. [126]) Höchstwahrscheinlich wurde dieser Rath befolgt, indem er mit der Verschwiegenheit übereinstimmt, welche die Herzoge von Weimar über das ganze Verfahren gegen ihren Bruder vorher schon beobachtet hatten. Soviel ist gewiß, daß Johann Friedrich weder in die Gruft seiner Ahnherren beigesetzt wurde, noch auch eine Grabschrift erhielt. Der allgemeinen bis diesen Tag erhaltenen Sage nach soll sein Körper in dem neben dem Kornhause liegenden alten Kloster — jetzigem Großherzoglichen Criminalgerichtsgebäude [127]), — nach einer andern minder bekannten, im Gebäude des Gefängnisses selbst, das zum Kornhause damals gehörig mit dem alten Kloster in Verbindung stand, insgeheim beigesetzt worden seyn [128]); höchstwahrscheinlich aber ist er aus Vorurtheil außerhalb der Stadt an einem entlegenen Orte begraben worden. [129]) Das Gefängniß wurde niedergerissen, um der Nachwelt hier die Spuren dieses traurigen Aufenthaltes zu entziehen, wie sie dort zu Oldisleben längst schon vergeblich gesucht werden. [130])

So endete Johann Friedrich VI. in der Blüthe seiner Jahre nach anderthalbjähriger Einkerkerung. Er verschwand aus der Reihe der Sterblichen theilnahmlos, unbeweint und so unbemerkt, daß außer den Sächsischen Fürsten und den wenigen Personen, die um ihn gewesen waren, Jedermann lange in Ungewißheit blieb, ob er zu den Lebenden oder Abgeschiedenen gehörte. Das Schicksal, das ihn im Leben hart verfolgt hatte, war auch nach seinem Tode noch nicht versöhnt! — Nicht seine Fehler allein, von denen die Hartnäckigkeit der größte war, haben sein Unglück veranlaßt: nicht seine Tugenden allein konnten ihn dagegen schützen; weil aber diese von jenen verdunkelt zu werden schienen, so erlaubte sich die Leidenschaftlichkeit der Zeitgenossen, nur ausschweifenden Tadel über ihn auszusprechen, und Schuld auf Schuld zu häufen. Wenn es einem Herzoge von Friedland seiner Größe Nichts benahm, im geräuschvollen Feldlager dem finstern Aberglauben Altäre zu errichten; warum sollten ähnliche Opfer einen Herzog von Sachsen beschimpfen? An Geistesgaben ein ausgezeichneter Fürst, würde er mit seinem außerordentlichen Ehrgeize den schönsten Erwartungen entsprochen haben, wenn ihm die einmal betretene und selbstgewählte kriegerische Laufbahn zu durchlaufen vergönnt gewesen wäre. Allein von der Bahn der Tugend erbarmungslos zurückgewiesen, wurde er zum Ungeheuer erniedrigt, damit priesterliche Leidenschaft und priesterlicher Despotismus über ein verlassenes Fürstenhaupt triumphiren konnten. Nur Buchstabenhelden, die den ersten Grundsatz des Protestantismus in seiner Kraft hemmten, nur furchtsame Geistliche, die in einem zufälligen Zischen und Blöken die Gegenwart des Satans ahneten, vermochten eine solche Gewaltthat zu verrichten. Denn sie, die protestantische Geistlichkeit, war es, die Johann Friedrich in den Kerker warf, die ihn durch langsame Qualen jeglicher Art wahnsinnig machte, und ihrem unbändigen Eifer sein blühendes Leben opferte. Dadurch ist der Geschichte das einzige Beispiel eines grausamen Hexenprocesses gegen einen deutschen Reichsfürsten gegeben worden. — Seine Asche ist denen, in deren Nähe sein Kerker gestanden hatte, noch lange furchtbar gewesen, und sein unversöhnter Geist erschien über ein Jahrhundert hindurch der Phantasie furchtsamer Nachkommen in abenteuerlicher Hülle.

Anmerkungen

zu dem

Herzogs Johann Friedrich VI.

1) Ueber Herzog Johann vergl. Johann Sebastian Müller's Annalen des Chur- und Fürstlichen Hauses Sachsen, Weimar 1701 in Fol. an verschiedenen Stellen. (Rüdiger's) Sächsische Merkwürdigkeiten u. s. w. Leipzig 1724 in 4. S. 560 — 564, und Gottfr. Albin de Wette's kurzgefaßte Lebensgeschichte der Herzoge zu Sachsen u. s. w. Weimar 1770 in 8. S. 182—199.

2) Ueber die Erziehung der acht Weimar'schen Prinzen vergl. Sächs. Merkwürdigkeiten, S. 565 nebst den Anmerkk. Ferner das Leben Johann Ernsts des Jüngern, Herzogs zu Sachsen-Weimar, aus Urkunden und gleichzeitigen Schriften entworfen v. B. G. H. von Hellfeld, Jena 1784 in 8. Beitrag zur Ergänzung und Berichtigung der Lebensgeschichte Johann Ernsts des Jüngern, Herzogs zu S. Weimar, aus Herzogl. Weimar'schen Archiv-Urkunden dem Publicum mitgetheilt von Gottl. Ephr. Herrmann. Weimar 1785 in 8. Mit zwei Kpfrn. Desselben Nachlese zu dem Beitrage der Lebensgeschichte Herzogs Johann Ernst des Jüngern, mit einem Kupfer. Weimar 1786 in 8. Joh. Heinr. Gelbke's Herzog Ernst der Erste, genannt der Fromme, als Mensch und Regent, Gotha 1810 in 8. Erster Theil. Nebst einem handschriftlichen Aufsatze über das Leben der Herzogin Dorothea Maria von S. Weimar, von Schneider verf., bei dem Großherzogl. S. Geh. Haupt- und Staatsarchive zu Weimar. Er sagt von dem S. 7 erwähnten Katechismus, daß derselbe den Titel führe: christliche Kinderlehre für die Fürstl. Sächsische junge Herrschaft zu Weimar, Jena 1608 in 8.

3) Vergl. das Testament der Herzogin Dor. Maria, dd. Weimar, den 3. October 1611., in Hellfelds oben angeführtem Werke. S. 293 u. ff.

4) Siehe Hellfeld a. a. O. S. 20. Verglichen mit Gelbke a. a. O. Erster Thl. S. 39 u. zweiter Thl. S. 156.

5) Vergl. das Schreiben der Herzogin Dor. Maria an den Kurf. Christian II. von Sachsen, dd. Weimar, d. 24. April 1607 in Heermanns angef. Nachlese S. 78 u. f.

6) Vergl. Selbke a. a. O. 1r Thl. S. 6 u. f. in der Anmerk. Heermann in dem angef. Beitrage S. 269. Schneiders Handschr. über die Herz. Dor. Maria u. M. J. C. Krause's Fortsetzung der Bertram'schen Geschichte des Hauses und Fürstenthums Anhalt. Halle 1782 in 8. 2r Thl. S. 745—750. Herzog Wilhelm bestimmt in dem von ihm selbst verf. curriculum vitae das Jahr 1613, wo Ratichius den Unterricht anfing; den Revers, welchen Ratichius bei seiner Entfernung aus dem Anhalt'schen Fürstenthume ausstellen mußte, findet man abgedruckt in Beckmanns accessionibus Historiae Anhalt. S. 557 u. f.

7) Vergl. Heermann a. a. O. und Abraham de la Foye's Schreiben an den Fürstl. Sächs. Eysnachischen Kriegs Rhatt Hansen von Wangenheimb, d. d. Marburg, den 24. Juny 1635 (im Original bei dem Großh. Sächs. Geh. Haupt- und Staats-Archive.) Der Anfang dieses langen Briefes, worin er seine Schicksale bis zur Einsperrung auf der Festung Coburg erzählt, lautet: Weldtkündig, v. bekant ist es, daß demnach Ich auff mein v. Meyner geliebten Eltern, v. Anverwanten, Gutachten v. Costen, so whohl in Teutschland, Franckreich, v. Weltschlandt, Meyne Studien v. Sprachen zu beförderen, Königl. Chur. v. Furstl. Hoffhaltungen, mitt dero Universiteten, frequentiert, v. visitiert, Ich zu mein eusersten vnglück, v. verderben, durch Jenam reisenden mitt Denen Hertzogen zu Sachsen Weymhar damhalen gewesenen Acht Jungen Fürsten v. Herren, auff Ansünnen, v. Anmhuten J. Fl. Gn. Fraw Mutter, hochlöbl. andenckenß; Ich bekant, v. in sonderheitt wider alle verhoffen, v. Einig gedancken von H. Gasparn von Teutleben, JJ. FF. GG. beeder Eltesten Phrintzen H. Johan Ernsten, v. H. Friedrichen fast scharpff fundieret, Ja gleich Darauff, JJ. FF. GG. auff zu wharten, v. denen Dämhallchen JJ. FF. GG. habenden Ingenij exercitij beyzwhonen, ersuchet, Ja beredet, v. mit mein Widerwillen, auffgehalten v. gebrauchet worden; Ich mich auch der maasen die gantze Zeitt zu Dienste Deß Fhürstl. haußens weymhar, alse getrew, v. geflissen gehalten, Daß obwholen die mich Damhalen gekannt, Abgestorben Jedoch die

Nach-

Nochlebende, mit Wharheit, mir nichtes anderst Dan alles liebes v. Gutes, Ehr, v. Reputation, nachsagen kennen, In maasen dan von hochgedacht II. FF. Gn. v. dero Fraw Mutter, Ja hertzog Wilhelmen, Meyne Statliche Testimonia, v. abschide, zu belegen habe, u. s. w.

8) Vergl. Bayle's historisch-kritisches Wörterbuch, übers. von Gottsched, unter dem Art. Rihusius u. W. E. Tenzels curieuse Bibliothec 1r Thl. S. 724 u. f.

9) Was von dem Einzelnen gilt, ist hier auch anwendbar auf alle Prinzen; so erzählt Cyprian in seiner consecratio Ernesti Pii S. 11, Vitam Ejus (Ernesti) privatam, parsimonia et incredibili pietate erga Deum decoratam, *calamitas temporum, fratrum multitudo, Hortlederi praeceptoris severitas, ac rei domesticae sub tutore sumtuoso minime glišcentis* conditio docuit.

10) Johann Ernst geboren den 21. Febr. 1594, gestorben den 4. Decbr. 1626; Friedrich geb. den 1. März 1596, gest. den 19. Aug. 1622; Wilhelm geb. den 11. April 1598, gest. den 17. Mai 1662; Albrecht geb. den 27. Juli 1599, gest. den 20. Decbr. 1644; Johann Friedrich geb. den 19. Septbr. 1600, gest. den 17. October 1628; Ernst geb. den 25. Decbr. 1601, gest. am 26. März 1675; Friedrich Wilhelm geb. den 7. Febr. 1603, gest. den 16. Aug. 1619; Bernhard geb. den 6. Aug. 1604, gest. den 8. Juli 1639.

11) Kurfürst Johann Friedrich I. (der Großmüthige) war geboren den 30. Juni 1503, gestorben den 3. März 1554. Seine beiden Söhne: die Herzoge Johann Friedrich II. (der Mittlere) geb. den 8. Januar 1529, gest. den 9. Mai 1595, und Johann Friedrich III. (der Jüngere) geb. den 17. Januar 1537, gest. den 31. Octbr. 1565. Herzog Johann Friedrich IV., ein Sohn Johann Friedrichs II., geb. den 30. Novbr. 1559, gest. den 8. August 1560. Herzog Johann Friedrich V., ein Sohn Herzogs Johann Ernst, des Ältern, von S. Eisenach, und ein Enkel Johann Friedrichs II., geb. den 8., gest. den 12. April 1596. Johann Friedrich VI.

12) Vergl. die Sächs. Merkwürdigkeiten S. 501 mit der Anmerkung c.

13) Vergl. Müllers Annalen S. 309, wo jener Zufall noch ganz im Geiste der abergläubischen Zeit erzählt wird.

14) Vergl. das Schreiben der Herzoge Wilhelm, Albrecht, Johann Friedrich und Ernst an die Herzogin Dor. Maria, d. d. Weimar, den 2. July 1609; Johann Friedrichs eigenhändiges Schreiben an die Herz. Dor. M., d. d. Weimar, den 9. Augusti 1611 in den fragmentis von Herzogs Johann Friedrich zu S. Weimar Leben, Wandel und sesst. Custodia und Nr. 1 im Urkundenbuche.

15) Vergl. Johann Friedrichs eigenhändiges Schreiben an die Herz. Dor. Mar., d. d. Jena, den 9. Maji 1611 in den angef. fragmentis.

16) Die in einigen Familien zu Weimar erhaltenen Sagen hat ein Unbekannter auf äußere Veranlassung gesammelt und zusammengestellt, wovon mir durch die Güte des Herrn von Hoff eine Abschrift mitgetheilt worden ist. Der Verf. dieser mündlichen Ueberlieferungen gibt von sich und seinen Quellen folgende Nachricht: „Ich bin schon in früher Jugend auf die Geschichte des unglücklichen Prinzen, Johann Friedrich V. (VI.) dadurch aufmerksam gemacht worden, daß ich einen alten Vatersbruder und meinen Vater selbst, oft darüber geheimnißvoll sprechen hörte. Mein Ur-Ältervater war Rentmeister bei Herzog Wilhelm IV., bei welchem er in großem Vertrauen stand, und daher, den Zeiten jenes Prinzen nahe genug, wohl vieles über dessen Leben und Tod vernehmen konnte. Aus seinen Erzählungen und deren Tradition sind mir allerley Umstände im Andencken geblieben. Auch kannte ich noch einen alten würdigen Mann, der ebenfalls von seinen Voráltern allerley Traditionen hatte; ein guter Kenner der Fürstl. Hauß-Geschichte, aus der er mir oft vorerzählte, wenn er mich des Sonnabends Nachmittags, von der Fürstl. Bibliothek, bei der ich angestellt war, in die Bilder-Gallerie abholte, um ihre besten Schildereyen mir zu erklären (diese schöne Gemäldesammlung wurde ein Raub der Flammen, welche das fürstl. Schloß, die Wilhelmsburg genannt, am 6. Mai 1774 zerstörten. Daher sagt auch der Verfasser: Es leben auch nur noch wenige Menschen, die aus eigener Kenntniß den Verlust dieser Gallerie so gründlich beklagen, als ich es, leider! thun kann). Dieser Mann, der alte Cabinets-Mahler Löber, hat mir damals auch ein Bild, auf Holz, von dem Prinzen Johann Friedrich gezeigt,

das nicht eben den vortheilhaftesten Eindruck bey mir hinterlassen hat. Ich schrieb mir zu jener Zeit (1767. 1768.) einen kleinen Aufsatz auf, worein ich das, was in Büchern über den Prinzen vorkommt, zusammentrug, und es damit vermehrte, was ich aus Tradition vernommen hatte. Ich glaubte den kleinen Aufsatz wieder zu finden, suchte aber bisher vergebens, und schreibe daher aus dem übrig gebliebenen Gedächtniß etwas auf." Ich werde diesen Aufsatz ganz mittheilen, wenn auch nicht im Zusammenhange, so doch an den passenden Stellen, und ihn durch die Aufschrift: Weimar'sche Tradition bemerklich machen. In diesem Aufsatze nun wird von des Prinzen Jugend Folgendes erzählt: „Der Prinz Johann Friedrich war von Jugend auf bösartig und machte seiner Frau Mutter, die sich sehr mit Erziehung ihrer Prinzen abgab, viel Sorge. Auf einigen Papieren, die noch von seiner Jugendzeit existiren, versprach er immer, künftig recht gut und fromm zu seyn. (Von diesen Papieren ist weder auf Großherz. Bibliothek, noch im Großherzogl. Geh. Haupt- und Staats-Archive zu W. eine Spur vorhanden.) Er wurde deßwegen wahrscheinlich weniger geliebt, als seine Herren Brüder, was seinen Groll gegen sie erzeugt haben mochte. Die Prinzen Wilhelm und Ernst, vorzüglich der erstere als der ältere, galten allein noch etwas bey ihm. Den Prinzen Bernhard feindete er tödtlich an. — Man hatte hier auf der vormahligen Bilder-Gallerie einen auf Holz gemahlten Ofen-Schirm, durch welchen eine Kugel geschossen war. Johann Friedrich soll diese einmal im Schlosse nach Bernhard geschossen haben." Ein anderer von dem verstorbenen von Schlichtegroll geschriebener Aufsatz, ebenfalls vom Herrn von Hoff mir gefälligst mitgetheilt, unter der Aufschrift: Aus des seel. Prof. und Bibliothecar Müller's in Jena Vorlesungen über die Geschichte des Hauses Sachsen Ernestin. Linie, im Winter 177½, enthält Folgendes über des Prinzen Jugend: „Man gibt an: Johann Friedrich sey von Jugend auf sehr störrisch und unzufrieden gewesen."

17) Auf Großherzogl. Bibliothek zu Weimar nämlich findet sich das vor 17 Jahren noch im dasigen Archive aufbewahrte Bildniß eines Weimar'schen Prinzen von ungefähr 12 bis 14 Jahren in Lebensgröße und in dem Kostüme des 17. Jahrhunderts, mit einem angenehmen Äußern und ernsten Blicke. Er ist mit einem Degen an der Seite und einer ab-

H 2

geschossenen Radpistole in der Hand dargestellt, und die unbegründete Sage hat sich (vielleicht dieser Bewaffnung wegen) daran geknüpft, daß das Gemälde den Prinzen Johann Friedrich VI. in derselben Stellung bezeichne, in der er nach seiner Mutter geschossen haben, und deßhalb er auch sogleich eingekerkert worden seyn solle. Es hat sich aber bei näherer Prüfung mit Hilfe einiger Kunstverständigen erwiesen, daß nicht Johann Friedrich, sondern dessen Neffe, Prinz Johann Georg, Herzogs Wilhelm fünfter Sohn gemeint sey, zu Folge eines andern ebendaselbst befindlichen Gemäldes, welches mit jenem, die Pistole abgerechnet, in der vollkommensten Uebereinstimmung steht.

18) Vergl. Müllers Annalen, S. 315. Den verführerischen Reiz zum Studium der Alchymie mochte das Beispiel des Kurf. August von Sachsen gegeben haben, welcher über seine Fertigkeit im Goldkochen folgendes Geständniß ablegt: Et quia ante id tempus ab industriis hominibus varia experimenta de transfundenda metallorum substantia nobis exhibita fuerunt, jam eo usque in hoc genere pervenimus, ut ex octo argenti unciis auri perfectissimi uncias tres singulis sex diebus comparare possimus. Vergl. die Sächs. Merkw. S. 825 Anmerk. e. Dieser Kurfürst hatte, nach Spittlers Angabe in seiner Geschichte des Fürstenthums Hannover Göttingen 1786 in 8. 1r Thl. S. 377 einen Schatz von 17 Millionen gesammelt, von welchem im Jahre 1613 Nichts mehr vorhanden gewesen seyn soll. So übel hatten Sohn und Enkel, obgleich sie die Goldkochkunst ebenfalls fleißig übten, gewirthschaftet! Unter diesem großen Schatze dürfte wohl ein ansehnlicher Theil des gemischten Metalles gefunden worden seyn, das August für reines, von ihm selbst gemachtes Gold ausgab.

19) Vergl. Nr. 2 im Urkundenbuche.

20) Vergl. das eigenhändige Schreiben Herzogs Johann Friedr. an Herz. Bernhard, d. d. Montplier 1619, den ⅟₉ (wahrscheinlich December) mit dess. Schreiben an Herzog Johann Ernst, den Jüngern, d. d. Montplier, den 19. Decembr. 1619 in den angef. fragmentis.

21) Vergl. die Acta fürstlicher Reisen, 2r Band, nebst Herzogs Johann Friedrich eigenhändiges Schreiben, d. d. Tours, den 4. Juni 1620 in den Fragm. Die Aufschrift des Briefes ist abgerissen, die Registrande gibt an, er sey an Herz. Wilhelm gerichtet; allein viel wahr-

scheinlicher ist es, daß er an Herzog Johann Ernst den Jüngern gerichtet ist, theils weil in demselben von einem Wechsel zur Reise nach Paris gesprochen wird, weßhalb Johann Friedrich sich nur an den ältesten Bruder, als dem Vormunde wenden konnte, theils und hauptsächlich weil auch der Zwist Johann Ernsts mit dem Kurfürsten Johann Georg von Sachsen erwähnt wird, welcher damals wegen des Erstern Eintritts in Kurpfälzische Kriegsdienste entstanden war. Es heißt nämlich in dem Briefe: Monsieur, j'entendi ausi que vous et l'Electeur de Saxe avez une dissension, cela que je desire de bon coeur de savoir qu'il sera possible. Dieß ist die einzige Stelle des Schreibens, die, wahrscheinlich in guter Absicht französisch geschrieben ist.

22) Vergl. die Acta, was in Kriegssachen, sonderlich wegen der Weimar-Werb- und Einquartierung vorgangen anno 1621, bei dem Großh. S. Geh. H. u. St. A. — Müller, welcher in seinen Ann. die Abreise Wilhelms und Friedrichs nach Frankreich und deren Rückkehr erzählt, schweigt von Johann Friedrichs und Albrechts Reise nach Frankreich und gibt bloß S. 318 von Albrecht an, daß er am 28. Juni 1621 aus Frankreich zurückgekommen sey. Dieses Datum aber muß nach den eben angef. actis als neuer Styl erklärt werden, wiewohl Müller denselben höchst selten gebraucht hat.

23) Vergl. die Acta in Kriegssachen vom angef. Jahre.

24) In seinem eigenhändigen Briefe an Herzog Joh. Ernst den Jüngern, d. d. Montplier, den 19. Decbr. 1619 schreibt er unter Andern: Wunße auch E. L. zu den bekommenen regiment reitter glück vnd heil vnd das E. L. ihre repudation dadurch grosser machen vnd auch das dieselb gutt lob erlangen mechten, woll auch nichts lieber den das ich E. L. darbey auffwartten solte weil es aber itzunder nicht sein kann so muß ich mich mit gedult schirmen — bitt auch El. sie woll mihr die freindtschafft erweisen, vnd mihr doch berichten oder berichten lassen, wie es mitt El. regiment reittern vndt was El. vor befeligs haber haben, solches gegen El. wiederum zu recompensiren bin ich iter Zeit willig.

25) Siehe das Concept-Schreiben Johann Friedrichs, d. d. Weimar, 14. Jan. 1622, bei dem Großherz. S. Geh. H. u. St. A., verglichen mit dem Briefe des Sekretärs Joh. Mylius an Abr. Richter, d. d. Weimar, 13. Jan. 1622 (ebendaselbst befindlich). In demselben

heißt es: Sonst ist herzogl. Wilhelmbs Fgden mit neuer Badischer bestallung vff ein Regiment zu fueß vndt 1000 Kürasser, glücklich wieder anhero kommen vndt eilen mit der werbung, Darunter herzogl. Johanns Friedrichs fgden eine Compagni zue Roß vndt eine zue fueß angenohmen, dergleichen herzogl. Bernhardts fgden auch gethan.

26) Vergl. das Ministerialprotocoll vom 12. Febr. 1622 bei dem Großherz. S. Geh. H. u. St. A., in welchem gesagt wird, daß Herzog Wilhelm seinem Bruder Johann Friedrich die Theilnahme am bevorstehenden Feldzuge freigestellt habe; hingegen äußerte Joh. Ernst, daß Kursachsen in seinem Schreiben einen Unterschied der Brüder mache, von denen die Belehnten „mehr offens" als die Nichtbelehnten zu erwarten hätten; überdieß habe ja Wilhelm selbst seinem Bruder Joh. Friedrich abgerathen. Es sey demnach das Beste, wenn sich Joh. Friedrich der Compagnie ganz entschlage, später nachkomme und als Freiwilliger diene.

27) Der Fürst-Brüderliche Vertragk am dato Weimar, 13. Febr. anno 1622, bei dem Großherz. S. Geh. H. u. St. A. im Original, sagt: Wiewohl auch Herzog Johann Friedrich und Herzog Bernhardt FF. GG. Sich in Kriegsbestallung für hochgedachtes Marggrafen zur Baden F. Gn. eingelassen, Seindt doch allerhandt umbstende fleißig betrachtet, vnd Ihre FF. GG. bewogen worden, das Sie in eigner Persohn, noch eine Zeitlang biß das geworbene Volck zu des Marggrafen Fürstl. Gn. Landen gebrachtt, vnd worzu es zu gebrauchen, vernommen wirdt, zurücke bleiben, vnd besorgliche gefahr, vnd offens vermeiden sollen und wollen. Zu Folge eines Schreibens von Herzog Joh. Friedrich, d. d. Weimar, den 6. März 1622 war er wirklich eine Zeit lang noch zurückgeblieben; er muß aber doch die Truppen seines Bruders eine Strecke Wegs begleitet haben, weil in Joh. Bubbe's Denkwürdigkeiten des Voigtei-Fleckens Seebergen (Mnscrpt bei der dortigen Pfarrei) erzählt wird: „1622 den 27. Februar kommt zu mir (dem dasigen Voigte) der fürstl. Quartiermeister, mit ihm 4 Fourierschützen und begehren auf F. Befehl auf 600 Mousquetiere eine Nachtherberge, welche auch in zwei Stunden vor das Dorf gerückt, deren ein Theil Herzog Johann Friedrichen, das andere Herzog Bernharden zuständig, darunter auch Ihre F. Gn. beide in eigner Person waren, immaßen denn Herzog Bernhard bei

dem Voigte, Herzog Johann Friedrich aber bei Ritzen Weißhaupten hernach eingezogen, doch alle beide Herzoge hielten bei dem Voigte die Mahlzeit. Die Einwohner hatten anfangs die Thore geschlossen und wollten die Truppen nicht einlassen. Einer der vornehmsten aus des Herzogs Gefolge äußerte: da man das Thor in einer Stunde nicht geöffnet hätte, sollte das Dorf den Flammen preis gegeben worden sein." Ich verdanke diese handschriftliche Mittheilung der Güte des Herrn Professors und Bibliothekars Hesse zu Rudolstadt.

28) Vergl. Herzogs Joh. Friedrich Schreiben an die Herzoge Wilhelm, Albrecht, Ernst und Bernhard, d. d. Breda, 17 Septbr. 1622. In diesem entschuldigt er sich, wegen allerhand Hindernisse den Tod Friedrichs nicht früher melden gekonnt zu haben, mit der Bemerkung, daß er auf Anrathen guter Leute den Leichnam binnen drei oder vier Tagen über Amsterdam nach Bremen selbst führen wolle. Die Antwort der vier Brüder darauf erfolgte d. d. Weimar, den 30. Septbr. 1622 mit dem Befehle, die Leiche über Liebstedt einstweilen nach Jena zu schaffen. Nach Heermanns Beitrage zur Lebensgeschichte Herzogs Friedrich des Ältern zu S. Weimar (in seiner oben angef. Nachlese) S. 123 wurde der Leichnam schon den 23. September von Breda durch den Oberstlieutenant von Vitzthum abgeführt, den 15. Octbr. nach Liebstedt und den 21. dess. M. nach Jena gebracht. Johann Friedrich muß entweder mit derselben oder ihr bald nachgekommen seyn, weil man seinen Namen in allen zu Weimar erlassenen gemeinschaftlichen fürstlichen Schreiben vom 3. November 1622 an unterzeichnet findet; indeß wird seiner in der handschriftlichen bei dem Großherz. S. Geh. H. u. St. A. aufbewahrten Beschreibung der feierlichen Beerdigung Herzogs Friedrich am 8. Nov. nicht gedacht.

29) Vergl. die acta in Kriegs-Sachen ad ann. 1623 bei dem Großherz. S. Geh. H. u. St. A. mit dem Schreiben des Kurf. Johann Georg von Sachsen an die Herzoge Joh. Ernst, Wilhelm, Joh. Friedrich, Bernhard zu S. Weimar und Friedrich zu S. Altenburg, d. d. Torgau, den 30. Juni 1623 und die darauf erlassene Antwort sämmtlicher fünf Fürsten, d. d. Nehrengeiß, den 10. Juli 1623.

30) Vergl. ein Concept-Schreiben Herzogs Albrecht von S. Weimar in den angef. actis ad ann. 1623.

31) Vergl. die Acta Herzogs Johann Ernst, des Jüngern zu S. Weimar, reconciliation mit Chur-Sachsen wegen der Quittungs differens betreffend, bei dem Großh. S. Geh. H. u. St. A.

32) Vergl. des herzogl. Sekretärs Abr. Richter Schreiben an Joh. Mylius, d. d. Gravenhaag, den $\frac{30.\ \text{April}}{10.\ \text{Maji}}$ 1624, mit den Kriegs-actis ad ann. 1624.

33) Zu Folge einer Ausfertigung, im Original bei dem Großherz. S. Geh. H. u. St. A. zu W., unter dem Titel: Gedancken vf die von Herzogl. Joh. Ernstens des Jüngern f. G. Anhero vberschickte Puncta, von den anwesenden dreien Gebrüdern, herrn Albrecht, herrn Joh. Friedrichen vndt herren Ernsten herzogen zu Sachßen, Gülich, Cleue vndt Bergk, Actum Weimar, am 28. Marty Ao. 1625 und unterzeichnet von diesen Herzogen, kann Johann Friedrich erst nach dem 28. März in die Niederlande gereist seyn. Der Sekretär Abrah. Richter schreibt an Johann Mylius zu Weimar, d. d. Haag, 1⁄1 Aprilis 1625; (praes. 21. Mai) in dem P. S. „gleich diese stunde kömbt herzogk Johann Friedrichs f. gn. allhier." Derselbe an denselben, d. d. vor Ambsterdamb vff dem Schiff, den 7. Marty 1625 (praes. 21. Mai) „Soballdt Sich der winndt wennden wirdt, werden wier mit Ihr fgn. 2 schiffen vnd 1 Schiff vor herzogk Johann fr. [iedrich] (welches fgn. gestern mit 2 Kleppern zu lannde nach Hamburg vnd von dar perposta vf Weymar reiten wollen." Das Datum dieses Briefs ist ein Schreibfehler und muß in den 7. Mai verwandelt werden, theils weil Richter zu Folge anderer Schreiben sich erst zu Anfange Mai's in den Hafen zu Amsterdam begab, um nach Hamburg zu segeln, theils weil er in dem Postscriptum desselben Schreibens für empfangene Briefe aus Weimar vom 20. und 21. April dankt.

34) Vergl. die Acta Herzogs Johann Ernst Kriegszüge betreffend, und besonders die in denselben befindliche Einquartierungs-Verordnung vom 10. Juni 1625 bei dem Großherz. S. Geh. H. u. St. A.

35) Von der Reise nach Italien spricht bloß die Weimar'sche Tradition. Sie sagt: „Der Prinz gieng, nach allerley Händeln auf seinen eigenen Einfall und Entschluß, nach Italien. Dort soll er, nach damaliger abergläubischer Meinung, in mancherley Zauberkünste gefallen seyn. Bey

seiner Rückkehr war er noch wilder. Er verfolgte oft die Menschen mit diesem Degen, und hieb in die Thüren, die sie hinter sich zuschlugen. Er ritt oft einsam ins Webicht, wo er, wie man damals glaubte, mit dem bösen Feind, in Gestalt einer alten Frau, viel conversirte." Müller in der angef. Vorlesung gedenkt keiner Reise des Fürsten, sondern folgenden Umstandes: „Der Herzog sey einst in die Eichenlöd (?) bey Belvedere spatziren gegangen, da habe er mit dem Teufel in Gestalt eines alten Kerls einen Bund geschlossen und sich demselben mit seinem Blute verschrieben; seitdem habe er vollends tolles Zeug begonnen." Von einer Reise des Herzogs nach Italien hat sich in den Acten keine Spur gefunden; allein die Sage verwechselte sie wahrscheinlich mit der erwähnten nach Frankreich, weil damals solche Leute gern nach Italien reisten, welche Magie und Zauberei trieben. Indeß stimmt die Sage mit den beglaubigten Nachrichten darin überein, daß der Herzog seit jener Zeit sich mehr mit Zauberei beschäftigt haben müsse, als früher. Die Quelle hierzu ist nur in den Verhören mit dem Herzoge und den Weimar'schen Personen, mit denen er geheimen Umgang pflog, zu finden; dort aber wird, sobald eine Thatsache nach der Zeit bestimmt wurde, nie über drei Jahre zurückgegangen. Hieraus läßt sich folgern, daß Johann Friedrich vor dem Jahre 1624 die geheimen Künste nicht so eifrig verehrt habe.

36) Vergl. Nr. 41 im Urkundenbuche, wo die Theologen sagen: Das Ihre F. Gn. sich in die drei Jahr von anhörung Gotliches Worts vndt brauch der h. Sacramenten abgehalten. Nebst Urkunde Nr. 49 die 18. Antwort des Herzogs im Verhöre am 7. Juni.

37) Vergl. die Gespräche des Herzogs mit den Theologen in der Urk. Nr. 49.

38) Vgl. das Verzeichniß der magischen Schriften in der Urk. Nr. 37 mit Nr. 49, wo in den Gesprächen diese Schriften erwähnt werden.

39) Vergl. Urk. Nr. 49 mit der Anmerk. 107, in welcher von den mit den Weimeranern angestellten Verhören gesprochen wird.

40) Vergl. die Urk. Nr. 50.

41) Müller gibt in seinen Annalibus S. 203 einen Auszug der Statuten dieses Ordens. In den monatlichen Unterredungen einiger gu-

ten Freunde, von Tentzel zum Jahre 1697 Leipz. in 8. S. 991 u. ff. ist die Urkunde vollständig abgedruckt, dessen Original die Herzogl. Bibliothek zu Gotha aufbewahren soll. Tentzel führt sie unter dem Titel auf: Orden wider das Fluchen und unanständige Reden gestiftet von den fürstlichen Brüdern Friedrich Wilhelm und Johann. Actum Weimar, am 11ten Junii Anno Domni 1590. Außer den beiden Stiftern haben sich als Ordensglieder bloß Fürsten, Grafen, Freiherren und Adelige unterschrieben. Unter den ersten steht oben an Herzog Johann Casimir von S. Coburg. Unter den Grafen sind die wichtigsten, die von Schwarzburg, die beiden Grafen von Gleichen nebst einem Wild- und Rheingrafen. Von Adeligen sind bloß siebzehn genannt. Die meisten Mitglieder sind im Jahre der Stiftung, wenige erst im folgenden Jahre in den Orden getreten, keines aber späterhin; daher das Institut bald eingegangen seyn mag. Zur Charakteristik jener frommen Zeit mag hier der Eingang dieser Ordensgesetze stehen: Demnach von Gottes Genaden Wier Friedrich Wilhelm, Hertzog zu Sachsen Land-Graff in Düringen und Marg-Graff zu Meissen, uns aus Gottes Wort erinnern, wie ernstlichen dorinnen seine Göttliche Allmacht verboten, bey seinem allerheiligsten Nahmen nicht zu fluchen noch zu schweren, oder denselben unnützlich zu führen, daß er auch durch diese schwere und große Sünde hefftig beleidiget, erzürnet und zu zeitlicher und ewiger Straff, wo man dieselbe von Hertzen nicht erkennet und bereuet, verursacht und bewogen wirdet, deßgleichen daß auch sonsten einem Christen schambare Wort und Narrenteidunge zu treiben in keinem Wege gezlemen, noch wohl anstehen, dadurch die heiligen Engel betrübet und verjaget, der Mensch auch am Jüngsten Gericht vor ein iedes unnützes Wort Rechenschaft wirdet geben müssen, dahero dann eines iedern Heills und Seeligkeit höchste Nothdurfft erfordert, dergleichen Sünde zu fliehen und zu meiden, auch den Allerhöchsten hierzu umb seinen Genaden-Geist allezeit von Hertzen anzuruffen und zu flehen, Und wir dann ob dergleichen gottlosen und leichtfertigen Wesen kein Gefallen, sondern wie billig eine Abscheu und Mißfallen haben und tragen, Auch nicht alleine Uns dorfür mit Göttlicher Gnaden-Verleihunge, soviel in dieser menschlichen Schwachheit geschehen kan, zu hüten, sondern auch andern mit einem guten Exempel vorzuleuchten und dorzu gute Anleitunge und Erinnerunge zu geben gemeinet, Als haben wir aus sonderbarem Christlichem Gemüthe, für bequem und nützlichen erachtet, hierzu eine Brüderschafft auffzurichten, und etzlichen unsern vertrauten Herren und Freunden, sowohl auch denenjenigen, welche wir sonst mit Genaden gewogen, zu einer stetigen Erinnerunge und Angedächtnüs einen sonderlichen hierzu verfertigten güldenen Groschen zu geben u. s. w. Das erste Gesetz heißt: Es solle sich ein ieder hüten, bey Gottes Nahmen, auch unsers Erlösers und Seeligmachers, des Herrn Jesu Christi, Marter, Leiden, Wunden und Sacramenten zu fluchen und zu schweren; deßgleichen den bösen Feind ohne Noth mit Nahmen zu nennen. Jeder, der gegen die Ordensregeln sündigte, mußte sechs Groschen in die Armenbüchse, zwei Thaler, so oft er das Ordenszeichen nicht am Halse trug, und zwanzig Gülden zahlen, wenn er dasselbe verlieren, verschenken oder ablegen würde.

42) Vergl. Urk. Nr. 3.

43) Dieser Antwort gedenkt bloß das Actenstück, welches die von Herzog Johann Ernst eigenhändig aufgesetzten Fragen enthält, über welche sein Bruder Joh. Friedrich verhört werden sollte. Es befindet sich unter Nr. 12 in den Fragmentis von Herzogs Johann Friedrich zu Sachsen Weimar Leben, Wandel und fstl. Custodie, bei dem Großherzogl. S. Geh. Haupt- und Staats-Archive zu Weimar.

44) Vergl. die Urk. Nr. 3 und 4.

45) Vergl. die Urk. Nr. 4.

46) Vergl. die Urkunde Nr. 3.

47) Vergl. das in der Anmerk. 43 angef. Actenstück, in welchem die 33. Frage an Johann Friedrich heißt: Ob Er nicht selber gesagt, daß er ein bluthstroppen darauf genommen, sich mit den Pfaltzgraffen nicht vergleichen zu laßen.

48) Ich verweise hinsichtlich dieser merkwürdigen Thatsache vorläufig auf das Leben Herzogs Bernhard, des Großen, von S. Weimar, in welchem darüber umständlicher gesprochen werden soll.

49) Im Februar 1625 schlug sich Bernhard mit Herzog Franz Karl von S. Lauenburg in dem Haag. Ueber dieses Duell wird in genannter noch erscheinender Schrift mehr gesprochen werden; das Duell

Herzogs Friedrich von S. Altenburg aber mit Herzog Franz Albrecht von S. Lauenburg, einem Bruder des Franz Karl, fiel im August 1624 auf dem Gebiete des Markgrafen von Brandenburg Culmbach vor. Vergleiche über dasselbe Joh. Georg Meusels historische Untersuchungen 1. Bandes 2. Stück S. 69—90, wo die beglaubigten Actenstücke darüber abgedruckt sind, die einen vollständigen Bericht über die damalige Sitte des nicht ungewöhnlichen Zweikampfes zwischen Fürsten geben. Die Veranlassung zu beiden Duellen ist nicht bekannt worden; allein es ist nicht unwahrscheinlich, daß sie in den verdächtigen und zweideutigen Grundsätzen der Politik bestand, welche das Haus S. Lauenburg während des ganzen Kriegs befolgte, und dem Herzoge Bernhard eben so gut wie dem Herzoge Friedrich, welche beide nach einerlei Ziele strebten, verhaßt war. Im Übrigen ist der eben genannte Franz Albrecht der angebliche Mörder Königs Gustav Adolph von Schweden; welcher Beschuldigung der berühmte Pufendorf in seinen geschichtlichen Werken auf das Bestimmteste das Wort redete, Rühs aber neuerdings die Kraft benommen hat.

50) Das in der Anmerk. 43 erwähnte Actenstück sagt: Demnach bruder Hans friederich den von Throndorf, als Er mich berichtet, zu mihr gesandt vndt anbeyten lassen, Wie er kegen Ihre Kon. May. sich aller gebüre bequemen wolte, Ich solte als sein bruder das beste darbey thuen, So hab Ich mich dessen, daß Er mich vor sein bruder erkennet, erfrewet, vndt erachte mich solcher gestaldt schuldig bey seiner erledigung das mögliche zu thuen, obschon ein solches In meinen henden allein nicht stehet, vndt es so geschwinde darmit nicht gehen kann, Alleine ist mein bruder in etwas zu erinnern was vorgangen, vndt obwohl von Ihme keine abbitte begehret, Jedoch seindt zu dem ende folgende Articul Ihme zu gemüht zu führen, ob Er sich soferne prüfen, vndt sicher sein könte, solcher dinge, deren Er beschuldiget, hinfort sich zu endthalten. Nun folgen die 36 Artikel oder Fragen, unter welchen sich auszeichnen die 29te: Ob Er nicht Gotteslesterlichen sich vermessen, des Teyffels zu sein oder los zu kommen; die 30te: Ob er sich nicht vernehmen lassen, daß Ihme leydt, daß Er nicht ins wasser gesprungen vndt sich erseuffet; und die 31te: Ob nicht dieses wider sein Christenthumb vndt Tauffgeliebnus.

51) Vergl. das in vorhergehender Anmerk. angef. Actenstück. Die meisten Fragepunkte betreffen die Aufzählung der einzelnen Verstöße Johann Friedrichs gegen seinen Bruder bei der Verhaftung in Obentrauts Wohnung. Zu den unbedeutendsten dieser Vorwürfe möchte wohl folgender gehören, daß Johann Friedrich sich geweigert hatte, in seines Bruders Wagen zu steigen, als dieser ihm auf dem Wege nach Obentrauts Quartiere begegnet war. Uebrigens sind bloß folgende Fragen noch zu bemerken: Ob er nicht wisse, daß die Ausforderung ohne Vorwissen und Bewilligung der Obern bei Lebensstrafe verboten; und: ob er nicht viele Offiziere unter andern auch jüngst einen von Adel ungehörter Sachen wegen beschädigt und verwundet habe.

52) Nach der Urkunde Nr. 49 warfen die Geistlichen dem Herzoge vor: das sie (nämlich Joh. Friedrich) auß der custodi im Königl. Leger geschrieben, Wen die hern Bruder sie nicht würden Loß machen, müße er sich dem bösen feind ergeben, das Derselbe ihn loß mache.

53) Zwar wird dieß nirgends ausdrücklich gesagt, allein es folgt doch aus der ersten Bedingung zur Wiederaussöhnung Joh. Friedrichs mit seinem ältesten Bruder. Vergl. Urk. Nr. 17.

54) Vergl. die Urkunde Nr. 41, wo es heißt, das sie ihre hern Bruder Hertzog Joh. Ernst vndt Hertzog Bernhard außgefordert, daß sie bey solcher außforderung gedacht, ihre ehre wehre ihn lieber alß die seligkeit. Siehe ferner die Urk. Nr. 12.

55) Vergl. Friedrich von Kospoths Schreiben an Herzog Johann Ernst den Jüngern, d. d. Weimar, d. 23. Decbr. 1625, bei dem Großh. S. Geh. H. u. St. Archive zu W., worin es heißt: Herzog Johann Friedrich habe sich etliche Wochen zu Ichtershausen aufgehalten; er sey aber vor wenigen Tagen wieder abgereist, ohne daß man wisse, wohin.

56) Vergl. die Urk. Nr. 5.

57) Vergl. die Urk. Nr. 6.

58) Vergl. die Urk. Nr. 7 mit Nr. 8.

59) Vergl. die Urk. Nr. 9 mit Nr. 10.

60) Vergl. die Urk. Nr. 10.

61) Vergl. die Urk. Nr. 12. Hält man diesen Brief Johann Friedrichs an Herzog Bernhard mit dem Schreiben an Herzog Wilhelm (siehe

Urk. Nr. 11) zusammen, so möchte es zweifelhaft seyn, ob der Herzog seinen Bruder habe herausfordern wollen; allein in einem Tone, wie dieser Brief abgefaßt ist, würde Niemand zu einer Unterredung eingeladen haben. Sodann ergibt sich auch aus folgenden Unterhandlungen, daß des Herzogs Brief keine gütliche Aussöhnung habe bezwecken können. Gelbke a. a. O. 1r Thl. S. 24 hat diesen Brief auch als Ausforderung verstanden! allein unrichtig ist seine Behauptung, daß der Fürst bei dieser Gelegenheit auf seinen Degen die Worte: Hier Schwert des Herrn und Gideon, habe graben lassen; eben so unerweislich ist es, daß er auch bei einem Blutstropfen geschworen habe, daß einer von Beiden sterben müsse.

62) Auf diese Zusammenkunft Herzogs Wilhelm mit Johann Friedrich in dessen Wohnung wird bloß in dem Schreiben des Letztern an Ernstern mit folgenden Worten hingedeutet! El. schreiben damitt sie mich würdigen wollen zu ersuchen habe ich durch Ihren Tromppetter empfanen Brieffen El. nicht dancken schlechter erzeichter Dracktatzion welche meines Vells ich woll wuntzede ahnwesender gesellschafft besser wiederfahren zu sein deswegen ich noch malß vmb verzeihung bitte." Dieser Brief ist in den angef. fragmentis der siebenzehnte und wie gewöhnlich ohne Jahrzahl und Datum. Folgende Gründe haben mich bestimmt, denselben in die Zeit zwischen den 8. und 15. März 1626 zu setzen. Vor der Zeit (1624), als der Herzog während seines Aufenthaltes in Thüringen den Hof seiner Brüder zu meiden anfing, kann er nicht geschrieben worden seyn, eben so wenig nachher, bis zum 8. März 1626, weil Herzog Wilhelm im Jahre 1624 in kaiserl. Gefangenschaft war, der Aufenthalt Joh. Friedrichs im Frühjahre 1625 in Thüringen sehr ungewiß ist, und während des auf einige Wochen sich beschränkenden Aufenthaltes im Decbr. desselben Jahres kein Briefwechsel zu Folge der Urkunden Nr. 5, 6 und 7 gepflogen worden zu seyn scheint. In den Zeitabschnitt von des Herzogs Befreiung aus der Lippstadter Gefangenschaft bis zur Verhaftung durch Tilly'sche Truppen kann er auch nicht gehören, weil damals Johann Friedrich nicht mehr so herzlich an seinen Bruder schrieb, als früher. Hierzu kommt, daß nach Nr. 13 des Urkundenbuches eine Unterredung zwischen diesen beiden Brüdern seit Ab-

fassung des Herausforderungsschreibens an Bernhard (vom 8. März 1626) Statt gefunden haben muß, und daß, wie aus andern Schreiben hervorgeht, Herzog Wilhelm um jene Zeit von Joh. Friedrich öfters Geld borgte, wovon auch am Ende des obigen Schreibens die Rede ist. Joh. Friedrich versichert nämlich in demselben, Alles aufzubieten, die Bitte Wilhelms um 100 Ducaten zu erfüllen. Mithin findet sich keine passendere Zeit, als die schon erwähnte, in welche der Brief gesetzt werden könne.

63) Vergl. die Urk. Nr. 13.

64) Die Antwort Johann Friedrichs auf Wilhelms Schreiben vom 15. März ist der dreißigste Brief in den fragmentis (ohne Jahrzahl und Datum); denn er schreibt unter Andern Folgendes an seinen Bruder: „Ahnlangende die versonug mitt Bruder bernhardten ist solche keines Weges abgeschlagen laß mihr auch die Mittel gefallen. als daß er mich solches das er mich offendirt abbitten vnd das er auch solches schriftlichen thun wolle Allein mechte ich zu vorher die notul des scheines so er mihr schriftlichen geben will sehen den zuvor ich den accort nicht eingehen kan ich habe ihn den gesehen Domitt gleichwoll meine Ehr nicht ihm stich blaibe der versonug bruder Jo Ernst wegen muß ich erst selbst deswegen mitt bruder Bernhartt reden." Hierauf schrieb Wilhelm wieder in derselben Angelegenheit (der Brief ist verloren gegangen), und schickte seinem Bruder einen entlaufenen Pagen zurück, wahrscheinlich um ihn versöhnlicher zu machen. Für diese Gefälligkeit bedankt sich Joh. Friedrich in einem (nicht datirten) Schreiben, welches in den fragm. mit Nr. 22. bezeichnet ist. In demselben sagt Joh. Friedrich: „Sonsten verstehe ich auch auß El. schreiben, das sie wegen des scheines mitt Bruder bernhartten sprechen wollen vnd mihr ihm vberschicken habende denselben werde ich mich ferner erkleren kennen wie ich den auch hoffe mahn werde ihn so machen das mihr nicht nachdrilligen sein wirtt." Aus dem Schlusse des Briefes geht hervor, daß Herzog Ernst ihn besucht haben müsse, weil er sagt: „sie werden auch sonder Zweifell von bruder Ernstens L. verstanden haben mein begehren bitte derohalben mich nicht zu lassen den ich mich verobligirt befinten werde Ihr in andern wieder zu dinen."

Nach Herzogs Wilhelm Schreiben an Johann Friedrich, d. d. Weimar, den 21. März (1626), welches in der Reihenfolge der fragm. Nr. 32 ist, bestand das Begehren dieses in einem Stücke Scharlachtuch, welches ihm jener verschaffen sollte.

65) Vergl. die Urk. Nr. 14. Der dieses Schreiben begleitende Brief Wilhelms ist am nämlichen Tage geschrieben und in vorhergehender Anmerk. bereits angeführt worden.

66) Vergl. Nr. 15 des Urkundenbuches mit Nr. 17; Nr. 16 aber löst alle Zweifel, die gegen die wirklich erfolgte Aussöhnung Joh. Friedrichs mit Bernhard erhoben werden könnten.

67) Es ist überhaupt sehr zweifelhaft, daß die Herzoge Wilhelm Albrecht und Ernst mit ihrem Bruder während dieser Epoche öfters, als erzählt worden ist, zusammen gekommen seyen, weil sie Vorurtheil und Aberglaube von persönlichen Zusammenkünften mit ihm abgeschreckt zu haben scheint. So herzlich es auch Wilhelm mit seinem Bruder damals gemeint haben mag, so wenig ist zu bezweifeln, daß sein Vorwand wegen annahender Niederkunft seiner Gemahlin (die doch erst am 26. März erfolgte), wie es in Nr. 6 des Urkundenbuchs heißt, bloß darum gemacht worden sey, um die zauberische Wohnung seines Bruders nicht betreten zu dürfen. Warum konnte sich Wilhelm in den Tagen aus seiner Residenz entfernen, als Joh. Friedrich seinen Bruder Bernhard gefordert hatte, und die Niederkunft seiner Gemahlin noch näher war, als damals wo Johann Friedrich aus Niedersachsen zurückgekehrt war, und dessen traurige Lage öftere Besuche seiner Brüder zur Aufheiterung eben so nothwendig machte, als einige Monate später die Besorgnisse eines Duells?

68) In einem Schreiben Herzogs Johann Friedrich an Wilhelm, welches in den fragm. mit Nr. 23 bezeichnet ist, sagt er unter Andern: „Meine Cuhr sonsten bedreffende weiß ich noch nicht; waß auß solcher werden mochte muß also immer mitt hoffen wollte wuntzen das auß solcher entweder der Dot oder andere verenderung entstunden welches mihr vielleicht ahm liebsten sein wirde den lenger in solchem Zustande zu leben El hiermitt Gottes des hochsten schutz entpfehlende." In einem andern Schreiben desselben an denselben, welches das zehnte Actenstück in den fragm. ist, wird gesagt: „E. Lden antwortt schreiben haben wir woll me-

empfahen auß welchen wir verstehen wie der D (Doctor) seine entschuldigung gethan gegen E. Lben fraw schwiger Mutter Ruhn zweifelen wir gahr nicht er seine medicament sisse genug machen werde indem er auch nicht alles gesaget wir haben so er (verordnet) gebrauchet *) mochte derohalben woll wunßen weill der Gebler solches sich nicht allein vnterfahen will das mahn selches noch welchen vertrawete vnd Examiniren liffe." In G. A. Wette'ns historischen Nachrichten von der berühmten Residenz-Stadt Weimar 2. Theil S. 119 wird ein aus Eisenach bürtiger D. Märtin Gebler als Leibarzt Herzogs Wilhelm angeführt. Derselbe ist sonder Zweifel auch der Arzt, welchen Johann Friedrich gebrauchte. Beide Schreiben, welchen Jahr und Tag der Abfassung, wie gewöhnlich, mangelt, sind die einzigen bekannten Beweise von ärztlicher Hilfe, welche Herzog Johann Friedrich je in seinem Leben gebraucht hat; daß sie aber in die von mir bestimmte Zeit gehören, dürften folgende Gründe wahrscheinlich machen: Herzog Wilhelm vermählte sich am 23. Mai 1625 mit Eleonore Dorothea, einer Anhalt-Dessau'schen Prinzessin, welche am 26. März des folgenden Jahres zum ersten Male niederkam. Das zweite obige Schreiben setzt die Anwesenheit der Mutter dieser Prinzessin zu Weimar voraus, welche am Füglichsten um die Zeit der Niederkunft ihrer Tochter stattgefunden haben kann, was durch folgenden Umstand bekräftigt wird: Am Ende dieses Schreibens wird Wilhelm gebeten, den Herzog Bernhard zu grüßen und ihm zu sagen, daß, wenn er die sechs Kutschpferde für 6000 Thlr. zu behalten Willens wäre, er sie abholen

*) Diese Worte sind im Original geschrieben: so er gebrauchet, womit der Herzog entweder dasselbe hat sagen wollen, was oben des Verständnisses wegen eingeschoben worden ist, oder: wir haben Sorge gebraucht (getragen), daß der Arzt uns nicht Alles gesagt hat. Letztere Deutung dürfte deßhalb vorgezogen werden, weil sie dem Sinne des Folgenden entspricht. Johann Friedrich ließ nicht selten Worte oder ganze Gedanken in seinen Briefen aus, wie besonders der Auszug des vorhergehenden Briefes beweist. Dieß mochte die Folge seiner Lebhaftigkeit und seines kränklichen Zustandes seyn.

I

lassen sollte; er (Joh. Friedrich) würde dieselben gern jetzt mit geschickt haben, wenn er Jemanden zu ihrer Führung gehabt hätte. Diese Bemerkung setzt auch Bernhards Gegenwart in Weimar voraus, welche Theils aus obiger Rücksicht, Theils deßhalb nicht früher gesetzt werden kann, weil Bernhard seit Ende des Jahres 1624, wo Wilhelm noch in kaiserlicher Gefangenschaft lebte, nicht eher wieder nach Weimar gekommen war, als zu Anfange des Märzes 1626; und da er dasselbe schon im Mai desselben Jahres verließ, um zum Könige Christian zurückzukehren, und vor Mitte Juni's 1628 in das Weimar'sche Hoflager nicht zurückkehrte, so kann auch die Abfassung dieses Briefes, welcher mit dem vorhergehenden genau zusammenhängt, nicht in die Zeit fallen, als Johann Friedrich aus der Lippstadter Gefangenschaft befreit worden war. Zugleich ergibt sich daraus, daß die Aussöhnung mit Bernhard bereits erfolgt seyn, und daß demnach der Brief entweder Ende Märzes oder Anfangs Aprils 1626 geschrieben seyn müsse.

69) Vergl. Nr. 7 des Urkundenbuches.

70) Vergl. die Urk. Nr. 11 mit dem bereits in der Anmerk. 64 angeführten Schreiben, in welchem sich Johann Friedrich für die Zurücksendung seines Pagen bedankt. Dort sagt er: „Der page ist auch alßo auffgenommen das er nicht zu klagen, alßo das wen er ein gutter Diner sein wirtt, er auch einen gutten herren ahn mihr haben soll.“ In Nr. 20 des Urkundenbuches sagt Johann Friedrich selbst, daß ihm die Dienerschaft wegen unbedeutender Ursachen entlaufe; daher mag der Aberglaube hauptsächlich auf dieselbe eingewirkt haben.

71) Ein Schreiben Herzogs Johann Friedrich an Wilhelm ohne Zeitbestimmung seiner Abfassung enthält den Dank des Fürsten für den von Letzterem übersendeten Falkner nebst dem Versprechen, die 200 Stück Reichsthaler seinem Bruder zu verschaffen. Die Zeit der Abfassung dieses Schreibens muß in den Anfang Aprils gesetzt werden, weil Herzog Wilhelm in seinem Schreiben, d. d. Weimar, den 10. April 1626 sagt, Ew. Liebden Schreiben, in welchem Sie sich wegen des Falkners bedanken und erbieten, mir 200 Stück Reichsthaler zu leihen, ist mir gestern früh überliefert worden. Dieß ist der kurze Sinn des ziemlich weitläuftigen Einganges, welcher zu Nr. 18 des Urkundenbuches gehört, aber doch ausgelassen werden konnte.

72) Vergl. Nr. 18 mit Nr. 16 und 17 des Urkundenbuches.

73) Vergl. die Theilungs-Acta bei dem Großherzogl. S. Geh. Haupt- und Staats-Archive zu Weimar und besonders das darin befindliche Schreiben Herzogs Johann Ernst des Jüngern an seinen Bruder Wilhelm, d. d. Hillersen, den 28. April 1626. Dieß ist auch wohl der Tag der Abfertigung Heusners zur Rückreise nach Weimar. Jene von Johann Ernst gewählte Vorsicht scheint den Zweck gehabt zu haben, daß die in Weimar zurückgebliebenen Herzoge alle Verbindung und Gemeinschaft mit ihren dem Könige von Dänemark dienenden Brüdern aufgehoben hätten. Ein Schein, der dadurch Wahrscheinlichkeit erhält, daß die erwähnte Landesdefension bloß vorgewendet wurde, um sich insgeheim für König Christian rüsten zu können, welcher damals den Plan gefaßt hatte, durch Hessen und Thüringen in die ligistischen Länder einzudringen und auf diesem Zuge den Landgrafen Moritz sammt den Herzogen von Sachsen Ernestinischer Linie an sich zu ziehen. Diesen Plan aber, welcher in dem Leben Herzogs Bernhard ausführlich besprochen werden wird, vereitelten Theils die unklugen Anstalten des Königs, Theils der unglückliche Ausgang der Schlacht bei Lutter am Barenberge.

74) Jenes Zugs Christians von Braunschweig gedenkt das Theatrum Europaeum 1. Thl. S. 925, welches hinsichtlich der Chronologie eben so unzuverlässig ist, als die Annales Ferdinandei von Khevenhiller, zwei Hauptquellen für die Geschichte des 30jährigen Krieges. Beide dürfen nur mit der größten Behutsamkeit gebraucht werden. Des Unfalls bei Wesel gedenkt das Ministerialsitzungs-Protokoll vom 7. Juni 1626 bloß mit wenigen Worten nebst dem gefaßten Beschlusse, deßhalb an die Infantin zu Brüssel, an Spinola und an den Kurfürsten von Sachsen zu schreiben, und den Herzog Johann Friedrich künftig keine Kriegsdienste wieder nehmen zu lassen. Dieser Beschluß macht es wahrscheinlich, daß die Herzoge von Weimar falsch berichtet worden und der Meinung gewesen sind, ihr Bruder sey bei Wesel gefangen worden, weil eine bloße Verweigerung des Durchzugs keine Verwendung bei den genannten Behörden erfordert haben würde.

75) Ueber diesen Verfall ist bloß folgendes Schreiben des Spanischen Statthalters von Lippstadt, Balthasar de Baux an Herzog Wilhelm,

d. d. Lippstadt, amb 26ten Martii anno 1630 (praes. den 8. Mai 1630) vorhanden: Nachdemahln der Ehrcachbar Johan Retberge Rhatsburger alhier zur Lipstadt mich gebuerlich erinnert, Waßmaßen der Durchleuchtige Hochgeborner Fürst vnd Herr her Johann Friederich, Hertzoge zu Sachsen u. s. w. von einer auß diesem mihr angetraweten Guarnison domahls vff den feindt außgefertigten Parthey Soldaten Im Jahr 1626 amb 27. Aprilis auß selbst eigener Veranlaßunge vnd gebener verdacht auffgefangen, vnd alhero zu hiesigem Guarnison gefhurt vnd eingebracht, Auch weiln Ihr F. G. solchs selbsten verursacht biß vff den 20. July hieselbsten enthalten gworden u. s. w. Dan eß anfengklich nicht ohne vnd dieses orts menniglichem khundtbahr worden, Alß obgedachte meine Parthey vff Ihren feindt außgeschickt, daß obged. Ihr. F. G. vff dieselbe gestoßen vnd weiln dieselb auß des feindes quartier auß Soest khommend sich weder Woher noch wohinauß, viel weniger von Waßen qualiteten Sondern vielmehr sich feindtlich praesentirt auch zu gleich verdachtiglich vff alles resolvirt, endtlich vff eine Stadische, also des feindes, Paßzettel beruffen, von gedachter Parthey attroppirt vnnd zu hiesigem guarnison eingebracht, von mihr alß auch gubernatorn hieselbsten von obgemelten vmbstenden mit mehrem erfragt gworden, So habe Ich doch von Ihr F. G. bey anfangks ein grundtliches nicht, viel weniger daß sie eine Fürstliche Persohn gewesen erfahren mugen, Sondern haben sich, zwarn wider gbrauch vnndt heerkhommen vor einen von den Stadischen abgedanckten Rittmeistern außgeben wollen, Worauff dan vnd in gemachtem solchem Wahn kriegschem gebrauch nach, Sie bey dem Capitain Profoß zu anfangk ehrlich vntergebracht vnd enthalten gworden, biß endtlich Ihr F. G. sich etwas Ihres Fürstlichen standes gemeldet, hab ich Ihr F. G. Persohn sofort zu mihr in mein Logiment genohmmen, Dieselben nicht alleine wie einer Fürstlichen Persohnen gebüret (Wiewohl von Deroselben mihr mittelst zu anderen vielfaltige Vrsache gegeben) respectirt dero gedienet vnd auffgewartet, Sondern auch eine ehrliche Taffell, soviel deßen meiner vnd dieses orts gelegenheit nach in dem kriegswesen beschehen konnen eine Zeitlangk gehalten, Dero Dienere vnd Pferde aber seindt hiezwischen in dero offener herberge accommodirt gworden, Alß aber Ihr F. G. zu grundtlicher endtdeckunge Immerhin nicht verstehen wollen, So hatt mihr nicht anderst gebuhren wollen dan zu meiner de carge diesen verlauff meinen herrn Superioren zu notificiren, vndt aber Immittelst Ihr f. G. verschiedene hochgesehrliche argkwohnige vnd verdechtige Händl vnd Vnlust bey mihr getrieben, Womit eß endtlich auch so weit gkhommen, daß Sie in meiner gegenwart ohne Jenige (einige?) darzu gegebene vrsach, einen von meinen domesticen mit einem Ponniarden zu Todt gestochen hat. Anderen darneben vorgefallener vnbilligkeiten zu geschweigen, Vnndt obwohl hiervnter bey gbrauchter solcher Insolentz, daß Ihr F. Gn. eineß so hochberumbten Fürstlichen Hauses gwesen, billig beachtet gwerden, So haben sich doch Ihr F. Gn. mit diesen allem alhier desto lenger auffgehalten mehrere ohngelegenheit vnd sonderlich diese praetendirte vnd in offenem Wirtshause In eigener Persohn vnd durch Ihre Leibdienere vndt Pferde verzehrete vnkosten selbsten vervrsacht, vndt wolte in dieses allen Obacht die greßeste vnbilligkeit sein, davon Ihr F. G. den obged. Bürger vnd gastgeber Retberge dieser gemachten atzungskosten halber ohnbezahlet gelaßen, vndt dießfalß ohn eintziges sein verschulden in solchen merklichen schaden gesetzt werden solte. Das Schreiben des Gastgebers Johann Retbergs an Herzog Wilhelm, d. d. Lippe, den 2. April anno 1630 enthält folgendes Wesentliche: Alß Ihr frst. Gn. von einer Spanischen Parthei Soldaten auß hiesiger guarnison gefenglich hierein geführet, einß theilß, Wiewoll nicht die gantze Zeit über in eigner Persohn sunsten Deroselben leibdiener vndt pferde bei mir alß offenem wirth vnndt gastgebern logirt vndt eingekehrt vnndt vom 27. April biß zum 20. July deß 1626. Jahrs sich in eßen vnndt drincken hew vnndt habern vnndt anderer notturfft verpflegen vndt vnterhalten haben laßen, Ihr F. Gn. auch zu dero Zeit alß sie sich in hiesigem Gubernatoris Logiment verhalten von mir vndt auß meiner Küchen ein vndt anderß nuhn vndt dan wan sie ged. gubernatoris taffeln nit gebrauchen wollen, erfordern hat laßen. Zuletzt merkt er noch an, daß er bei dem Abzuge des Herzogs nicht sehr auf die Zahlung der Unkosten gedrungen habe, weil Seine fürstl. Gnade auf hiesigen Gouverneur damals sehr erbittert gewesen wäre. Ein Schreiben des Stadtrathes zu Lippe an Herzog Wilhelm, d. d. 2. April 1630 (praes. den 8. Mai 1630) bekräftigt die

Forderungen des Gastwirthes. Die Originale dieser drei Schreiben befinden sich in den angef. fragmentis. Die Antwort darauf, d. d. Weimar, den 19. Mai 1630 (im Entwurfe) ist an den Stadtrath zu Lippstadt gerichtet und lautet: Man solle sich an die Antwort Herzogs Johann Friedrich erinnern, die derselbe von Ichtershausen aus vor ungefähr drei Jahren auf ein gleiches Gesuch gegeben habe; bei derselben lasse es auch Herzog Wilhelm bewenden, und der Stadtrath werde billiger Weise seinen Mitbürger anweisen, sich seiner Zahlung wegen an dem Orte zu erholen, wo solche Zehrungspost ohne gegebene Ursache aufgewendet worden sey. Diese nicht ganz deutliche Stelle beweist wenigstens, daß Herzog Wilhelm überzeugt war, sein Bruder sey von dem Statthalter unnöthiger Weise in der Gefangenschaft aufgehalten worden. Daraus erklärt sich auch der Zwiespalt dieses mit jenem. Es bedarf hier noch einer Erwähnung, daß Müller in seinen Annal. S. 328, der dieser Gefangenschaft gedenkt, durch die Unbestimmtheit des Ausdrucks Anlaß zu dem Irrthum gegeben zu haben scheint, Johann Friedrich sey zu Lippstadt bis zum Mai 1627 festgehalten worden, als man ihn nach Oldisleben auslieferte. So faßte es der Verf. der Sächs. Merkwürdigkeiten S. 574 u. f. auf, und Gottfr. Albin de Wette in seiner: Kurzgefaßten Lebens-Geschichte der Herzoge zu Sachsen u. s. w. Weimar 1770 in 8. S. 204; auch Professor Müller in den angef. Vorlesungen ist dieser Meinung beigetreten. Gelbke a. a. O. hingegen spricht zwar von der Befreiung des Herzogs aus dieser Gefangenschaft; allein er übergeht das, was der Herzog bis zur zweiten Gefangennehmung durch feindliche Truppen gethan und wo er gelebt habe. — Bestimmte Nachrichten über Johann Friedrichs unmittelbare Rückkehr von Lippstadt nach Thüringen sind nicht vorhanden; allein obige Antwort, welche Herzog Wilhelm dem Stadtrathe zu Lippstadt geben ließ, macht sie wahrscheinlich. Ein Ministerialsitzungs-Protokoll vom Anfange Septembers 1626 bei dem Großherz. S. Geh. H. u. St. Archive zu Weimar erwähnt mit wenigen Worten einer Absendung an Joh. Friedrich, um eine Erklärung von ihm zu fordern in einer nicht bezeichneten Sache; auch dort ist von einem sichern Geleite für ihn die Rede. Dieser Umstand widerlegt keineswegs die Vermuthung der bereits erfolgten Rückkehr des Herzogs nach Ichtershausen, welche durch den Beschluß des Weimar'schen Hofes, ihn in keine Kriegsdienste treten zu lassen, bekräftigt wird, weil damals ein sicheres Geleite von Ichtershausen bis Weimar wegen der vielen streifenden Parteien räuberischer Soldatenhorden nothwendig war, und ohne kaiserliche Genehmigung bloß in dem Herzogthum Weimar Kraft haben konnte. Sodann geben die acta in Kriegs-Sachen ad ann. 1626 bestimmte Beweise von Johann Friedrichs Aufenthalte in Thüringen während des Octobers. Dessenungeachtet müssen Viele geglaubt haben, der Herzog sey in Dänische Dienste getreten, weil der Kurfürst von Sachsen in Beziehung auf die kaiserliche Drohung, Herzog Johann Ernst, den Jüngern, mit der Acht zu belegen, an Herzog Wilhelm (d. d. Dresden, am 21. Septbr. 1626) schrieb: Noch weniger aber hetten wir vermuthet, das Hertzog Johann Ernst vndt etzliche andere E L den Bruedere alle devotion, gelubdte vndt Pflicht, damit Irer Key: Mayt: Sie obligirt, gantz hindan setzen, in Dero Erb-Fürstenthumb vndt Lande mit Kriegsmacht rücken, an theilß orten ihnen huldigen laßen, sich gleichsamb offendtlich für Ihrer Keyß. Mayt. Feinde erkleren" Unter diesen andern Brüdern können bloß Bernhard und Johann Friedrich verstanden werden, weil weder Albrecht noch Ernst bisher Kriegsdienste genommen und sich durch ihr ruhiges Leben zu Weimar dessen nicht verdächtig gemacht hatten; mithin wußte der Kurfürst auch nicht, daß Bernhard sich im Jahre 1626 von seinem ältesten Bruder getrennt hatte. Daher antwortete Herzog Wilhelm auf obige Anklage (d. d. Weimar, den 4. October 1626), daß sich sonst keiner von seinen Brüdern bei Johann Ernst auf jetzigem Marsche befunden habe, noch befände.

76) Die berühmte Bulle des Papstes Innocenz VIII. (vom 4. December 1484) und die Erscheinung des malleus maleficarum (Cöln 1489 in 4., angeblich von Jac. Sprenger und Heinr. Gremper verfaßt) bestimmten und erweiterten erst recht die Begriffe der Hexerei und Zauberei, und machten sie gesetzlich strafbar. Die Reformation änderte nichts Wesentliches in der Sache; denn die Protestanten nannten zwar weder die Bulle noch den malleus maleficarum (gewöhnlich Hexenhammer übersetzt), allein sie waren doch vollkommen mit den darin enthaltenen Grundsätzen und Ansichten einverstanden, wie noch 150 Jahre nach der Refor-

mation der protestantische Rechtsgelehrte Benedikt Carpzov in seiner praxis criminalis ein Beispiel gibt. In Luthers Tischreden findet man den düstern Geist des 16. Jahrhunderts kräftig ausgesprochen. Das folgende Jahrhundert nennt Horst in seiner Dämonomagie, Frankf. a. M. 1818 in 8. 1. Th. S. 172 das wahre Jahrhundert des Teufels und des Hexenprocesses.

77) Das Beispiel von Würzburg erzählt Horst a. a. O. S. 201. Die Hinrichtungen geschahen von 1627 bis zu Anfange 1629. Das Beispiel von Braunschweig erzählt Spittler in seiner Geschichte des Fürstenthums Calenberg 1. Th. S. 307. Die Hinrichtungen wurden vollzogen von 1590 bis zu Ende des Jahrhunderts, mithin zu der Zeit, als Herzog Friedrich Wilhelm mit seinem Bruder Johann von Weimar den erwähnten Orden gegen das Anrufen des Teufels stiftete.

78) Vergl. Nr. 19 des Urkundenbuches.

79) Vergl. Nr. 20 des Urkundenbuches. Dieser Brief an Herzog Wilhelm ist zwar ohne Jahrzahl und Datum; allein aus folgenden Gründen muß die Zeit seiner Abfassung entweder gegen das Ende 1626 oder zu Anfange 1627 gesetzt werden: Im Frühjahre 1626, als sich dieselbe Erscheinung zeigte, schickte Herzog Wilhelm die seinem Bruder entlaufenen Diener zurück, wie namentlich das Beispiel eines Pagen beweist, oder er verschaffte ihm Andere, wie es mit einem Koche der Fall war; ein halbes Jahr nachher aber behielt man Johann Friedrichs Diener in Weimar, wie Urkunde Nr. 21 beweist. Diese Urkunde und der besprochene Brief gehören in die Zeit, als Johann Friedrich (nach Urk. Nr. 22.) sich mit Verpachtung seiner Aemter beschäftigte. Das von ihm begehrte Geld, dessen in Nr. 20 gedacht wird, ist die Pachtsumme, von welcher die beiden folgenden Nummern handeln, wozu Wilhelm seine Einwilligung geben und ihm auch dieselbe von den übrigen Brüdern verschaffen sollte.

80) Vergl. die Urkunde Nr. 21.

81) Vergl. die Urk. Nr. 19.

82) Vergl. die Urk. Nr. 6.

83) Das in der Anmerk. 105 erwähnte Memorial gedenkt der Ermordung einiger Ichtershäuser Einwohner. Die That scheint sich nicht be-

stätigt zu haben, weil die gewissenhaften Geistlichen selbige ihm nicht zum Vorwurf machten, als er später im Gefängnisse über seine frühern Vergehen verhört wurde; nur die Verwundung des Oberstlieutenants Bohmer gestand er ein, vergl. die Urkunde Nr. 49.

84) Hierüber sind bloß zwei Briefe Johann Friedrichs an seinen Bruder Wilhelm (ohne Jahrzahl und Tag) vorhanden, welche in den fragmentis unter Nr. 8 und 9 geordnet worden sind. In letzterem heißt es unter Andern: Dieweill die Schönbergischen Reitter so hirumb ligen den lewten solchen branckfall anthun das nicht zu sagen jo das sie in ihren hewsern nicht mehr sicher sindemall sie ihnen bey nacht zu 12 vnd 30 einfallen vnd den lewten das was ihm (im) hause vnd hoff mittweg fuhr (en) weill den solches des Obersten versprechen nach nicht gemes, Alß wollen doch El. an den Obristen schreiben damitt doch den lewten das Ihrige mochte wieder gegeben werden sindemahl sie woll wissen wo solch ihr genommen guet stehet auch damitt gleichwoll die straffen in etwas mogen sicherer sein alß wollen El. mihr doch ein 12 v. der Lantschafft Rewter senden" Der Grund, auf welchen ich die Behauptung stütze, daß diese Briefe nicht in frühere Zeit gehören können, als in die letzten Monate des Jahres 1626 oder in den Januar 1627, ist folgender: ihr Inhalt betrifft eine Angelegenheit, welche bloß an den die gemeinschaftliche Regierung verwaltenden Herzog gerichtet werden konnte, Herzog Wilhelm aber trat dieselbe zufolge des mit seinem Bruder Albrecht errichteten Vertrags den 20. September 1626 an (Siehe Müllers Annal. S. 329), mithin konnte Johann Friedrich sich der Einquartierung wegen vor dieser Zeit nicht an Wilhelm gewendet haben. Nun kommt hinzu, daß nach Herzogs Albrecht Briefe an die Brüder Wilhelm, Johann Friedrich und Ernst, d. d. Coburg, 28. Januar 1627 und nach den in Heermanns Beitrage zur Lebensgeschichte Joh. E. befindlichen Urkk. S. 293—305 das Herzogthum Weimar um jene Zeit durch Einlagerungen kaiserlicher Truppen sehr gedrangsalt wurde; ferner spricht der Schluß der Urkunde Nr. 22 von Delogierung der einquartierten kaiserlichen Truppen, wie der eine eben erwähnte Brief Joh. Friedrichs an Herzog Wilhelm (in den fragm. das achte Actenstück), nach welchem die Schönberg'schen Reiter (kaiserl. Kriegsvolk) im Gebiete Erfurt lagen und

in Johann Friedrichs Nähe den Landleuten großen Schaden thaten; Wilhelm hatte erfahren, daß sie nach Franken aufbrechen wollten, und hatte deßhalb Truppen abgeschickt, welche Georgenthal und Schmalkalden vor dem Durchzuge schützen sollten, wovon er seinen Bruder Joh. Friedrich benachrichtigte, damit dieser keine andern Anstalten träfe, was er auch versprach; jedoch hielt er für besser, daß die kaiserlichen Truppen über Ilmenau und Frauenwald gewiesen würden, weil sie in seiner Nähe außerordentlichen Schaden thäten. Dieß scheint nach Urk. Nr. 22 nicht möglich gewesen zu seyn. Endlich dürfte der Schluß jenes Briefes noch beweisen, daß er in die Zeit gehöre, als der Herzog mit seinen Brüdern wegen Verpachtung seines Landesantheils verhandelte; denn am Schlusse heißt es: Ahnlangende meine sachen, dieweil verhinderung deswegen eingefallen wegen ahnwesenden Graven und herrn bitte ich mihr balt erklerunge darauff erfolgen zu lassen in solcher massen wie El. sich selbsten in ihren schreiben erbieten." Diese Erklärung dürfte sich auf Joh. Friedrichs Pachtforderung in Nr. 21 beziehen.

85) Die erste Beschuldigung wird in der mir mitgetheilten gehaltreichen handschriftlichen Abhandlung des Herrn von Hoff jedoch als eine Sage erzählt; die zweite erwähnt Müller in seinen Vorlesungen mit dem Zusatze, daß Blut aus dem Kruzifix geflossen sey, und daß selbiges als Merkwürdigkeit noch in der Kunstkammer zu Weimar gezeigt werde; von der letzten wird unten in der Anmerk. 105 noch einmal die Rede seyn.

86) Ein ehemaliger Burgvogt zu Weimar, welcher am 6. Juni 1627 wegen Herzogs Joh. Friedrich verhört wurde (siehe das Protokoll in den fragment. Nr. 43), sagt aus: „Wie J. F. Gn. das letzte mahl hie gewesen (da der Herr Cammerrath J. F. Gn. auch ahngesprochen) hett er Tillen (so hieß der Burgvogt) gefragt ob er ihr auch dienen wolte, weil sie alle sich vor J. F. Gn. fürchteten, worauf er geantwort, Er were J. F. G. sowohl als den andern herrn brüdern zu dienen schuldig. J. F. Gn. hetten gesagt Wo sie beim Tylli nicht bestallung kriegten, wolte er vf 3 Jahre in Franckreich ziehen." Den angeblichen Plan des Herzogs zur Ermordung des Generals Tilly habe ich, obwohl ihn die Sage um ein ganzes Jahr früher setzt, deßhalb hierher gezogen, weil

diejenige Gefangennehmung damit verknüpft wurde, welche unmittelbar vor seiner Einkerkerung zu Oldisleben vorausging; denn die Weimar'sche Tradition sagt: „Endlich gieng Johann Friedrich in den dänisch-deutschen Krieg, wurde aber 1626 von den Kaiserlichen (?) gefangen. In dieser Gefangenschaft soll er einen Anschlag auf des Generals Tilly Leben gemacht haben, und ihn des Nachts im Zelte zu überfallen verdächtig, oder wirklich schon hierzu angedrungen gewesen seyn. Darüber wurde er ergriffen und in strenge Verwahrung gebracht. Als er sich zu erkennen gab (was bis dahin nicht geschehen war) schrieb Tilly an den Churfürst Johann Georg. Dieser ließ sich den Prinzen ausliefern und hielt eine Conferenz mit dessen Herren Brüdern, in der man beschloß, ihn wegen seines Wahnsinnes auf beständig nach Oldisleben in Gewahrsam zu bringen. Vielleicht hat auch auf diesen Entschluß der fromme Aberglaube (daß der Prinz mit magischen Künsten umgehe) Einfluß gehabt." Die zweite Sage hierüber befindet sich in dem Mscrpt. bei der Großherzogl. Bibliothek zu Weimar: Coburgische Jahrbücher, in welchen ad ann. 1628 erzählt wird: „Den 17. October 1628 ist hertzog Johann Friedrich zu Sachsen Weymar in seiner Custodie zu Weimar im alten Schloß gestorben, und zu ober Weimar begraben worden, seines alters 29 Jahre. Die Ursache seiner Custodie ist, daß er anno 1626 ins Feldlager vor Münden biß an des Tilli Zelt gekommen, Ihn zu erstechen, darüber er aber gefangen und auf Kayserl. Befehl in einer Kutschen seinen Herrn brüdern nacher Weimar in ewiger Gefängnis zu behalten, übergeben werden, alwo er in rothen Schloß, in einem Thurm gestorben und zu Oberweimar in der Closter Kirche begraben lieget."

87) Vergl. die Urkunden Nr. 21 und 22; letztere enthält die Antwort Johann Friedrichs auf zwei Briefe von Wilhelm, deren einer, wie der Eingang der Antwort beweist, die Meldung des Todes Herzogs Johann Ernst enthalten haben muß, wie sich denn auch in den Acten über das Ableben dieses Fürsten ein Schreiben Wilhelms an Joh. Friedrich, d. d. Weimar, 22. Jan. 1627 findet, in welchem dieses Ereigniß gemeldet wird. Charakteristisch ist die Kürze, mit welcher Johann Friedrich den Tod dieses von ihm angefeindeten Bruders erwähnt, und schwerlich dürfte daraus gefolgert werden können, daß er mit ihm ausgesöhnt gewesen sei.

88) Vergl. die Urk. Nr. 23 und 24.

89) Vergl. Müllers Annal. S. 330, aus welcher Stelle zugleich gesehen werden kann, daß kein Herzog von Weimar dieser Feierlichkeit beigewohnt hatte.

90) Vergl. Gelbke a. a. O. 1r Thl. S. 27 und die Urk. Nr. 30 mit Nr. 32.

91) Vergl. Nr. 25 mit Nr. 27 des Urkundenbuchs. Cyring ist ohne Zweifel einer Sage gefolgt, wenn er in seiner vita Ernesti Pii, Ducis Saxoniae. Lips. 1704 in 8. S. 12 erzählt: Joannes Fridericus — a *Tillio Mindam obsidente* captus, atque Saxoniae Electori, indeque fratribus transmissus etc. Gelbke am a. O. setzt diese Gefangennehmung in die Mitte des Märzes 1627, indem er sich auf Urk. Nr. 25 gestützt zu haben scheint. Hr. von Hoff hat mit Recht schon durch ein dem Worte Martii in der Urk. beigefügtes Fragzeichen die Richtigkeit des Datums zweifelhaft gemacht, welches vom Abschreiber des Dresdener Originals um so leichter veranlaßt worden seyn kann, als Johann Friedrich öfters sehr undeutlich schrieb. Es muß auf jeden Fall statt Martii — Maji geschrieben werden. Denn der Trompeter, welcher über die Gefangennehmung mündlichen Bericht zu Weimar abstattete, kann zu Folge Nr. 28 erst den 6. Mai daselbst angekommen seyn, wo er erzählte (Nr. 27), daß vor ungefähr 14 Tagen oder etwas drüber Johann Friedrich gefangen worden wäre; mithin muß das Ereigniß in den Monat April gesetzt werden. Wegen der empfangenen vier Wunden aber konnte der Herzog nicht sogleich auf die Erichsburg gebracht werden; also verflossen wieder etliche Wochen, ehe dieß geschah, und ehe der Herzog schreiben konnte. Im Uebrigen scheint weder der Oberst Frenck noch der Trompeter bei Johann Friedrich auf der Erichsburg gewesen zu seyn.

92) Vergl. Nr. 27 des Urkundenbuches.

93) Vergl. die Urkunden Nr. 26. 28. 29. 30. 31. 32 und 33.

94) Vergl. die Urk. Nr. 38 und 39 mit Nr. 49.

95) Zufolge der Urk. Nr. 38 wurde den Soldaten ein Patent vorgelesen, worauf sie einen Schwur ablegen mußten. Es ist vom Herzog Wilhelm unterschrieben und d. d. Weymar, den 29. Mai 1627 ausgefertigt worden. Die einzige Abschrift davon, welche sich erhalten hat,

ist in den angef. fragm. zu finden. Weil darin Vieles wiederholt wird, was in den Instructionen Nr. 38 und 39 schon angeführt worden ist, so ist dasselbe nicht abgedruckt worden. Folgendes dürfte das Wichtigste seines Inhaltes seyn: Nachdem von den Vorschriften der Soldaten gesprochen worden war, schließt das Patent mit folgenden Worten: „Do von einem oder dem andern im geringsten das gegenspiel erfahren werden sollte, das wir den oder dieselben ohne einige Vrtheil vnndt Recht an leib vnndt leben vnnachleßig straffen lassen wollen, vnndt ob sie vnnß vorhin mit eydt vnndt Pflicht zugethan, So versehen wir vnnß daß, es werde ein Jedwed, zu erweüsung seines gehorsambs, vnndt vnß zu mehrer versicherung sich hierauf mit seinem Jaworth deutlich erklehren, vnndt darauf Soldatengebrauch nach, einen körperlichen eydt vf dieße bestellte wach leysten, sich auch vor übrigen, sauffen, spielen vnndt andern vnzimlichen Sachen, darauß ie zu Zeiten große vnuorsichtigkeit, verwarlosung, vnndt entkommung gefangener Phersohn geursacht wirdt, fleißig hüeten vnndt versehen."

96) Vergl. die Urk. Nr. 40 und 45. Das Geheimniß ist so streng gehalten worden, daß sich wirklich keine Nachrichten von dieser Gefangenschaft im Dorfe Oldisleben verbreitet zu haben scheinen; wenigstens hat sich dort nicht, wie in Weimar, eine Sage davon erhalten. Auch das dortige Gemeinde- und Amts-Archiv beobachtet darüber ein Stillschweigen, das um so auffallender ist, als in den Protokollen jede dort ereignete Merkwürdigkeit jener Zeit aufgezeichnet gefunden wird. Doch ist nicht unwahrscheinlich, daß das Protokoll des Gemeinde-Archivs mangelhaft sey, weil die Erzählungen vom Jahre 1623 sogleich auf 162? übergehen.

97) Vergl. die Urk. Nr. 35.

98) Vergl. die Urk. Nr. 39 und ein in den fragm. befindliches Schreiben Herzogs Wilhelm an den Kammerschreiber Nic. Offner zu Weimar, d. d. Ichtershausen, den 19. Juny 1627.

99) Vergl. die Urk. Nr. 35 und 36.

100) Vergl. die Rechnungen zur Bezahlung der Handwerksleute, welche an der Erbauung einer fürstl. Custodie im Kornhofe zu Weimar

gearbeitet hätten. Sie befinden sich in den fragm. unter Nr. 51 — 53. Unmittelbar nach dem Empfange des kurfürstlichen Schreibens vom 13. Juni 1627 (Nr. 36) gab Herzog Wilhelm Befehl zur Erbauung des neuen Gefängnisses zu Weimar: Siehe dessen Schreiben an den Amtmann zu Tonndorf, d. d. Reinhardsbrun, den 20. Juny Anno 1627 in den fragm. Hiernach sollte der Bau schnell betrieben werden.

101) Vergl. die Urkunde Nr. 44.

102) Vergl. die Urkunde Nr. 45 und das Schreiben der neun Wächter an Herzog Wilhelm, d. d. Weimar, den 6. Novbris Anno 1643, in welchem von einer fürstlichen Verordnung, d. d. Weimar, den 20. Martii Anno 1628 an den Stadtrath daselbst gesprochen wird, welche diesen von der Steuerfreiheit jener 9 Bürger in Kenntniß setzte. Die Beschreibung des Gefängnisses ist Theils aus der oben angeführten Urkunde Theils aus den Rechnungen über den Bau des Kerkers entlehnt worden. Die Weimar'sche Tradition sagt darüber Folgendes: „Aus Oldisleben wurde er (Joh. Frdr.) nach Weimar gebracht, wo man ihm im Klosterhofe (dem jetzigen Zeughofe) ein eignes Gefängniß erbauet hatte. Inwendig hatte sein Zimmer kleine Fenster, die oben nächst der Decke angebracht und mit eisernem Gitterwerk verwahret waren. Eine vereidete Wache wurde bestellt; die Geistlichen giengen zu ihm. Das anstoßende Zimmer für die Wache glich einer Kapelle, wo immerfort Betstunde gehalten wurde."

103) Nur in Nr. 43 und 48 wird von Joh. Friedrichs Zustande in Ausdrücken gesprochen, welche Verstandesverwirrung oder gänzlichen Wahnsinn desselben voraussetzen. Wenn dieß wirklich gewesen wäre, so begreift man nicht, warum es der Kurfürst dem General Tilly verschwiegen hat, als er diesem die Ursachen des gemeinschaftlich beschlossenen Verfahrens gegen den unglücklichen Herzog bekannt machte (Nr. 33.), da dieser General über einen Monat lang Gelegenheit hätte, sich selbst von der wahren Beschaffenheit des geistigen Zustandes seines Gefangenen zu überzeugen. Hierzu kommt, daß in keiner andern Urkunde Worte gebraucht werden, welche mit Sicherheit auf einen wahnsinnigen Kranken in Joh. Friedrichs Wesen schließen lassen könnten. Nur ein Ministerialsitzungs-Protokoll vom Jahre 1628 bei dem Großherzogl. Geh. Archive zu Wei-

mar könnte eine Ausnahme machen, in welchem gesagt wird: „Daß ... über kurz oder lang Herzog Johann Friedrich wieder zu seiner vorigen Gesundheit kommen sollte;" allein wer vermag hier bei der Unbestimmtheit des Ausdrucks auf etwas Gewisses zu schließen! Wäre Wahnsinn Folge der Verhaftung und strengen Behandlung Johann Friedrichs gewesen, so würde nicht nur kein Geheimniß aus der Krankheit gemacht, sondern auch ärztliche Hilfe gebraucht worden seyn, von der sich keine Spur hat entdecken lassen, wie überhaupt das ganze Verfahren mit ihm dieser Behauptung widerspricht. Es dürfte hier an passender Stelle seyn, die Urtheile der Sächsischen Geschichtsschreiber über Joh. Friedrichs moralischen Zustand und über die Veranlassung zu seiner Verhaftung anzuführen. Cyring a. a. O. S. 12 schreibt dem Herzoge eine *vitam infelicem* zu; Wilh. Ernst Tengel in seiner curieusen Bibliothec, Frankf. und Leipzig 1704 in 8. 1r Band S. 805 ein übelgeführtes Leben. Gelbke a. a. O. gibt als Ursache der Einkerkerung die häufigen Gewaltthaten an, welche aus einem unheilbaren Gemüthszustande geflossen waren. Die Weimar'sche Tradition nennt den Herzog zwar wahnsinnig, allein sie behauptet auch, daß dessen Beschäftigung mit magischen Künsten ihm die Gefangenschaft zugezogen haben könnte. Siehe Anmerk. 86. Ein mir mitgetheilter Auszug der mehrmals angef. fragmenta, im Jahre 1783 von dem ehemaligen Archivar zu Weimar und nachherigen Professor zu Jena Joh. Ludw. Eckard verfaßt, spricht sich zwar nicht bestimmt über die wahre Beschaffenheit des Herzogs aus, allein an Wahnsinn scheint er nicht gedacht zu haben; denn er nennt die Vergehen desselben Wäschereien und Beschuldigungen, deren man sich heut zu Tage schämen müsse. Hier, fährt er fort, müssen die Acten sehr mangelhaft seyn, aber dem Prinzen ist Gewalt und Unrecht geschehen. Herr von Hoff fällt in seiner mir mitgetheilten Abhandlung folgendes scharfsinnige Urtheil: Alle Umstände führen darauf, daß der Prinz ein wilder, ungezähmter junger Mann war, der sich durchaus in keine hergebrachte Ordnung fügen wollte, bei dem Niemand seines Lebens sicher war, der sich durch Leidenschaft und Zorn zu den tollsten Dingen hinreißen ließ, und dessen Verstand endlich dadurch so zerrüttet wurde, daß man ihn völlig als einen Wahnsinnigen behandeln mußte. Ein wichtiger Punkt ist dabei lacht außer Acht zu lassen. Es scheint nämlich außer allem Zweifel zu seyn, daß der Aberglaube bei der Verstandesverwirrung des Prinzen eine große Rolle gespielt hat."

104) Vergl. die Urk. Nr. 35. mit der Anmerk. daselbst.

105) Vergl. das von Herzog Wilhelm selbst verfaßte (jedoch nicht vollständige Memoriall den 1. Juni Anno 1627 Waß mitt bruder hanß friederichen vorzunehmen vnd anzuordnen, in den fragm. unter Nr. 42. Der Hauptinhalt desselben ist: 1) Die Verzeichnung der magischen Schriften durch den Hofprediger und den Sekretär Hofmann; 2) Die Aufzeichnung der Kleidungsstücke und Mobilien durch Boßheim, Tobias (Adami) und den Rentmeister. 3) Befehl, daß Alles, was sich in Georgenthal, Ichtershausen und Reinhardsbrunn befindet, nach Weimar geschafft werden soll. 4) Befehl für Dr. Braun und Hortleder, die verdächtigen Personen zu Weimar baldmöglichst zu vernehmen, und für den Schösser zu Ichtershausen, die dort lebende alte Frau zu verhören und sie mit den Aussagen nach Weimar zu schicken. Derselbe wurde auch beauftragt, nach den Leuten sich zu erkundigen, die Joh. Friedrich niedergeschossen und durch die Bauern begraben haben lassen sollte. 5) Der Hofprediger sollte an den Pfarrer nach Ichtershausen schreiben und sich erkundigen, was Joh. Friedrich mit ihm bei dem Austheilen des Nachtmahles vorgehabt habe. 6) Ausfertigung der Bestallung für H. von Sandersleben. 7) Ein Schreiben von sämmtlichen Gebrüder Herzogen an H. Joh. Friedrich abzufassen, so wie Notificationsschreiben an die Verwandten Sächs. Höfe.

106) Vergl. die Urk. Nr. 37. nebst den in den fragm. befindlichen Verzeichnissen der Mobilien und anderer dem Herzoge gehörigen Gegenstände, aus welchen auf sein einfach geführtes Leben geschlossen werden kann. Sein größter Reichthum bestand in Pferden, deren er 38 hatte.

107) Vergl. das Verhör-Protokoll in den fragm. unter Nr. 43. von Hortleders Hand geschrieben. Es ist nicht vollständig, sondern bloß die Vernehmung am 2. und 6. Juni 1627; zu ersterer hat Hortleder in der Ueberschrift beigefügt: In der Cammerstub, vf sonderbahren F. Befehl, In geheimter F. sach. Der Inhalt dieses Protokolles beschränkt sich auf zwei

Punkte:

Punkte: 1) Johann Friedrich hatte einigen Personen in Weimar, wie den Oberstlieutenant Böhmer und Rudolph von Dieskau nachgestellt; man wollte nun von einigen dieser vernommenen Personen wissen, ob sie dem Herzoge dabei behilflich gewesen wären; allein Niemand gestand Etwas. 2) Man wußte, daß der Herzog oft insgeheim nach Weimar gekommen war, ohne sich vor seinen anwesenden Brüdern sehen zu lassen. Hieraus war nicht ohne Grund auf einen geheimen zauberischen Verkehr geschlossen worden, wiewohl die meisten Beschuldigungen in Stadtklatschereien bestehen mochten, da von den beiden Richtern kein einziges Factum aufgeführt wurde. Und wenn die redselige Frau Vippich Nichts verrathen hätte, so würde die Untersuchung zu keinem Ergebnisse geführt haben. Diese Frau erzählte unter Anderm, der Herzog habe ihr vertraut, daß Jemand zu Erfurt ein Kriegsbuch besitze, durch welches man die Kunst erlernen könne, Reiterei ins Feld zu zaubern, sie sollte ihm dieses Buch verschaffen, wobei er ihr große Versprechungen gemacht hätte. Auch hätte er ihr erzählt, daß der Kaiser (Ferdinand II.) ein ähnliches Buch besitze. Im Uebrigen betheuerte sie, in den letzten drei Jahren mit dem Herzoge nie verkehrt zu haben. Die übrigen verdächtigen Personen mag die Furcht, selbst strafbar zu werden, wenn sie Etwas verriethen, stumm gemacht haben. So leugnet z. B. der Zwerg Abraham, mit dem Herzoge jemals gesprochen zu haben, da doch ein Stallknecht behauptete, im letztvergangenen Winter sey der Herzog eines Tages in Begleitung des Zwergs nach dem Vorwerke gekommen und habe sich mit demselben dort eingeschlossen.

108) Vergl. die Urk. Nr. 50, mit welcher die Urk. Nr. 49 verglichen werden muß, wo von den Aussagen Jacob Hormanns und Kaspar Ottstedts die Rede ist. Diese beiden Personen sind ohne Zweifel dieselben, welche in ersterer Urkunde Andreas Hattstadt (oder Hotstad, wie er auch geschrieben wird) und Reitschmid Jacob genannt werden; daß aber Hattstadt in der einen Urkunde den Vornamen Kaspar, in der andern Andreas erhält, beweist noch nicht, daß es zwei Personen waren; denn die Begebenheiten, welche Hormann und Hattstadt erzählen, haben bloß sie beide mit des Letztern Sohne erlebt, welcher aber zur Zeit des Verhöres schon gestorben war, mithin scheint Hattstadt diese beiden Vornamen gehabt zu haben. An sich scheint dieser Umstand sehr gleichgültig zu seyn;

K

allein er ist zur genauen Prüfung der Aussagen dieser Leute nicht ohne Werth, zumal da die Geistlichen dadurch Stoff erhielten, den Herzog auf's Neue zu quälen.

109) Vergl. die Urkunde Nr. 41.

110) Vergl. die Urk. Nr. 49.

111) In der Urk. Nr. 49 wird nämlich gesagt: „Ehr Rinder, welcher Ihrer F. G. zum stetigen pastore in der custodi zugeordnet." Dieser Prediger ist wahrscheinlich der Nicolaus Rinder, den Gottfr. Alb. Wette in seinen historischen Nachrichten von der berühmten R. St. W. 1r Th. S. 409 unter den Pestilenzpredigern anführt, welche von 1607 bis 1639 zu Weimar angestellt worden waren. Die beiden andern Geistlichen Grauchenberg und Henzelmann waren ohne Zweifel auch Prediger in der Residenz. Die Urkunde Nr. 49 nennt erstern Henrich Granchenberger, in Wette a. a. O. S. 397 wird ein gewisser Heinrich Rauchenberger genannt, der S. 400 H. Krauchenberg geschrieben wird, und 1627 Archidiakonus zu Weimar war. Hier ist entweder ein Druckfehler, oder der Verfasser hat in den ihm vorgelegenen Acten die verschiedene Schreibart gefunden. Die Orthographie überhaupt, selbst der Eigennamen, war damals sehr unsicher. Magister Henzelmann, in der Urkunde Nr. 49 M. Henselmann geschrieben, scheint nach Wette a. a. O. S. 187 der Hofdiakonus M. Johann Henzelmann zu Weimar (im J. 1627) zu seyn, der S. 401 noch Subdiakonus genannt wird. Auch diesen schreibt Wette auf zwiefache Weise. Die Versuche der Geistlichen, einen eingesperrten Zauberer bekehren zu wollen, geben in dem Verfahren gegen Herzog Joh. Friedrich nicht das einzige Beispiel dieser Art. Horst erzählt in dem 3. und 4. Bande seiner Z. B. die Geschichte einer sogenannten angefochtenen Person aus der ersten Hälfte des 17. Jahrhunderts, welche durch Geistliche auf ähnliche Weise im Kerker wirklich bekehrt wurde. Derselbe erzählt auch a. a. O. von einer Nonne im Kloster Unterzell bei Würzburg, die der Zauberei verdächtig, eingesperrt und von den Geistlichen — aber vergebens — behandelt wurde. Deshalb wurde sie hingerichtet.

112) In den angef. fragm. findet sich unter den mit Nr. 52 bezeichneten Rechnungen auch eine „Liquidation für diejenigen Bücher und Register, so der gefangene Herzog in seine Custodie bekommen." Es

ist eine Buchbinderrechnung, vom Generalsuperintendenten Kromayer unterschrieben mit der Bemerkung, daß die Bücher, wie sie oben genannt worden sind, in die fürstliche Custodie abgeliefert worden wären.

113) Vergl. hierüber die Anmerk. 108.

114) Vergl. die Urk. Nr. 49.

115) Vergl. ebendaselbst.

116) Vergl. ebendaselbst. Es scheint ein allgemein angenommener Glaube gewesen zu seyn, daß sich Personen, die Zauberei trieben, mit dem Teufel unterhalten könnten. So erzählt Horst a. a. O. von dem angefochtenen Manne, daß die ihn besuchenden Geistlichen ein ungewöhnliches Zischen und Pfeifen in seinem Gefängnisse gehört; und von der Nonne, daß sie bei ihr verschiedene Stimmen böser Geister vernommen hätten, ohne daß weder bei dieser noch bei jenem eine Spur des Wahnsinnes entdeckt werden konnte. Die Weimar'sche Tradition enthält über diesen Zustand Johann Friedrichs folgende Bemerkungen: „Der Prinz hielt (im Gefängnisse) von Zeit zu Zeit Gespräche mit sich selbst, zuweilen wollte die Wache auch noch eine Stimme und förmliche Unterhaltungen mit dem bösen Feinde vernommen haben. Wer weiß, was der arme verrückte (?) Prinz, gleich den Hexen jener Zeit, sich selbst einbildete und phantasirte! Zu mehrern Zeiten wüthete er so in seinem Gefängniß, daß man sorgte, er möge durchbrechen, und auf den Fall Befehl gab, ihn nicht durchzulassen, und wenn es sogar sein Leben kosten sollte."

117) Vergl. die Urk. Nr. 42 und 43 mit den Anmerkungen daselbst.

118) In dem Großherzogl. S. Geh. H. u. St. A. findet sich eine doppelte, jedoch weder ganz gleichlautende, noch diplomatisch genaue Abschrift von folgendem Actenstücke: Vermahnung, welche wegen der Verhaftung des unglücklichen Herzogs Johann Friedrich am 3. Sonntage p. Trinit. den 10. Juni 1627 von der Kanzel verlesen worden:

Es ist Ew. L. bewust, welcher maßen vnser gnädiger fürst vnd herr herr Johann Friedrich, Herzog zu Sachsen, eine Zeitlang her, leider! in großen Unfall gerathen, dannenhero auch durch Gottes Verhängnis allerseits schwere Ungelegenheiten und Gefährlichkeiten sich zu ereignen angefangen. Wenn denn auf gemachten Schluß des ganzen hochlöblichen

Chur- und Fürstl. Haußes zu Sachßen, der iustitien zu stewer, und damit allerhand Thätlichkeiten vorgebauet werden möge, hierinnen andere Mittel nothwendig an die Hand genommen, und Se. Fürstl. Gn. in Verhaft gebracht werden müßen, darüber doch Sr. Fürstl. Gn. Herren Brüder unsere gnädige fürsten und herren, samt und sonders über das andere Leid und Trauern, so sie sonst haben, höchlich betrübet, und aus getreüen brüderlichen Mitleiden lieber hätten schonen wollen, wofern sie solches geübriget seyn können, und nicht dazu gezwungen wären; Alß sollen Eu. Christl. Liebe hiemit öffentlich einmahl ermahnet seyn, vor hochgedachte Ihro Fürstl. Gn. unterthänig und mitleidig von Herzen zu Gott itzt und hinführo allezeit im Gemeinen Gebet zu beten und zu bitten, daß der getreue barmherzige Gott und Vater im Himmel mit seinem heiligen Geiste Ihrer Fürstlichen Gn. väterlich erscheinen, Sie an Leib und Seel regieren, Erkenntnis, Gedult und Trost verleihen, und es mit diesem hochbetrübten Unglück dahin richten und alles also gnädiglichen enden und wenden wolle, damit es Ihrer Fürstl. Gn. an Leib und Seele erspriesslich und dem ganzen Chur- und Fürstl. Hauß zu Sachßen, auch sonst männiglich dieß fallß zu Abwendung aller Gefährligkeiten dienlich sey, umb Jesu Christi willen, Amen. Der verdienstvolle Herr Spiller von Mitterberg hat in seinen neuen Beiträgen zum Staatsrechte und zur Geschichte von Sachsen, aus gedruckten Quellen, Eisenach 1801 in 8. S. 31 u. f. dieses Actenstück mit der Bemerkung abdrucken lassen, daß es ursprünglich von Glauder eigenhändige in dasjenige Exemplar seines stemma Saxonicum ad pag. 103 beigeschrieben worden wäre, welches ehedem in dem Besitze der Bibliothek des Coburger Gymnasiums gewesen, nachmals aber durch Cyprian wahrscheinlich nebst mehreren andern seltenen Schriften nach Gotha gekommen wäre. Die Erkundigungen, welche ich darüber eingezogen habe, haben diese Vermuthung nicht bestätigt. Der ehemalige Archivar Eckard zu Weimar, welcher das Actenstück ebenfalls kannte, vermuthete, daß das Original desselben im fürstlichen Archive zu Gräfenthal gesucht werden müsse; allein zu Folge der gefälligen Mittheilungen des dortigen Herrn Hofrathes Maurer hat sich diese Vermuthung ebenfalls ungegründet gefunden. Gelbke a. a. O. S. 28 scheint das Actenstück unbedingt als ächt angenommen zu haben, weil er sagt: auch für ihn (Joh. Friedrich) hatte man als eine hochangefochtene Person in den Kirchen bitten lassen. Müller in seinen Vorlesungen führt es auch an, setzt es aber auf den 16. Juni 1626, wenn dieß nicht Irrthum des Nachschreibers gewesen ist. Es dürfte jedoch die Aechtheit des Actenstückes in Zweifel gesetzt werden können, weil der Kurfürst von Sachsen in seinem Schreiben an Herzog Wilhelm, d. d. Weida, am 16. Aug. 1627 (Nr. 43.) erst den Rath gab, für Herzog Joh. Friedrich in den Kirchen beten zu lassen, was, wenn es vorher schon geschehen wäre, dem Kurfürsten schwerlich würde verheimlicht worden seyn. Allein folgende Umstände widersprechen der Behauptung, daß diese oder eine andere ähnliche Vermahnung jemals von den Kanzeln des Herzogthums Weimar verlesen worden sey. Der Kurfürst von Sachsen rathet den Herzogen von Weimar (in der Urk. Nr. 48), daß sie den Tod ihres Bruders zwar öffentlich bekannt machen, vorher aber den Unterthanen auch von dessen Krankheit und Zustande Etwas wissen lassen sollten. Diesen Vorschlag verwirft der Altenburg'sche Generalsuperintendent aus dem Grunde, quia (Principes Vinar.) omnia volunt esse occulta et minime divulganda. Daher mag das Actenstück, wenn gegen seine Aechtheit Nichts eingewendet werden könnte, der Entwurf zu einer Vermahnung an die Gemeinden seyn, der von irgend einem Sächsischen Hofe, vielleicht von dem Altenburg'schen, dem Weimar'schen zur Prüfung und Annahme vorgelegt, aus Bedenklichkeit aber verworfen worden war. — Was die Geheimhaltung des Zustandes anbelangt, in welchem sich Johann Friedrich befand, so muß bemerkt werden, daß dieselbe bei ähnlichen andern Fällen ebenfalls beobachtet wurde, wie die in der Anmerk. 111 berührte Geschichte der verhafteten Nonne uns belehrt. Ihr Zustand wurde, wie Horst a. a. O. behauptet, verschwiegen, theils weil man in dortiger Gegend so leichtgläubig war, theils weil die Ehre des Klosters, der Nonne selbst und ihrer Verwandten auf jegliche Weise geschont werden sollte.

119) Vergl. das Protokoll vom 29. October 1627 in den fragm., welches ein Verhör mit dem Oberaufseher H. von Sandersleben enthält und von dem Kammerrath von Kospoth, D. Braun, Hertleder und D. Belck abgehalten wurde. Es enthält folgende Beschuldigungen: „Weil I. F. G. (Herzog Wilhelm) erfahren, das er (H. v. Sandersleben) er-

lich geld vor sich behalten, 2) Etzlichen Esig wegkgeschickt, 3) Den gefangenen Printzen nicht tractirt, wie sich gebühre, 4) Ihm gar zu gelinde gewesen, 5) Zum Loch hinein geredt, vndt ihn erzürnet, vnd fast vnsinnig gemacht, 6) Viel von ihm discurrirt gegen andere Leute, Darüber trügen J. F. G. hechstes missfallen, vnd weil der captivus anher (nach Weimar) gefürt werden solte, So ließen J. F. G. ihm ahnzeigen, Sie müsten wißen, ob er künfftig die bestallung beßer halten, oder selbst abdancken wolte? Sonst müssen sie ein solch exempel nach inhalt der von ihm geschwornen bestallung in ihm statuiren, das andere seine nachfolger sich daran zu stoßen." Darauf antwortete Sandersleben, man solle ihm die Angeber nennen, dann werde er sich auch verantworten; vorläufig behauptete er aber, ohne Vorwissen Herzogs Wilhelm kein Geld zu sich genommen zu haben. Die Rechnungen habe er wegen Hindernisse bisher noch nicht übergeben können. Esig sey noch vorhanden und könne vorgezeigt werden. „Wie der Printz, fuhr er fort, die Kette enzwei gerißen, hab er zum loch hinein geredt vnd sei ihm nicht zu rahten gewesen hinein zu gehen. Er hette keinen Zorn am Printzen gesehen. Hab mit niemand vnterredung von ihm gepflogen. Viel hetten ihn vmb eins oder das ander gefragt, daruf er gesagt, Er wiße nichts drumb. Wie er tractirt würde? Fürstlich hett er gesagt nichts mehr." Vielleicht war der Vorfall vom 4. August darunter verstanden worden, als Joh. Friedrich seine Fesseln zerriß.

120) Vergl. das in den fragm. befindliche Schreiben Herzogs Wilhelm an den Amtsschreiber Wolfg. Walther, d. d. Weymar, den 21. Decbr. 1627, in welchem befohlen wird, dem Lieutenant Nicolaus Mende wegen seiner treuen Dienste zu Oldisleben bei dem verhafteten Fürsten hundert Gülden zur Ergeglichkeit auszuzahlen.

121) Die Scheu vor dem gefangenen Bruder sprach Herzog Wilhelm in dem Bekanntmachungsschreiben an die Sächsischen Höfe aus. Vergl. die Urk. Nr. 35. Die Gemeinderechnungen vom Jahre 1627 im Amtsarchive zu Oldisleben führen zwei in wenigen Groschen bestehende Ausgaben für das Wachen bei dem Viehe mit dem Zusatze an: als der Fürst von Sachsen allhier gelegen. Zwar ist die Zeitbestimmung nicht angegeben, allein es dürfte doch von einem zweimaligen

Besuche eines Fürsten verstanden werden müssen. Johann Friedrich kann nicht gemeint worden seyn, weil derselbe als Gefangener keine Pferde hatte. Von Herzog Wilhelm oder einem andern seiner Brüder kann eben so wenig die Rede seyn, weil der Landesfürst schwerlich mit der unbestimmten Bezeichnung: Fürst von Sachsen, erwähnt worden seyn würde. Wahrscheinlich ist einer der Lauenburger gemeint, der mit kaiserlichen Truppen bei seinem Zuge durch Thüringen daselbst gelegen hatte.

122) Vergl. die Urk. Nr. 46, welcher, wiewohl ohne Zeitbestimmung dieselbe doch durch folgende Stelle gegeben wird: „Wofern Ihr Curfurstl. Durchl. es nicht zu entgegen, Wolten Seine Fürstl. G. auf der izo angestelten Hizfrist — Deroselben Sohn vnd freundt Vetterlich auffwartten, auch s o d a n, W a s b e y K a y s: M a y t: d e r o v o r r i c h t u n g g e w e s e n, v n d a l l e r s e i t s v o r g e l a u f f e n, m u n d t l i c h r e f e r i r e n." Diese Worte beziehen sich auf Herzogs Wilhelm Reise nach Prag im Mai 1628 zum Kaiser, von der er den 8. Juni nach Weimar zurückgekehrt war. Vergl. Müllers Annales S. 335. Merkwürdig ist, daß der Hofprediger ohne Beglaubigungsschreiben und ohne ein von Wilhelm unterzeichnetes Memorial mit bloßem mündlichen Auftrage nach Dresden geschickt wurde. Das vorliegende Memorial setzte Lippach erst bei seiner Ankunft am Hofe Johann Georgs auf, der nach damaliger Sitte den Auftrag des Abgeordneten schriftlich haben wollte, bevor er diesen selbst anhörte.

123) Diesen Glauben begründete zuerst der Herenhammer. Vergl. den von Horst gemachten Auszug in 2 Theile seiner Dämonomagie. S. 73.

124) Vergl. die Abrechnung der 9 Wächter Johann Friedrichs unter Nr. 56 der fragmentarischen Acten über dieses Fürsten Leben, Wandel und Custodie bei dem Großherzogl. S. Geh. H. u. St. A. zu Weimar. Acht von ihnen wurden als Trabanten im fürstlichen Schlosse, und der neunte, Kaspar Schlevogt, der den gefangenen Fürsten im Kerker bedient hatte, als Kammerdiener angestellt. Den Todestag Joh. Friedrichs geben Müllers Annales S. 335 an; die Todesart aber findet sich nur in der einzigen vorhandenen zuverlässigen Quelle, Urk. Nr. 51, von welcher das Großherzogl. Geh. H. u. St. A. zwei Abschriften, und das Herzogl. S. Gothaische eine, von der Hand des verstorbenen Geh. Assistenzrathes Lichtenberg geschrieben, aufbewahrt. Diese drei stimmen nicht

ganz überein, vielleicht wegen undeutlicher Schreibart desjenigen Exemplars, welches zum Abschreiben vorgelegen hatte. Müller in seinen Vorlesungen führt sie auch an, eben so Gelbke, der sie am a. O. S. 27 u. f. benutzt hat. Der Weimar'sche Archivar Eckard besaß ebenfals eine Abschrift davon, nannte sie in dem angef. Actenauszuge mit Recht ein abgeschmacktes Bedenken, und vermuthete, daß das Original im fürstl. Archive zu Gräfenthal zu finden wäre; die gefälligst übernommenen Untersuchungen Herrn Hofraths Maurer daselbst aber haben es nicht bestätigt. Indeß ist möglich, daß sie dort aufbewahrt worden sey, ihre Vernichtung aber in den Händen vandalischer Dienstboten der frühern Beamten gefunden habe, wie so viele schätzbare Urkunden dieses Archivs auf ähnliche Weise ihren Untergang gefunden haben sollen. Herr Spiller von Mitterberg erwähnt in seinem angef. Werke S. 33 bloß die Ueberschrift dieser Urkunde, und beruft sich auf das Exemplar von Clauderi stemma Saxonicum, von welchem in der Anmerk. 118 gesprochen worden ist. Dort soll sie von Clauder selbst beigeschrieben worden seyn. Die Aechtheit dieser Urkunde, so fehlerhaft sie auch ist, darf deßhalb nicht bezweifelt werden, weil sie mit einem Schreiben des Kurfürsten von Sachsen (siehe Urk. Nr. 48) in enger Beziehung steht, und ihr Inhalt nicht den mindesten Verdacht auf das Gegentheil gewährt. Was nun die darin enthaltene Todesart Johann Friedrichs anlangt, so erhielt der Superint. Eckard selbige aus dem Munde seiner Fürsten, denen sie ohne allen Zweifel von den Weimar'schen Herzogen mitgetheilt worden war. Der Ausdruck in latere altero cruore suffusus, ist zwar doppelsinnig und kann übersetzt werden: mit Blut unterlaufen, oder blutend; der Zusatz aber et quidem compressus, setzt die Schmerzhaftigkeit der Wunde voraus, wie letztere überhaupt den plötzlichen Tod des Herzogs zur Folge gehabt haben zu scheint. Daher ziehe ich (wie es schon Herr von Hoff in seiner ungedruckten Abhandlung gethan hat) die letztere Uebersetzung vor. Der Ausdruck in impietate esse defunctum, der zweimal mit einem andern Zeitworte in der Urkunde wiederholt wird, deutet auf den Glauben oder Vorwand hin, daß der Herzog vom Teufel getödtet oder geholt worden sey. Dieß kann nichts Anderes heißen, als daß er sich entleibt habe; hierzu aber waren Werkzeuge nothwendig, die er laut der Vorschriften für die Wächter niemals in die Hände bekam, aus Besorgniß, daß er Allen gefährlich werden könnte, die sich ihm naheten. Wollte man die Wunde und den darauf erfolgten Tod einem unglücklichen Falle zuschreiben, so fehlte dem Herzoge die freie Bewegung zum Klettern, indem er in Ketten lag und sogar an die Wand angeschlossen war. Höchstens konnte er sich bloß durch Quetschung oder Reibung eine Wunde beibringen; eine solche aber dürfte, wenn sie tödtlich gewesen wäre, eher zufällig als absichtlich genannt werden, für welche die Worte der Ueberschrift: misera morte *trucidato* nicht passen. Mag diesen gewaltsamen Tod verursacht haben, was da wolle, so wurde es wenigstens damals dem Teufel zugeschrieben, wie es sich auch in der Sage erhalten hat. Die Weimar'sche Tradition spricht sich darüber folgender Maßen aus: „In einer Nachtstunde, als man ihn (den Herzog Joh. Friedrich) ein ganz ruhiges Gespräch mit Jemandem halten gehört, entstand auf einmal ein Lärm, als wenn der Prinz die Wände hinanlief, es geschahe ein Fall und nun ward es ganz still. Die Wache öffnete das Gefangen-Zimmer und fand den Prinzen auf dem Boden in seinem Blute liegen. Das Blut floß zu Mund und Nase heraus. Wahrscheinlich war er in die Höhe nach dem Fenster geklettert, war zurückgeschlagen und hatte das Genick gebrochen. Bei dem damaligen Publicum hieß es, der Prinz sey in Stücken zerrissen gewesen, weil seine Bundeszeit zu Ende gegangen, und er von dem bösen Feinde geholet worden sey." Müller in seinen Vorlesungen hat Folgendes darüber: „Und endlich sey Johann Friedrich in der letzten Custodie vom Teufel geholt worden, so daß nur noch auf dem Hof vor dem jetzigen Kornhaus seine Handschuhe und ein Stück vom Degenkoppel gelegen. Andere sagen: Man habe ihn todt und gräulich auf den Boden gestreckt gefunden." Der Archivar Eckard erzählt in dem angef. Actenauszuge vom Tode Johann Friedrichs: „zu Weimar wurde der Prinz im sogenannten Kornhause so lange in enger Verwahrung enthalten, bis ihm nach dem Wahn der damaligen abergläubischen Zeiten und der daraus erwachsenen gemeinen Sage der Teufel den Hals umgedreht hat." Der berühmte Schurzfleisch kannte diese Sage auch, und schrieb in dieser Beziehung an den Rand seines Exemplares von Müllers Annalen, da, wo Johann Friedrichs Tod angegeben wird: Diabolo dicitur correptus. Der Aberglaube, daß ein Mensch vom Teufel getödtet oder geholt werden könne, wurde noch zu Anfange des 18. Jahrhunderts festgehalten, und sogar von protestantischen Aerzten vertheidigt, wie folgende Schrift beweist: wahrhafftige Relation dessen, was in der Heil. Christ-Nacht 1715 Allhier bei der Stadt Jena u. s. w. sich zugetragen hat. Jena 1716 in 4. Die Stelle in Eyringii vita Ernesti Pii S. 12: Joannes Fridericus vitam infelicem infeliciori exitu terminavit soll zwar, wie der ebendaselbst gebrauchte Ausdruck *tragicus* istius *exitus* verräth, auf einen gewaltsamen Tod hindeuten, gibt aber doch noch zu unsichern Vermuthungen Anlaß. Noch dunkler drückt sich Tentzel a. a. O. aus, wenn er sagt: ob er (Joh. Friedrich) gleich wegen übelgeführten Lebens einen bösen Tod zu Theil worden. Gelbke a. a. O. S. 28 entscheidet sich für den Selbstmord, der jedoch nicht wohl denkbar war. Es muß endlich noch bemerkt werden, daß über den Tod Herzogs Johann Friedrich, so geheim er auch gehalten worden seyn mag, dennoch wunderliche Gerüchte verbreitet worden zu seyn scheinen, wie der Brief eines Pfalzgrafen bei Rhein (der sich mit dem Zeichen des Pfälzischen Wappens unterschreibt) an Herzog Wilhelm, d. d. Berlin, $\frac{7}{17}$. Jan. 1629 bei dem Großherzogl. Geh. H. u. St. A. lehrt. In demselben heißt es: „sie haben EL. bruder herz. Hanß Friderich todt gesagt ich bitt EL. wollen mir zu wißen thun ob dem alse seye vndt wie er gesterben dan ettliche wunderlich darvon reden."

125) Vergl. die Urk. Nr. 47 und 48.

126) Vergl. die Urk. Nr. 51.

127) Diese Sage, welcher auch Gelbke a. a. O. beipflichtet, erhält sich noch diesen Tag im Munde des Weimar'schen Publikums mit dem Zusatze, daß in einem der Keller dieses Gebäudes noch eine Platte sichtbar sey, unter welcher der fürstliche Körper ruhe; allein nähere Untersuchungen haben die Richtigkeit dieser Angabe bewiesen. Der Archivar Eckard sagt: „Nach seinem (Joh. Friedrichs) Tode war besonders unter den Theologen großes Deliberiren, ob er auf ehrbare Weise begraben

werden könne; und sie brachten es durch ihre abgeschmackten Bedenken wirklich dahin, daß dieser Prinz unerhörter Weise heimlich in einen profanen Ort, wie man nicht unwahrscheinlich vorgibt, hinter das Korn- oder das jetzt Göchhausische Haus, ohne Sang und Klang eingescharret wurde." Müller in seinen Vorlesungen erzählt: „Wo Herzog Joh. Friedrich begraben liegt, weiß man bis dato nicht gewiß. Einige sagen in einem Stalle; Andere vor dem Zeughause."

128) Diese Meinung findet sich in der oft angeführten Weimar'schen Tradition: „Viel wurde über sein (Joh. Friedrichs) Begräbniß deliberirt, daß man ihn nicht für einen unglücklichen Kranken ansah, erhellet daraus, daß man ihm kein Fürstliches Begräbniß gab, sondern an einen geheimen Ort im Klosterhofe verscharrte; wahrscheinlich war es der Boden des Gefängnisses selbst, das in der Folge weggerissen wurde. Diese Unglücks-Geschichte ist der Quell zu den Gespenstergeschichten in dem anliegenden vormals herrschaftlichen, hernach Göchhausischen, jetzt Gräflich-Wertherischen Hauße." Dieß ist wahrscheinlich die noch immer besprochene Spuckerei des löschpapiernen Prinzen.

129) In der Urk. Nr. 51 wird gesagt: Consultissimum ergo, ut *in loco obscuro terrae* corpus maledictum demandetur, *ne Satanas aliis suis spectris, quod agat, habeat,* (i. e. ne Satanas habeat, quod suis spectris agat aliis) d. h. damit der Teufel mit seinen Geistern Andern Nichts anhaben (Andere nicht beunruhigen) könne. Diese dunkel und unlateinisch ausgedrückte Meinung ist ganz im Sinne der damaligen Sächsischen Theologen, welche auch den Leichnam des Fürsten verdammt wissen wollten.

130) Das Oldisleber Gefängniß wurde späterhin zur Wohnung der dem Klosterpachter gehörigen Dienstleute umgeschaffen, welches nachher sammt dem darunter befindlichen Gewölbe zusammengestürzt ist. Unter Herzoglich Sachsen Gothaischer Regierung wurde das ganze Gebäude weggerissen. Von der Zerstörung des Weimar'schen Gefängnisses hat der Sächsische

Kanalist Müller in folgender Randbemerkung zur Seite 335 des ihm zuständigen Exemplares von seinem Werke, welches mir durch die Güte des Herrn Schulrath D. Schwabe zu Weimar mitgetheilt worden ist, Nachricht gegeben: „Deßen (Johann Friedrichs) Logis aus trifftigen Ursachen hernachmahls niedergerißen und weggeschaffet worden."

Urkundenbuch

zu dem

Leben Herzog's Johann Friedrich VI.

Nr. 1.

Herzogs Johann Friedrich Schreiben an die Herzogin Dorothea Maria.

Hochgeborne Fürstin gnedige hertzliebe Fraw Mutter, wenn e. g. benebenst bey sich habenden Comitatu glücklichen, vnnd nach vnserm wuntzsch, frisch vnnd gesund zu Zerbst angelanget, hetten wir vns allesambt billich darob zu erfrewen, vnd dem lieben Gott dafür hertzlichen zu dancken, vns allesambt sollen e. g. noch bey vorigen glücklichen wollstande (Gott sey danck) wissen vnnd hatt sich bruder Bernhart auch wiederumb von seinem lager erhoben, Der liebe Gott sey ferner mitt seiner lieben Engelein schutz bey vns verhütte alle böse zufälle, vnnd verhelffe e. g. zu rechter Zeitt wiederumb zu vns Solte e. g. aus kindlichen gehorsam ich nicht bergen vns allesambt Göttlicher bewahrung beuhelende. Datum Weimar, den 2. Novembris Ao. 1609. E. Gn.

gehorsamer Sohn
weill ich lebe
Johann Friedrich,
h. z. Sachssen.
mpp.

Der Hochgebornenn Fürstinn, frauenn Dorotheenn Marien, Herzoginn zue Sachßenn rc. geborner Fürstinn zue Anhaltt, Landtgräffinn im Düringenn, vnndt Marggräffinn in Meyßenn Wittibenn, Vnser gnedigenn hertzliebenn frau Mutter;

zue Ihr Gnad. handen.

Nr. 2.

Memorial vnnd Ordinantz

Darnach sich die Durchlauchtige, Hochgeborne Fürsten vnnd Herrn, herr Albrecht vnd herr Johann Friderich, gebrüedere Hertzogen zu Sachßen, Gülch, Cleue vnnd Berg, Landtgrafen in Düringen vnnd Marggrafen zu Meißen, Grafen zu der Marck vnnd Rauenßbergk, herrn zu Rauenstein, neben Ihrer F. F. GG. zugeordneten Hannß Bernhardten von Botzheimb, vnnd Thobia Adami, bey vorstehender Reiß in Franckreich zu richten.

Nachdeme der Durchlauchtige, Hochgeborne Fürst vnnd Herr, Herr Johann Ernst der Jüngere, Hertzog zu Sachßen, Gülch, Cleue vnnd Berg, Landtgraf in Düringen vnnd Marggraf zu Meißen, Graf zu der Marck vnnd Rauenßbergk, herr zu Rauenstein, vf vorgehabten Rath naher Ahnuerwandter fürstlicher bluts-freunde, vnnd trewer Räthe vnnd Dienere, sowohl etzlicher von der Landtschafft, eine notturfft zu sein befunden, daß Sr. F. G. freundtliche liebe Brüedere, herr Albrecht, vnnd herr Johann Friderich, Hertzogen zu Sachßen, Gülch, Cleue vnnd Berg rc. sich nunmehr in etwas vmbsehen, vnnd in fürstlichen Tugendten, vnnd nutzlicher erfahrenheit, zunehmen mögen: So haben S. F. G., alß der getrewe Brueder vnnd Vormundt dahin geschloßen, daß hochgedachte dero geliebte herrn Brüedere, eine Reiß in franckreich folgender maßen durch Göttliche verleihung ahnstellen vnnd verrichten; Ihren f. f. GG. aber darbey Hannß Bernhardt von Botzheimb, vnnd Thobias Adami, mit trewer vorsorg, vffsicht, vnnd guetem Rath vnderthenig vfwartten sollen, Welche Ihre f. f. GG. in Acht zu haben, ietzo benennete dero zugeordnete, auch allen müg-

müglichen trewen fleiß zu erweisen, ahn Eidtes statt versprochen vnnd zugesaget;

1) Vnnd sollen demnach vnnd wollen Ihre f f GG. sich darnach achten, daß Sie nechst ahnreffung Gottes deß Allmächtigen, vmb glück, Segen vnnd guete gesundtheitt, neben Ihren zugeordneten, förderlichst sich von Weimar auß erheben, Ihren weeg durch die Schweitz, oder wo sichs ahm besten leiden will vff Lyon zu nemmen, daselbsten nach gelegenheit, ein halbes Jahr stilligen, von dannen durchs Delphinat, Prouintz (Provence), Langedeck (Languedoc), vnnd andere Creyse reisen, vnnd wo Sie es ahm bequembsten befinden, alß etwan zu Mompelier, Tours u. s. w. sich auch etwas auffhalten vnnd endtlichen biß vff Parieß verruckhen, damit also mit Reisen vnnd stilligen in Franckreich Ihre f f GG. vngefehr ein Zwey Jahr lang zubringen mögen.

2) Sollen Ihre f f GG. nechst dem lieben gebett, in wahrer Gottesforcht sich befleißigen, der frantzösischen Sprache kundig vnnd mechtig zu werden.

3) Darzu dann sonderlich beförderlichen sein wirdt, wann Ihre ffgg. sich souiel müglichen der Teutschen enthalten, vnnd sonsten Ihre conuersation mit vornehmen leuthen in franckreich werden ahnstellen, Inmassen Sie dann ohne Rath vnd bewust Ihrer zugeordenten weder zu Tisch noch sonsten iemandt ahn sich ziehen.

4) Insonderheit aber vor sich alles außgehens, beuorab bey nacht, wie auch leichtfertiger leuthe, vnnd deß volltrinckhens eußern vnnd enthalten, vnnd in allem dero getrewen Dienere gutachten vnnd erinnern folgen wollen vnnd sollen.

5) Wie dann Ihre f f GG. alle Zeit beysammen bleiben, einer ohne den andern nicht verreisen, vnnd sich vnder einander fürst: vnnd Brüederlich Einen vnnd

L

meinen, vnnd sonderlich der Jüngere den Eltern in gebührliche obacht vnnd respect halten sollen.

6) Vnnd nachdeme Ihren f f GG. bewust, weßen Sie sich mit den Andern dero geliebten herrn Brüedern vnlengsten eines Deputats, vnnd sonsten freundtlichen vnnd Brüederlichen verglichen; Alß sollen die außgaben dermaßen ahngestellet werden, damit solch Deputat allerdings zureichen, vnnd ob ahngedeutetem Brüederlichen vertrag gebührliche folge geleistet werden möge.

7) Dahero Ihre f f GG. vnbekandter weise verreisen, vnnd sich diese Zwey Jahr vber biß vf ferner bedenckhen, vnnd guttachten in Franckreich beysammen haltten, vnnd nurt vor Baronen oder von Adel außgeben, Ihnen auch nicht mehr dann ein einiger Edelknab vnnd Cammerdiener vf die Reiß mitgegeben werden solle, Dieweil dero zugeordnete ohne daß, wann Sie in Franckreich gelangen, einen frantzösischen Lackeien zu Ihrer vfwarttung ahnnehmen müßen.

8) So sollen vnnd wollen Ihre f f GG. sich alles spielens vmb geldt oder geldeswerth enthaltten, Eß were dann daß Ihre f f GG. vmb leibes gesundtheit willen, sich deß Ballenspielß gebrauchen wolten, dabey doch nur alleine vmb die Ballen gespielet, vnnd gleichwohl auch darinnen eine maß gehalten werden solle.

9) Souiel die andern exercitia, vnnd zwart erstlich animi betrifft, Sollen II. FF. GG. nebenst übung der pietet vnnd erlernung der sprach, sich in feinen Politischen Büchern vmbsehen, vnnd darzu deß tages gewiese stunden vff gutachten ihrer Zugeordneten ahnwendene

10) Die exercitia corporis können sein, fechten, Tantzen vnnd dergleichen, Inmaßen II. ffgg. vff

einrathen dero Zugeordneten die gelegenheit der Zeitt vnnd örther in Acht zunemmen haben, daß reiten aber soll vf dißmahl auß gewiesen bedenckhen eingestellet werden.

11) Vnnd weiln zu ahngedeuteter Reiß, ein gewieser Wechsel erwehntem Deputat gemeß, gemachet werden muß; So solle derselbe vf gedachten den von Botzheimb vnnd Adami, in gesampt vnnd sonders gerichtet werden.

12) Darumb auch dieselben verbunden vnnd verpflichtet sein, vber alles so Sie aufgenommen, trewe vnnd richtige Rechnung zuthun, vnnd es mit den außgaben vfs allergenaueste ahnstellen.

13) Derowegen JJ. ffgg. ohne Ihrer Zugeordneten vorbewust vnnd gutachten nichts einkauffen noch außgeben;

14) Auch selbsten darauf denckhen, wie alles zum Räthlichsten ahngestellet vnnd berechnet werden möge; Inmaßen dann Ihre ffgg. souiel müglichen, die außgaben mit vfzeichnen vnnd vfschreiben, vnnd sich also in diesem vnnd sonsten zu einer gueten Oeconomi gewehnen sollen.

15) Weiln es auch kein nutz, vf kleidung ein vberiges zu wenden; So solle sonderlich darinnen eine rechte maß vnnd bescheidenheit gehalten werden.

16) Wann nun, durch Gottes gnade, bestimpte Zwey Jahr zu ende lauffen wollen; Solle ferner bedacht vnnd beschloßen werden, wohin Ihre ffgg. sich mit dero nutz, ruhm vnnd frommen ferner zu begeben haben mögen.

Deßen allen zu vhrkunde, haben oblhochgedachtes Hertzog Johann Ernsts zu Sachßen, Gülch, Cleue

L 2

vnnd Berg rc. F. Gn. alß Regierender Fürst vnnd Vormundt diß Memorial, mit Ihrem fürstlichen Secret vnnd handtzeichen bekräfftiget.

Actum Weimar, den 1. May Anno 1619.

J. Ernst mppria. (L. S.)

Nr. 3.

Schreiben Herzogs Johann Ernst des Jüngern an die Herzoge Wilhelm, Albrecht und Ernst.

Vnsere freünd: vnd Brüderliche dienst, auch was wier sonsten mehr liebes vnnd gutes vermögen Jederzeit beuorn,

Hochgebohrne Fürsten freündtlich vielgeliebte herren Brüdere, EEE. L LLden können wier freündtlichen, wie wohl Vngerne doch der notturfft nach vnnberichtet nicht laßen, den Zuestand von Bruder Johann Friderichens Persohnn, vndt die vhrsachen dahero wier getrungen worden, vns Seiner zu vorsichern vnnd anderweit größern vnnheil, Schimpf vnndt schadenn vorzuekommen,

Vnndt ist an dehme, das allß er schon zue viel vnndterschiedlichen mahlen, So wohl mit Adelichen officirern allß auch Herzogk Friderichs zue Altenburgs, Bruder Pfallzgraff Friderichs von Birgkfelldt, vndt Bruder Bernhardts Ld: In dergleichen wiederwillen gerathen, Das vnahngesehenn wier die Vhrsachenn der erhebligkeit nicht befinnden können, Sie sich auch in allen billigen dinngenn Ihme satisfaction zugeben, vndt do Sie Ihn offendirt, mit Ihm billiger maßen zu vorgleichen erbötig gemacht, Das doch deßen Vnngeachtet Er zue Vnndterschiedlichen mahlen bey besezter

Wacht vnndt zue wieder den Articulsbrief teüer geschwornen Eyd vnndt pflichten, allen Kriegsgewohnnheiten, vnndt vnnßern Ihm anizo vorgesetzten Obristen vnndterschiedtlichen verboth, Sie vnndt die anndern außgefordert Auch do wier gleich sonnderlich mit Herzogk Friderichs zue Aldenb. Ld. Ihm zu vorgleichen gesuchet, vnndt Er vns wiederumb ahndeüten laßen, wie Er mit Seiner erklehrunge wohl zuefrieden,

So habenn wier doch erfahren müssen das Er SLd. nachgezogenn, vohrgewarttet, vndt Sie vfs newe ausgefordert, vnnd hette nichtes gewissers sein müssen, allßwan Herzogk Friderichs Ld. wiederumb anhero kommen, das Er dieße dinnge wieder reassumnirt vnndt es so lange getrieben biß einer von Ihnen vf den plazs blieben,

Darzue dann gestern kommen, daswie obgedacht, Er mit Pfalzgraf Friderichs Ld. vnndt Bruder Bernnhardtenn in querell gerathenn, Vnndt allß er nuhmer selbst gestehet vnndt er vnns vnndters gesicht gesaget, das er einen blutstropfen darauf getrungkenn, Sie beyden sollten sterben oder Er wollte sterben, Worauf Wier nicht weniger gekönndt (nachdem Wier den anndern beyden auß Ihrem Logiment vnndt der Stadt nicht zue weichen beuohlen) beuorab vf des Königs empfanngenen Beuhelich, allß Ihme Ambts halben zue Commandiren hereiner zue Vnns zue kommen, wellch vnnßer Schreiben Er nicht ahnnehmen wollen, Sondern vnßerm Trompetter darmit vonn Sich gejaget,

Darauf Wier dießen Morgen selbst zue Ihme gefahrenn, Ihme Erinnert das Wier Sein bruder, vnndt Ihme alle Liebe vnndt freundtschafft zu bezeigenn schulldig, gleichwohl aber einen tewren Eyd geschwohren, den Articulsbrieff zue mainteniren, Worauff Wier dan Ihm gebethenn zue vnndterschiedlichen mahlen, Er wollte vns vorzeihen, das Wier vf des Königs beuhelich von Ihme begehrten, In des Königs Arrest zue seinn, vnndt Seinen Degen Nieder zue legenn, vnndt würde Er vnns hierundter nicht weiter despectiren, vnndt zwahr, was Wier Ihme billiger maßen Seinen pflichtenn nach befhelen, denselben nachkommen, Dorauf Wier nebenst den Obristen Obenntraut mit vielen flehenn vnndt bitten, nichtes außrichten können, Sonndern endtlichen getrungen worden, Ihm den Degen mit gewallt nehmen zue laßen, Worauf Er so gannz alle Vernunfft vf seith gesezet, das Er Männiglichen mit Schmeewort vnndt Schlägen ahnngefahren, vnns vnndt andern (vnahngesehen Er oder Mannet gewesen) die Degen von der seithen nehmen wollen, Lezlichen durch das fenster hinauß gesprungen rc. Vnndt allß Wier Ihn vf vnnßere Kuzsche gesezet, Ist Er vnns zum hallße gefahren vndt vnns Erwürgen wollen, do wier Ihm mit gewalt vom hallße gestoßen, Er endtlich vf der Brügke in die Wäeser zue Springen willens gewest, biß wier Ihn mit Mühe in vnnßer Logiment bracht, do Wier Ihn mit gewalt durch Ehrliche Leuthe vndt officirer verwahren laßen müßen, Wiewohl Er doch, vnngeachtet deßen allenn auß dem Logiment gerißen, vnndt vff vnßerer Wachtpferdt eines kommen, woruon man Ihme wieder mit großer mühe vndt flehenn bringen können,

Bitte derowegen E. E. E. L. L. Ld. freundtbrüderlich, Sie wollenn So beschaffenen dinngen nach, das do man vns vor der ganzen Welldt zue schannden machen, vndt das Commando, So wier Ihn mit so großer discretion vorbracht so schenndtlichen vernichten wollen, vndt das Wier hierinnen anders nicht procediren können, Vns nicht vordengken vndt vns dero freündtbrüderlich, wie auch dero andern fr: vetterliche vndt nahen Ahnnverwanndten gedangken weßen wier vnns zu vorhalltenn eröffen, Interim werdenn wier Ihme, vnns Seiner, wie obgedacht zu vorsichern bey hannden behallten, Vnndt Seinndt E. E. E. L. L. Ld. freündtbrüderl. diennste eußersten vermögen nach zu erweißen allzeit willigk, dieselben der Göttlichen obacht ganz treühlichenn emphelenndt, Datum Nienburgk, den 21. Septbris Anno 1625.

Von Gottes gnaden Johann Ernst der Jünger Herzogk zue Sachßen, Jülich, Cleue vnnd Berg, Landtgraff in Düringen, Marggraf zue Meissen, Graf zue der Margk vnndt Ravensberg Herr zue Ravennstein rc.

Elden

trewer diener vndt bruder
J. Ernst hzS. mpp.

Denen Hochgebohrnen Fürsten, Herren Wilhelmen, Herren Albrechten vnd Herrn Ernsten, Herzogen zu Sachßen Jülich, Cleve vnd Bergk, Landgraven in Düringen, Marggrafen zue Meissen, Graven zu der Margk vnd Ravensberg Herrn zue Ravenstein, Vnseren fr: vnd vielgeehrten herren Brüderen.

Nr. 4.

Herzogk Johann Fridrichs fg. eigene Handt vndt Erklehrunge, Eingeandtworttet den 22. Septbr. 1625.

Was J. k. May. zu Dennemarck vnd Norwegen Dem von schlammersdorf hernn Marckert pens vnd den hern Marschalck aufgedragen habe ich woll vernommen habe auch alß ihnen meine geburliche antwortt geben wollen welches sie J k May. wiederumb werden fuhrthragen —

Das J k May. wissen wollen worumb ich Deroselben hern General hern Johan Ernst nicht habe gehorchen wollen, da er von J May. wegen vorgestern sowoll auch gestern mihr Commendirett hiher zu kommen vnd Ihrer May. befelig zu erwartt habe ich mich erkleret zuerscheinen bede aber das es doch ihn des obendrawts losament sein mechte Dahin ich auch alsobalt geritten vnd woll zwey stunden gewarttet, alß aber nimant gekommen bin ich nach der statt geritten zu erfahren ob mahn meine antwortt bekommen ist mihr der her General selbsten begegnet, begeret ich möcht mitt ihm zu den obendrawt reitten welches ich auch gethan mich keines argen besorgende, alß ich nuhn mitt in das Losament kommen seint wir mitt dem obentrawt in die stuben gahnen, hatt der her General angefahen zu dem obentrawt: Es hett ihm J k May. auffgethragen rauß zu reitten vnd mihr in des obentrawt presens ahn zu dewten, wie das gestriges Dages die 2 pfaltzgrafen hertzog Berntt in des königes stube gespilet, Darzu ich auch kommen welches ihre maiestet nicht gerne gesehen möchten zwar einen iden seinen frewte gerne gonnen es köme ihm aber schmertzlich fuhr das mahn seiner person nicht darbey verschonede vnd pesser respectirde. Darauff ich: es were wahr das ein solches fuhr gangen darüber ich auch Zweymahl ahngefahen zu sagen man wolte doch gemacher thun vnd pessern respect gebrawchen welches die paschen gehoret vnd so sie woll konnen auch zeigen; Darauff er wieder: Ja noch viel schmertzlicher köme es J. May. fuhr das mahn querelle in seiner presens machte welches ich hoffe von mihr nicht geschen (geschehen) Das ich aber das gelt das ich gewonnen mitt vngestim habe einstrichen, ist vrsach, die andern die es auch haben nemen wollen Darbey woll etzliche wortt fuhrgelauffen aber doch keine außfodern geschen welches ich hoffe mahn fuhr keine querelle nennen wirtt Darauff er wider: were auch der brawch an fürstlichen hoffen das dergenige so querelle machet, hett die faust verloren, Aber ich: es ist ein vnderschitt mitt worden seint es nicht wortt so zu schmelerung des herren Ehr gereichen, oder wo er ihn nicht fodert oder gahr an halß schlüge, so ist die faust nicht verloren welches mihr keiner nach sagen wirtt mitt gutten gewissen Er wider: weren also in J May dinsten vnd hetten ihre May. auch woll ein solches macht mahn wolte mich zwar nicht so dracktieren, aber auff befehlig j May. solte ich jhm den Degen geben Darauff ich geantworttet nein. ich drige meinen Degen mitt Ehren verhofte er wirde mihr solchen schimf nicht anthun. Darzu verlisse ich ihn auch nicht, wolte lieber mein leben lassen wolte auch lieber meine scharsche quittiren. Er wider: der pfaltzgraff were auch schon verarestiret, ich were wol zufrieden das mahn mich auch gleicher gestalt arestiret, aber meinen Degen konnte ich nicht von mihr geben wolte lieber sterben vnd meine Scharsche qittiren, were darnach nimahnt mehr verbonden ich wolte gerne meine faust von mihr geben Darvf er: ich hilte meine parole nicht welches ich nuhn muß hingestellet sein lassen, ist er darauff zu obentrawt gangen, ich aber in das fenster vnd mich nichts mehr besorget, ist er mihr vnversehens von der seitten ihn die wehr gefallen, Darauff noch 4 mitt vnd der obentrawt auff mich gefallen vnd in der Stuben weil ich den Degen nicht lassen wollen, geschleppet, vnd nicht alß einen Caualir sondern einen hund gedracktiret. beklage nicht mehr das ich von meinen Eigenen fleisch vnd blutt also muß dracktiret werden. begehre nicht mehr weill mahn mich meiner ehren berawbet vnd solche recompens fuhr meine spesa vnd dinst gethan vnd mich so leichferdig drackdiren lassen, den kein rechschaffen Caualir den andern also wirtt dracktiren mahn lasse mihr lieber den schettel führ die füsse legen, weil mahn mich doch schon zu solcher extremidet pracht, das ich nicht kan selig sondern des teifels werden, Das hatt mahn zu verantwortten. Waß fuhr das ander mitt dem von adell ist fuhr gelauff hoffe ich ampts halber nicht anders thun konnen.

praesentirt den 22. Sept. 1625.

Nr. 5.

Schreiben Herzogs Johann Friedrich an die Herzoge Wilhelm, Albrecht und Ernst.

Hochgeborne Fursten freindliche vielgeliebte brüder EL. mit diesem ahnzulangen habe ich nich lassen wollen, vnd werden sonder Zweiffell EL. noch in frischen gedechtnuß haben welche vneinikeitt zwischen den zween brudern bruder Johan Ernsten vnd bruder bernden vnd mihr ist fuhr gelauffen vnd ich lieber mein lebedag nicht geschehen wissen wollte solte michs auch ein auge an meinen kopff kosten; Aldieweil den geschehene Dinge nicht konnen wieder bracht werden, ich aber von ihnen zimlichen schlecht wie menniglich bewust bin dracktiret worden, alßo das wen wir künfftig zusammen kommen solten wofern der sachen nicht in der Zeitt geratten woll ein grosses Vngelück darauß entstehen mochte solchen nuhn zu vohr zu kommen habe ich mihr viel lieber fuhr genommen ihrer zu enteissern vnd anders wohin zu begeben, weill ich fuhr vnmiglich erachte solches verglichen kan werden ich in werenden Zwispalt auch genugsam erfahren wie gutt sie es mitt mihr meinen habe derowegen El. bitten wollen ob sie sich vergleichen vnd mir ein stuck gelts fuhr meine portzion alß 50,000 Rthaller geben wolten mich verflichten gantz vnd gahr keiner anwarttung noch sonsten etwaß mehr zu zumassen verhoffe alßo El. werden solches freind brüderlich erwegen vnd mihr ihre gedancken wiederumb darüber geben El. alle angeneme Dinste zu erweisen Erkenne ich mich schultig vnd verbleibe hirmitt

El

getrewer Bruder vnd
Diner
Jo. Friedrich mp.

Denen hochgebornen Fürsten, Vnßern freundtlichen lieben brudern, herrn Wilhelmen, herrn Albrechten, vndt herrn Ernsten, Hertzoge zue Sachßen, Gulich, Cleue, vndt Bergk.

Nr. 6.

Schreiben Herzogs Wilhelm von S. Weimar an Herzog Johann Friedrich s. l. et d.

Hochgeborner fürst, freundtlicher hertzliebster vnd hochgeehrter herr bruder, Als ich von meiner ruckreiße, von Dreßen anhero kommen, bin ich berichtet worden, als wen El. sich in der nähe bey vns wiederumb befinden sollen, welches in warheitt mir von hertzen lieb zu uernehmen geweßen, in der hoffnung lebende, es wirdt sich auch die gelegenheitt geben, mitt E. L. freundlich zu sprechen, Sonderlichen aber dieweil ich gar ungern verstanden habe, das E. L. mein antword schreiben, auf dero an mich gethanes Schreiben nicht bekommen haben, zweifelte nicht, es wirden E. L. gnugsam sich drausen zu ersehen gehabet, wie trewlichen vnd bruderlichen mit E. L. ichs meine, wie zwar auch ich es schuldig vnd verobligiert zu thun bin, in deme aus E. L. schreiben ich gnugsam gespuret, das E. L. zu mir also eine sonderliche bruderlich affection tragen, das mich ihn warheit recht erfrewett hatt, An itzo aber so bitte ich E. L. freundbruderlichen sie wollen mich vor entschuldigt halten, das ihr das Schreiben nicht ist zu recht geliefert worden dan ich es auf dero begehren den Schösser wieder geben der es E. L. hat zu schicken sollen, vber das so bitte ich E. L. nochmahls gantz freundbruderlichen vnd vmb Gottes willen, sie wollen doch nicht in gedancken gerathen als wen sich E. L. kein mensch nicht wolt annehmen E. L. erwegen doch freundlich das ich nicht allein E. L. Bruder sondern auch vnder einen hertzen in Mutterleib geseßen vnd also ein fleisch vnd blut sein dahero mir ia sowohl auch alle die andern herrn Bruder nicht anders gebuhren will es erforderts auch die bruderlich lieb vnd Gottes gebott E. L. in allen nothen vnd anliegen bey zu stehen, so ferne man gedenckett die ewige Seeligkeitt zu erlangen. Da ich auch nun mitt Schmertzen verstehen muß, wie Einsam, Ellendiglich vnd iammerlich sie ihre Zeitt anitzo zu bringen das ich selbsten gedencken muß Gott straffte mich wen ich nicht als ein bruder E. L. bey springete vnd derselben nicht mit rath vnd That helffe Derwegen laßen doch E. L. ihr bruderlich hertz von mir nicht abe sondern wie sie schon albereit durch ihr an mich gethanes Schreiben angefangen haben ein gutte wohlmeinte affection zu mir zu tragen also wollen sie auch doch fortfahren vnd das gewis von mir versichert sein so war als ich begehre Selig zu werden, das ich der ienig mensch vnd bruder sein wihl der sich EL. recht trewlich vnd Ehrlich annehmen will Es müssen mir EL. auch folgen vnd trawn, ob nun zwar EL. mitt bruder hanß Ernsten vnd bruder bernhart L. in etlich streitigkeitt gerathen so gedencken EL. doch vmb Gottes willen das sie brüder sein vnd wan ia etwas ist vorgangen auf beyten Theilen mitt dem Mandel der bruderlichen liebe zu decken vnd ein vnderschied machen zwischen brudern vnd andern leuthen dan kein bruder kan ein andern schenden noch ehren was er thut das thut er sich selbsten EL. bedencken doch solchs EL. laßen mich in den sachen tractiren ich will es alßo machen das EL. zu ehren vnd ruhm gereichen soll den ehe die vneinigkeitt zwischen vns brudern oder ein böse nachred drauß erfolgen solte wird sich ehr vnßer gantzes haus vnd freundschafit drein schlagen vnd nicht zulaßen, sondern wird also ein mittel gefunden werden das El. zu ruhm vnd ehren gereichen wird Es hat mich auch bruder Albrecht vnd bruder Ernst L. befohlen El. freundbruderlichen zu grüßen, vnd El. hiermit zu versichern sie wollen bey EL. thun als brudern gebührett vnd darauf sehen das bruderlich trew lieb vnd einigkeitt bey vns erhalten werden möchte bitten EL. sie wollen auch das vertrauen zu EL. haben schließlichen so wollen doch EL. solch mein Schreiben recht wohl aufnemen vnd das es aus einen rechten gutten bruderlichen hertzen herkomme mitt freundlicher bitte EL. wollen doch sehen wie sie es machen das ich mit EL. zu rehten möcht kommen ich wolt gern wohl zu EL. Aber mein Fr. gemahlin welch El. freundlich grüßen lest ist also beschaffen das ich nuhn mehr kein stund von ihr ziehen darf wen dan El. gefiel vnd das doch nicht iedermann wisse könden El. wohl hiehero kommen so wolte ich El. meine kutsche Schicken bitte El. wollen mich auf dieses meines Schreiben bruderlich antworden verbleib

El.

Nr. 7.

Schreiben Herzogs Johann Friedrich an Herzog Wilhelm.

Hochgeborner Furst, freintlicher vielgeliebter vnd Hochgeerter Herr bruder El. freintliches Handbriefflein damit sie mich wollmeinent ersuchet, habe ich wol empfangen vnd verlesen, habe sehr gerne verstanden wie das El. von gethaner reise, mitt gutter gesuntheit vnd sonsten erdreglichen Wollergehen mitt samtlichen Commidat widerumb sein ahngelangt Dafuhr den Höchsten billigen zu dancken welcher ferner seine Genadt continuiren wolle. Weill den solche reise so gelücklich volbracht auch zu solcher anheimkunft wie sie gedencken erfahren, wie ich in der nehe anzudreffen, haben Derohalben solches schreiben an mich abgehen lassen wollen auch also gelegenheitt haben werden mitt mihr zu sprechen, vnd ihr freindbrüderliches wollmeinendes gemitt welches sie schon auch in ihrer ahn mich gethaner antworth zu verstehen geben vnd die weill den solche nicht zu rechte kommen haben sie mich solcher gestalt hirmitt nochmalst ersuchen vnd meinen Zustant vernehmen wollen, Bedancke mich deswegen zum demittichsten freindbruderlichen vnd guttes ahndenckens zum höchsten Erfreihet in meinen betribden Zustande welcher also beschaffen das ich nicht worth genugsam finden ihn zu beklagen wie woll ich leider erfahren muß das Leutte die mehr den zu viel darvon sprechen, vnd zu meinem grossen nachteil schanden vnd schaden noch viel darzu setzen, in dem ich auß vngedult beweget, etwaß fuhrgenommen darzu ich groß verursachet vnd getrungen worden, Ja so vbel außlegen, das ich von menniglich verhast verlachet vnd verspottet werde Ja von meinen freinden welches ungluck zu weklagen Ich woll nicht auffhören kan die Zeitt meines Leben, welches Ende zu erlangen ich den höchsten Dag vnd nach bitte und flehe, welcher auch hoffe ich allein in diesen solche genad wirtt wiederfahren lassen mich Ja nicht so sehr straffen solches mein versehenes Zihl zu verlengern EL. lenger mitt beschreibung meines Elendes auffzuhalten wehr sehr verdrißlichen.

Auß EL. schreiben vernehme ich auch wie sie mich ermahnen nicht Etwa in solche gedancken zu geratten alß ob nimahnt sich meiner ahnnehme oder mein achtet; sonderlichen Ihrer person, Indem sie nicht allein mein bruder vnter einen hertzen in mutter Leib gelegen vnd solcher gestallt ein fleisch vnd Blutt Dieweill es auch die anderen Brüder weren wolte sich auch nicht anders gebiren die weil es die bruderliche liebe erfoderte, Ja Godes gebott selbsten mihr in solchen meinem ahnligen bey zu springen Ahnlangende solches soll es billig so sein, hab es auch so zu reden von EL. vnd andern ahnwesenden Brudern nicht anders die Zeitt hero gespiret, Ahnlangent die andere ist clar am Dag vnd schande davon zu schreiben Alß das es billig EL. meinung nach bei den andern auch solte ein gedroffen haben, aber wie mahn siehet gehet Eigennutz vnd anderer gunst solchen vohr; Ob zwar EL. gedencken das solcher mißverstant vnter brudern nicht zu achten Indem waß einen von den andern wiederfuhr ihm selbst geschehe gebe ich EL. billig beyfall es ist aber ein vnterschitt zu halten, Indem auch nicht alle Leutte also Judiciren kan also EL. furschlag in diesen nicht wilfahren wie gerne ich auch wolte indem ich kein mittel für mich sehe ob zwar EL. darfuhr hal=

ten wie sie schreiben das Ehr vnser gantzes Hauß vndt freindtschafft sich darzwischen legen vnd mittel fuhrschlagen werden so mihr nicht nachdeiligen, halte ich woll dafur wen es zu solchen gelangen solte das mahn auß zwei bösen ein guttes glawben, Aber das solches mihr der so grosse offens bekommen nicht solte nachteiligen sein kan ich nicht sehen, doch EL. werden vnwidersprochen Alßo meinen schlus nach was einmahl böse ist vnd dafuhr gehalten worden nimmermehr kan fuhr gutt geachtet werden nuhn auß zweien bösen ein guttes zu machen, halte ich dafuhr das es alleweil böse vnd also mihr nachdeilligen sein wurde, indem das geringere vnd das am wenichsten scheinet nachdeiligen zusein darrauß geklawbet wirtt hoffe also EL. mich zu entschultigen vnd mein voriges begehren so ich in newlichst gethanen schreiben geben den wegen der 50,000 Rchsthl. mihr zu wilfahren nochmalsten gebetten haben den ich kein ander mittell sehe alß mich an ortte zu begeben da ich Ihnen möge sebarirt vnd abgesondert sein ander Vnheill zu verhitten EL. wollen mihr doch so viell zu gefallen sein wie ich den das gentzliche vertrawen zu EL. geschoffet habe welches hirdurch versterckt wirtt werden ich werde mich auch in keinen wegern EL. was miglich zu dinen EL. gedencken auch wie sie gerne sehen das ich mitt ihr muntlichen sprechen möchte ich zwar nichts lieber aber zu Weimar sehe ich kein mittell den die lewte jar zu vbell von mihr reden werden vnd mich verspotten da den ein vnglück darauß entstehen mochte vnd die weil EL. an keinen ander ohrtt itziger Zeitt von wegen Ihrer herzlieben Gemahlin kommen konnen sehe ich kein mittell darzu habe ich auch keinen menschen mehr dar bey mihr alß meinen Koch welcher auch keine grosse lust mihr lenger zu dinen darzu muß ich mich auch scheien meiner gebrechlikeitt halber mich viel sehen zu lassen indem mihr die Melancoley so so sehr zusetz doch nicht ohn vrsach meines vnglücks hoffe also EL. werden mitt dieser meiner erklerung zufrieden sein vnd meinen begehren darumb ich sie nochmalß bitten thue EL. woll auch deroselben viel gelibten Gemahlin vnd Frewlein schwester so woll auch die Bruder wieder von meinetwegen salutiren vnd thue EL. hirmitt Gottes des Hochsten schutz drewlich entfelen vnd verbleibe biß an mein End

EL.

getrewester vnd verobligirter Bruder
Jo. Friedrich mp.

A. Monsieur
Monsieur le Duc Guilliome
de Sax.

ay mains prop.

Nr. 8.

Schreiben Herzogs Johann Friedrich an Herzog Wilhelm.

Hochgeborner Fürst, freintlicher vielgeliebter vnd hochgeehrtter herr bruder EL. schreiben damitt sie mich nochmalsten ehren vndt besuchen wollen ist mihr sehrwoll zu kommen; vernehme wie EL. meiner entschultigung ihr zu zusprechen vnd auffzuwartten nicht gerne vernohmmen begehrend derohalben nochmalsten ihr soviel zu wilfahren vnd ihr zu zusprechen, vnd damitt es desto verschwiegener bleibe woltten sie mihr ihre Kutze nebens Nickel Deiner senden welches mihr groß Ehr vnd freintschafft Deswegen ich mich zum hochsten verobligirt befint EL. in allen zu willfahren soll mich auch bedencken wie ichs mache wiewoll es zu meinen grossen nachdeill gereichen wirtt, das ich zu EL. auff ein stunt zu sprechen komme

M

Ruhr darumb zu erweisen wie hoch ich ihr verobligirt, damitt sie auch nicht dencken mogen alß vmb ihret halben ich nicht solche auff mich nehmen wollte wie woll ich ihr wenig dinlichen sein werde, kan vieleicht sein Morgen oder vber Morgen vmb 5 vhr, EL. Kutze ist recht nodig mihr zu senden bitte auch zum hochsten in allen verschwigenheitt zu halten, vnd thue EL. hirmitt den Hochsten mich aber zu beharrlichen Gutten ahndencken entpfehlen.

Datum 9. (März) / 27. februar 1626.

EL.

getrewester bruder vnd
hochverobligirder Diner bis
an mein Ende
Jo. friedrich mp.

A Monsieur et frere
Monsieur le Duc Guilliome
de Saxen
ay mains prop.

Nr. 9.

Schreiben Herzogs Johann Friedrich an Herzog Wilhelm.

Hochgeborner Fürst freindlicher vielgeliebber vnd hochgeehrter herr Bruder EL. mitt diesem schreiben zu ersuchen vnd ahn zu langen gib mihr diese gutte gelegenheitt thue mich zu demidichsten bedancken aller erzeichten Ehr vnd Freindschaff auch sonderlichen das EL. mihr soviel fauor erwissen vnd mihr ihre kutzen leihen wollen welche mich in warheitt im gehabten bosen wetter sehr woll accommodirt, vnd auch Deroselben Diner mich woll vberbracht haben, beffinde mich zum hochsten verobligat, nichts mehr wuntzen alß wirdig vnd geschickt zu sein, mitt gelegenheit es wiederumb zu recompensiren El. gedachten auch das sie mihr noch gehaltenes discurs halber schreiben vnd noch ferner meine erklerung vernehme so bitte ich doch mihr soviel freindschaft zu erweisen mihr jhren secredarium hewsner zu schicken vnd ihme solches muttlichen (mündlich) vnd mitt gutten bedacht wie woll es auch El. schrifftlichen soll erkleret werden mitt mihr zu reden informiren lassen sie werden mich höchlichen verobligiren welche ich hirmitt Gottlicher obacht empfehlen thue vnd recommendire mich hirmitt El. beharlichen Gutten andencken, wie in gleichen ich mich hirmitt will recommediret haben Deroselb hertzliebe Gemahlin Freilen vnd anwesende herrn brudere vnd werde verbleiben

El.

gettrewster bruder vnd Diner bis
an mein Ende

A Monsieur et frere Jo. Friedrich mp.
Monsieur le Duc Guilliome
de Saxe
au mains prop.

Nr. 10.

Schreiben Herzogs Wilhelm an Herzog Johann Friedrich.

Hochgeborner fürst freundtlicher vielgeliebter vnd hochgeehrter herr bruder, El. wiederumb mit diessen Schreiben zu bemuhen, werde ich darburch von hertzen gerne vernehmen, El. wohlergehen Was nun neulich vnsser abreht nach ich El. berichten wollen, Als wie vnd auf was weiße, ich an bruder hanß Ernsten Ld. schreiben wolten, damit vnder El. beyderseits die mißverstände mochten aufgehoben werden, Es seind El. aber freundlich gesinnet geweßen, vnd meinen secritario heußener begehret, der zu El. kommen solte, mit El. aus allen mundlich zu rethen, ich ihn auch aufs ehest zu El. schicken wollen, Er sich auch Schuldig erkennet, El. aufzuwarden, zuvor aber habe ich bey El. freundbruderlich vnd wohlmeinen erinnern wollen, das wen ich ihn zu El. schickte, ihme nichts wiederfahren möchte, zweifelt mir auch nicht, El. werden ihn also wißen zu tractiren, weil er mein Diener ist, das ich werd mit zufrieden sein, da ich den bitte El. hierinnen sich zu erkleren, darbey bericht El. ich freundlich auch, das bruder bernhart Ld. gestern Abend zu vns kommen, da den ich nicht vnderlaßen habe mit Sl. daraus zu reden, ich auch soviel vernommen habe, das er es mit El. noch alzeitt bruderlich vnd wollmeinet, vnd saget das ihn leid wehre, das El. von ihm in die gedancken geriethen das er es nicht mit El. guth vnd wohlmeinen solde, El. wißen sich doch zu erinnern, wie ehr es iederzeit so guth mit El. gemeinet hatte, Derowegen weil ich sehe das bruder bernhardt Ld.. sich gerne mit El. vertragen wihl, so kan ich nicht vorbey, Als der ich ELLd. beederseits mit bruderlichen treüen verobliegieret bin, zu sehen, wie El. sich mit einander vertragen, weil sie nun in der nähe sein, weil mir auch El. haben zugesaget, zu folgen, vnd vertrawen zu mir haben, so hoffe ich sie werden es von mir alles bruderlich vnd wohl aufnehmen, Schließlichen bericht El. ich auch ferner, das meine andere herrn bruder El. freundlich grüßen lassen vnd denselben vermelden, weil El. wißen das daß Ambt Dambachshoff gar wenig iederzeit getragen, vnd schon lengst mit einen von Lospott getractiert vnd solch guth ihn in bacht eingelaßen, die weil es ein mehres also tregett, man sonsten nicht hett nutzen konnen, wie El. auch wol sol wißend seind, haben Also meine Anwesende herrn brůder gegen mir gedacht El. solches zu wißen machen, die weil die Zeitt auch dar ist, den bachtman anzuweißen, sonsten wan es itzund nicht geschehe, so würde der bachtbrieff wieder aufgehoben werden, haben vns also bey El. erkundigen wollen, wie El. irgendt ihr sachen anstellen wolden, vnd etwa in dero angewießene Ambter, oder alhier sich wieder aufhalten wolten, welches El. vnd vns allen zum besten gereichen wirdt bit El. wollen solchs alles trewelich vnd bruderlich aufnehmen vnd mich wiederumb freundlich beantworden, verbleib

El. d.

Nr. 11.

Schreiben Herzogs Johann Friedrich an Herzog Wilhelm.

Hochgeborner Furst freindlicher vilgeliebter vnd hochgeehrter herr bruder El. schreiben hab ich hewt dato gar woll empfagen bedancke mich zum demüdigsten freindt bruderlichen gehabter gutter souenance verstehe soviel das El. nechts gethanen beger nach nicht vnterlassen hatten vnd noch ihren secredarium heusner zu mihr zu schicken woferne sie versichert Ihme nichts böses wiederfahren solte So hoffe ich ja Gott werde mich nich so gestraffet vnd aller meiner vernunft beräwbet haben Das ich dem jenigen dem ich begehret von meines bruder Diner in mihr ahnligenden sachen mitt ihm zu sprechen vnd hernach waß vnbilliges zu mutten solten bitte El. wollen doch keine solche gedancken von mihr scheffen diselbe versichernde woferne sie mir ihn noch wollen rausser schicken, so zu dracktiren das er nicht klagen soll Sonsten gedencken El. auch von der ankonst bruder bernnharts vnd wollen mihr es darumb zu wissen machen in dem sie gesinet den Missverstan zwischen vnß beeden auff zu heben, hette sich auch schon h. B. dahin erbotten gerne mitt mihr zu vergleichen meinede es auch noch alle Zeitt bruderlich vnd gutt mitt mihr halte ich darfur es woll leicht geschehen kan wen er mich nuhr so wirdig achten wolte vnd auff solche condicionen wie ich newlich ihn ersuchet den accort eingehen wolte konte vieleicht keinen Deill grosz nachteil bringen Deswegen ich auch nochmalsten an ihm geschriben schlisslichen habe ich auch mitt freiden vernommen den freindlichen gruss der andern brudere welche ich bitte wiederum von meinetwegen freindlichen zu salutiren, Ahnlangent meine erklerung des Dambachhoff halber ist mihr nicht vnwissent habe es auch erst hernach alß ich schon hoben gewesen erfahren Das es den von kospot in bacht eingethan solt werden weill ich aber nimmer vermeinet der contrack noch nicht richtig in dem er die pferde nicht vmb den wertt ahnnehmen wollen wie sie ahngeschlagen vnd wirdig sein habe ich so mehr, die Zeit noch wollen auffhalten, will auch sehen weil ja der von kospot eintreten soll wo ich sonsten meine gelegenheitt anstelle meines auffenthalt kan aber vnder 14 Dagen mich noch nicht von hinnen begeben, will er den vnterdessen den bacht vmbstossen bin ich erbodig vmb den wertt wie ihm gelassen ahn zunehmen, Welches EL. neben entfehlung Gottlicher Obacht wieder vermelten sollen.

Datum Dambachoff, den 8. Martij 1626.

EL.

getrewer vnd hoch verobligirder
bruder vnd diner bis an mein
Ende
Jo. Friedrich mp.

A Monsieur
Monsieur le Duc
Guilliome de Saxe.

Nr. 12.

Schreiben Herzogs Johann Friedrich an Herzog Bernhard.

Ber(n)hartt mihr zweifelt nicht doch noch in frischen gedechtnuß wirtt haben Waß ich newlichen zu braunschick (Braunschweig) an ihm gesinnet auff Waß masse wir zusammenkommen wolten Unsers Vergleichs halber Weil er den itzunder in der nehe alß habe ich entschlossen morgendes Dages wirtt sein der 9. bey den Drasteder holtz seiner zu wartten umb 5 Vhr frihe vormittag Weill ich sonsten noch andere gescheffte zu verrichten Wirtt derohalben sich darnach zu achten Wissen vnd mich so viel Wirdigen ferner Groß Vnheil zu verhutten.

Datum Dambacholff den 8. Martij 1626.

Johann Friedrich H. z. Sachssen mp.

A Monsieur
Monsieur le Duc Bernhart
Saxe Wimar.

Nr. 13.

Schreiben Herzogs Wilhelm an Herzog Johann Friedrich.

Hochgeborner fürst freindlich, vielgeliebter hochgeehrter herr bruder. Auf vnsr gethane abrede nach wolte ich gerne eine gewüntschte vnd erfreuliche resolution haben darum ich den nochmals E. Lden freundbruderlichen vnd zum höchsten will gebeten haben, sie meine bidte gewehren wollen Als nemlichen die versöhnung mit bruder Bernharts Lden. die mittel weren diese das er ELden solte abbidte thun wo er dieselbe offendirt hedte, vnd das solches nicht alleine schrifftlich sowohl auch mündt=

lichen geschehen solde, Auch soll bruder Bernhart Lden dahin bedacht sein wie er Wiettersheim von Bruder hanß Ernsten lden Diensten bringete vnd wen er sich dan nicht von derselben als Elden person nicht hüdten wolte keineswegs Elden sich zue — an Widtersheim revengiren hindern solte, vnd ich vor meine person Elden auch versichern will das ich alles darob sein will, was darinnen versprochen wirdt, Elden in allen treulichen vnd redlichen soll gehalten werden, Zum andern ist auch mein freundliche bidt, das die Versöhnung mitt bruder hanß Ernsten lden mechte ehisten seinen fortgang gewinnen, die midtel weren diese darzu Nemlichen er solle E Lden in praesens Cavalire E Lden den tegen wieder geben vnd mit solchen brüderlichen worten endgegen gehen, das es E Lden zu ruhm gereichen solte, will es auch dahin richten, das er Wittersheim nicht mehr in seine Dienst nehmen soll; sondern von sich thun soll, darneben will ich es da auch sehen, wie man es macht, das E Lden ein Regiment wieder vnder den grafen von Manffeldt haben sollen, E lden dencken den sachen also nach es seind gleich sehr solche mittel das ELden noch wohl können darmit zufrieden sein, vnd geben mir eine gute resolution Mit dem koch vnd wegen des pagen will ichs ehisten richtig machen vnd Elden allen brüderlichen willen vnd trewe dienste zu erzeigen will ich mich ieder zeit befleißigen Verbleibe

ELden

getreuester verobligirter
bruder biß in todt
Wilhelmb hzS.

Weymar den 15. Marti 1626.

Nr. 14.

Schreiben Herzogs Bernhard an Herzog Johann Friedrich.

Hochgeborner fürst freundtlicher viell geliebter vndt hochgeehrter Her Bruder nachdem ich gesinnet bin mich ehsts Wiedervmb von hier nach den läger zu begeben auch vorher meinen trewen Wunschen vndt begehren nach mich zu vorn ELden freundtbriederlicher affection zu versichern so woll auch das ELden Wiederumben ein gutt vertrauen zu mir haben mögten, so bitt ich ELden gantz freunt briederlichen sie bedenken doch in was guten vertrauen Wir alle Zeitt vorher mitt einander gelebt, versichere auch ELden das mir von hertzen leidt das eine solge diffidens zwischen ELden vndt mir, als meinen liebsten Brudern innen kommen ist, Winsche derowegen aus treüen Hertzen vndt bekenne zu gott das Wen ich nuhr Wüste Womitt ich ELden alle freundt briederliche Dienste erweisen könte (Damitt gutt freundtbriederliches vertrauen widerumb mögte gestiftet werden) ich nichts liebers thun wolte bitte Derowegen Elden zum allerhegsten alß immer möglichen sie wollen mir (Wo ich sie in einem oder dem andern erzürnet oder offendiret habe) solches von Hertzen verzeihen auch versichert glauben Wo ich hinfüro deroselbigen werde können einige freundtbrüderliche Dienste erweisen, Will ich gewißlichen mich solches alles mitt aller trewe befleissigen verhoffe auch vnd bitte Elden wollen hinführo ein freundtbrüderliches vertrauen zu mir haben bevell dieselbige hirmitt in den schutz des allmechtigen bitt darnebben Elden Wollen mich mit einer freunt briederlichen antwordt Wiederumb versehen ich verbleibe vnderdessen auch allezeitt

Elden

Wimar den 21. martii. getreuer vndt diener

Bernhard HzSachssen.

A Monsieur
Monsieur Johan Friederich
Duc de Sax.

Nr. 15.

Schreiben Herzogs Johann Friedrich an Herzog Wilhelm.

Hochgeborner Fürst freindlicher vielgeliebter vnd hochgeehrter herr bruder El. schreiben Damitt sie mich Ehren wollen habe ich Zurechte woll empfangen vnd ist mihr lieb das sie mitt meiner erklerung haben wollen zu frieden sein. Anlangente der versinung halber mitt bruder beernhart habe ich sein schreiben empfangen welches doch zimlichen kaltsinnig ist doch damitt mahn sehen soll Das ich der Vneinikeit zwischen brudern gram so habe ich ihm auff solches schreiben freindlichen geantworttet welches sowoll auch seines ich El. hir bey vbersenden thue verhoffe er sich muntlichen in presentz Caualir besser erkleren wie mihr auch versprochen Damitt meine Ehr gerettet den er gantz nicht darein gesetz worumb ich meinen schwur nicht vollbracht hette alßo das die lewte dencken mochten ich es irgent auß mangelung hertzens vnterlassen verhoffe derohalben mahn werde sich gethanen versprechens halber bequemen das ich forsterst meine Ehre rette so woll auch ein Condento darob haben moge wie ich den auch nicht wolte vnterlassen haben El. begehren nach Morgendes Dages bey El. zu erscheinen Die weill ich aber gantze woche meiner sachen halber soviel zu verrichten werden mihr EL. verzeihen Aber beliebts Gott zu kommenden Mondag will ich mich bey El. einstellen Wo ich mich den auch zum hochsten bedancken thue vber schicktens charlacs welches El. ich zu grossen Danck bezahlen werde Deswegen mich hoch verobligirt befindent Alß

EL

getrewester bruder vnd hochverobligirter
Diner biß an sein Ende
Jo. Friedrich mp.

A Monsieur mon frere
Monsieur Guilliome
Duc de Saxe Juliers
Cleue et Berg.

en se propres mains.

Nr. 16.

Schreiben Herzogs Wilhelm an den König Christian IV. von Dänemark.

Durchlauchtigster könig, E. Kön. Wrden seindt vnsere iederzeitt ganz bereitwilligste Vetterliche dienste, auch was wier sonsten der nahen Verwandtnüs nach, mehr ehren liebes vnd gutes vermögen zuuorn, Vielgeehrter herr vetter,

E. Kön. Wrden ist ohne weittleüfftige erzehlung bewust, welcher gestaldt zwischen vnsern freundtlichen lieben herren brüdern in E. Kön. Wrden diensten sich aniezo befindent, etwas wiederwillen vnd vneinigkeit endtstanden, welches vns vndt vnsern andern herrn brüdern, nicht wenig schmerzlichen zuuernehmen gewesen.

Wann wier dann bißhero vermercket vndt gespüret wie hoch vnsers brudern Herzogk Johann Friederichs

Lden ihr das werck zue gemüeth gehen laßen, dergestalt das Sie auch ganzes Keine ruhe deßwegen haben können, So seindt wier aus brüderlicher liebe vndt treue bewogen worden, Vns der sachen anzunehmen vndt dorauff zue gedencken, wie solcher zwiespalt möchte wiederumb beygelegt, vndt guetes brüderliches vernehmen gestifftet werden, haben es auch durch Gottes des Allerhöchsten verleihunge, deßen Allmacht billich danck zu sagen, alß bereit so weit gebracht, daß bey iezigem anwesen, die versöhnunge mitt vnsers freündtlichen lieben bruders, Herzogk Bernharts Lden vorgangen, Wollen nummehr nichts liebers wüntschen vndt sehen, dann das dergleichen mit des hochgebornen Fürsten, vnsers freündtlichen lieben brudern, herrn Johann Ernsten des Jüngern, Herzogen zu Sachßen Lden auch beschehen möchte.

Vndt weil wier keinen Zweifel tragen, es werde E. Kön. Wrden vnsers hauses wohlfarth, einigkeitt vndt auffnehmen, nicht allein lieb, Sondern auch zu befördern gefellig sein, Inn betrachtunge der aufrechten treuen dienste, die hochgedachte vnsere herrn brüdere E. Kön. Wrden allbereit geleistet vndt noch künfftig leisten werden, doran wier auch vnsers orths, ob wier gleich dieser Zeitt still gesessen, das vnsere mit einquartierungen vndt durchzügen vmb angeführter vhrsache willen empfunden, vndt solches alles vbertragen, Alß versehen wie vnß zue E. Kön. Wrden genzlichen, wie auch hiermit vnser höchstvleisiges bitten, E. Kön. Wrden geruhen Dero Hoheit vndt wohlmögenheit nach, solche mittel ahn die handt zunehmen, das zwischen hochgeb. vnsers herrn bruders herzogk Johann Ernstens vnd herzogk Johann Friederichs LLden auch eine vergleichung getroffen, vndt rechtes brüderliches vertrauen gestifftet werde, worzu dann leichtlichen zu gelangen, wann die mittel so von vnß vorgeschlagen, vndt vnserm abgefertigtem anbeuohlen, beliebet werden, E. Kön. Wrden verrichten hieran ein Gott angenehmes vndt wohlgefelliges werck, vndt erzeigen vnsern hauß eine besondere ehre, die vmb E. Kön. Wrden zu uerdienen wier vnuergeßen sein wollen, E. Kön. Wrden auch ohne das alle angenehme gevhlißene dienste zu erweisen, seindt wier iederzeit bereit,

Datum Weymar den 6. Aprilis ao. 1626.

Wilhelmb hzS.

Ahn
Kön. Würden zue Dennemarck ꝛc.

Nr. 17.

Vorschlegliche mitell.

Welcher gestalt Hertzog Johann Ernst der Jünger vnd Hertzog Johann Friederich zu Sachßen ꝛc. zuuergleichen,

I.

Das Hertzog Johann Ernsteus Fr. Gn. dero Herrn Brudern Hertzog Johann Friederichens fr. gn. den Degen in praesentia vornehmer Cavallier wiederumb zu stelle,

II.

Hertzog Johann Friederichs fr. Gn. mit worten

dergestalt begegne, das Sie dero Herrn bruders freundtbrüderliche affection doraus verspüren mögen,

III.

Dieweil Hertzog Johann Friederichs Fr. G. sich von Hertzog Johann Ernstens fr. G. Hoffmeister Widtersheimb nicht wenig offendiret zue sein befinden, Das diesennach Ihre Fr. Gn. denselben aus dero diensten schaffen, vndt dimittiren wollen,

Signatum Weymar den 6. Aprilis ao. 1626.

Wilhelm mp.

Nr. 18.

Schreiben Herzogs Wilhelm an Herzog Johann Friedrich.

Hochgeborner fürst freündlicher vielgeliebter vnd Hochgeehrter herr El. schreiben dorinnen sie sich bedancken wegen des Falcknerß habe ich wol empfahen — Damitt El. auch sehen das nach Vnser beiterselts genommener abrete nach vnd meinen Versprechen gegen derselben gemes, habe ich Vergangen freytag Heüsener abgeferdiegett zum Bruder vnd König Wegen El. Sachen Die ich El Copey vber schicke, hoffe ich Er soll es also machen, daß El. noch sehen werden wie gutt brüderlichen ich es mit derselben meine. Heusener wird auch gewiß vnd vnfeilbar auff itzige vorstehente oster Meß hausen wieder sein, Den punct Wegen des Regiements bedreffen habe ich ihm müntlichen befolen, hoff er soll also vorgebracht werden das El. ein contento darob haben sollen, Vber (schicke) El. auch ein schreiben waß ehstes bruder Hanß Ernest liebten an mihr geschrieben, Hiermitt Vnß allerseitz in Gottliche bewarung befelende.

EL.

getrewester Verobligirbet bruder biß in Tod.
Wilhelm hzS.

Meine Hertzliebeste Gemalin vnd freülein Kunigunde grusen EL. sehr dienstlichen vnd mein kleiner Wilhelm presendierett EL. seine dienste. Adieu mon tres fidel frer.

Weimar den 10. Apprill, Ao. 1626.

A Monsieur
Monsieur mon frere
Jen friderich duc de Saxe.
Cto.
Cto. En ses propre mains.
Cto.

Nr. 19.

Schreiben Herzogs Johann Friedrich an den Geleitseinnehmer zu Erfurt.

Lieber getrewer es wehre vnß nichts lieber alß wen ihr vnsern begehren nach kommen, vnd eine person fur vnß auß gesehen die vnß doch in vnserm Amb alhir, mochte der grossen muhe so wir nuhrt alleine auff vnß haben dragen helffe Dieweill wir auch gahr niemahntz so wir verschicken konnen wir aber itziger Zeitt gantz von weissen gerette kommen; Alß wollett ihr vnß doch soviell zu willen sein vnd vnß ein hembte oder 6 auff die fasson Weitte vnd grosse wie dieses, so ihr bey Zeigern zu entpfahen, konnet vnß den wo eines verferdiget neben waß solches kostet vbersenden Da wir auch den das gelt fuhr solches vnd andere wieder vbersenden werden welches wir euch bey dieser gelegenheit zu vermelten nicht lassen konnen vnd befehlen ihm hirmitt dem hochsten.

Datum Ichtershausen 1626 den 18. Decemb.

Ewer wollmeinender

Johann Friedrich hzSachssen.

Vnserm lieben getrewen
Dem Gletzmahn zu Erfort.

Nr. 20.

Schreiben Herzogs Johann Friedrich an Herzog Wilhelm.

Hochgeborner fürst freintlicher vielgeliebter vnd hochgeerter herr bruder EL. mitt diesem schreiben zu Importuniren habe ich keinen vmgang nehmen konnen, vnt werden EL. sich nechst gedaner abrede noch erinnern indem sie mihr versprachen begertes geltes halber nicht allein fuhr ihre person sondern auch bey den andern brüdern es dahin vermittlen helffen damitt mir mochte wilfahret werden alß habe ich EL. hirmitt nochmalsten ersuchen wollen, mihr gutte resolution zu erdeilen Darnebenst auch freintlichen bitten wollen mihr so viell zu gefallen sein Dieweill ich in erfahrung kommen wie das mein page der frantzos so mihr entlauffen vmb der schlechten vrsach wie EL. woll wissen, sich noch stedig zu Weimar auffhelt weill er mihr den etwaß gelt so ich ihm zu berechnen geben Da ich doch lieber wolte er seine sachen so ein mererß außdragen mitt sich genommen Ja auch verstehen muß das ihm von den herren Brüdern versprochen weill er sich wieder nach hause zu begeben

geben wilens ihm nicht allein zu kleiden sondern auch sonsten fortt zu helff welches mihr sehr wehe thuet in dem woferne er in franckreich kommen solte er sehr vbel von mihr sprechen Ja das ich fremte nationen so vbel hilte bitte Derowegen Dieweill Ich sogahr keinen Menschen Der mihr in diesen meinen zustant dienet mihr ihm wieder zu schicken vnd ihm einen verweiß solchen zu geben, Des erbittens ihm nichts ander zu thun alß einen verweiß zu geben den er doch zu seinen vatter nicht darf verhoffe EL. werde mein begehren nicht allein in dem wie den auch in den obigen wilfahren, sie werden mich zum hochsten verobligiren welche ich den hirmitt Gottes genedigen schutz entpfehlen thue vnd werde verbleiben

EL

getrewer hochverobligirder bruder
vnd diner bis an mein End
Jo. Friedrich mp.

A Monsieur et frere
Monsieur le Duc Guilliome
de Saxen.

ay mains prop.

Nr. 21.

Schreiben Herzogs Johann Friedrich an die Herzoge Wilhelm und Ernst.

Es ist hirmitt mein freundliches begehren ahn anwesende brüdere folgende bunckten so außfürlichen vnd muntlichen schon genugsam sein gedacht worden vnfelbarlichen zu volzihen

N

Alls 1.

Mitt verbachtung unßer unß assignirden Amptes das solches auff drey Jahr lang möge geschlossen werden doch nicht hoher alß solches fur disen ist außgethan worden, vnd auch das solches gelt nehmlich die Ein vnd zwantzig Tawsent gulten mihr fuhr auß geliffert werden mogen in wechsell, an ord vnd Ende da wihr es begehren werden.

Furs 2.

Begehren wir hirmitt das die unß entlauffene Diner mogen gestraffet vnd in hisiger Statt nicht mehr gelitten werden auff das weill solche hir verbleiben es nicht das ahnsehen habe solche Unß zu schimpf von vnsern bruderen auffgehalten oder ob wir die macht nicht hetten vns ahn ihnen zu rechen, versehen vns derohalben zu Ihnen sie vnsern billigen begehren auch Ihren versprechen nach zu willigen Im Fall aber solches nicht geschehe mussen wir schlissen sie vnser anbringen verachten vnd alßo vnser freind noch feindschafft kein bedencken dragen welches wir den so dahin gestellet sein lassen; haben solches ihrem begehren nach hirmitt schrifftlichen zu erkennen zu geben nicht lassen wollen vnd werden verbleiben

EEFL

Dinstwilliger bruder
alle Zeitt
Jo. Friedr.

Aux Messieur le Duc de
Saxe
Monsieur le Duc Guilliome
et Duc Ernst de Saxe.

Nr. 22.

Schreiben Herzogs Johann Friedrich an Herzog Wilhelm.

Hochgeborner furst freindlicher liebet bruder EL bete schreiben seindt mihr recht gelifert worden, auß welchen ich sehr ungehr verstanden und wie ich soll mitt betribten gemuht den Todesfalle unsers beyterseitz gl. (geliebten) bruders, bittende den Hochsten unß allerseitz fuhr allen unheill hinfuhro zu bewahren

Ahnlangende sie mihr die wenige gelter so ich ihr fuhr gestreckt wiederumb bies noch auff ein kleins senden wolle bedancke ich mich billig hette verhofft sie wirden mihr auch die andern gelter mitt gesunden haben so vernehme ich doch auß EL schreiben das sie deswegen nicht rechten bericht eingenommen haben sonder wollen mihr noch siben Tawsen geben. sinde mahl sie schreiben sie nicht anders von brud Ernst Lben haben verstehen konnen sowoll auch auß meinen letzten schreiben So berichte ich doch EL ich mitt bruder Ernsten also abgeredett das sie mihr 21000 fl. auff 3 Jahr vohr auß geben Darauff ich den schon 11000 ahn hisigen Järigen einkommen sowoll extra ortinar steuer erhoben alßo mihr noch 10000 fl. restiren wen den sie noch gewillet solches Amb in bacht zu nehmen auff solche maß und wie ehs auch schon mitt bruder Ernsten abgeret habe konnen sie solches schrifftlichen auffsetzen lassen damitt es beiden theilen volzogen werde, betreffende waß hoffnung mahn zu telogiron des Einquarttirtten keiserlichen krigesvolck verstehe ich auß beyligender Copey solche gahr schlecht ist, mochte wuntze ich mitt mein person etwaß helffen konte wolte ich nicht spahren welches EL ich zur wiederandwort ver-

N 2

melten sollen vnd befehle sie hirmitt den hochsten vnd werde verbleiben

EL

dinstwilliger getrewer bruder
alle Zeit
Johann Friedrich HzSachssen.
mppria.

psent. 26. Jan. 1627.

Dem Hochgebornen Fürsten Vnserm Freundtlichen geliebten Brudern herrn Wilhelmen hertzogen zue Sachßen, Jülich, Cleue, vnd Bergk, Landtgraffen in Düringen Marggraffen zu Meißen, Graffen zue der Margk, vndt Rauenspergk herrn zu Rauenstein.

Nr. 23.

Creditiv Herzogs Wilhelm für den an den Kurfürsten von Sachsen abgeordneten Rath von Dieskau.

Hochgeborner fürst Vielgeliebter herr Vetter vnd hochgeehrter herr Vater, Neben diesem schreiben habe an E. Lden anzubringen ich meinen Raht dem von Diskau auffgetragen E Lden in angelegenen Wichtiegen sachen, der vnsern gantzen hauß daran gelegen vnd E. Lden mitt Dero hoch verstendiegen raht vnd bey Stand (Beistand) bedirftig zu berichten, Weil dan E Lden Mihr nach ieder Zeitt die genediege vnd hilfflige hand geleistett, als bitte E Lden ich sehr gehorsamlich sie Wollen mich bey so beschaffenen sachen nicht lasen, vnd dem von Diskau in groser geheim vernehmen vnd ihnen alß vnß selbesten glauben zu mehsen mich auch hin wiederumb so genedig Wirtiegen vnd mitt ein bar Word eigenhandieg sich genedig gefallen lasen zu beanworden, Was E. Lden endliche meinung sey, solge grose genade Will ich mich besleisiegen die Zeitt Meines leben hin Wieder zu verschulten verbleibe

ELden *)

gehorsammester getrewester Vetter
vnd Sohn alle Zeitt,

Weimar den 17. Febr. A. 1627. Wilhelm mp.

Nr. 24.

Antwort des Kurfürsten von Sachsen.

Vnser freundlich dinst vnd was wir liebs vnd guts vermögen zuuor, Hochgeborner fürst, freundlicher lieber Vetter, Sohn vnd Geuatter, Wir haben E. L. zu vns abgeferttigten Gesandten Rudolphen von Dißkau mit seinem anbringen persönlich gehört, vnd was E. L. Ihme aufgetragen, verstanden, Wie Wir vns nun der freund-vetterlichen begrüßung bedancken, Also befinden Wir die angebrachte sache wichtig, schwer vnd dergestalt beschaffen, daß dorinnen also zu procediren sein wolle, damit derselben nicht zu viel noch zu wenig geschehe, Vnd weil in kurzem die hochgebornen Fürsten, vnsere freundliche liebe Vettern, Brüdere vnd Geuattern, Herr Johann Casimir, vnd Herr Johann Ernst gebrüdere Herzogen zu Sachssen, Gülich, Cleve vnd Berg rc. zu vns gelan-

*) Ohne Zweifel ist es ein Irrthum des Abschreibers, daß in diesem Briefe, wie in den Urkk. Nr. 29. und 42., Ew. Liebden geschrieben worden ist, weil Herzog Wilhelm und seine Brüder den Kurfürsten Johann Georg von S. niemals mit diesem Prädicate, sondern stets Ew. Gnaden anredeten, wie unter Andern in Nr. 35. des Urkundenb. zu sehen ist.

gen werden, Als seind wir entschloßen, vns mit denselben doraus zu vnderreden vnd alsdann kegen Euern L. zu resolviren,

Woltens derselben hierzwischen zur Vorantwortt freundlich vermelden, vnd seind dero angenehme freundschafft zu erzeigen alzeit geneigt vnd willig;

Datum Dreßden am 25. February Ao. 1627.

Johann Georg rc. rc.

An Herzog Wilhelmen zu Sachsen rc.

Nr. 25.

Herzogs Johann Friedrich Schreiben an den Schösser zu Wachsenburg Christoph Rensch.

Lieber getreuer, Wir haben bey dieser gelegent nicht lassen wollen vnsern Zustandt zuuerstendigen, Vnd dieweil den an dem, daß wir hiesiger orter in ziemliche vngelegent kommen, daß wir fast auf den Todt beschedigt worden, Inndem wir vnder der Tyllischen armada mit einem Leutenant von dem Herbersdorfischen Regiment inn streitt, vnd ferners hernacher zu rauffen kommen, da wir doch, wiewol wir vermeint, mit ihme nicht allein zu schaffen gehabt, sondern von vielen vmbringet vnd überfallen, also daß wir in vier Wunden empfahen, Da vns doch gedachter Leutenant die wenigsten zugefügt, sondern von der seiten vnd hinderwarts empfahen haben, Weil denn inn solchem Zustandt wir vns so balde nicht zu hauße befinden können, Als werdet Ir den Kornboden eröfnen, vnd neue Schlüssel zu allen boden machen lassen, auch doran sein, damit die Sommerfelder bestellet werden mögen, aber wol acht haben, damit die Ampt: sowol auch meine Stuben iederzeitt wohl verwahrett vnd verschloßen bleibe, Welches Ich Ihm verrmit vermelden sollen. Datum Ehringburgk den Marty (?) 1627.

Johann Fridrich hzSachssen.
mpp.

Vnßerm Schößer zur Wachßenburgk vnd Ichtershaußen, vnd lieben getreuen, Christoff Renschen. *)

Nr. 26.

Extract

Auß des Obersten frenckhen schreiben (an Herzog Wilhelm), de dato Garleben den 22sten Aprilis 1627.

Ich weiß nicht, Ob E. f. G. wirdt schon berichtet sein, was mit Deroselben Hrn. Brudern Johann Friederichen furgelaufen, Herrn General Tylli Secret. hat alhier gestern referiret, Wie das mit einem Pferdt, Bandelierrohr vndt einem Felleß hinten auf, I. f. G. allein vor Northeimb kommen, furgebende alß er von einem Leutenant des herbißtorf. Regiments zu rede gesezt, er komme von Wolfenbüttel, dorauf sie auf einander fewr gegeben, S. f. G. ist durch den Leib geschoßen, doch soll ohne gefahr des lebens sein, hat sich lange nicht wollen verbinden laßen, Der Leutenant aber ist gefehrlich verwundet, S. f. G. wirdt gefangen gehalten, vndt Seindt bey ihme gefunden bey 7 od 800 Thler an geld, vndt soviel ich verstehe Ist herr Gene-

---

*) Dieser Abschrift war folgende Bemerkung beigefügt: „Diß schreiben hat der Herzog durch vnd durch, auch den Titul, mit eigener handt geschrieben.“

ral Tylli fast bekümmert wie mans mit ihme machen soll 2c.

Nr. 27.

Vngefehrliche Relation

des TromPeters, so der Durchlauchtige Hochgebohrne fürst vnd herr, herr Wilhelm, Herzog zu Sachßen, Jülich, Cleve vndt Bergk 2c. mein gnädiger fürst vnd Herr, zu dem herrn General Tilli geschicket.

Es were Herzog Johann Friedrich vor nunmehr ohngefehr 14 Tagen od etwas drüber, ganz alleine mit einem Pferde, einem Degen vndt Pandelier Rohr an der seiten, 2 Pistolen am Sattel, einem kleinen Büchßlein vndt Stillet in hosen, neben einem Zurück vf gebundenen Vellis, dorinnen bey 8 od 900 Rthal. mögen gewesen sein, vor Northeimb kommen, hette das Pferdt ausgezäumet, vndt vf einer Wiese weiden laßen, er aber were das Pferdt beym Zügel haltent vf einem graben geseßen. Wie nun solches ein Reuter vom herbersdorfischen Regiment gewahr worden, Were er vf ihn zugeritten, welches Herzog Johan Friedrich ersehen, das Pferdt wieder vfgezäumet, vndt sich daruf gesezet. Dorauf gedachter Reuter ihn angeredet, von wannen er kome. Herzog Johann Friedrich hette geantwortet, er were noch viel zu schlecht, das er ihme seines Thuns vndt Laßens Rechenschafft geben solte. Als aber der Reuter kurz umb wißen wollen, weß volcks er were, hat er gesaget, er were von Wolfenbüttel, vndt wolte nach Northeimb, auch zugleich mit der Pistol vf ihn getrücket, so aber versaget. Hinkegen hette der Reuter feuer vf ihn geben, vndt ihn durch den Lincken arm geschoßen, also das er des Balbierers anzeigen nach doran kam bleiben muß, Vndt alß noch Zwei andere Reuter darzu kommen, hetten sie ihn vollents gefangen genommen, vom Pferde gebracht, vndt dem Obristen Lieutenant vberantwortet, welcher ihme einen Lieutenant zugeben, Damit er ihme gesellschafft leisten vndt zugleich achtung vf ihn haben solte. Alß sie nun in dem gemach mit einand vf: vndt nieder gangen, hette Herzog Johann friedrich vnvorsehens des Lieutenants Degen erwischet, vndt ihn darmit durch vndt durch gestoßen, Doruf der Lieutenant nach einem andern Wehr geschrien, vndt ihn im kegentheil durch einen schenckel gestochen. Der Lieutenant soll schwerhlich vfkommen, vndt von S. excellentz sehr beklaget werden. So hat sich auch Herzog Johan Friedrich biß vf den 4. tag nicht verbinden laßen wollen. Nach der Handt ist der Obriste Lieutenant selbst zu ihme kommen, vndt gebeten, er wolte doch nach der Erichsburgk fahren, alda er etwas Beßer accomodieret sein würde, hat sich auch seine Kuzsche darzuleyhen erboten. Woruf ihn Herzog Johan Friedrich mit einer großen discortesie vorn Halß geschlagen, vndt gesaget, er hette ihme nichts zu commendiren. Der Obriste Lieutenant aber hatt ihme eine starcke Bastonada geben, 3 Prügel ahn ihm zerschlagen, vndt ihn entlich soweit gebracht, das er Beßere seiten vfgezogen, vndt sich zufahren erbotten. Nachmals ist er vf die Kuzsche gesezet, vndt von 2 des Obristen Lieutenants Leibschüzen begleitet worden. Als nun vnter Wegens der eine Soldat etwas geßen, hat Herzog Johan Friedrich ihme das meßer auß der handt gerißen, vndt darmit 5 Stiche im Leib vnd in den arm gegeben. Doch ist er nach der Ehrichsburgk gebracht worden, alda er noch in genauer verwahrung gehalten, vndt mit 100 Mußquetierern verwachet wirt. Vndt diß ist also des TromPeters bericht, so vf E. Churf. Durchlaucht gnädigsten befehlich ich vnterthanigst beybringen sollen, vor meine Person verbleibent,

Ew. Churf. Durchlaucht

vnterthänigster gehorsambster Diener,

R. v. Dißkaw.

Signatum Annaburgk, d. 9. May Ao. 1627.

Nr. 28.

Bericht des an den Grafen von Tilly abgeschickten Obersten Frenck.

Durchlauchtiger Hochgebohrener fürst, gnediger Herr, Den General Tilli habe ich zu Peine vnd im guten humor angetroffen, die vfgetragene Commission abgeleget, vndt seine Excell. dohin disponiret, das E. F. G. herr Bruder, so aniezo zu Erichsburg residiret, nicht allein in guter verwahrung, biß vf weitere resolution gehalten, sondern auch, da E. F. G. bedencken, die heimführung durch ihre eigene Leute verrichten zu laßen, von S. Excell. Volck, doch das bey E. F. G. die außrichtung der kosten geschehe, an ort vndt ende, wo man es begehren wirt, vntern praetext dem Keyßer die Hände zu küßen, wolverwahret soll eingeantwortet vndt geliefert werden, Meines erachtens würde die festung Coburgk zu solchem intent nicht vndienlich sein; E. F. G. werden den sachen wol weiter zu thun wißen, wie eher, wie beßer vor das General Tilli verreise, od andere vngelegenheit einfalle. Die händel, so E. F. G. Herr Bruder vor vndt nach, da er schon gefangen, angerichtet, seint nurt gar zu viel alhier zuerhohlen. Der Trompeter wirt sie nach der Lenge E. F. G. können berichten. Tilli saget, cest un mauvais fou. E. F. G. neben derselben herzlieben gemahlin hiermit in schuz des

Allmächtigen, vndt deroselben gnädig fauor mich vnterthenig befehlent, verbleibe,

E. F. G.

Vnterthäniger gehorsamer diener
J. Frenck.

Garleben den 4. May 1627.
A son Alteza
einkommen den 6. May.

Nr. 29.

Herzogs Wilhelm Creditiv für den zum Kurfürsten von Sachsen abgeordneten Rudolph von Dieskau.

Hochgeborner Fürst genediger Vielgeliebter Herr Vetter vnd hochgeehrter Herr Vater vnd Gevatter.

ELden Wißen sich guter Masen zu erinneren, Waß ich zu vnderschieden Mahlen Dem von Diskau zu ELden vmb bruder hanß Friederichen zu Standt (Zustand) halben gesand habe, Waß nun E. Lden sich hinwiederum nach Voderung der anderen fürstlichen anverWanden von Hauß Sachssen geresolviret, vnd Mich hinwiederumb berichten lasen, Ist vnzweifel E. Lden woll wissen, Wie man nun zwar schon albereit auff Mittel bedacht gewesen, so hatt man aber biß dahero nicht gelangen kennen, An itzo aber Waß er vor einen Beschaffenheütt vnd zu Stand mitt ermelten vnseren Bruder Hanß friederichs hatt, wird gegen Werdieger mein abgesande Der von Diskau ELden mitt mehren berichten, Dar dan E. Lden ich will gantz gehorsamlichen gebeten haben, sie wollen ermelten gesanden selbesten horen vnd vernehmen, vnd Weil anitzo die occasion vorhanden, den sachen raht zu schaffen vnd periculum in mora, als Wolten E. Lden ihnen meinen begeren nach balt Wiederumb abferdiegen, solges gegen E. Lden hinwiederumb zu verschulten soll man mich zu ieder Zeitt Willig geflißen darzu befinden vnd verbleibe

E. Lden

getreweſter Vetter vnd gehorsamer
Sohn biß in Tod
Wilhelm mp.

Weimar den 6. May A. 1627.

Nr. 30.

Memorial

Was bey dem Durchlauchtigsten Hochgebornen Fürsten vnnd Herrn, Herrn Johann Georgen, Herzogen zu Sachßen, Jülich, Cleve vnd Berg, des heiligen Römischen Reichs Erzmarschalln vnd Churfürsten, Landgrafen inn Thüringen, Margkgrafen zu Meißen vnd Burgkgrafen zu Magdeburgk, Grafen zu der Marck vnd Ravensbergk, Herrn zu Rauenstein, vnserm freundlichen vielgeliebten Vetter, herrn Vater vnd Gevatter,

Wir Wilhelm, Herzogk zu Sachßen, Jülich, Cleve vnd Bergk, Landgraf in Thüringen, Marggraff zu Meißen, Graf zu der Marck vnnd Rauensbergk, Herr zu Rauenstein, vnserm Abgesanten zu verrichten befohlenn.

1.

Sr. Gn. vnsere freundvetter: vnnd Söhnliche Dienst vnnd grus zu vormelden, dorneben nach Sr. G. vnd dero Zugehörigen Zustandt zufragen.

2.

Zu erinnern, Was bißhero wegen Bruder Hanns Friderichs Lben fürgelauffen, was mit Irer G. wir deßwegen communicirt, vnd dorauff bey iüngster Zusammenkunfft zu Torgau geschloßen, vnd vns von Herzogk Johann Casimirs G. eröffnet worden.

3.

Woruff wir dann, vnangesehen wir viel lieber wünschen mögen, daß wir dieser extremen mittel enthoben sein können, Dennoch dohin gedacht, wie der gedachte Schluß zu exequiren, Wir hetten aber ohne verlezung vnsers Bruders L. Leben noch zur Zeit keinen füglichen Wegk finden können.

4.

Nunmehr hette sich selber ein mittel an die handt gegeben, inn deme Se. L. vom herrn General Tilly gefengklich gehalten würde, Worbey Seiner G. der ganze Verlauff zu erzehlen, vnd die deßwegen einkommene Schreiben fürzuweisen.

5.

Derowegen Wir an den herrn General Tilly alsbald geschrieben, vnnd vmb gute Verwahrung vnsers Bruders L. biß vff weiter ansuchen gebeten.

6.

Worbey dann Se. G. zu bitten, Sie wolten, daß mann es Ir nicht ehe zu erkennen gegeben, aus vrsachen, so vnser Abgesanter zu vermelden wissen wirdt, nicht vngleich vermercken.

7.

Vnnd würden Ire G. von vns gebeten, sich so willig zu erweisen, vnnd nechst anziehung der erheblichen motiven, worumb man den endlichen Schluß der Verwahrung mit Bruder Hanns Friderichs L. nothwendig vor die hanndt nehmen müßen, an Hrn. General Tilly zu schreiben vnd zusuchen, damit S. L. inn guter genauer Verwahrung gehalten, denen ienigen, so wir hierzu abordnen wollen, vff vnser weiter begehren gevolget, auch mit gnugsamer Convoia biß an vnsere Landes grenze geschafft werden möchte.

8.

Dorneben dann Se. G. dienstlich zu ersuchen, Ob sie Ir belieben laßen wolten, ein schreiben an Vns vnd vnsere vielgeliebte Herrn Brüder, vmb mehrers Irer G. respects vnnd der sachen beförderung willen zuthun, daß dieses Werck mit allem ernst von vns forttgetrieben werden möge,

9.

Endlichen Iro G. vnsere freundvetter: vnd Söhnlichen Dienst, auch aller Willfehrigkeit zu versichern, vnd

10.

Weil periculum in mora vmb schleunige expedition, auch ertheilung dieser gebetenen Schreiben anzuhalten.

Signatum Weimar, am 5. May Anno 1627.

Wilhelm mp.

Nr. 31.

Schreiben (ohne Zweifel eigenhändiges) des Kurfürsten von Sachsen an einen seiner Räthe.

Lieber getreuer, ich wünsche dihr ein gutten morgen, vnd ferhalt dihr nicht, das alß ich gestern abens um 6 uhr im gartten spatciren gangen, so kommet dießkau von weimmehr gefahren, bringet dießes creditif, darauff hab ich ihm gehoret, bringet fur vns an, wie beyligent seinne instruccion mit mehren nebensten beylagen ausweißet, es ist ein sondre schickung gottes, der die mutwillichen kan zur straff zihen, stat dahin ob man inn die begertten schreiben willichen wil, ich halt darvor, das nicht zu seumen, es möchte der tilli vfbrechen, er ist listich vnd möchte sich etwan loß machen, wollest mich berichten, ob ich in (ihn) morgen sol mit nein bringen zur ferner vnderredung, oder ob du die abferdigung mihr wollest zuschicken, wil ich in (ihn) immer abferdigen, hiemit Gott vns allen, behalt von allen abschrifft, wie wol schon zwey darbey, die behalt, die instruccio vnd seine schreiben so sein eigne hant laß cobiren, was die trumbter (Trompeter) mintlichen berichte vnd was for gangen, ehe er ist nunter geritten, forzeignet mihr dan gesamtte an izo das wil ich mit zur stelle briengen,

Datum annaburck den 9. May Ao. 1627.

Johans Gorge Churfürst.

Nr. 32.

An Hertzogk Wilhelmen zu Sachssen ꝛc.

Vnser freundlich dinst vnd was wir liebs vnd guts vermögen zuuor, Hochgeborner Fürst, freundlicher lieber vetter, Sohn vnd Geuatter, Wir haben aus E. L. Gesantens Rudolffs von Dißkau mündlichen für vnd anbringen verstanden, was Dieselbe wegen freundlicher begrüssung vnd Zuentbietens Jme aufgetragen, vnd dann welchergestalt E. L. Bruder Herzog Johann Friderich zu Sachßen ꝛc. inn des Generaln Graffen Tylli Custodi gerathen, was E. L. dißfalls angeordnet, vnd bey vns freundlich suchen lassen, Hierauf wirdt E. L. Gesanter zu seiner widerkunfft vnsere dancksagung vnd was Jme der resalutation halben aufgetragen, vndthenig referiren; Vnd erinnern vns sonsten desienigen, so bey iüngst alhier gehaltener Chur= vnd Fürstlichen Zusammenkunfft von vnserm Chur vnd Fürstlichen hauß Sachssen Seiner Herzog Johann Friderichs person vnd versicherung halben beschlossen, Dauon, wie wir vernehmen, E. L. von herzog Johann Casimirs zu Sachssen L. andeutung geschehen, Wann dann die gelegenheit mit E. L. Brudern sich nunmehr also begeben, daß man seiner habhafft werden kan, auch aus des Obersten Frencken relation zu verspüren, es werde die abvolgung bey dem Generaln Tylli ꝛc. wol zu erhalten sein, Als haben wir an denselben ein solch schreiben gethan, wie die dem Gesandten neben dem Original zu gestalte Abschrifft besaget, Vnd ermahnen nunmehr E. L. Sie wolle zu abholung dero Bruders alsbalden iemanden abferttigen vnd dem Generaln vnser schreiben vberreichen laßen, Auch solche bestallung machen, daß wann mann mit Jhme an der Landgrenze anlanget, derselbe angenommen, wolverwart vnd mit gnugsamer Convoy fortgefürt, vnd weil bey iüngst alhier gemachten Schluß auch der ortt, wohin herzog Johann Friderich zu liefern namhaft gemacht worden, nemlich Weymar vnd in dem Gartenhauß doselbst, dohin gebracht, inn ein solch Gemach, welchs mit Gegittern vnd sonsten wohl versehen, gesazt, vf Jhn vleißige

ßige gute achtung gegeben, bey reichung Speiß vnd Tranck fürsichtig vmbgegangen vnd alles dergestalt angeordnet, damit er nicht (von) abhanden komme, vnd das letzte ärger denn das erste werde, Innsonderheit wollen E. L. neben dero geliebten Brüdern schleunig zu dem werck thun, es embsig befördern, vnd mit allem ernst zu verhütung größers vnheils, forttreiben, Möchten wir E. L. inn antwortt nicht bergen, vnd seind dero angenehmer willfahrung zu erzeigen alzeit geneigt,

Datum Annaburgk am 9. May Anno 1627.

Johann Geórg u. s. w.

Nr. 33.

An Generaln Graffen Tylli

Johann Geórg u. s. w.

Vnsern gruß zuuor, Wolgeborner lieber besonder, Vns hat der Hochgeborne Fürst, vnser freundlicher lieber vetter, Sohn vnd Geuatter, Herr Wilhelm Herzog zu Sachssen, Jülich, Cleve ꝛc. freundlich zu erkennen gegeben, welchermaßen dero Bruder, herzog Johann Friderich zu Sachssen inn eure verwahrung gerathen, auch die vrsachen durch dero bey vns gehabten Gesanten andeuten lassen, Nun seindt wir berichtet, daß ermelter herzog Johann Friderich bißhero solche händel vnd sachen angefangen vnd fürgenommen, die nicht gut geheißen oder verantworttet werden können, Dohero das ganze Chur- vnd Fürstliche Hauß Sachssen bey iüngster alhier gehaltener Zusammenkunfft dohin geschloßen, wie mann sich seiner person versichern, vnd denselben inn solche verwahrung bringen vnd enthalten könne, dadurch Seel vnd Leib für verderben errettet werden, vnd andere vnmolestirt bleiben mögen, Vnd ob wir wol mit Jme, daß er inn solches vnheil gerathen, ein vetterliches mitleiden tragen, So ist vns doch dorneben lieb zu vernehmen, daß er inn eure hände kommen, vnd gesinnen hirmit gnedigst, Ir wollet In (ihn) herzog Johann Friderichen dermassen verwart enthalten lassen, daß er nicht entkommen müge, auch verordnung thun, wann vnsers Vetters Herzogk Wilhelms L. vmb abvolgung seiner person ansuchet, derselbe deren Abgeferttigten eingehendigt, vnd mit einer Convoy biß an Sr. L. Landgrentze gebracht werden müge, Wirdet mann Ihn hernach förder an einen solchen ortt bringen vnd dergestalt verwaren, daß er niemanden mehr schaden oder vngelegenheit Zufügen, vnd für Ihn wol gesichert bleiben müge,

Nicht Zweiffelende, Ir werdet diesem vnserm gnedigsten gesinnen stadt geben vnd doruff die gepür verordnen, Doran thut vns Ir zu angenehmen gefallen, Vnd seind es inn gnaden, damit Wir euch ohne das Wol gewogen, zu erkennen geneigt,

Datum Annaburgk am 9. May Anno 1627.

Nr. 34.

Antwort des Grafen von Tilly an den Kurfürsten von Sachsen.

Durchleuchtigister Herzog,

Genedigister Curfürst vnd Herr

Eur Churfrl. Drchl. seindt meine vnderthenigste Diennst mit höchstem vleiß zuuor, vnnd habe deroselben gnädigstes Schreiben Dero Vettern herrn herzog Johann Fridrichen zu Saxen Weymar betreffendt, zu meinen handen mit gepührlicher reuerenz empfangen, vnd auß waß beweglichen vrsachen dieselbe an mich gnädigst gesinen,

Ihnen herrn herzogen Friderichen noch länger bis vf deßen abforderung, so hiernegst Sr. Frl. Gn. herr Brueder, der durchleuchtig Hochgeborn Fürst, Herr Herzog Wilhelm zu Sachßen, Jülch, Cleve, vnnd Berg u. s. w. bey mir gesinnen wirdt, in meiner sichern verwahrung zubehalten, vnnd denselben vf iezt bemelte abforderung hochgedachts herrn Hertzog Wilhelms abgeordneten außuolgen, vnnd biß an Sr. Frl. Gn. Lanndt-Grenize mit einer Conuoy begleiten zu lassen, Darob mehrers inhalts vnderthänig vernommen.

Darauf mag Eur Curfrl. Drl. ich hinwider gehorsamst nit verhalten, das solchen gnädigsten Beuelch albereith vor einkhomung höchstermelten Dero Schreibens ich gehorsamste volg gelaistet, vnnd hochernanten verhafften herzog Johann Fridrichen, vf ansuechen mehr hochgedachtes Herzog Wilhelms ꝛc. Sr. Frl. Gn. abgeferttigten von Adel von der Vestung Erichsburg abuolgen, vnnd an ohrt vnd endte wohin derselbe von Adel begehret hat, Conuoyeren lassen Wolte Eur. Churfrl. Drchl. ich hinwider gehorsambist nit verhalten, vnd entpfehle damit Eur Churfrl. Drchl. in schuz vnnd schirrm Gottes, Dero aber mich zu beharrlichen Milden Churfrl. gnaden,

Datum Dalenburgs den 22. Juny Ao. 1627.

Eur. Curfrl. Drchl.

Vnnderthenigster

Johann graue von Tilly.

Nr. 35.

Schreiben Herzogs Wilhelm an den Kurfürsten von Sachsen.

Vnsere freündtvetter- vnd Söhnliche dienste, vnd was wir sonst vielmehr liebes vnd guetes vermögen zu

O 2

vorn, Hochgeborner Fürst, Freundtlicher lieber vetter, herr Vater vnd Gevatter,

E. G. erinnern sich sonder zweifell guter massen, waß bey iüngst zue Torgaw ahngestelten Chur- vnd Fürstlichen Zusammenkunfft, vnßers Bruders, Herzog Johann Friederichs zu Sachßen seiner bißherigen verübten thetligkeiten, vnd vnverantworttlichenn beginnens halber vorgelaufen, für guet ahngesehen, vnd endtlich beschlossen wordenn. Dieweiln dann auf E. Gn. vnd vnser an den Keyserlichen herrn General, Graf Johann von Tylli abgangenen ersuchungs Schreiben, erwehnter vnßer Bruder nicht allein doselbsten des Arrests entlediget, Sondern auch nuhmehr in vnßer gewarßamb naher Oldißleben gebracht, vnd heüt 8. tage doselbst ahngelanget, Alß haben wir für eine nothdurft zu sein erachtet, Solches E. G. freundtlichen zuberichten.

Vnd ob wir wohl E. G. guetachten zu folge mehrerwehnten vnßern Bruder gar anhero in vnsere Residenz bringen, vnd vorwahrlich haltten laßen woltten, so ist doch wegen des zum größeren theil noch vnerbaweten abgebrandten Schlosses ganz keine sichere noch fügliche gelegenheit, Zu dem das auch wir vnd vnßere ahnwesende freundtliche liebe Brüedere, auß eingepflanzter Natürlichen brüederlichen Liebe vnd Zuneigung, solche leidige gegenwarth nicht wohl ahnsehen, vielminder noch zur zeit zu einiger conversation vorstehen können, Geschweigen Do ettwa frembde Chur- vnd Fürstliche, oder andere fürnehme Personen sich alhier befinden solten, Haben derowegen solche ahnordnung zue obbesagten Oldißleben gethan, das verhoffentlich mehr gedachter vnser Bruder nicht entkommen wirdt *), Allein ist vns im

*) Bis zu obigen Worten stimmt Herzogs Wilhelm Schreiben an Herzog Johann Ernst, den Ältern, von S. Eisenach, d. d. Wey-

Wege, das bey noch wehrender durchzügen allerhandt zu befahren, vnd daher die wache vnd auffsicht, vmb soviel desto stärcker vnd sorgfeltiger in acht zu nehmen, Domit beydes zuförderst E. G. So wohl vns, vnd vnßern ganzen hochlöblichen Hauße nicht etwa mehrer schimpf, vngemach oder vngelegenheit zuegezogen werden möge, Hierumb So ist vnd gelanget an E. G. vnßer ganz freundtvetter- vnd Söhnliches bitten, Sie wolle diß alles im besten wohlgemeinet aufnehmen vnd vormercken, vnd bey dero zum Defension werck bestelten Officirern vnd Beambten zue Sachßenburgk die verordnung thuen, Damit vf vnßer ersuchen, oder im fall höchster eil, der vnßerigen zu Oldißlebenn ahnruffen, von Ihnen mit wircklicher hülfe beygesprungenn, vnd alßo darburch besorgendes vnheil verhüetet vnd abgewendet werden möge, Vngezweifelt wie E. G. wir die Sache zu reifer deliberation, nachdencken, vnd getreuen vätterlichen Rath vntergeben, Alß auch E. G. vns ferner im werck vnd der that hülflich erscheinen werden. Dero wir hingegen bestendige treue freundschafft, ehr, dinst, vnd guetes nach vermögen zuerweisen bestes fleisses willig vnd bereit.

Datum Weymar den 6. Juny Ao. 1627.

Von Gottes gnaden Wilhelmb Herzog zue Sachsen, Jülich, Clev vnd Berge, Landgraf in Düringen, Marggraf zue Meisen, Graf zu der Marck vnd Ravensbergk, herr zu Ravenstein

E. Lden

getrewer Dienstwilliger Vetter vnd Sohn allezeitt

Wilhelm mp.

---

mar den 6. Juny Ao. 1627 wörtlich mit diesem überein. Es befindet sich im Original in den fragm. Ohne Zweifel sind an die andern Sächsischen Fürsten Schreiben ähnlichen Inhalts abgegangen.

Post scriptum.

Auch Hochgeborner Fürst, freundtlicher lieber Vetter, herr Vater vnd Gevatter, Hetten E. G. wir den vorlauf ehe freundtlich zu erkennen geben sollen, So seindt wir doch diese acht tage über, wegen des Schön- vnd Crohnbergischen Kriegsvolcks durchzügen darahn vorhindert worden, weiln wir vnß zu abwendung allerhandt vngelegenheit in theilß vnßere Aembter selbst begeben müssen, Mit freundtlicher bitt, E. G. den verzugk nicht vnguetlich vormerckenn wollen, Vnd dieweil vnßer Hauß vnd Ambt Oldißleben ettwas weit von hinnen, vnd andern vnßern Aembtern entlegen, Auch außgestandener Kriegsbeschwehrunge wegen an virers sehr erschöpft, das fast nichts aldar zu bekommen Alß Bitten E. G. wir ferner ganz Söhnlich vnd fleißig, Sie wolle dero Beampten zu Sachßenburgk gnedigst bevehlen, das gegen bahrer bezahlung die nothdurft an Victualien gefolget werden möge, E. G. dienen wir hinwiederumb freundtlich, wormit wir können vnd vermögen 2c. vt in literis

E Lden

Dienstwilliger getrewer Vetter vnd
Sohn allezeitt
Wilhelm mp.

Nr. 36.

Antwort des Kurfürsten von Sachsen.

Vnser freundlich dinst vnd was wir liebs vnd guts vermögen zuuor, Hochgeborner Fürst, freundlicher lieber Vetter, Sohn vnd Geuatter,

Wir haben aus Euer L. den 6. hujus datirten schreiben verstanden, daß der General Graff Tylli 2c. Euer L. Brudern Herzog Johann Friderichen zu Sachſſen ꝛc. aus dem Arreſt abvolgen laßen, derſelbe nach Oldißleben gebracht vnd aldo verbleiben ſoll, Sowol welcher maßen E. L. ſuchen, daß wegen wehrender Durchzüge vnd weil ermelter ortt etwas weit von dero Reſidenz entlegen, wir vnßern zum Defension werck beſtalten Officirern vnd Beampten zur Sachſſenburgk beuelen wolten, damit vf Euer L. oder der Irigen anlangen, den Beampten zu Oldisleben eilends mit würcklicher hülff beygeſprungen, auch nach Oldißleben aus vnſerm Ampt Sachſſenburgk die notturfft an Victualien, gegen bahrer bezahlung, gevolget werden müge,

Nun erinnern wir vns gar wol, was bey iüngſt zu Torgau gehaltener Chur- vnd Fürſtlichen Zuſammenkunfft erwehntes E. L. Bruders halben furgelauffen, vnd wie für gut angeſehen, denſelben nach Weymar bringen, vnd aldo verwahren zu laſſen, So wol was kurz verwichener Zeit E. L. Geſandter Rudolff von Dißkau derowegen bey vns anbracht, wir doruff geantwortet vnd an den Generaln Tylli ꝛc. geſchrieben,

Stellen zwar die Vrſachen, vmb welcher willen E. L. die enthaltung dero Bruders zu Weymar nicht für bequem oder rathſam achten, dohin, Dieweil aber wir vnd die Herzogen zu Sachſſen Aldenburgiſcher, Coburgiſcher vnd Eiſennachiſcher linien, wie gedacht, für gut erachtet, daß herzog Johann Friderich zu Weymar enthalten werden ſolte, So erinnern wir Euere L. Sie wolle ſolches nicht außer acht laßen, Vnd do ia die enthaltung zu Weymar nicht thunlich, iedoch einen andern vnd ſolchen ortt hierzu gebrauchen, der weiter von der Grenze vnd dem Hoflager näher gelegen, auf daß keine gefahr zu beſorgen, oder das lezere ärger denn das erſte werden müge,

Vnd ob wir gleich derſelben ſuchen, wegen Verordnung der Defenſioner gerne ſtadt geben wolten, So seind doch deren zu Sachßenburgk wenig verhanden, Wirdet auch derselben, wann Euer L. izt gedachter unserer einnerung nachkommen, nicht bedürffen, Vnd können dero im vbrigen, wegen abvolgung der Victualien aus vnserm Ampt Sachssenburgk, doher auch nicht gratificiren, dieweill dasselbe (wie Eure L. werden erfahren haben) neulicher Zeit einen gar starcken Durchzug von den Sassen Lauenburgischen Volck erlidden vnd den Vnderthanen fast nichts vbriges gelaßen, Dohero vns E. L. freundlich entschuldigt halten werden, vnd verbleiben dero mit erweisung angenehmer freundschafft wol zugethan,

Datum Annaburgk am 13. Juny Anno 1627.

Johann Georg u. s. w.

Nr. 37.

Vorzeichnuß

Waß von Magischen v. andern verdechtigen sachen in der custodirten F. person gemach zu Ichtershausen befunden worden, den 1. Juny 1627.

1) Ein Buchlein in grün pergamen in 8°. auf Jungfraw pergamen mit Ihrer F. G. eygnen Hand geschrieben,
2) Ein Buchlein auf Jungfraw pergamen geschrieben mit characteren,
3) Sechs Blatt in 8°. vor schießen v. vnsichtbar machen,
4) Secreta Cabalistica Magica in dreyen stücken,
5) Ein Schreibteflein, darinn sich Caspar Weiß vndt Ihre F. G. selbsten vnterschrieben, in 16.
6) Sigilla planetarum auf Jungfraw pergamen, in 8°.
7) Ein Magisch sigell in metall gegraben,

8) Liber Theophrasti de septem stellis in 4°. vngefehr Zween Bögen lang, geschrieben in Deudscher sprach,
9) Liber de Jmaginibus ex Bibliotheca Hieronymi Thucky, in quarto,
10) Annulorum ex perientia Petri d'Abano, in quarto.
11) Ein schwartz Kestlein, Darinnen ein Allräunichen in Doppeltaft eingewickelt,
12) Etliche psalmen mit characteren geschrieben, in 4°.
13) Etliche Magische Künste auf einen halben Bogen papier geschrieben,
14) Dergleichen Künste auf einen Bogen papier geschrieben,
15) Ein stück zusammengebundenen Leinwands cum menstruo.
16) Experimenta quorundam Annulorum geschrieben,
17) Ein Zettell, darauf eine Kunst zum spielen,
18) Drey schreiben von Christof Walthern von Eißleben, darinnen er etlicher artzneyen v. characteren gedencket,
19) Drey zerschoßene Bley Kugeln,
20) Psalterium Magicum, vndt andere Magische Tractetlein, in rot pergamen gebunden, in 4°.
21) Ein Buchlein in 16. in Weißpergamen mit Jhrer F. Gn. eygner hand geschrieben,
22) Ein ander Magisch buchlein in goldgelb pergamen gebunden, in 16. geschrieben in deudscher v. lateinischer sprach,
23) Ein Ledern Täschlein, Darin in Zweyen papiern etwas eingebunden, Item Ein Magischer segen auf ein Blat papier,
24) Ein Catholisch Romisch Betbuch,

25) Eine schnure roter Covallen, darinn ein säcklein mit unbekanten sachen,

26) Ein Weiß säcklein mit blawen Bendern, darinnen gleichsfalß unbekante sachen,

27) Etliche Künste auf Zween Bögen papier, so Ihre F. Gn. mit eygner Hand geschrieben.

Nr. 38.

Instruction

Weßen sich unßere, von Gottes genaden, Wilhelmbs, Albrecht undt Ernst, gebrüderer, Herzogen zu Sachßen, Jülich, Cleve undt Bergk ꝛc. abgeordnete nach Oldisleben, die vesten unndt Mannhafften, unßere Lieben getrewen, Nicolaus Köller, Nicolaus Teiner, Capitain Johann Dimpffel Commissario des orths, unndt Nicol Mende Leutenambt verhaltten sollen.

Nachdeme Ihnen bewust, auch allenthalben Landtkündig waß maßen eine Zeithero Unßer Bruder herzog Johann Friderich zu Sachßen ꝛc. solche händel fürgenommen, welche nicht fürstlich, unndt weder vor Gott noch der Erbarn welt zuuerantwortten, Alß hatt daß ganze hochlöbliche Chur unndt Fürstliche Hauß Sachßen, einhellig dahin geschloßen, daß zu verhüetung mehrers unglückhs, unndt seiner Seelen verderb, gedachter unnßer bruder zur Custodi gebracht, woll verwahret, unndt meniglich vor ihm gesichert, unndt er also gleichsam auß des bößen feindes henden unndt banden, errettet, auch Gott im Himmel nicht selbst zur rach bewogen werden möge. Wollen derowegen gemelte unsere abgeordnete, getreulich unndt ernstlich vermahnet, unndt die untter Ihnen unß mit schwehrer Pflicht zugethan, sie derselben hierdurch, die andern aber Ihrer Ehr, vnndt Trew, die sie vnnß versprochen, erinert habenn, das sie nachfolgende Puncta mit allem schuldigen treuen fleiß in acht nehmen, vnndt so lieb Ihnen ist, vnßere Vngnade vnndt ernste leibs vnndt lebens straff zuuermeyden, ohne einigen respect der Person vnndt derer Hochheit, alles nach beschribener massenn, ins werkh richten, vndt sich hieran kheine betrohung, verheischung, oder etwaß anders, irnen (irren) oder abwendig machen laßen sollen.

1.

Weill vnlangst vnßer bruder Herzogk Johann Friderich, in des herrn General Tylli arrest gerathen, vnndt vf des Churf. zu Sachßen, vnndt Burggrafens zu Magdeburg ꝛc. vnnßers freundtlichen lieben vetters herrn vatters vnndt respective Geuaters, so wol auch vnßers herzog Wilhelmbs suchen, Er vnnß abgefolget, vnndt morgendens Mittwochs durch eine Tyllische Conuoia, vf vnßer ambtshauß nach oldislebenn gebracht werden soll, Alß sollen vnßere abgeordnete sich darnach Richten, damit Vnnßer bruder zu abent etwaß spadt, mit angehender nacht, vnndt nicht ehe einkhomen möge. Wann er nun durch die Tyllische Conuoia, hinauf gebracht wirdt, Sollen sie Ihm füerhaltten, daß sie ernsten befehl hetten, Ihn in daß verordnete Gemach zu bringen, vnndt darinen biß vff fernere verordnung zuuerwahren, der Zuuersicht weil solches von dem ganzen hochlöblichen Hauß Sachßen alßo angeordnet, er würde accommodiren, vnndt zu andern anbefohlenen mitteln nicht anlaß gebenn, Da aber die Güette nicht erfolgen soltte, Sollen sie Ihn vff alle Mittel vnndt wege, iedoch vnbeschadet seines lebenß mit gewalt in daß verordnete Gemach bringen, auch vnterdessenn ein ieglicher sein gewehr woll in acht neh-

men, damit er sich dessenn nicht etwa vnuorsehens be-
mechtigen möchte.

2.

Würde er sich dann darauf bequemen, Sollen sie Ihn in daß oberste gemach, welches die Taffelstube genant vnnd vnß von Theinern der Abriß zugeschickht worden stellen, vnndt woll verwahren, Im gegenfal vnndt da er sich widersezig erzeigen, vnndt etwa tätligkheiten verüben woltte, Sollen sie Ihn in daß Untergemach bringen, auch da er sich grausam vnndt grimmig erzeigen würde Ihn in demselben gar anfeßeln lassenn, vnndt die Thüren woll verwahren, In auch zuuor wol besuchen, daß er nicht Meßer, oder andere mördliche waffen bey sich habenn, vnndt sich vonn dißer vnßer wolbedachten ordnung kheineswegs abwendig machen laßen.

3.

Inn daß vorgemach sollen Alle Zeit drey starkhe Personen zur wachen geschloßen, vnndt kheinen ein Meßer oder ande waffenn mit hinein zu nehmen verstattet werden sonndern dieselbe jed Zeit, wann sie antretten, besucht, vnndt die waffenn von Ihnen genommen, auch die schlüßel zu der innern Thürn ihnen nicht gelassen werden. Dieselben sollen fleißig wachen, vnndt von Viertelstundt zu viertelstunden zu dem Loch hinein sehen, waß die gefangene Fl. Persohn fürhabe, Vnndt wie sie Ihrer beginne, do sie auch merckhten, das er etwa ihme selbst an leib vnndt leben schaden zufüegen woltte, sollen sie Ihn daruon abmahnen, die schildtwache vnndt Corps de guardi, so heraußen vor der Eusersten Thür, allzeit vff ein 12 Mußquetirer vnndt ihrer der abgeordneten, einen fleißig bestelet sein soll, strackhs zu ruffen, damit die Thüren mit fürsichtigkheit geöffnet, vnndt vnglückh verhüetet werden möge, Sie sollen absondlich woll zusehen, damit niemandt von Haußgesinde od andern, so ihn zu sehen begehren, zu ihme gelaßen werde, sich auch sonst viles gesprechs mit ihme für sich selbst enthalten, vnndt alles daßjenige mit fleiß vermeiden, so zu seiner entwendung gereichen möchte.

4.

Soll vnßer gefangener bruder, alle zeit mit Sechß gueten vnndt wollzugerichten speysen, darzu an wein vnndt Bier in zwey Bechern die Notturfft gereicht werden.

5.

Die von hierauß abgeordnete Mußquetirer vnndt officirer sollen vmb verhüetung auf vnndt ablaufens vfm hauße nach Notturfft gespeisset vnnd darinen gebürliche maße gehalten, Ihnen auch beykommendt vnßer patent vor allen Dingen zu eines jeden wißenschafft abgeleßen, vnndt ihr Ja wort mit einen Cörperlichen eyde becrefftiget, Sonderlich aber darbey in acht genomen werden, damit bey dießer fürhaltung sich niemandts von Haußgesinde oder andern befinden möge.

6.

Die Tyllische Conuoia, soll man in das dorff Oldißleben einquartiren, vnndt ihnen aldo die Notturfft reichen lassenn, vnndt soll Vnnß Nicoll Köller in schrifften alßbaldt berichten, wie starckh selbige zue Roß vnndt fueß seie, vnndt waß vor officirer darbey, auch sein guetachten eröffnen, waß Gestalt dieselben mit einer Verehrung abzufertigen, od ob ihnen etwas gewises versprochen,

7.

Vnndt weill man sich dießes orths noch ezlicher durchzüge vermuthet, Soll man vff begebenden fall vfm hauße kheines weges einige einquartirung verstatten, vnndt das Hauß in gueter Verwahrung vnndt obacht haltten,

8.

Schließlichen befehlen wir obgemelten vnßern deputirten nochmals mit Verwahrung obangedeuter gefahr, vnndt straffe ernstlich, daß sie dießer instruction durchauß ohne einig bedenckhen, gehorsamblich nachleben, alles der Notturfft nach anstellen, vnndt Ihren respect allein vff vnßer hochlöblich Chur vnndt frstl. hauß Sachßen, vnndt desselben Landt vnndt Leuthe, denen hieran ein merckhliches gelegen, wenden, auch solche Niemandt anders leßen, oder wissen lassen, alß denen es zuwissen nothwendig gebüret, das vbrige aber allein zu ihrer versicherung vnndt nachrichtung bei sich behalten sollen, Dargegen wir ihnen gebürlichen schuz zu halten, vnndt es in gnaden zu erkhenen vhrbüctig.

Signatum Weymar den 29. Mai 1627.

W: Alb: Ernst.

Eid für die Wache zu Oldisleben, welchen sie nach Verlesung des Patentes, nach ihrer Erklärung demselben zu folgen, ablegen mußte:

Alles was mir jezo vorgeleßen, vnndt Ich woll verstanden habe, deme will Ich treulich vnndt gehorsamblich nachkhommen, So war mir Gott helff vnndt sein heiliges wortt, durch Jesum Christum, meinen Erlößer Amen. ꝛc.

Nr. 39.

Ferner Memorial, vnnd resolution vff ezliche Puncta,

Wornach sich vnnßere nacher Oldißlebenn abgeordnete die vesten, vnndt Mannhafften, Nicol Köller, vnndt Nicol Deiner Capitain, Johann Dimpffel Commissarius, vnndt Nicol Mennde Leuteneambt richten, vnndt solchen allen gehorsamblich nachleben sollen.

1.

Die speissung soll dort zu oldißlebenn verschafft, vnndt nach anleitung voriger Instruction verrichtet werden, damit auch desto weniger mangel fürfallen möge, werden 100 Thaler auff Rechnung vberschickht, vnndt sollen die Commissarien eine tüchtige Pherson zum Kochen, biß auf fernere verordnung brauchen,

2.

Die Tyllische Reutter, vnndt convoia sollen abgeferttiget werden, damit sie morgen Freytags frùe widerumb abziehen khönnen, vnndt soll zur recompens gegeben werden,

1. dem Corporal 100 Thaler,
2. den 30 Reuttern 180 Thaler ieden 6 Thaler,
3. den Mußquettirern 12 Thaler ieden 6 Thaler,
4. den Gutschern, ieden 2 Thal.

3.

Madarazen, weiß Zeugk, vnndt Trinkhgeschirr, wirdt hiermit auch vberschickht.

4.

Die wach betreffendt, wirdt solche geleist der Pflicht, vnndt beschehener anordnung gemeß verrichtet, vnndt in acht genomen werden, Jedoch sollen von den 50 Mußquetirern, nicht mehr dan 30 behalten werden, vnndt der Leutenambt Nicol Mennde solche Phersonen außlessenn, welche sich albereit vnterhalten zu lassen gesinnet geweßen, vnndt solchen 30 Phersonen ieden wochentlich 1 fl. versprechen, Inmassen dann daß gelt darzu auch vberschickht wirdt, damit sie Ihren Vnterhalt im Dorff oldißleben dauon schaffen khönnen vnndt sollen, do dann die Einwohner gueten vorschub zue thuen, angemanet sollen werden. Es sollen aber nichts desto weniger dieße 30 Mußquetirer Tag vnndt nacht sich auf dem hauß oldißleben vfhaltenn, die wache richtig versehen, vnndt alle 24 stunden 10 Phersonen wechselßweiße vfwartten, vnndt gleichwol die andern vfm hauße bleiben.

5.

Capitäin Khöller, Nicol Mende Leutenambt, der von Lindenau, so woll die bey sich habende Einspänninger, sambt denn vbrigen 20 Mußquetirern sollen sich also baldt widerumb zuruckh anhero begeben,

Capitäin Nicol Teiner, vnndt Commissarius Johann dimpffel, sollen bey Ihren Pflichten, vnndt gegebener Treu nochmals zu Oldisleben bleiben, vnndt folgendes ferner in acht nehmen,

1. Sollen sie den sergianten Caspar Karpen, vnndt Balthasar Hallen, Garkoch stets bey sich behalten, mit sich essen lassenn, damit sie dieselben nach erheischung der Notturfft an der Hand haben khönnen,

2. Wann man der F. Pherson Eßen ins gemach langet, oder daß Bette machen, vnndt andere Notturfft verrichten muß, Sollen von den 4 Phersonen, nemblich Deiner

Deiner, Dimpffel, Karpen, vnndt Hallen alle Zeit zwene darbey sein, vnndt andere mehr brauchen, damit von dero Kheine gewalt geübet werden möge, sich aber in khein gesprech mit derselben einlassen, sonndern andeuten, daß sie dessen kheinen befehlich, Sollen auch, wann eine Thür aufgemacht, die andere alßbalden wieder zue schlüßen, vnndt die Thüren kheinmal all zugleich offen lassen.

3. Sie sollen ohne sonnderbahren special befehlich niemandts zu der Frstl. Pherson lassenn, alß Caspar Schlevogten, Christoff Meyen, Caspar Nöttlichen, Vnnd Brosius Venuß 2c.

4. Würde auch kheine sondere noth vorhanden sein, so soll man nicht mehr dann morgens, vnndt abends, vnndt wann das eßen gereicht wird, zu der Frstl. Pherson sehen,

5. Lieffe auch etwas mit schwachheit oder sonsten für, Sollen sie es bey tag vnndt nacht berichten,

6.

Capitäin Deiner, soll es dahin richten, damit das anbeuohlene bewuste gewölbe eheist verfertigt, vnndt wegen fewers vnndt anderer gefahr, woll verwahret werde,

7.

Wie dann auch mit aufwerfung schanzen, vnndt gräben, durch hülffe der Vnterthanen verfertiget, damit daß hauß Oldißlebenn vor einen anlauff, versichert sein möge,

Daran geschicht vnßere ernste, vnndt zuuerläsige meinung.

Signatum Weymar, den 31. Mai 1627.

Wilhelm.

P

Nr. 40.

Nachvolgende Puncta, sollen die Neun Persohnen, welche zu Oldislebenn, den custodirten Prinzen bewachen, bey Ihren geleisteten Pflichten, vnndt bey verlust leib vnnd lebens in fleisige acht nehmen.

1.

Sollen sie an denn verordneten Hoffmeister Heinerichen von Sannderslebenn gewißen sein, vnndt seinem Commando vnndt verordtnung in der wache, vnnd vff alle Notfälle durchauß gehorsam leistenn,

2.

Sollen sie sich der Gottesfurcht befleissigen, nüchtern, vnndt messig haltten, vnndt die wach, wie sie angeordnet, mit allem Trew vnndt fleiß sorgfalt vnndt fürsichtigkheit verrichten, vnndt darbei ja nicht sicher werden.

3.

Alle Zeit ihrer drey sollenn in dem Vorgemach sich verschließen lassenn, vnndt die wach 24 stundten haltten, allßdann von andern dreyen abgelößet werden, vnndt kheiner kein meßer oder mördliche wehr bey sich haben, noch der Fürstl. persohn, vf Ihr begehren, vnndt verheißung großen geschenckhs, etwas von Meßern, waffenn oder anderen Jnstrumenten auch nicht daß geringste, außer speiß, vnndt Trankh, waßer, weißgeräthe, vnndt waß zu seiner Vnterhaltung nötig in die Custodi gebenn, vnndt den schlaff meiden,

4.

Alle Viertel stundenn, soll einer vntter Jhnen zum Loch hinein sehen, waß die Fürstliche persohn vorhabe, vnndt wann sie vermerckhten, daß er etwa mittel zue seiner entwendung führnemen, die Ketten vnndt feßell zerbrechen, oder sonst an den gebew sich versuchen wurde, auch do er Jhme etwa selbst am leib vnndt leben schaden zufüegen wolte, ihn davon abmahnen, vnndt strackhs dem hoffmeister solches anmelden, vnndt vmb hülffe Rueffen.

5.

Zu dem ende die 6 Persohnen, so die wach nicht habenn, wo nicht alle, doch zum theil ann der handt bei dem vorgemach sein sollen, damit die verschloßenen wächter sie anruffen khönnen, wie dann ohne daß kheiner, ohne erlaubnuß deß hofmeisters weder tag noch nacht vonn dem Ambtshauße bleiben soll.

6.

Waß sich dieße 9 Persohnen, vntter werender wach, Sonnderlich aber Caspar schlevogt, welcher alß ein Sonnderbarer diener der Frstl. Persohn, stets vffwartten, vnndt mit der ordenlichen wach verschonet bleiben soll, hören vnndt sehen, sollen sie biß in ihr gruben verschwigen haltten, vnndt kheinem menschen, er sey wer er wolle, davon nichts offenbaren, noch von sich schreiben, auch kein schreiben abgehen lassenn, es habe dann zuuor der hoffmeister verdachtshalben geleßen ꝛc.

7.

Jnn daß vorgemach, vilweniger zu der Frstl. Persohn, soll kein ander mensch, er sey wer er wolle, weder von des hoffmeisters hauß, vnndt anderem gesinde

P 2

allß der hoffmeister, vnndt die verpflichten wächter eingelaßen werden, es geben sich dann etwa Geistliche, oder aber vnßere abgeordnete Räthe, vnndt diener an, welche doch zuuor vnßern beuelich dem hoffmeister fürlegen, vnndt ohne denselben nicht eingelassen werden, auch allweg vonn den 9 Persohnen, ein oder zwey, es hette dann sonderlich bedenckhen, daß sie nun im vorgemach bey den andern wächtern verbleiben müsten, ihnen zu geordnet werden.

8.

Caspar schlevogt, solle nach dem hoffmeister, den andern verpflichteten wächtern, allß ein Leutenambt zu befehlen habenn, Jedoch soll er vnndt die andern sich woll in acht nehmen, vnndt fürsehen, der Frstl. phersohn glatten wortten nicht trauen, noch zue dem geringsten, waß vnßer beuelich nicht ist, bereden, viel weniger verheisung, geschenkh, gifft, gabe, oder etwaß anderß sich bewegen lassenn 2c.

9.

Solte sich begeben, daß dieße Custodirte Frstl. pehrson, gewaldt vben vnndt mittel zu derer entkommung fürnehmen würde, sollen sie dasselbe, widerumb mit gewalt abwenden, vnndt verhüeten, vnndt ehe sie entkommen solte, ehe sollen sie dieselbe durch mittel vnndt weiß, wie sie können, vnndt mögen, wann es gleich mit der Frstl. persohn leib: vnndt lebennsgefahr geschehe, ergreiffen, vnndt mit allem fleiß verhüeten, daß dieselbe nicht entrinne 2c.

10.

Weiln nun an dießer sach, vnndt verwahrung des Custodirten Prinzen, dem ganzen hochlöblichen Chur-

vnndt Fürstlichen hauße zu Sachßen, hoch vnndt vill gelegen, So sollen diße verordnete 9 Persohnen, ihr dieselbe mit desto mehrerm ernst, vnndt eifer angelegen sein lassenn, dann do von einem oder dem andern die geringste nachlessigkheit, oder einige verwarloßung verspüret wirdt, Soll er oder dieselbenn, ohne einig Vrtheil vnndt Recht ann leib vnndt leben gestraffet vnndt die seinigen nimmermehr in dem Chur vnndt Fürstl. haus zu Sachßen geduldet werden.

11.

Zu Ihrem Vnterhalt, soll iedwedern wochentlich Anderthalben gulden, vnndt Järlichen ein Kleidt, auch der Vnterhalt ihnen vf ein Viertel Jahr, herauß gegeben werden, Caspar schlevogt aber, welcher vortan bey dem Prinzen vfwarttet, soll wochentlich 2 fl. vnndt des Jars ein Kleidt vnndt daß vbrige Eßen habenn.

Welches alles sie mit handt vnndt mundt angelobet, vnndt zugesaget, vnndt darauf volgenden Eidt, Cörperlich geleistet.

Actum Oldißleben den Ao. 1627.

E y d t.

Alle dieße puncta so mir Jezo vorgeleßen, vnndt Ich woll verstanden habe, will Ich stets in guetter acht habenn, vnndt denselben bey verlust, leib vnndt lebenn, vnuerbrüchlich nachkhomen, So war mir Gott helffe, vnndt sein heiliges wortt, durch Jesum Christum meinen Erlößer Amen. 2c.

Nr. 41.

Vngefehrliche entwerffung,

Waß mit der custodirten F. person durch einen od

mehr Theologen zu handeln, verfaßt durch Dieselbe Theologen, so zu Ihrer F. Gn. in die custodi geschicket, 4. Juny (1627).

Dieweill den Theologen einig v. allein obliget, sich dahin höchstes vleißes zu bemuhen, Daß durch Gotliche Barmhertzigkeit des custodirten printzen Seelen geraten v. Zur selligkeit erhalten werde, v. aber solches durch Keinen andern weg noch mitell alß durch hertzliche Wahre Buße vndt Bekehrung zu Got geschehen mag, Welche von erkenntnuß der Sünden ihren anfang nehmen muß, alß hat man vor allen Dingen Dahin zu arbeiten, Daß Ihre F. Gn. zur erkentnuß der Sünden gebracht werde, Solches kan nun auf zweyerley Wege angestellet v. vorgenommen werden,

Erstlich, das Ihre F. Gn. auß vorgehenden Acten, attendaten vnndt Wercken überwiesen werde, das die itzige custodi Billig wider sie vorgenommen, Darnach das Ihre F. G. zur erkentnüß der Sünden vor Got v. seinem gericht gebracht werde,

Das erste gehöret vor die hern politicos vndt JCtos, vndt wehre rathsam, Das von demselben punct der anfang gemachet werde, Weill zu besorgen, das bey Ihrer F. Gn., ehe sie deßen convinciret, wenig fruchtbarliches durch die Theologen zu verrichten, sintemahl Ihre F. Gn. alzeit werden repliciren, das durch die custodi ihr zu viel geschehe, Wan nun das andre, so den Theologis eygentlich zustehet, vorgenommen werden soll, möchte es vngefehr auf volgende maß angestellet werden,

1) Das von Ihrer F. Gn. vernommen würde, ob sie einen oder mehr von den anwesenden Ihrer F. Gn. bekanten Theologen bey sich leyden wolten, Welche mit Derselben sich Christlich v. Bescheidentlich vnterredeten, denen sie auch ihr anligen offenbahren, v. vnterricht

auch Trost auß Gotes wort von ihnen vernehmen könte, auch welchen od Welche von denselben Theologen sie am liebsten dulden könne,

2) Wan hierauf ein anfang der vnterrede gemachet würde, konte man anfangs die vnterthänige condolentz anzeygen mit vermeldung, man wolle zu Got hoffen v. beten, er werde es zu einem solchen ende schicken, das es Ihrer F. Gn. an Leib v. Seel ersprießlich sein möge,

3) Weill aber der grund alles vnterrichtes, ermahnung v. alles Deßen, Waß durch die Theologen mit Ihrer F. Gn. zu handeln darauf beruhet, daß Ihre F. Gn. vor allen dingen vnserer wahren Christlichen religion wider alle Epicurische spöter gewiß sein muß, vnd dannenher die prophetischen vndt Apostolischen schriften für das vnfehlbare wort Gotes halten, alß ist Ihrer F. Gn. zuerst v. vor allen dingen dieses vorzuhalten, das von derselben allerhand nachdenckliche v. einem Christen nicht geziemende reden gehöret worden, alß das die Seele des Menschen nicht vnsterblich sey, It:| das dieienigen, so die heil. Schrift verfaßet, Menschen v. also auch lügner gewesen.

4) Solte nun hierauf Ihre F. Gn. zu dem Epicurischen atheismo (welches Wier nicht hoffen wollen) sich bekennen, muße dieselbe auß dem Buch der Natur, auß dem Zeugnuß ihres eygnen gewißens aus den formulis conjurationum Die sie selbst mit eygner hand geschrieben, Wie auch auß den innerlichen Kennzeichen der h. Schrift überwiesen werden, daß warhaftig ein ewiger allmechtiger Got sey, Welcher seinem Wesen v. willen nach in seinem Wort gegen vns Menschen zu vnserer seligkeit geoffenbahret das solch Götliche seligmachende offenbahrung nirgend anders heutiges Tages alß in den schriften altes v. newes Testamentes zu finden,

das die Seele des Menschen vnsterblig, das nach diesem leben den gleubigen v. Gotseligen ein Bessers, den vngleubigen aber v. Gotlosen die helle bereitet u. s. w.

5) Würde nun, wie zuhoffen, Ihre F. Gn. dieses alles alß den grund des Christenthumbs v. der Bekehrung freywillig Bekennen, vndt, das sie solches alles von hertzen gleube, sich erklehren, könte man mit Ihrer F. G. in der conferentz desto leichter fortkommen, v. möchte man hierauf den anfang machen, mit den Magischen Kunsten vndt Teufelsbeschwerungen, da den Ihrer F. G. außfuhrlich v. vmbstendig für zu halten, Wie eine schreckliche sünde es sey, mit solchen fürwitzigen, abergleubischen, Zeuberischen v. Teuffelischen sachen vmbzugehen, alldieweill dardurch ein Mensch von Got seinem schöpfer v. erlöser abfallt, den h. Taufbund übertrete, die Wolthaten Christi verstoße, vndt sich selbst des ewigen Lebens verlustig mache.

6) Würde nun, Wie vermuthlich, Ihre F. Gn. hierauf einwenden, das sie zwar diese sachen gewust, aber nicht gebrauchet, sind Ihre F. Gn. volgende puncte vorzuhalten, 1) Das Ihre F. Gn. die schrecklichen coniurationes der bösen Geister v. den gantzen Magischen proceß mit eygner hand geschrieben, 2) das Ihre F. Gn. ins Kleine in Weiß pergamen gebundene Buchlein diese Wort eygenhendig gezeichnet, Allerley Kunste daran ich noch teglich lerne, vnter welchen den zu finden, Zeetell mit characteren v. creutzen Wider schuß, stich v. hiebe, Item, sich fest od auch vnsichtbar zu machen, Kürißer ins feld zubringen, Zwölff Mannes stercke zu erlangen, auf den mantel zufahren, durch versperrete Thüren einzugehen, aufzulösen wenn ein and sich fest gemacht v. dergleichen, 3) Daß Ihre F. Gn. die schrecklichen Magischen Bucher, sondlich das Psalterium Magicum Paracelsi, des Munchen Melani

Kunst, Wie man ein crucifix consecriren soll, das einem daßelbe im schlaf erscheine v. verborgene Dinge offenbahre, Jtem wie man die Geister der Pygmaeorum zu sich bringen soll, v. von denselben alle Heimligkeiten erforschen vndt dergleichen, in dem Buch so in goldgelben pergamehn eingebunden, bey sich gehabt, 4) Das Ihre F. G. solche Buche nicht allein bey sich gehabt, sonde auch Zeetell mit characteren v. ande vnbekanten sachen am halse getragen, daraus ia eine Beliebung vndt gebrauch od vielmehr schrecklicher mißbrauch erscheine, 5) Das Ihre F. G. allerhand instrumenta solcher Magischen Künste bey sich gehabt, alß Allreunichen, Magisch sigell, linteum cum menstruo vndt dergleichen andere vordechtige sachen, 6) Das Ihre F. G. oft des nachts allein weggerieten, v. dadurch sich verdechtig gemacht, das sie sölche coniurationes gebraucht, 7) Das Ihre F. G. ihren Taufnahmen vnter Caspar Weißens nahmen mit creutzen geschrieben, 8) Das in Ihrer F. G. gemach manchmahl ein Zischen v. blöken gehöret,

7) Wolte Ihre F. G. sich noch nicht zur erkentnüß bewegen laßen, mußt man alß den die gelindigkeit in scherffe verwandeln, v. Ihrer F. G. mit geburlichem ernst v. eyver vorhalten, Got der herr, durch dessen sonderbares gericht sie zur custodi gebracht, ließe nochmalß durch seine Diener Ihre F. G. zur Buße ruffen vndt vor ewigen schaden vndt verdamnüß, mit welcher keine Leibliche od Zeitliche straffe zu vergleichen, trewlich warnen, würde Ihre F. G. in sölcher Hartneckigkeit fortfahren, vndt in sünden v. stricken des bösen feindes ohne ernstliche hertzliche Buße von Dieser Welt abscheiden, Wurde sie in alle vnaufhörliche ewigkeit von Got, allen h. Engeln vndt außerwehlten abgeschieden

vndt in hellischen fewr mit den Teuffeln gequelet werden,

8) Sonderlich muß man eygentliche achtung geben auf alle Ihrer F. G. Wort v. auß denselben sie zu convinciren sich bemühen, od doch zum Wenigsten auß denselben anlaß nehmen, welchergestalt die conferentz mit frucht anzustellen,

9) Worauß den sich gleichsfalß Befinden v. selbst an die Hand geben wirdt, ob man auch hierbey anderer sünden gedencken möge, alß das Ihre F. G. sich in die drey Jahr von anhörung Gotliches Worts vndt brauch der h. Sacramenten abgehalten, das sie viel Todschläge vorübet, das sie auß der custodi im Königl. Leger geschrieben, Wen die hern Bruder sie nicht würden Loß machen, müße er sich dem bösen feind ergeben, das Derselbe ihn loß mache, das sie ihre hern Bruder hertzog Joh. Ernst vndt Hertzog Bernhard außgefordert, das sie bey solcher außforderung gedacht, ihre ehre wehre ihn lieber alß die seligkeit, u. s. w.

Nr. 42.

Herzogs Wilhelm Creditiv für die an den Kurfürsten von Sachsen abgeordneten Rudolph von Dieskau und Johann Gerhard. *)

Vnser freundvetter: vnd Sohnliche dienst, auch was wier sonsten mehr liebes vnd gutes vermögenn ie=

*) Die Instruction für diese beiden Abgeordneten findet sich in den fragmentis über Herzogs Joh. Friedrich Leben rc. unter der Aufschrift: Vngefehrlich bedencken, Wie auß des Durchlauchtigen Hochgebohrnen, meines gnedigen fürsten vndt herrn, Herrn Wilhelms,

derzeit zuuor, Hochgeborner Fürst, freundtlicher lieber Vetter, herr Vatter vnnd Geuatter, Zue E Lden habenn wier die Würdige, Veste vnndt Hochgelarten, Vnnsere Liebenn Andächtigen, vnd getreue, Rudolphenn vonn Dißkaw, Rath vnndt Cammer-Junckern, vnndt herrn Johann Gerhardtenn, der H. Schrift Doctorn vnndt Professorn zue Jhena, abgefertigt, Bey E. Lden vnnsertwegenn mündtliche werbung abzuelegenn, Ist derenntwegenn an E. Lden vnnser freundtvetterliches bittenn, Sie wollenn gedachtenn vnnsern Abgesannden nicht allein audienz wiederfahren lassenn, Sondernn auch ih-

---

Herzogen zu Sachßen, Jülich, Cleve vndt Bergk u. s. w. vfgesetzten Puncten ein memorial abzufaßen. Der Inhalt ist: 1) Der erste Punkt soll durch den D. Gerhard und Rud. von Dieskau angebracht werden; 2) Erinnerung an das, was vom gesammten kurfürstlichen und herzogl. Hause Sachsen wegen Joh. Friedrichs beschlossen worden war; 3) Danksagung dafür, daß S. kurfürstl. Gn. an Ihrem vornehmen Orte mit einrathen helfen; 4) Ob man nun zwart gerne beym schluß bleiben, vndt ihn (Herzog Joh. Fdr.) mit fürstlicher gefengnüß tractieren wollen, So hette er doch seiner von Tag zu tag vbler begunt, wie S. Gn. auß beygefügter schriftlicher, vndt herr D. Gerharts, als welcher mit ihm vnterschiedtlg ex sacris conferieret, mündtlicher relation, mit mehrern würden vernehmen können; 5) Doher man vf eine scherffere custodie dencken, vndt ihn in Ketten schließen müße; 6) Domit nun wier vndt v. f. l. Brüdere sich bey J. G. vndt andern alles vngleichen verdachts vndt nachrede entladen mögen, hetten S. Gn. wier es bey zeit zu erkennen geben wollen, mit Pitte, J. G. wolten dero hohen beywohnenden discretion nach mit einrahten helffen, was ferner mit dem custodierten Prinzen anzufangen; 7) Vndt weil er noch niemals glauben wollen, das S. G. von seiner gefengnüß ihtwaß wißen, dero vornehmen vndt hochansehnlichen herrn Oberhofprediger, oder einen andern gelehrten theologum zu ihme verordnen, der mit ihm auß Göttlicher schrifft reden, vndt der sachen beschaffenheit selbst in augenschein nehmen könnte. Das weren vmb S. G. wier neben vnsern freundlichen lieben Brüdern mit dienstlichen danck zu erkennen vndt nach eußerstem vermögen zuuerschulden erbötig vndt ganz willig. Signatum Weimar, den 13. Augusti 1627. Durch diese Gesandtschaft kamen höchstwahrscheinlich die Actenstücke, im Urkundenbuche unter Nr. 49. u. 50. gestellt, an den Dresdener Hof, um mit denselben die mündlichen Berichte Gerhards zu unterstützen.

rem anbringen gleich vnnß selbsten völligen glauben bey-meßen, vnndt sich darauf mit freundtvetterlicher andt-wortt vernehmenn laßenn, Wie wier vnnser sonderbah-res vertrauen haben, Daß seindt vmb E. gden wier hinwiederum mit freünd, Vetterlichenn Diensten zuuer-schulden ganz willig vnnd erbötig.

Datum Weimar den 12. Augusti 1627.

Vonn Gottes gnadenn Wilhelm, Herzog zu Sachsenn, Jülich, Cleve vnd Berg, Landgraf in Düringen, Marg-graf zue Meißenn, Graf zue der Marck vnndt Ravenspurg, herr zu Ravenstein.

E Lden

getrewer Vetter vnd gehorsamer Sohn allezeitt

Wilhelm mp.

Nr. 43.

Antwort des Kurfürsten von Sachsen.

Vnser freundlich dienst, vnd was wir liebs vnd guts vermögen zuuor, Hochgeborner Fürst, freundlicher lieber Vetter, Sohn vnd Geuatter.

Als bey vns mit Euer L. Creditif sich dero Ab-gesandte, Rath vnd Cammerjuncker, auch Professor zu Jehna, die Würdiger, Vester vnd hochgelarter vnsrer liebe Andechtiger vnnd getreue Rudolff von Dißkaw, vnd herr Johann Gerhardt der heiligen Schrift Doctor, vnderthänigst angemeldet, haben wir denselben persön-liche audienz verstattet, vnd aus ihrem mündlichen für: vnd anbringen, auch schrifftlich vberreichten extracten Euer L. freundvetterliche begrüssung zu: vnd ahnerbie-then, sowohl was sich mit dero hrn. Brudern, des custodirten Herzog Johann friederichen zu Sachßen u. s. w. verlauffen, vnd Euer L. freundlich suchen zur gnüge verstanden.

Nun werden E. L. von dero Abgesandten vernehmen, was wir ihnen der freundvetter: vndt väterlichen danckſagung vnd resalutation halber hinwiederumb aufgetragen, Erinnern vnß darbey gar wohl desienigen Schlusses, so vnlengst zu Torgaw wegen Herzog Johann Friederichs person gemacht, vndt welchergestaldt derselbe zur Fürstlichen Custodi gebracht, vnd noch darinnen enthalten werde, Hetten auch verhoffet, es solte sich in mittelst mit ihme inn etwas zur besserung geschickt haben, vernehmen aber anizo ganz vngerne vnd mitleidenlich, daß es von tag zu tag ärger worden, Lassen es demnach bey angeregtem zu Torgaw gemachten Schluß nochmals bewenden, vnd werden E. L. in dem vbrigen dero discretion nach zuuerfahren wißen, damit fernere vngelegenheit vnd vnheil, auch wegen des custodirten Herzogs Person selbst, verhütet werde.

Haben sonsten das suchen vnd bitten dahin verstanden, Wir möchten iemand von vnsern Theologen zu Herzog Johann friederichen abferttigen vnd selbst vernehmen laßen, was es mit ihme für einen Zustandt vnd beschaffenheit habe, halten aber ein solches dahero vor vnnöthig, weil wir nicht allein demjenigen, so die Herren Abgesandten referiret, vnd die vbergebene Schrifften besagen, gar wol glauben zustellen, vnd hieruon ohne das etwas nachrichtung haben, sondern auch vermercken, daß E. L. albereit dero fürnehme Theologen dem verwahrten Herzog zugeordnet, welche für denselben predigen, mit ihme bethen, vnd andere nüzliche vnd gute anerinnerung thun vnd verrichten, Worbey dann auch vnsers ermessens nicht vndienlich sein solte, daß man sich hierzu des gemeinen Gebeths gebrauche, daßelbe inn den Kirchen vnder dem titul, einer hochangefochtenen person u. s. w. anordne, vnd dorneben nichts destoweniger bey dem Herzog mit stettem predigen, bethen, lesen vnd singen anhalte, Ob der Allerhöchste, wie nicht zu zweiffeln, gnade verleihen wolte, daß er wiederumb zu recht: vnd vorigem gesunden verstandt gebracht werden möchte, welches wir von grund vnsers herzens treulich wünschen, Sonderlich aber wirdt von nöthen sein, daß man mit Ihme gelinde verfahre vnd nicht vnfreundlich tractire, Weil die erfahrung bezeuget, daß dergleichen personen sich mit Zwangk nicht allezeit Zwingen vnd gewinnen laßen, sondern öfftermahls hierdurch das vbel nur ärger zuwerden pfleget. Woltens E. L. inn Antwortt freundlich vermelden, vnd seind dero angenehme dinste vnd freundschafft zu erzeigen iederzeit geneigt vnd willig. Datum Weida am 16. Augusti Anno 1627.*)

Johann Georg.

An

Herzog Wilhelmen zu Sachssen u. s. w.

---

*) Diesem Schreiben ist ein Postscriptum angehängt, folgenden Inhalts: Auch, Hochgeborner fürst, freundlicher lieber Vetter, Sohn vnd Gevatter, haben wir von dero Rath vnd Cammer Junckern Rudolffen von Dißkau vernommen, was Euer L. ihme inn der andern sache bey vns an zu bringen aufgetragen, Befinden dieselbe also beschaffen, daß sie nachdenckens bedürfftig, vnd wirdt vielleicht, wenn man einsmahls Zusammen kömmet, gelegenheit geben, daruon ferner Zureden.

Verbleiben E. L. mit freundvetter: vnd väterlicher willfahrung iederzeit geneigt. Signatum ut in lris. Diese Nachschrift ist die Antwort auf Herzogs Wilhelm eigenhändiges Schreiben an den Kurf. Johann Georg, d. d. Weimar, den 13. Augusti A. 1627., in welchem es heißt: Weil an E. Lden ich ohne das eine abferdigung habe thuen mußen, als habe ich verner nicht vnder laßen wollen, E. Lden mitt diesen schreiben freündlichen zu ersuchen, vnd ge-

Nr. 44.

Instruction

Weßen sich die zu abholung des gefangenen Fürsten deputirte officirer, die vesten vndt Mannhafften Hanß Ernst Jageman, Nicol Teiner, Capitaini Johan Tumpffel, Nicol Mende Leutenantt, Caspar Carpe vnd Balthasar Halle, verhaltten sollen.

1.

Sollen sie sich noch heut mit 50 Musquetierern, Einen Wagen vor den Prinzen, vndt Einen vor Hrn. D. Himmeln *), vfmachen, die beuorstehende nacht zu Groß Brembach bleiben vndt nach mitternacht dergestalt wieder vf brechen, das sie frúe vmb 7 oder 8 vhr zum lengsten zu Oldißleben ankommen.

2.

Sobald sie nuhn doselbst angelanget, Sollen sie mit einander sich bey dem anwesenden Capitain Jageman angeben, vndt neben ihme dem gefangenen fursten die abfuhrung vermöge des absonderlichen patents anmelden, vndt ihn zur bereitschafft, gedult, vndt willi-

---

horsamlich zu bitten, Sie wolten mihr doch die genade vnd ehre erWeisen, vnd mich in der hulte vnd genade befolen sein Lasen, vnd weil ich zu ELden ein sonderbareß Kindliche Vertrawen habe, Als habe ich verner Dem von Dißkau anbefolen auß guter Wol- meinenheütt, vnd bey itziegen so sorglichen Zeitten vnd beschaffenheiten in Vertrawen etwas zu eroffnenn bitte gantz Kindlich E Lden Wollen ihnen vernemen, vnd absonderlich audienz erstatten vnd hören vnd selg sein anbringen, Als Ihnen von Mihr anbefolen genedigsten Vermercken, hiermitt ELden in Gottes schutz vnd mich zu beharlichen genaden befelen u. s. w. Das Gesuch betraf eine Bitte um Abwendung der drückenden Einquartierungen von kaiserlichen und ligistischen Truppen im Herzogthum Weimar.

*) D. Johann Himmel war Professor der Theologie zu Jena.

ger folgung vermahnen, Ihm aber nicht sagen, wohin er geführet werden soll.

3.

Alles dohin ordnen vndt richten, das zum lengsten morgen Freytags vmb 2 Vhr der vfbruch von Oldißleben vndt die Einkunfft alhier abents vmb 9 oder 10 Vhr geschehen möge.

4.

Solange sie mit ablösung der Ketten vmbgehen, vndt den Prinzen vf den wagen bringen, Soll keiner kein gewehr, Meßer oder andere Waffen bey sich haben, die Feßel vndt ketten dem Prinzen anlaßen, vndt dormit vf den wagen sezen vndt verwahren, Den wagen fest zu machen, vndt Caspar Carpen, Balthasar hallen, vndt Caspar Schleevoigten bey dem Prinzen in Wagen, ohne gewehr vndt waffen sitzen laßen,

5.

Dieses alles soll geschehen bey zu gemachten Thoren, vndt fleißiger vfwarttung der Musquetierer, vndt sonsten niemandt kein zulauff verstattet, auch diese abführung in aller müglichen still vnd geheim gehalten werden.

6.

Vf der reyse sollen die helfte der Musquetierer allezeit bey des Prinzen Wagen hergehen, die andere helfte aber vf den vorspann wagen hernach fahren, vndt vmbwechseln, damit es desto schleuniger fortgehe, vndt die officirer auch neben dem Wagen herreitten vf beyden seiten, gleich wie die Soldaten,

7.

7.

Sollen sie bey dieser abholung Ihren teurgeschwornen Pflichten nach, vndt bey vermeydung derer darauf stehenden ernsten Lebensstraff gute fursichtigkeit gebrauchen, damit der Prinz nicht entkomme, vndt do er sich vber verhoffen etwas versuchen vndt thätligkeit verüben wolte, Ihn daruon gütlich abmahnen, vfn fall aber es nicht helfen wolte, der gefahr vndt entkommung durch die eußersten mittel, do es auch gleich mit Leibsgefahr geschehen sollte, steuren vndt wehren,

8.

Der Trompeter soll bey ihnen bleiben vndt vfn nothfall eins vndt das andere berichten, auch vorankommen vndt die ankunfft notificiren. Desgleichen soll der Leutenant mit etzlichen Musquetierern thuen, damit die Wach im Thor wolversehen werden möge.

Dieses ist also des ganzen hochlöblichen Chur: vndt Fürstl. haußes Sachßen eigentliche resolution, ernster will vndt meinung, Welches die abgeordnete officirer vndt Soldaten in vnterthenige gehorsambliche acht zu nehmen wißen werden, Do auch bey dieser abführung etwas fürgienge oder von nöthen wehre, so in gegenwertiger instruction nicht begriffen, das soll in der abgeordneten discretion gestellet, vnd sie dorauf nichts destoweniger befehlicht sein,

Zu vhrkundt haben die anwesende Furstliche herrn Brüdere diese instruction mit eignen handen vnterschrieben, Geschehen zu Weimar den 1. Novembr. 1627.

Wilhelm mp.
Albrecht
Ernst hzSachssen.

(L. S.)

Q

Nr. 45.

Deo soli Gloria.

Ordnung wornach sich die zu deſ gefangen fürſten hertzog Johann friederichß zu Sachßen, gülich, Cleve vndt bergk ꝛc. custodi verordnette soldaten in der wach vnd ſonſten bezeigen vnd verhaltten ſollen. *)

Erſtlich ſind zu diſer wach in hieſiger ſtatt geſeſſene vndt vnbeſcholdene neün perſonen mit nahmen Caſpar Schlevogt, hannſ ſchubert, Caſpar Nöttlich, Chriſtoff Meye, hannſ Schmuder, Ambroſius Venus, Caſpar Müller, hannß ſchmidt vndt hannſ Rauttenſtengell beſtellt vndt veräydet auch an den hoffmeiſter heinrichen von Sanderſleben gewiſen, ſeinem commando in der wach vndt allen fällen durchauß gehorſam zu leiſten.

Zum andern ſollen gemelde perſonen ſich der gotteßfurcht befleiſſigen, die predigtten göttlicheß worttſ, ſo hinfüro Im vorgemach der custodi gehaltten werden, wechſelßweiſe vndt alſo, daſ alwege die helffte In der vndern wach der galleria bleibe vleiſig mitt anhören, den betſtunden bey wohnen, abentſ vndt morgenſ die chriſtlichen gebett leſen, geiſtliche lieder ſingen, In ſonderheitt mitt denſelben anhalten, wan ſich bey dem gefangen für=

*) Dieſe Verordnung iſt nicht aus dem Originale, ſondern aus einer Abſchrift entlehnt, welche, wie ihre äußere Beſchaffenheit verräth, viel gebraucht worden zu ſeyn ſcheint. Obige in einander geſchlungene Buchſtaben bedeuten vielleicht: Jesus Salvator, und Jesus Salvator Redemtor, und ſcheinen einen Bannſpruch gegen den Teufel zu bezeichnen.

sten anfechttungen vermercken lassen, vndt man der herrn geistlichen nichtt strack mechtig sein kan.

Zum dritten: Ihrer theur geschwornen pflicht sollen sie sich Jeder Zeitt erinnern vndt die wach, wie sie angeortnett mitt allem treuwen fleiß, sorgfalt vndt fürsichttigkeit verrichten, nüchtern vndt mässig leben, vndt ja nicht in sicherheitt, welche in solchen fallen offtmallß viell vnglückß verorsacht, gerahten, auch vnder einander sich still friedt vndt schiedlich verhalten, vndt alleß gezänck bey vermeydung ernster straff einstellen.

Zum viertden: allezeit Ihrer zween sollen 24 stunden sich in dem vorgemach verschliessen lassen vndt die wach haltten, vndt alßdan von andern zweyen abgelösett werden, vnd keiner kein messer, wehr waffen oder ander Instrumenta bey sich haben, viellweniger dem gefangenen fürsten auf sein begehren vndt gegen verheissung grossen geschenckß ettwaß von dergleichen messern, waffen vndt Instrumenten auch sonsten nicht daß geringst hültzlein oder stecknadelln zuebringen, der wegen dan der hoffmeister sie, so offt die abwechslung geschicht, oder wan die andern inß vorgemach gelassen werden müssen besuchen soll.

Zum fünften: den schloff soll die verschlossene wach im vorgemach meiden, die nacht durchauß liecht brennen, einer oben vorm gatter dem fürsten vber essenß daß liechtt haltten, oder darbey stehen bleiben, damitt sie desto baß in daß gemach hinein scheinen, auch darauf fleissig achtung geben, daß sie nichtt zu nahe anß gitter kommen oder ettwa gar hinein fallen vndt schaden thun.

Zum Sechsten: alle viertellstunden einmahl soll einer vntter ihnen in daß fürstliche gemach sehen, vndt darauf mercken, waß der gefangene fürst fürhabe, vndt wan sie spüeren, daß er ettwa mittell zu seiner enttkommung fürnehmen, oder Ihme selbst am leib vndt leben

Q 2

schaden zufügen wolltte, Ihn darvon abmahnen, den andern soldaten, so deß tageß vber vntten in der galleria zur wach bestelltt, des nachts aber zur helffte nur allda verbleiben, vndt der ander theill in der Cammer neben dem vorgemach auffwartten soll, durch daß angeordnette glöcklein zu ruffen, welche dan alßbalt erscheinen, vndt hülffe leisten auch ferner da eß noth, dem hoffmeister vermittelß der glocken herbey ruffen sollen. Zu dem ende dan Caspar Schleivogten die schlüssell zu den zweyen forderthüeren an der custodi, vndt dan zu der außwendigen thür deß vorgemachß, damitt sie durchß loch mitt den verschlossenen reden können, vber anttworttet vndt anvertrauwet werden.

Zum Siebenden: Die thür zur galleria soll allezeit verschlossen bleiben vndt die vntterste wach am tage stettß darinnen vndt in dem darbey gelegenen wachstüblein vffwartten, vndt der hoffmeister den schlüssell allein darzu behaltten, doch keiner ohne sein vorbewust vndt erlaubniß auß vndt ein gelassen werden kan.

Zum Achten: Die ersten Zween welche nach publicirung diser ordnung zur wach in daß vorgemach commandiret werden, sollen früe vmb 7 vhr an: vndt deß andern tageß wieder früe vmb 7 vhr abtretten. wan sie auch vnder wehrender wach ihrer leibeß notturfft nach zu thun hetten, sollen sie die gelegenheitt, wan daß vorgemach bey essenß zeitt vndt sonst geöffnett werden muß, in achtt nehmen, vndt den hoffmeister vmb erlaubniß bitten, damitt aller gestanck vndt vnlust im vorgemach, so viell müglich vermiedenn bleiben möge.

Zum Neünden: Welche zween soldaten itzo die erst wach halltten, denen soll erlaubett sein folgende gantze woche sich daheim bey den ihrigen auff zu halltten, vndt ihrer hauß geschäfft abzuwartten, nur daß sie vnder dessen täglich zu gewöhnlichen stunden daß Zienwerck abholen vndt nach hoff bringen, auch daſ eſſen, getränck, liechtt vndt anderſ zutragen, damitt die andern deſhalb nichtt bemühet, oder auſ der custodi gelaſſen werden dürffen. Wan nuhn die woche verlauffen, ſollen ſie ſich wider einſtellen, vndt ihrer wach abwartten, vnd dargegen andern Zweyen erlaubtt, auch alſo ieder Zeitt wechſelßweiſe verfahren werden.

Zum Zehenden: Jedoch ſollen diſe befreyden ſchuldig ſein, ſich ieder zeitt einheimiſch zu haltten, vndt nichtt außerhalb der ſtatt zu begeben, ſondern vff erfordern deſ hoffmeiſterſ Im fall er ihrer bedürfftig ſein würde, bey tag vndt nachtt zu erſcheinen vndt ihre pflichttſchulldigkeitt zu verrichtten, auch wan der andern einer ettwa kranck würde, oder ihme ſonſten ehehafftt fürfiehle, alſo daſ die ſeinigen auch kranck würden, abſtürben, oder ettwa einer zu ehrenſachen, gefatterſchaffttten, begräbnüſſen, oder andern vnabwendigen dingen erfordertt würde, ſollen ſie gleichs fallß vor dieſelben vff zu wartten vndt an ihrer ſtatt die wach zu hallten verbunden ſein, auſer dieſem aber vndt ohne itzt erzehlte Ehafftt ſoll keinem auſ der custodi erlaubett, auch den ihrigen kein zuelauff vor die custodi verſtattett werdenn.

Zum Eilffttten: Caſpar Schlevogtt ſoll vffſichtt vber die andern achtt soldaten haben, vndt ihme täglich ein ſtundt erläubett ſein auſzugehen, vndt deſ gefangenen fürſten wäſch, kleider vndt waſ ſonſt nöttig zu beſtellen, vndt waſ der hoffmeiſter befiehelett, vndt er den andern anzeigett, deme ſollen ſie zu gehorſamen ſchuldig ſein.

Zum Zwöllffttten: Wan vff den abent abgeſpeiſett, vndt abgeſchenckt vndt der hoffmeiſter daſ vorgemach vndt die vntterſte thür an der galleria beſchloſſen, ſoll die vntterſte wach zur hellffte neben Caſpar Schlevogtten oben neben dem vorgemach in der Cammer die andere hellffte aber vntten Im wachſtüblein bleiben, vndt die forderſten thüren wie nichts wenigerß die euſerſte thür am vorgemach allzeitt durch Schlevogtten recht verſchloſ ſen werden. Jedoch ſollen ſie ſtettß mitt ſorgen ſchlaf- ſen, zum wenigſten einer vmb den andern ein ſtundt wa- chen, vndt wan die im vorgemach die glock rühren, ſich ſtracks herbey finden, vndt waſ von nöhtten iſt ver- richten.

Zum Dreyzehenden: Wan von geiſtlichen vn- ſern ägen dienern oder andern perſohnen der hoffmeiſter auff befehll Jemandeß in die custodi ein laſſen wirdt, ſoll die vntterſte wach allezeitt mit ihren hellepartten vff- wartten, vnſere paßzettell neben dem hoffmeiſter ſelbſt anſchauwen, die waffen vndt meſſer waſ ſie bey ſich ha- ben, herauſſen vor der galleria ablegen, vndt auſſer vnſerm paßzeddell niemandt, er ſey wer er wolle, passi- ren laſſen, wan aber dieſelben perſohnen daſ ihrige ver- richttet, vndt wider abgehen, ſoll ihnen daſ gewehr vndt waffen, wider zugeſtellet, die thür an der galleria alſ- baltt widerumb verſchloſſen vndt ſonſt niemandt von ſol- cher perſohnen dienern, deſ hoffmeiſterß geſinde oder wer eſ ſey eingelaſſen werden, wirdt ſich auch Jemandt der ablegung der gewehr, meſſer oder waffen im eingang ver- wegern, oder dieſelben bey ſich verſchweigen, ſolche aber bey der beſuchung Inwendig der galleria bey ihme ge- funden werden, so ſollen dieſelben der wach verfallen, vndt derjenige bey dem man ſie findett, ſolche von der wach zu löſen ſchuldig ſein, Da auch die Wach ver- merckett, daſ Jemand ohne paßzeddel eingelaſſen würde, ſollen ſie eſ ihren pflichtten nach berichtten vndt niemandt ſcheuwen, wie dan der hoffmeiſter ein richtig verzeichniß halltten, vndt mitt den paßzeddeln belegen ſoll, wer täg- lich eingelaſſen wirdt.

Zum Vierzehenden: Solltte ſich begeben, daſ der gefangene fürſt mittell zu ſeiner enttkommung ſuchen, vndt vber alleß verhoffen sich auf seinem gemach gar entledigen würde, soll die verschlossene Oberwach auf den ersten fall ihn darvon abmahnen, die vnttere wach vmb hülff geschwindt anruffen, vndt dieselbe ferner dem hoffmeister durch die glocke die losung geben, vndt an ihrem ortt an eyllender hülff vndt rettung nichts erwinden lassen, vff den euserſten gesetzten fall aber, vndt ehe sie den fürsten entkommen lassen, ehe sollen sie denselben durch mittell vndt Weise, wie sie können vndt mögen, mitt gewaltt dämpfen, ergreiffen, vndt die enttkommung verhütten, wann es gleich dem fürsten an leib vndt leben gehen sollte.

Zum Fünfzehenden: In dem vnttern wachstüblein sollen bis abents vmb 7 oder 8 vhr, wan der hoffmeister der galleria thür beschlossen, liechtt gebrennett werden, vndt vff dasselbe, wie auch die beden feüer oben in der custodi vndt vntten in dem wachstüblein, allezeitt einer vntter ihnen wechselßweise fleissige auffsicht haben, das einheitzen versorgen, vndt mitt hülffe der andern das holtz auf das es nichtt auf dem ofenn brenne, halb entzwey schneiden vndt spaltten, würde es aber des fürsten Zustandt vndt andere notturfft erfordern, das die gantze nachtt in der beywachtt liechtt gebrennett werden müste, beruhett es auf deß hoffmeisterß verordnung vndt gutt achtten.

Zum Sechzehenden: Zur speisung soll Jedwedern soldaten täglich zwo Zeylen Brod vier maß bier, vndt allen zugleich Zwey warme essen, vndt die andern speisen, so der fürst vberich lessett, gereichett werden, wo aber der fürst wie sich bißhero offt begeben, die speisen gar nichtt, oder nur ettwaß davon hinein nimbtt, sollen ein bar der besten essen dem koch der solang aufwartten soll, wider zu gestellett vndt dieselbe bis zur andern mahlzeitt aufgehoben werden, vndt soll der hoffmeister

Jedesmahl die küch vndt keller Zeddell abfordern vndt zu sehen, daſ eſ allſo geliefertt wirdt, wie eſ vorſchrieben worden, auch waſ von deſ fürſten eſſen zurück gegeben, vndt auff gehoben wirdt; in dem Zeddel auſ ſtreichen.

Zum Siebenzehenden: Daſ eſſen vndt trincken vor den gefangenen fürſten, ſo wohll die Zwey warme eſſen vor die soldaten beneben ihrem trincken vndt Brod ſoll Jedeßmahl durch die zween soldaten, mittagß drey vierttell auf Zehen, vndt abentß drey vierttell auf ſechß vhr zu hoff abegehollett, vndt vor die galleria gebrachtt, daſelbſt durch den koch ordentlich angerichttet, vndt durch den hoffmeiſter allezeitt dem fürſten ſelbſt hinein gegeben werden, der ſoll ſo lange aufwartten, biſ der fürſt mahlzeitt gehaltten, hernach die eſſen vor die wach zugleich herrunder in daſ wachſtüblein gebenn vndt die im vorgemach auch herrunder zum eſſen laſſen, aber allezeitt einer vntter ihnen Wechſellß weiſe im vorgemach bleiben, vndt ihme ſein theill an ſpeiß vnd tranck beygeſezett vndt in mittelſ die gemach wohl verſchloſſen werden, wan nun in einer halben ſtundt der hoffmeiſter wider aufſchleiſt, ſoll ſich ein Jeder wider in ſeine wach verfügen, vndt Caſpar Schlevogtt die auſwendige thür am vorgemach vndt die zwo euſerſten thüren an der custodi iedeſmahl feſt verſchlieſſen.

Zum Achttzehenden: Caſpar Schlevogtt ſoll dem gefangenen fürſten morgenſ vndt abentſ oder zu welcher Zeitt eſ begehrett wirdt vffwartten, friſch waſſer trincken vndt andere leibeß notturfft zu tragen, daſ weiſſe Zeüg in achtt nehmen, alle vierzehen tage weiſſe tücher hinein vndt die ſchwartzen zuvor herrauß geben laſſen, vndt dargegen mitt der ordentlichen wach verſchonett bleiben, aber doch tag vndt nachtt bey der handt ſein, vndt ſich neben den anderen allen wohl fürſehen, vndt in achtt nehmen, daſ ſie deſ fürſten glatte wordt verheiſſung vndt zuesage sich nichtt bethören lassen, sondern äinig vndt allein diser ordnung nachleben.

Zum Neünzehenden: Sie sollen auch alle in gemein, wan sie von dem hoffmeister zum einfahll in daß gemach oder sonst zu andern begebenden occasionen commandiret werden, sich hertz: vndt standthafttig erweisen, ihr leib vndt leben vffm eüsersten fall daran wagen, auch dassjenige, waß sie bey verrichtung der wach oder in anwesenheitt der geistlichen, oder andern persohnen so vff befehll in die custodi gelassen werden, oder mitt anderer zutragender gelegenheitt hören vndt sehen, biß an ihr Endt verschwiegen halltten, vndt niemandt nichts darvon offenbahren.

Zum Zwanzigsten: Werden sie nun diesem allem, in massen sie mitt einem corporlichen ayd versprochen vndt zu gesagtt, gehorsamb vndt vnuerbrüchlich auch mitt rechtem ernst vndt eyfer nachleben, so soll Jedwederm wochentlich ein gulden, Caspar Schlevogtten aber zween gulden zur besoldung neben der Cost, so wohll auch Jedwederm ein kleitt gereichtt werden, Im gegenfall aber, da einer oder der ander fürgeschriebene articull im geringsten vbertretten, vndt durch ihre nachlessigkeitt vndt vnachtsamkeitt an deß fürsten behuttsamer verwahrung (worann dem hochlöblichen Chur: vndt fürstlichen hause Sachsen, auch landt vndt leütten hoch vndt viell gelegen) ettwaß verwahrloßett werden würde, soll er inn leib: vndt lebenß straf verfallen sein, dieselbe ohne vrtheill vndt rechtt auch ohne alle genadt vndt barmhertzigkeitt an ihme Exequiret werden. Wornach sich ein Jedweder vndt insonderheitt Caspar Schlevogtt, welchem am meisten vertrawet, auch doppeltte besoldung gereichtt wirdt, Derwegen sich auch vffm fall verbrechenß desto schärfferer straf zu versehen hatt, ägentlich zu achten, vndt für gefahr vndt straf zu hüttenn.

Zum ein vndt zwanzigsten: vber obig verordnete besoldung sollen sie auch alle mitt ein ander geschoß: wach: vndt Stewer frey sein, Es will auch das gantze hochlöbliche Chur: vnd Fürstliche hauß Sachsen, da sichs mitt der Zeitt endernn, vndt in einen bessern standt mitt dem gefangenen fürsten gerahtten wirdt, sie vndt die ihrigen in starcken schutz nehmen, das vmb ihrer geleisten trewen dienste willen, sie keine anfechtung vndt widerwerttigkeitt dultten sollen, würde auch einer vnder ihnen vber kurtz oder lang mitt Tode abgehen, so soll dessen weib vndt Kindern oder nehesten erben die besoldung auf ein halb Jahr nach seinem tode gereichtt werden, Do sie aber alle oder zum theill aushallten werden, biß die custodi gantz abegehett vndt aufhörett, vff solchen fall sollen sie zur begenadung ihre besoldung noch auf drey Jahr zu fordern haben, auch dieselbe ihnen oder ihren erben auf der fürstlichen Rentt Cammer ausgezahlt werdenn.

Zum Zwey vndt Zwantzigsten: das sich auch keiner mitt vnwissenheitt eines oder des andern fürgeschriebenen articuls diser wachordnung zu enschüldigen haben möge, soll dieselbe in einer verschlossenen tafell in die vntterste wachstube auf gehencket vndt monattichen durch den hoffmeister abgelesenn werden.

Zum drey vndt Zwantzigsten: Das nun der hoffmeister heinrich von Sandersleben vber disen articulln steiff vndt fest hallten vndt die vbertreter jedesmahl vndt so offt einer oder der ander darwider handelln wirdt, namhafftig machen vndt berichtten auch an seinem ortt keine nachlessigkeitt verspüeren lassen viellweniger sich vber die wach vmb des willen wann sie ihren pflichtten nach eines vndt das ander anzeigen würden, beschwehren wolle, hatt er sonderbahre pflichtt geleistett, welchem die bestaltten soldaten allso nachgefolgett vndt hernach geschriebenen aytt corporlich geschworen.

Eyd deß hoffmeisterß.

Alle diese fürgeschriebene articull so mir wohl zu verlesen, vnttergeben, auch anitzo widerumb deüttlich vndt aigentlich vorgelesen worden, vndt ich auch wohll verstanden vndt eingenommen habe, will ich stettß in gutte achtt nehmen, darüber alß ein bestelter hoffmeister festhaltten vndt die verbrecher zur verdientten straff, ohne ansehen der persohn vnttertheniq anmellden, J. F. G. fürstellen, auch da ich solcheß vntterlasse gleicher straf gewerttig sein. So wahr mir Gott helf, vndt sein heyligeß wortt, durch Jehsum christum meinen erlöser. Amen.

Eyd der soldaten.

Alle diese fürgeschriebene articull, so mir wohl zu verlesen vntter geben, auch anitzo widerumb deuttlich vndt äigenttlich vorgelesen worden, vndt ich wohl verstanten vndt ein genommen habe, will ich stettß in gutter obacht hallten vndt denselben bey verlust leib vndt lebenß vnvorbrüchlich nachkommen So wahr mir Gott hellffe vndt sein heiligeß wordt, durch Jehsum christum meinen erlöser. Amen.

Zu merer vrkund vndt bekräfftigung ist diese wach ordnung mitt dem angeordneten Canzeley secret besigelt geschehen zu Weymar den Novembris Anno 1627.

Publicirt den 19. Decembris
Ao. Di. 1627.

Nr. 46.

M. Lippachs, Hofpredigers zu Weymar Memorial.

Dem Durchlauchtigsten Hochgebornen Fürsten vnd Herrn, herrn Johann Georgen, Herzogen zue Sachßen, Jülich, Cleve vndt Bergk, des Heyligen Romischen Reichs Erzmarschalch vnd Churfursten, Landtgraffen in Düringen, Marggraffen zue Meißen, vnd Burggraffen zue Magdeburgk, Graffen zu der Marck, vnd Rauensburgk, Herrn zu Rauenstein, Meinem gnedigsten Churfursten vnd herrn,

Thut der Durchlauchtige, Hochgeborne Fürst vnd Herr, Herr Wilhelm, auch Herzogk zue Sachßen, Jülich, Cleve vnd Bergk, Landtgraff in Düringen, Marggraff zu Meißen, Graff zu der Margk vnd Rauensburgk, Herr zu Rauenstein, Mein gnediger Fürst vnd Herr, Seinen Söhn: vnd freundtvetterlichen gruß vnd Dienste zuendtbieden, vnd seine Churfl. Durchl. Sohn: vnd freundtvetterlich berichten, Wie bey seiner Fürstlichen gnaden Herrn Brudern, Herrn Johan Friederichen, vber allen angewanden fleiß, der Geist: sowohl, als Der Weltlichen Persohnen, stettige Zurede, Keine beßerung, sondern vielmehr, leiter Gottes, große malitia zuuerspüren, Denn ob ia bißweilen Seine Fürstliche gnaden sich stellen, gleichsamb sie was freundtlicher sich erweißen, vnd Demütigen wolten, So ist es doch nur Teuscherey vnd kein ernst, mit Predigen vnd beten Ist bey Seiner Fürstl. Gn. fleißig angehalten, aber eine Zeitlangk hero ein großer despect des Göttlichen Worts vnd Heyligen ministerij, ia auch offentliche Gotteslesterliche disputata vnd contradictiones denen ministris offt vnter den Pretigten moviret worden, zu geschweigen der erschrecklichen deuouirungen, mit anruffung des leitigen Sathans, vnd mit demselben geheimer gesprechhaltungen, sowohl erschrecklichen betrauungen, vnd stetten grausamen Gotteslesterungen,

Was an Eßen vnd Trincken, Seiner Fürstl. Gnden wirdt gereichet, wirdt von selbiger nicht allein in einander gemischet vnd vorderbet, das die Diener nichts dauon genißen können, sondern auch viel vnd offt ganz vnd gar vorunreiniget, Schüßeln, Kannen vnd Teller zerschlagen, Wütten vnd Toben vnd vnmenschliche geberde gefuhret, Weill dann Hochgedachte Seine Fürstl. Gnaden gutern Raths hierin ferner bedürfftigk, Alß ist an hochstermelte Churfl. Durchl. Seiner Fürstl. Gn. Sohn vnd freund-Vetterliches bitten, derselben Dero hochvorstendigen Rath, was hierinnen ferner vorzunehmen, mitzutheilen,

Vors Andere Zweiffeln Seine Fürstl. G. nicht, es werde Ihr Churfl. Durchl. gnugsamb vorstendiget sein, von der großen vnsicherheit aller straßen im Landt zu Düringen, vnd bitten gleichsfalß vmb guten Rath,

Endtlichen, Wofern Ihr Churfurstl. Durchl. es nicht zu entgegen, Wolten Seine Fürstl. G. auf der izo angestelter Hizfrist, Zumahl do Ihr Churfl. Dchl. dero Örter was neher kommen möchten, Deroselben Sohn: vnd freundt Vetterlich aufwartten, auch sodan, Was bey Kayß: Mayt: dero vorrichtung gewesen, vnd allerseits vorgelauffen, mundtlich referiren,

Schlißlich bittende, Ihr Churfl. Durchl. wolten Seine Fürstl. G. Vätter vnd freundt Vetterlich entschuldiget halten, das Deroselben Sie solches wegen Eilfertigkeit, nicht schrifftlich zu erkennen gegeben, Der Söhn vnd freundt Vetterlichen Zuuorsicht, Ihr Churfl. Durchl. werden vnd wolten Seiner Fürstl. G. vnwirdigen Beichtvater vnd Hoffpredigern, deme sie solches mündtlich zuuorrichten gnedig aufgetragen, Vngezweiffelten völligen glauben geben, In maßen Sie auch darumb Sohn vnd freundt Vetterlich bitten, da es Ihr Churfl. Durchl. gelegenheit geben wolte, solchem gnedigste audientz zu uorstatten, Daß wolten vmb Ihr Churfl. Durchl. Seine Fürstl. Gnaden hinwiederumb Sohn vnd freundt Vetterlich zu uordienen sich befleißigen.

Nr. 47.

Creditiv der sämmtlichen fürstlichen Brüder Wilhelm, Albrecht, Ernst und Bernhard, Herzoge zu S. Weimar für den an den Kurfürsten von Sachsen abgeordneten Hofprediger M. Lippach.

Durchlauchtiger Hochgeborner Fürst, E. G. seind vnsere freundt-vetter vnd Söhnliche Dienst, vndt was Wier mehr liebs vndt guts vermögen iederzeit zuuor, Freundlicher lieber Vetter, herr Vater vndt Geuatter, Zu E. G. haben Wier den Würdigen vndt Wolgelarten vnsern lieben Andächtigen vndt getreuen, Ehrn Dauidt Lippachen, Mgr. vnd Hofpredigern abgeordnet vndt denselben befehlicht, bey E. G. von vnsertwegen eine solche sache, doran Vnß vndt vnserm hauße hochgelegen zuuorrichten,

Weil dann solche sache guter verschwiegenheit bedurftigk, Als gelanget an E. G. vnser freundvetter, vndt Söhnlichs bitten, Sie wollen gedachten Vnsern hofprediger allein vndt in geheim hören, demselben gleich Vnß selbst volligen glauben zustellen, vndt ihn mit schleunigster resolution vndt abfertigung versehen. Das seindt vmb E. G. wier bestes vermügens zuuorschulden, auch deroselben viel ehr liebs vndt guts zu erweisen ganz willig vndt beflißen,

Datum Weimar den 23. Octobris 1628.

Von Gottes gnaden Wilhelm, Albrecht, Ernst vndt Bernhart, gebrüdere herzogen zu Sachssen Jülich, Cleve vndt Bergk, Landgrafen in Thüringen, Marggrafen zu Meißen, Grafen zu der Marck vndt Rauensbergk herren zu Rauenstein.

E. Lden

getrewer Vetteren vnd Sohne

Wilhelm mp. Albrecht hzS. mpa.
Ernst hzSachssen. Bernhard hzSachssen.

Nr. 48.

Antwort des Kurfürsten von Sachsen.

Vnser freundlich Dienst vnd was wir liebs vnd guts vermögen zuuor hochgeborne Fürsten, freundliche liebe Vettern, Söhne vnd Geuatter,

Wir haben Euer LLLL. zu vns abgeferttigten Hofprediger M. Dauid Lippachen persönliche vnd geheime audientz, deren suchen vnd bitten nach, ertheilet vnd von demselben den Tödtlichen abgangk E. LLLL. Bruders, des custodirten herzog Johann Friederichs zu Sachssen ꝛc. was sich dorbey allenthalben zu getragen, dessen Begrebnus wegen E. LLLL. gedancken vnd wie Sie derohalben vnsere Vetter- vnd väterliche einrathung Söhnlich vnd freundlich suchen, vernommen,

Nun hetten Wir dem verstorbenen ein lengers leben wol gönnen mögen, auf daß er durch Göttliche verleihung auch adhibirte vnd gebrauchte mittel zu gesunden verstandt gebracht werden können, Dieweil es aber der Todtesfall verhindert, müßen wir es dohin stellen, Haben sonsten an ermelten Euer LLLL. hofpredigern begern lassen, dasienige, so bey vns er dieses Tödtlichen abgangs halben mündlich angebracht, vns schrifftlich zuzustellen, Welches er zu thun bedencken getragen, mit vndthenigster entschuldigung, daß er deßen keinen beuelch, Dieweil wir aber vmb mehrer nachrichtung willen solchen bericht vnd was bey des custodirten absterben allenthalben fürgangen, gerne schrifftlich haben möchten, So ersuchen wir Eure LLLL. hiemit freundlich, Sie wolle daßelbe vnbeschwert zu Papir bringen laßen vnd vns zu schicken, Wir versichern Sie hirmit daß wir es dergestalt bey vns vertraulich vnd geheim behalten wollen, daß es weiter nicht kommen solle,

Anlangend das Begrebnus, seind wir der gedancken daß solches ohne solenniteten zu verrichten sein solte, Vnd weil wir vnmüglich zu sein erachten, daß dieser Todtesfall ganz verborgen vnd verschwigen könne gehalten werden, Ja wenn es gleich müglich, als wir vns doch nicht einbilden können, Jedoch zu besorgen, es möchten, do mit der Zeit es ausbrechen solte, allerhandts gedancken bey andern dodurch verursacht werden, So achten wirs dafür, es solten Eure LLLL. den Todtesfall zu Weymar von der Cantzel zur notification bringen, volgender maßen:

Es habe sich der custodirte eine Zeithero (weil es doch ohne das fast menniglichen wissend gewesen) schwach, kranck vnd vnuermügend befunden vnd seye doruber Todtes verfahren, Welches Eure LLLL. sehr betrübe, Wolten den Todten Leichnam, biß zu anderer bequemern Zeit beisezen lassen, hetten es aber inn mittelst zur nachricht notificiren wollen u. s. w.

Jedoch

Jedoch werden Eure LLLL. solches zuuorn mit der herzogen zu Sachssen LLL. Aldenburgischer, Coburgischer vnd Eisennachischer Linien, vertraulich communiciren, vnd deren gedancken auch vernehmen, Woltens Euern LLLL. zur antwortt ervolgen, wie Wir es dann auch deren Hofprediger mündlich vermelden lassen, Vnd verbleiben denen mit erweisung vetterlicher willfahrung ied Zeit wol zugethan,

Datum Moritzburgk am Ersten Novembris Anno 1628.

Johann Georg u. s. w.

An herrn Wilhelmen, h. Albrechten, herrn Ernsten vnd h. Bernhardten gebrüdere, Hertzogen zu Sachssen u. s. w.

Nr. 49.

Extract

auß den acten die custodirte Fürstliche person betreffend, de die 30. May 1627.

Den 30. May 1627 sind Ihre f. Gn. herzog Johann Friderich naher Oldißleben gebracht worden, mit Tillischen compagnia von 30 pferden convoyrt, ist dazumahl in die Hofstube logirt worden.

Den 1. Juny haben Nicol Teiner Capitän vndt Johann Dimpffell Commissarius Berichtet, daß J. F. Gn. anfange zu tyrannisiren vndt an die mawern zu brechen, da sie doch im geringsten nichts bey sich habe, darauf die anordnung gemacht, das in dem vorgemach eine ganze mauer auffgeführet worden.

Den 3. Junii Berichten Teiner vndt Dümpffell, daß

R

sie daß Loch in den mawren, Welches die custodirte F. person mit dem Tischschemel gebrochen, widerumb zu machen laßen, Ihre F. Gn. aber ließen nicht nach an denselben Weiter zu arbeiten, Darauf sie Ihre F. Gn. mit furweisung der fesseln bedrawet von solcher arbeit abzulassen, wo nicht würden sie genötigt, wehren auch dessen Bevehlicht, die fesseln anzulegen, Bitten, daß der custodirten F. person die Lange Wilde Haar abgeschnitten werde.

Den 6. Juny sind zu der custodirten F. person abgeordnet Herr Friderich von Coßpoth zu Seibtendörff, Cammer Rath, Heuptmann v. hofrichter zu Jena vnd Rudolph von Dießkau Rath vndt Cammer Juncker, dan Johan Maior vndt Johan Gerhardt der h. Schrift doctores vndt professores zu Jena, auch Johann Cromayer F. S. hofprediger vndt Inspector der General Superentendents zu Weymar mit volgender instruction,

1) Daß der von Dießkau in Beysein henrichen von Sandersleben, Nicol Teinern vnd andere sechß personen der custodirten F. person dasienige, waß von Ihren F. F. F. G. G. Gn. Herzog Wilhelmen, Herzog Albrecht vndt Herzog Ernsten ihme mündlich Bevohlen mit gebürendem ernst vndt scherfe fürhalten soll,

2) Daß hierauf die Theologen sich bey der custodirten F. person anmelden laßen, vndt alles dasienige Waß ihr Ampt mit sich bringt vndt In der custodirten F. person Heill v. seligkeit auch zu Widerbringung ihrer selbter dienlich ihrem besten Wissen vndt gewissen vndt ihrem übergebenen Bedencken nach verrichten sollen,

Die eodem, sobald die abgeordnete Hrn. Commissarii nahn Oldisleben angelanget, haben auf empfan=

gene relation der verordneten Wechter der herr Cammer Rath der von Coßboth, der von Dießkau vndt der von Sandersleben Berichtet, Daß die custodirte F. person vorigen abends abermahl Durchzubrechen sich vnterstanden auch albereit bloß mit einem helffenbeinern Kamme in die Drey virtheill ellen durch daß estrich biß auf das gewelbe, so vnter der custodi, gearbeitet, Alß die verordnete Commissarien neben sechß der sterckſten personen auß der Wache darzu kommen, vndt es der F. custodirten person verwehren wollen, habe sie sich zur wehre gesezt, vndt einer thätligkeit vnterfangen wollen, Weill sich nun die custodirte F. person sogar Widersinnig erzeiget, heten sie zu vermeidung grösers vnheils die Bande herbeybringen, vndt an den linckern schenckell anlegen müssen, Man hab auch unter solchem anfesseln ein secklein, so die F. custodirte person vnter dem linckerm arm gehabt vndt mit characteren auch andern seltsamen sachen gefüllet gewesen, ihr abgenommen,

Den 7. Juny haben obgedachte abgeordnete hern Commissarii berichtet, daß der von Dißkau vndt der von Sandersleben der custodirten F. person die vorhaltung gethan, aber eine Kurtze antwort bekommen, darinnen sie in allen ihren sachen recht vndt keine schuld haben wollen, Item alß man die harr mit gewalt abnehmen müssen, habe die custodirte F. person eine Zinnerne Kanne mit großer stercke nach Nicol Teinern geworffen, Item daß die custodirte F. person nur über Herzog Johann Casimir vndt über Herzog Wilhelms Leute Klage führe, Item, daß die custodirte F. person nach abschneidung des hars sich so wild nnd seltzam gebahrt, daß wer es nicht gesehen vndt gehört, schwerlich glauben könne, vnter andern sey sie, vnangesehen sie eine Kette am Lincken schenckel habe, ans

R 2

fensterlein kommen, vndt dasselbe eröfnet, welches sonst fast vnmüglich scheine, Item, es sey eine alde rede, man solle ihn hinrichten, Item alß ihme daß trincken gebracht, habe er diese Wort gebraucht, Gewiß, gewiß, es wird nicht gut werden, ich habe etwas gesehen, gewiß es wirdt nicht gut werden, Worbey er dan mit der hand sich gleichsam verwundert vorm gesicht herumb gefahren, vndt daßelbe also verkehret, daß der Wechter, so im gemach gewesen, hochbethewret, er habe ihn noch nie also gesehen, Item, es habe die Fürstl. custodirte person, Weill sie sich zu Oldisleben befunden, noch nie gebetet, alß selbigen Tages vor v. nach dem abendeßen,

Die eodem berichten Teiner vndt Dümpfell 1) der custodirte printz, alß ihme angedeutet, es solle ihm das haar abgeschnitten werden, habe zur antwort geben, er werde den Teuffell nicht in haren haben, 2) er habe mit der zinnernen Kandel nach ihm, Teiner, geworffen, aber einen andern vnter den anwesenden Wechtern über das Knie getroffen, 3) im haar abnehmen habe er sich alß ein vnsinnig Mensch erzeigt, das man genungsam an ihm zu halten gehabt, auch mit dem Kopff immerdar hin v. wider gestossen, vermeinend er wolle sich an die schere stossen, 4) nach dem Haar abnehmen habe er sich so rasend v. tobend erzeigt, das man vermeint, er werde die Ketten zu sprengen,

Die eodem berichten, die abgeordnete Theologen, 1) daß der custodirte printz der vnchristlichen reden, ob solte die Seele des Menschen eben so wohl alß die Seelen der Hunde vndt anderer Thier sterblich sein, in der conferentz gestendig gewesen, aber es dahin deuten wollen, Daß sie den pfaffen zu Ichtershausen dardurch prüfen wollen, ob ers auch beweisen könte, 2) daß der custodirte printz gedacht, wen man gleich in einem artikell, die vnsterbligkeit der Seelen betreffend, irre, so werde doch dardurch das gantze Christenthumb nicht verleugnet, 3) Daß Ihre F. Gn. zum oftern Widerholet, sie sey ihrer seligkeit gewiß, v. immerdar querulirt, es geschehe ihr vnrecht, sie hete die custodi nicht verschuldet, 4) daß der custodirte printz der Magischen Künste halben sich dahin erklehret, er habe dieselbe niemals beliebet, vielweniger verübet, 5) Die conjurationes der bösen Geister habe sie zu Hamburgs auß einem Buch geschrieben, aber niemalß gebrauchet, 6) Wehre es eine sünde sölche Kunste abzuschreiben, so hette sie es nicht gewust, noch der sachen so weit nachgedacht, 7) Daß sie in ein Magisch Buch geschrieben vndt zwar, mit eygner Handt, Allerley Künste, daran ich noch teglich lerne, haben sie anfangs leugnen Wollen, aber endlich auf Zureden sich erklehret, sie hete dieselbe niemalß gebraucht, Wan die Soldaten die Kunst gebraucht, sich feste zu machen, hete sie ein abscheu davor gehabt, so habe man auch gesehen, daß er nicht fest sey. 8) In dem Psalterio Magico Paracelsi wehren ia eitel gute Wort, 9) Wüsten sich nicht zu erinnern, das eins von den Magischen Büchern vnter den Hauptküssen von ihr geleget, vndt die andern in ein schön Kestlein verwahret, 10) Die Zetell mit characteren vndt andern seltzamen sachen zusammen gebunden, wehren ihr von andern Leuten geben, sie hielte nichts darauff, 11) Die characteren der planeten Wehren ia nicht Zauberisch, 12. Daß allreunichen wehre nur ein Wurtzell darzu sie das Kestlein machen laßen, 13) Das Sigillum Magicum habe sie eins mahls beym Soldaten gefunden, aber nicht gebraucht, 14) Die Leinwand mit dem menstruo habe sie bey den pferden gebraucht, das sie dieselbe davon trincken laßen, 15) wehren zwar Zuweilen des nachts allein geriten, heten aber nichts Zeuberisch vorgehabt, 16) Das ihre F. Gn. ihren nahmen vnter Caspar Weißen nahmen mit creutzen vndt characteren geschrieben, haben sie sich anfangs nicht erinnern wollen, aber auf Zureden vermeldet, es habe daßelbe nichts zu bedencken, 17) Daß Ihre F. Gn. mit eygner Hand auß der custodi vor diesem geschrieben, Wen die herrn Brüder sie nicht würden loß machen, müßen sie dem bösen feind sich ergeben, das er sie loß mache, haben Ihre F. Gn. nicht gestehen, sondern die Wort verendern wollen, aber doch endlich gestanden, das sie auß einer desperation Dieselbe geschrieben, 18) Daß Ihre F. Gn. solange vom gehör Götliches Worts vndt brauch des h. Abendmahls sich enthalten, haben sie Damit entschuldigen wollen, das sie in mißverstand gelebet, hat auf den pfarrer zu Ichtershausen gescholten, das er sie in predigen gestraffet v. durchgezogen, Dannenhero sie ihn nicht lenger hören wollen, 19) Daß Ihre F. Gn. gedacht, ihre Ehre wehre ihr lieber alß die seligkeit, daß haben sie also geredt deuten wollen, ihre ehre wehre ihr eben so Lieb alß die seligkeit, alß sölches Widerleget, haben sie es der übereylung des Zorns zu schreiben wollen, 20) Daß im gemach bey Ihre F. Gn. vor diesem ein Zischen vndt Blöcken gehöret, haben sie gentzlich verneinet, 21) Zu den Todschlägen wehre ihr vrsach gegeben, sie wehren ein Fürst, könten ihr selber recht sprechen,

Den 8. Juny Berichten die Fürstl. hern Räthe vndt Commissarii, daß selbigen Tages im gemach vor der custodirten Fürstl. person eine predigt v. D. Maiorn auß den 1. Joh: 1. So wier sagen, Wier haben keine sünde u. s. w. gehalten, Welche die custodirte F. person angehöret vndt mit gesungen.

Die eodem, Berichten die Theologen 1) Daß nach itztgedachter predigt der custodirte printz D. Gerhardten allein begehret, vndt ihn ersuchet, bey den herrn Brüdern eine vnterthänige intercession einzulegen, das sie der Banden v. custodi, so sie nicht verschuldet, erlassen werden möge, 2) Auch in sölcher conferentz alle verübte thätligkeit entschuldigen, vnd si keineswegs gestehen wollen, das sie iemalß Magische Künste gebrauchet, die Todschlege wehren wider ihren Willen geschehen, hete ihr nicht vorgesetzet, Dieselbe personen vmbs Leben zu bringen, sondern allein ihrer verbrechung halben zu züchtigen, so wehre auch sölches einem cavallier, sonderlich einer Fürstl. person vergönnet, 3) alß sölches alles widerlegt, habe sich Ihre F. Gn. erklehret, es wehre ihr leyd, solte nicht mehr geschehen, wen sie könte loß kommen, wolte sie in frembde vnbekandte örter reisen, 4) Da zumahl ihre F. Gn. bekennet, sie hette oft gezweyvelt, ob auch ein Got sey, vndt ob sölches auß dem Buch der Natur zu erweisen, 5) Sie hette von andern oft gehöret, Weill alle Menschen Lügner, vndt dieienigen, so die h. Schrift verfertiget, auch Menschen wehren, so könte die schrift nicht vor Gotes Wort gehalten werden, 6) Sie hielten dafür, Wer von Got zum Vnglück versehen, der könte kein glück haben, Welches sie an ihrer eygnen person verspüret hete, 7) in ihrer custodi bey Northeim habe sie erfahren, das ein Mensch des andern gedancken wißen könne, vnd solch erkentnüß komme daher, daß der Mensch vom Bawm des erkentnüß gutes v. böses im paradiß geßen, 8) Auch habe sich dazumahl Ihre F. Gn. etliche mahl vernehmen laßen, Wen sie es ia verdienet, Wehre ihr viel lieber, das sie hingerichtet würde, alß das sie in sölcher custodi bleiben solte,

Den 9. Juny berichten die hern Räthe v. Commissarij, daß selbigen Tages D. Gerhardt vor dem custodirten prinzen im gemach eine predigt gethan, auß dem spruch, Luc. 15. Es ist frewde im Himmel über einen Sünder, der Buße thut, Welche predigt Ihre F. Gn. mit Bleiß vnd gedult angehöret, auch mit gesungen.

Den 10. Juny berichten die Theologen, 1) Daß die custodirte F. person in der conferenz mit D. Maiorn die Todschläge nochmalß Damit entschuldiget, das sie alß ein Furst v. Obrigkeit Daßelbe gethan, Jt. daß sie nicht den vorsatz gehabt, die entleibete personen vmbs Leben zu bringen, sie wüste wohl, wie sie stechen solte, das es am Leben nicht schedlich u. s. w. 2) alß D. Maior mit ernst angefangen, sie könten am iüngsten Tage nicht anders sagen, alß Ihre F. Gn. haben vnrecht gethan, haben sie geantwortet, Ist daß mein Trost? 3) selbigen Tages sey von dem Hofprediger eine predigt gehalten worden auß dem gebet Manaßis, 4) In der conferentz so hernach mit dem Hofprediger angestellet, haben Ihre F. Gn. auß den Worten des 139. Ps. Du herr schaffest alles was ich vor oder hernach thue, erweisen Wollen, das Got ein vrsache der Sünde, Weill er Dieselbe nicht hindere, da ers doch wohl thuen könte, 5) Dazumahl auch vorgebracht, es treffe gleichwohl viell ein in der Theologi, 6) Ihre F. G. habe einsten zwey Wort gehöret, wen sie dieselbe itzo sprechen könten, solte das schloß an den fesseln bald loßgehen, 7) alß ihre f. G. errinnert, Dasselbe wehre Zeuberey, haben sie darüber gelechelt, 8) Wan Ihre F. G. willens gehabt, etwas wider ihre hern Brüder vorzunehmen, heten sie es thuen konnen, Wen sie ausser der Stad sich aufgehalten vndt vmbher gefahren, 9) Wen sie loßwehren, wolten sie in Indien ziehen, eine Zeitlang Darinnen bleiben, vndt wen sie Dermahl eins wider heraus kehmen, würden doch noch Leute sein, die es mit ihr hielten, 10) alß der historien gedacht, das der böse feind die Verschreibung, so ein Student von sich gestellet, zurück wider bringen müssen, sind Ihre F. Gn. darüber fast stutzig worden, v. mit Verwunderung gefraget, ob dem also sey? 11) Gegen D. Maiorn v. D. Gerhardt haben Ihre F. Gn. bey genommenen abschied diese Wort gebrauchet, es wehre weder Ihrer F. G. noch den hern Brüdern noch dem Hause Sachsen eine ehre, das er so elendiglich Daselbst ligen müsse, wehre besser gewesen, sie heten einen bestellet, der sie mit einer Kugel erschossen, 12) Christoff Walther zu Eißleben hette neben uberschickung der artzneyen vermeldet, Ihre F. Gn. müße ein sigell so nach den planeten gerichtet, anhengen, auch secreta Caballistica vndt Psalterium Magicum Paracelsi ihr geschicket, 13) Heten von Zeichen anders nichts gebraucht, alß das Ihre F. Gn. ein sibeneckicht Blech mit characteren Zeichnen, vndt darauf diese Wort graben lassen, hie Schwerdt des Herrn vndt Gideons, welches sie in den Knopf ihres Degens machen lassen,

Den 12. Juny berichtet der Hofprediger 1) Das bey Ihrer F. Gn. im gemach mit singen, beten, lesen v. predigen angehalten werde, 2) Ihre F. Gn. hab in der conferentz Theophrastum gelobet, das er die Weißheit Salomonis gehabt, 3) alß das abendgebet vom Wechter vorgelesen, haben Ihre F. Gn. gesagt, So muß man io den Teuffell nauß beten, Wollet ihr auch helffen? 4) Volgenden Morgens habe Ihre F. Gn. vnter dem fürlesen des gebets sich gantz vngeberdig erzeiget, sich immerdar gereuspert, mit vnter gelachet, vndt nach endung des gebets zum Wechter gesagt: Nun holet dich heute der Täuffell nicht, 5) In der conferentz mit ihme (dem hofprediger) gepflogen, habe der custodirte printz vnter andern gedacht, Er wisse wohl waß der Churfurst gesagt habe, es sey ihm zwar nicht zuwider (nemlich das er der printz in die custodi gebracht werde) aber sie die Vettern möchtens machen wie sie wollen, machten sie es gut, so heten sie es gut, vndt alß der Hofprediger sich auf Churf. Durchl. schreiben beruffen, hat der custodirte printz angefangen, Ja man kan ein solch schreiben wohl machen, 6) Dazumahl auch gefragt, Waß es ihm helffe, das man die gebet also teglich fürlese? 7) alß ihn das Wasser gebracht, vndt sie das Betbuch in der Handt gehabt, haben sie angefangen, Ich wolte den Bettell bald hinein werffen, es ist doch nichts nütze, 8) Das der commissarius Dimpel weggeriten, haben Ihre F. Gn. gewust (ohne vorgehende anzeigunge) vndt gefragt, Wohin er geriten? 9) Hat begehret, das er einen Man haben möchte, der ihm diene, er wolle seine sache wider das gantze hauß Sachssen hinaus fuhren, er sey nie gehöret, heete er gewust, das er solte dahin gebracht werden, Wolte er ein par convoier, do er auß dem Tillischen Leger herauß gebracht, erschossen haben, v. davon geriten sein, 10) Dazumahl gesagt, es sey keine Zeuberey, sölche sachen brauchen, sondern freye Künste, 11) Alß vnter andern gedacht, Ihre F. Gn. solten sich zur Buße kehren, es möchten melancholische gedancken mit zu schlagen, Darzu Ihre F. Gn. ohne daß geneigt, haben sie geantwortet, Ja wohl alß eben der Vater also gewesen, Da hat mich der Teuffell gemachet, er wolte daß er nie gebohren wehre, 12) Auch gedacht, das man bey den München die consecrirten Hostien, so man wider stich v. hieb einheilete, bekommen könne, aber man müsse ihnen gar viel geld geben, vndt sie geben sie gar furchtsam v. Zitterlich hinweg, 13) Ihre f. G. hetten den 35. 94. vndt 144. psalm mit großem nutz wider ihre feinde gebrauchet, vnd sonderlich courage Davon empfunden, sonderlich den 94. psalm, wen man denselben sieben mahl nach einander bete, Wie Teophrastus schreibt,

Den 14. Juny Berichtet der Hofprediger 1) das vnter den predigten Wenig andacht bey Ihrer F. G. gespüret werde, sondern sie sehen immer einen nach dem andern vnter den officirern an, 2) In der conferentz nach der predigt Ihre F. G. gesagt, Es wehre keine Zeuberey, Wer weiß waß durch die Egyptischen Zeuberer verstanden werde, etwa eine sonderbare List? die Zeuberey mit den Beschwerungen glaube er nicht;

Den 15. Juny berichtet der Hofprediger, der printz habe des abends vorher zu den wechter Caspar angefangen, Ihr köntet mier wohl waß beybringen, das ich loß kehme, ich weiß meine Brüder sehen es gerne, es hat sie schon gerewet, ich wolte euch wohl geben, das ihr ewr Lebtage soltet genug haben.

Den 16. Juny alß der mitWechter Caspar dem custodirten printzen dem Schlaftrunck bracht, fehret er ihm mit der lincken Hand an die gurgell vndt plötzlich mit der rechten Hand in den Diebsack, vermeinend er wolle ein messer bey ihme finden.

Den 17. Juny Haben Ihre F. G. Zum h. Hofprediger vndt h. Henrichen Pastorn angefangen, es geschehe ihr gewalt v. vnrecht, der Churfurst hette es nie geheißen, noch gewilliget.

Eodem die ist Jacob Horman des custodirten printzen Diener abgehöret, Welcher Berichtet, das er vor Ostern neben dem Hofemeister vndt seinen Sohn nahe bey Erffurdt an ein Gericht (oder galgen) bey nacht reiten müssen mit Dreyen pferden, mit dem Bevehl, das sie einen Kopff von einem Diebe sampt der Ketten hohlen sollen, Welches er thuen müssen, den Kopff hetten sie gebracht, v. denselben gefuhret, den Kopff habe er Ihre F. G. ins Gemach bracht, aber so viell vermercket, das er Ihre F. G. nichts gedaucht, Den kein moß, so Ihre F. G. haben wollen, darinnen gewesen, derwegen er denselben ins Waßer werffen müßen, das er die galgenkette nicht mitbracht, dafür hette er bald stöße bekommen, It. er hette von Hofemeister gehört, er hette mit einem hültzern meßer ein schaff aufschneiden müssen, vnd das iunge Lamb auß Muterleib nehmen, die Instrumenta hab er gesehen; It. auff Ihre F. G. bevehl hete er von dem Schlösser zu Ichtershausen ein stück Galgenkette begehret, Wehren stücklein gewesen auf Ihre F. G. Bevehl gehauen, das sie in eine pistol zu laden.

Caspar Ottstedt Berichtet in der aussage Ihre f. G. habe das gehirn auß dem Diebeskopff, so er neben andern vom galgen holen müssen, herausgenommen, das gehirn vom gedachten Lämblein, so auß der muter leibe geschniten, heten Ihre F. Gn. geßen.

Den 18. Juny Berichtet h. Henrich Granchenberger 1) Daß die custodirte F. person in der conferentz gedacht, sie furchte sich weder für dem streit, noch vor dem Donner, sondern wans donnere, so lache er, 2) Man sage sonst, es könne einer auf den Zigenbock weggeholet werden, er wolte es itzunder wündschen, er begehre es, so fern es ohne Vngehorsam gegen Got geschehen könne.

Den 22. Juny Berichtet h. Granchenberger, 1) alß er in der conferentz gedacht, das Christus vmb vnser Sünde willen am öelberg Blutigen schweiß geschwitzet, habe Ihre F. G. lächelnd angefangen, er wird sich vielleicht so sehr für dem tode gefürchtet haben, er aber (der printz) fürchte sich im geringsten dafür nicht, 2) Alß Granchenberger gedacht, er fürchte sich zwar auch nicht für dem tode aber auß beßerm grundt, weill er an Christum gleube, hat er anders nichts alß ein hönisch Lachen spüren können, 3) In der nacht hernach alß Ihre F. G. des Tages zu vorgesagt, sie fürchte sich nicht für dem Donner, sey plötzlich v. vnversehens ein solcher Donnerschlag über dem Kloster Oldeßleben gehört dergleichen er (Granchenberger) die ganze Zeit seines Lebens über nicht gehöret, viell haben gemeinet, es sey ein groß stück vom Berge auf das Kloster gerichtet, etliche es sey ein Donnerschlag, hab gewiß eingeschlagen, v. sich eines fewrs besorget, den die schiefer auf den Dechern herumb gefahren, Daruber der custodirte printz hocherschrocken,

Den 25. Juny berichtet idem, 1) Ihre F. G. hetten geklaget, das sie die vorige nacht eine solche Hertzens v. Seelenangst gefühlet, dergleichen sie ihr lebtage nicht empfunden, 2) hette dazu mahl gesagt, das Lesen v. beten diene nur die Zeit zu vertreiben, Darumb v. zu dem ende höre ers an, sonst sey es ihm nichts nütze.

Den 27. Juny 1) haben Ihre F. G. von h. Granchenberger begehret zu erweisen, das ein Gott sey, das ein ewiges Leben, das die Seelen vnsterblich, vnter andern gesagt, Weill alles von Gott erschaffen, so müsse auch alles vntergehen, 2) alß der spruch auß dem 73. psalm angezogen Herr Wen ich nur Dich habe u. s. w. hat Ihre F. G. angefangen, daß ist wohl ein feiner spruch, aber er dient nicht zum braten, 3) Dazu mahl gesagt, das ewige Leben wehre wohl zu wündschen, aber wündschen würde nicht viell helffen, 4) Mit Moses vndt der Egypter Wunderwerck wehre es zu gangen, wie mit ienen beyden Soldaten, so sich palgen gewolt, vndt der eine gesagt, Wier wollen sehen, Welcher Teuffell am sterckſten sey, 5) Gots wort in der h. Schrift hette können verfelschet werden, 6) Woher die Juden des herrn Christi wehren versichert gewesen, das er der rechte Meßias, 7) Es sey keine auferstehung der Todten noch iungstes gericht, welches auß dem prediger Salomo zu erweisen, 8) Dazumahl außdrücklich gesagt, Ewr predigen, lesen, beten, singen ist alles vergebens, vndt nichts nütze, dienet allein die Zeit vertreiben, Die Schrift ist nur ein gedichte zu dem ende erdacht, er höre es nur vor die Lange weill, er hette andere Historicos die wehren beßer, wollte wündschen, das er sie hier hette, 9) alß die vnsterblichkeit der Seelen vndt aufferstehung der Todten erwiesen, haben Ihre F. G. lecheln gesagt: ex nihilo nihil fit. 10) die Bibell wehre kaum vor hundert Jahren gefunden worden, sie hete können verfelschet werden, 11) alß des iüngsten Tages gedacht, Ihre F. G. hönisch gelachet, sagende, Ja der iüngste Tag wirdt wohl nicht kommen, 12) Man müsse die Sündflut erst beweisen, 13) Seine herrn Brüder gläuben, das gehacktes fleisch beßer den sawer Kraut. Bey dem abschied haben Ihre F. G. zu h. Granchenberger gesagt, Weilln ihr vor die Hohenpriester zu Weymar werdet gefordert werden, so werdet ihr berichten, Waß noch vor mangell an meinem gewißen, sonderlich weill ihr am iüngsten gericht werdet müßen rechenschaft geben,

Wie ihr ewre Scheflein geweidet, Darzu den Ihre F. G. gelechelt.

M. Henselman Bericht

Den 30. Juny Alß Ihrer F. G. von ihm vorgehalten, daß sie nicht weit von Erffurdt einen armen sünder vom galgen herabnehmen laßen, demselben den Kopff abgehawen, denselben hernach da er zu ihr gebracht, in ihren mantell verhüllet, nachmalß das gehirn ihr zur speise zurichten laßen, haben Ihre F. G. darauff geantwortet, Je sihe, das hat der schelm gesagt, mein gewesener Knecht, Waß hat daß zu bedencken? Alß M. Henselman ferner gesagt, Daß ist nicht Menschlich geschweig den Fürstlich, haben Ihre F. G. geantwortet, Wie so dan? M. Henselman: Daß ein Mensch des andern Menschen gehirn frißt, ist io anzeygung eines grawsamen Tyrannischen gemüts. Princeps, Waß gefreßen, Je sihe wie leuge der schelm. Der arme sünder hatte 10 Jahr am galgen gehenget, Wie soll in einem sölchen Menschen mehr gehirn sein? Harre was machte ich doch Damit? Ja ich nahm einen Zahn heraus, oder Nein, daß moß, ia recht, daß moß nahm ich auß dem Kopffe, es zu etwas zu gebrauchen. M. Henselman, Wozu den? Princeps, Je ich brauchte es zu etwas.

Alß dem custodirten printzen Damahls von M. Henselman ferner vorgehalten, daß er ein trechtiges schaff aufgeschnitten vndt das iunge scheflein herausgenommen, vndt daß gehirn Davon gessen, hat er geantwortet, das gehirn hab ich nicht gessen, sondern auß dem fell hab ich pergamehn gemachet, Alß M. Henselman gesagt, Man kann auch auß andern fellen gut pergamen machen, respondit, Dazu ichs haben wolte, muste es sölche pergamen sein. Also ferner von

M. Henselman gedacht, daß sie den Bömer im F. schloß beschediget, haben Ihre F. G. es damit entschuldiget, Weill er sich nicht mit ihn reuffen wollen, habe sie ihn ein wenig in die Brust gepfitzschet, das es milch geben, Wehre aber kein stich über ein glied tieff gewesen.

Den 1. July haben Ihre F. G. in der conferentz gedacht, 1) sie hetten Leute gesehen, die heimliche v. Zukunftige dinge Wißen können, 2) es sey keine Zauberey in der welt, es stecke viell in der Natur, das man der Zauberey zuschreibe, 3) sie wüste eine Wurtzell, so zu gewißer Zeit gegraben wirdt, Wen man dieselbe eße, werde man davon stein feste, aber Ihre F. G. heten sie niemalß fressen mögen.

Den 2. July. Alß Ihre F. G. gefragt, ob sie sich nicht mit Got vndt ihrem nechsten versönen vndt zur Beicht vndt Abendmahl sich finden wolten, haben sie zur antwort geben, Weill sie in ihrem gewißen sich nicht beschweret befünden, hielten sie es nicht für nötig, Do aber die hern Brüder noch weiter etwas thätliches mit ihme fürzunehmen Willens, solte mans ihme nur sagen, Wolte er sich bald darzu bequemen, lieber heute alß morgen.

Den 3. July, frueh von funf biß auf neun vhr hat man observiret, das Ihre F. G. stets auf dem gesichte gelegen, mit dem Kopff genicken, denselben geschüttelt, alß ob sie mit iemand redeten, alß der Diener einer hinein kommen, sind Ihre F. G. aufgestanden vndt geschwitzet, das die tropfen auf ihr gestanden.

Den 4. July. Alß Ihrer F. G. fürgehalten, das sie mit ihren sünden die custodi verdienet, haben sie mit hellen starcken gelechter geantwortet, hab ich was begangen, so hat Got mein Hertz verstocket wie des phara-

pharaons Hertz, It: der Diener hat berichtet, das Ihre F. G. die handquell an den Halß gehenget, aber bald wider weggeleget, Alß auch M. Henselman gedacht, es konne keiner ehe sterben alß Got will, haben Ihre F. G. geantwortet, Warumb nicht? man müste sehen wie mans machte, man müste auf occasion v. gelegenheit sehen.

Die eodem, nachmitag haben Nicol Teiner v. Caspar Schlevogt observiret, daß Ihre F. G. sich seltzam geberdet, sind vom bete aufgestanden, in alle vier Winckel nach einander gesehen, in einen ieden Winckel heimlich gepröppelt, bald gelacht, bald sawr gesehen, Zum fenster hinaus auch heimlich geredet, bald die har von den ohren hinweggestrichen, den Kopf gar in den Winckel gestecket, mit vleiß gehorchet, alß ob iemand mit Ihrer F. G. redete, bald wider in die vier Winckel geredet, aber alles heimlich, hinter v. vor sich seltzame characteres gemacht.

Den 5. July. Die vorgehende nacht hat es sowohl vnter der custodi alß auch außen für der custodi Zimlich getobet v. den Wechter veriret, Alß der diener Caspar Schlevogt vmb 7 Vhr hinein kommen v. Waßer gebracht, sehen Ihre F. G. ihn starck an, lachen laut v. sagen, Ihr seid mir wohl ein feiner gesell, Waß habet ihr heute vor ein gepoch gehabt vor meinem Bette? Alß Ihre F. G. den Teller nach dem Diener geworffen v. derselbe hinausgangen, treten Ihre F. G. auf das Bete, wincken mit den Henden, in alle winckell, lachen, setzen sich nider, vndt langen vnter dem Bette ihre schueh herfür, wischen sie mit dem Bete gar rein abe, ziehen sie an, binden sie fest zu, stehen auf, ziehen das wammest an machens zu, spützen in die Hende, streichen die federn ab, nicht anders alß ob sie außgehen wollten, nachmalß nehmen sie

S

ein Weiß schnupftuch legens vmb den Halß an stad des überschlags, vndt alß sie mit dem anziehen fertig, nehmen sie die Keten, besehen v. befuhlen ein glied nach dem andern, knien mit dem lincken fuß nider, den rechten aber setzen sie für sich, greiffen zu, v. reissen mit solchem grimm vnd gewalt an die Kette, Das das gantze gemach v. vorgemach schutert, Ob zwar Ihrer F. G. zugeruffen, sie solten abstehen, haben sie doch immer fortgearbeitet, Alß M. Henselman hinein kommen v. abgewehret, haben Ihre F. G. geantwortet, Ey es soll sein v. muß sein, vndt ob sie schon wegen starcker Bemühung vnter dem gesicht fewrroth gesehen, haben sie doch alles mit lachen gethan, Alß die Diener mit den andern Keten hineinkommen, ziehen Ihre F. G. einen stein auß der Hosen, werfen nach Nikell Teiner, das der stein an der Wand in Zwey stück zerspringet, Alß M. Henselman gesagt, Auf solche weise, wie es E. F. G. treiben, können sie nicht selig werden, hat der custodirte printz geantwortet, Waß gehets euch Jesuiter an? Alß M. Henselman ferner gesagt, O Gn. Fürst v. Herr beschweret ewr gewissen nicht weiter, es wachet endlich auf, haben Ihre F. G. mit grossem gelechter geantwortet, O es müste lengst aufgewachet sein, wen ich ein Böß gewißen hette, Alß dazumahl Ihrer F. G. verwiesen, das sie mit solcher gewalt sich wollen loßreißen, haben sie geantwortet, Ich wils euch sagen, Warumb ichs gethan habe, Man hat mir heut die nacht zugeruffen v. gesaget, wen ich mich heute den Tag von den Keten nicht loß mache, so wolle man mich für einen cuion v. losen Kerrell halten, für diesem geschrey hab ich heute die gantze nacht kein fried gehabt.

Alß Ihre F. G. das wammes wider außgezogen,

v. sich aufs Bete gesetzet, haben sie gelachet v. mit sich selber geredet, Wie soll ichs nun anfahen? Vber eine Weile, das will ich wohl laßen. Aber über eine Weile, Waß? rechnen? Wer weiß was geschieht? Diß lachen v. reden hat eine gute Zeit gewehret, aber man hat nichts davon verstehen können.

Die eodem berichtet M. Henselman, Alß Ihre F. G. vmb abendeßen vermeinet, das niemand vor dem gemach vorhanden, der achtung drauf gebe, haben Ihre F. G. sich auf den stein gesetzet, den mantel vmbgethan, v. mit den Henden v. Heupt gewincket gegen das fenster nicht anders alß Wie man einen Menschen zu wincken pfleget, Darauf ferner Ihre F. G. gelachet, vndt sich erzeiget nicht anders alß ob iemand neben ihr seße, mit dem sie redete, wie sie den auch geredet aber heimlich, das man nichts hören können, Bißweilen haben Ihre F. G. das ohr gegen die Wand gerecket, alß ob sie mit vleiß zuhörete, nachmalß entweder gelachet, oder aber v. zwar meistes theils sehr trawrig gesehen, den Kopf geschüttelt, aufgestanden, mit grimm v. Zorn vmb sich geschmissen, nicht anders alß ob sie sich mit iemand schlagen vnd denselben Davon iageten, vndt das hat etliche stunden gewehret, das sie da geseßen v. sich mit iemand gezancket, v. etlich mahl aufgefahren, vndt es davon geschmiessen, Bißweilen geberdeten sie sich alßo, alß solten sie sagen, das wehre etwas, wen du halten woltest. Meistentheilß aber wahren sie zörnig v. Launisch, v. jagten mit Henden v. mit dem mantel von sich nicht anders, alß ob sie eine Hummel zum fenster hinauß iagen wollte. Alß auf anordnung M. Henselmans vor dem gemach gesungen, Got der Vater wohn vns bey u. s. w. vnd auf die Wort kommen, für den Teuffell vns Bewahr, sind Ihre F. G. eylends mit grossem

S 2

Zorn aufgestanden, mit den feusten in die Lufft geschmissen, nicht anders, alß ob sie iemand zur stuben hinaus iagen wolten.

Den 6. July haben Ihre F. G. mit den augen v. henden gewincket, alß wen sie iemand zum fenster hinein rieffen, Nachmalß einen langen Discurs v. streit gehabt, alß ob iemand für Ihre f. G. stünde, mit deme sie striten, bald haben sie gelachet vndt sich nicht anders mit dem Kopff vndt andern geberden gestellet, alß bekehme sie eine solche antwort, die ihr wohl gefiell, bald aber gantz zornig worden, vom stein geschwind aufgestanden, vmb sich geschlagen, nicht anders alß ob sie eine fliege zum fenster hinausiagten, bald haben sie sich nider gesetzt, vndt das, waß sie hinaus geiagt, wider hinein gelocket vndt gewincket, bald wider davon geiaget, vndt solches haben sie getrieben biß in die miternacht hinein.

Freytags morgens haben sie wider an den Keten gearbeitet vndt die vorige phantasey wider angefangen, nicht anders, alß ob sie mit iemand gar ernstlich redeten, v. striten, meisten theils aber vnwillig worden vndt mit ihren colloquenten sehr übell zufrieden gewesen, sich hingesetzt, im Kopff gekrawet, v. sich gantz trawrig geberdet, Alß der Diener das arbeiten an den Ketten einzustellen gebeten, haben Ihre F. G. den Teller vndt Zweene steine nach deren einen geworffen, Alß M. Henselman fragen lassen, ob er solte Bettstunde halten, respondit Princeps, Saget ihm, es sey nichts nütze,

Nachmitag fingen Ihre F. G. die vorige phantasey wider an, Heftiger alß zuvor iemalß geschehen, sie saßen auf dem stein, richteten das angesicht gegen das fenster, wincketen wider, v. fingen das gesprech wider an, so ernstlich, das es ohne Bewegung nicht anzusehen war, vnter andern wurden durch vleissige aufmerckung diese Wort von Ihrer F. G. gehöret, Siehe Wie heltestu? Waß hastu mier zu gesaget? Du schelm, das Dich der Donner v. Hagel erschlage. Bald horchten Ihre F. G. an die Wand, schütelten Darauf den Koff vndt sagten, Du leugest, Du leugest, Bald horchten sie wieder, vndt sagten gantz trawrig, das wehre etwas, weiseten hierauff mit der rechten Hand auf beyde Keten, horchten widerumb nach der wandt, stunden auf, v. schmissen mit den armen v. mantell vmb sich, setzten sich wider nider, saßen in tiefen gedancken, v. wahren gar bestürtzet, Dazumahl haben auch Ihre F. G. nach M. Henselman geschmissen, alß er den prophetischen spruch ihr fürgehalten, Wie murren die Leute also, ein iglicher murre wider seine sünde, Im Discurß haben Ihre F. G. gesagt, Ich bin der vnschuldigste Mensch auff erden, für Got v. für der Welt, auch mit der Bibell nach M. Henselman geworffen, v. nach dem Leutenant geschlagen.

Alß abends daß essen heraus gebracht, haben sich Ihre F. G. wider auf den stein gesetzet, das gesicht gegen das fenster gerichtet vndt wider angefangen zu locken v. zu pfeiffen vndt die alte phantasey vndt gesprech wider für zu nehmen, Durch vleissige aufmerckung sind dieselbe nacht diese wort gehöret, das mag mier wohl ein Kerrel sein der im sporen, Ich gebe auf keinen pfaffen nichts, Das dich der Donner v. der Hagel erschlage, Du hast mich betrogen, Ey laß mich itzt schlaffen, Wen ich geschlaffen habe, so komm wider.

Den 9. July in der vorhaltung vom h. Hofprediger schriftlich geschehen ad punctum, das Ihre F. G. gesaget, Seine Bruder gleubten so viell alß er gleubte, nemlich das gehackt fleisch beßer sei alß Kraut, haben Ihre F. G. anfangs leugnen wollen, das sie diese Wort geredet, nachmalß aber geantwortet, Waß hats den groß zubedeuten? vndt mit Lachen gesagt, Es ist ia wahr das fleisch beßer sey alß Kraut.

Ad punctum, das Ihre F. Gn. gesaget, es sey mit der h. Schrift eitel gedicht, respondit, Ich habe gesagt, ich Zweyvele an etlichen sprüchen vndt Historien der Schrift, alß an den Historien von David v. Goliath, von der Judith, vom Job, aber es ist wohl viel Wahr darinnen,

Ad punctum, das Ihre F. Gn. ein Blech mit characteren in den Degen machen lassen, respondit das Blech im Degen ist keine Zeuberey, sondern es sind gute Wort, hie schwerd des herrn v. Gideonis, Waß ich am halse v. in Kleidern getragen, das wahren schrift v. Wort, aber keine Zeuberey vndt Beschwerung.

Ad punctum, Die Schrift sey nur ein gedicht, respondit, die Schrift ist ein gedicht von den propheten aufgeschrieben,

Ad punctum, das Ihre F. Gn. das Donnern in ein gelechter geschlagen, respondit, des Donners habe ich niemalß gelachet, sondern daraus gespüret, das ein Got sey, soll ich aber kein glück haben, so wündsche ich, das mich der Donner möchte erschlagen,

Ad punctum, das Ihre F. Gn. gewündschet auf einen Ziegenbock hinweg geholtt zu werden, respondit mit Lachen, Ich habe es gewündschet wegen meines elendes.

Ad punctum, Das Ihre F. Gn. gesagt, der Teuffel hab ihn gemacht, resp., Es hat vns nicht der Teuffel sondern Got erschaffen, Was ich aber wegen des hern Vaters geredet, das wahr ein Wort, das ich so fliegen ließ, Es kan auch sein, das mier vnser her Gott den bösen gedancken ein gegeben.

Ad punctum, von den Todschlegen, respondit, Wen ich zu einem vrsach habe, so thue ichs, Jtem Ich habe es vnversehener Weise gethan, das es nicht geglücket hat, Was kan ich darzu? Jtem Zwey exempel gestehe ich, aber nicht mehr.

Ad punctum, Wen Ihre F. G. alles Leugnen wollen, so muß man ihr etliche personen vnter augen stellen, nihil respondit.

Ad punctum, das Ihre F. G. selbst mit an galgen geriten, den cörper des armen Sünders zuholen, respondit, Waß ists den mehr?

Ad punctum, das Ihre F. G. daß trechtige schaff aufgeschniten, das iunge herausgenommen, vndt das gehirn zur speise zubereiten laßen, respondit, das sindt narrenpossen. Jtem Ich weiß nicht, Wer hats gesehen oder gehöret, Wie ichs gemacht habe, ist doch niemand darbey gewesen alß ich.

Ad punctum, das Ihre F. Gn. die bösen Geister geruffen, respondit, O diese nacht habe ich nicht geschlaffen, Ich war thämisch im Kopffe.

Ad punctum, das Ihre F. G. zum h. Bruder hertzog Ernst vor diesem gesagt, Wie er sich oft des nachts mit dem Teuffell in der Cammer überwürffe, sie musten zum Bete heraus, aber sie fragten gar nichts nach ihm, resp., Ich habe io nichts darnach gefraget, es ist geschehen, er ist des nachts wohl ehe kommen vndt hat mier die schueh auffgezogen, v. sie ins Bette geleget. Alß der Hofprediger gesagt, Ihr müßet ia freundschaft mit dem Teuffel gehalten haben, weill er euch die schueh außgezogen, respondit, das volget nicht, wen er mein freund wehre, so schmieße er mich nicht, iedoch hat er mich noch niemalß geschmleßen, Alß der Hofprediger darauf angefangen, Waß sind diß für Widerwertige reden? nihil respondit.

Ad punctum, Ihre F. Gn. solte dem Teuffel nicht gleuben, daß er sie in dreyen Tagen loß machen wollen, respondit, das der Teufel ein Lügner sey, das gleube ich, das von den Dreyen Tagen wahr nicht also, sondern also sagte ich, heute den Tag oder heins diese nacht (stockete) sinds, sinds Drey Tage, das ienes geschehen, Der Hofprediger, Was den? Princeps, Es wahr auch etwas, es wahren Zweene Kerrell da. Der Hofpr.: Der Teufel ists gewesen. Princeps, Nein, es wahren sonst gute Kerrel, ich weiß es wohl.

Eodem Die, Berichtet M. Henselman, das Ihre F. G. zu ihm gesagt, Er machte mier heute Hendel vor dem fenster, vndt pravirte mich, Alß M. Henselman gefraget, Wehr? respondit Princeps, der Teufel der Narr (mit gelechter) Daß verdroß mich, v. ward vnwillig, v. iagte ihn davon. Alß M. Henselman Ihre F. G. vorgehalten, das sie diese Tage etliche mahl mit iemand geredet v. gesagt, Du heltest nicht, das du mich in Dreyen Tagen wollest loßmachen, Daraus wehr zu schließen, das Ihre F. G. dem Teufel widervmb etwas zugesagt, vndt hette also ein pact mit ihm u. s. w. haben Ihre F. G. ihn starck angesehen, still geschwiegen, die schriftliche vorhaltung in die hand genommen v. gesagt, Waß stehet doch alles in dem Dinge u. s. w. Alß Ihre F. G. abends den ersten Bißen (auf vorgehendes gebet) in mund stecken wollen, haben sie mit zornigen geberden den Kopff geschütelt v. starck nein gesaget.

Eodem die Berichtet der Hofprediger, daß in der nacht nach der fürhaltung Ihre F. G. sich auf den stein gesetzet, sich gleichsam mit einem gezancket, ihn citiret, mit ihme disputiret, v. ihm für geworffen, daß er ihm nicht hielte, ihme gepfiffen, geruffen Hippocras, Herman, Herman, Herman u. s. w. Item Sihe Du hast mier zugesagt, Du wollest mich in dreyen Tagen loß machen, Du hast mier nicht gehalten, Ist nicht wahr was du mier hast zugesagt, Du leugst, du leugst, du leugst, du bist nicht werdt, das du auf erden bist, das Dich der Donner in die erde hinein schmeiße, Diß habe also gewehret biß an den morgen da h. M. Henselman auch darzu kommen vndt gehöret, das Ihre F. G. mit einem sich gescholten v. gesagt, Du Rabenaß, Du Behrnheuter u. s. w. Du bist wohl ein richtiger, sind das drey Tage, heist das in Drey tagen loß gemachet, Auch haben Ihre F. G. die Kanne genommen, vndt nach ihm (seinem Geiste, wie der Hofprediger dafür hellt) geworffen. Alß Karpe, der Diener in der nacht Ihre F. G. zu Zweyen mahlen zugeschrien, Wen E. F. Gn. nicht ruhen können, v. etwa von Teuffel anfechtung haben, Wollen vnser ein par hinein kommen, Licht hinein bringen, v. den Teuffel helffen hinausiagen, haben seine F. Gn. kein Wort Darauff gesaget.

12. July Berichtet Ehr Rinder, (welcher Ihrer F. G. zum stetigen pastore in der custodi zugeordnet) das ihre Fürstl. Gn. sich gantz seltzam erzeiget, die augen mit dem schnupftuch verbunden, bald grob, bald klein geredet, alß wen ihrer Zween oder Drey wehren, viell mit sich selber geredet, Welches man nicht verstehen können, deßgleichen oftmalß das creutz für sich gemacht. Nachmitag haben Ihre F. G. sich mit vielen Trostspruchen gestercket v. gesagt mit seufftzen, Ach Got, du wollest mich doch auß der Hellen reißen, Item, Ach Got, ich habe gesündigt wider Dich v. im Himmel,

v. bin nicht werd, daß ich dein Kind heiße, Item Du wirst mich heraußreissen, haben auch Dazumahl den Teuffel durch den finger Gotes beschworen, das er wolle von ihm weichen vndt ferner gesagt, Wiltu das thuen, Ja nun, im Nahmen des Vatern v. des Sohns vndt des h. Geistes, Amen, Darauf er gar stille worden.

14. July Bericht der von Sandersleben (so zum hofmeister naher Oldißleben verordnet) das Ihre F. Gn. auf der Modoratzen stehend befunden worden, vnd kein Wort von ihr zu bringen gewesen, sondern mit den Henden gezittert, die augen verkehret vndt mit der Hand aufs maul vndt Hertz gewiesen, eine Weile hernach auf die knie gefallen, den 32. psalm zwey mahl gelesen, vndt wider Caspar Schlevogt gesagt, Ich bin verzucket gewesen, aber ein Mensch hats verhindert.

Die eodem, Berichtet Ehr Rinder, Ihre F. Gn. haben sich des Tages vorher gar seltzam erzeiget, da er diese Wort selbst von Ihre F. G. gehöret, Waß hat der Mensch? er hat eine Seele v. Geist. Waß ist die Seele? die ist für sich. Waß ist der Geist? der ist spiritus familiaris. Des morgens den 14. July, ehe man die custodi aufgemachet, ist er mit dem rechten fuß, an welchen die große Kete ligt, aufs gesangbüchlein, so auf die moderatz geleget, getreten, nach dem fenster gesehen, sagende, Waß pravirstu mier viell du toller Teuffell, Ich will dier woll kommen, Waß frage ich nach dier, eine Weile gehorchet, Komme ich Dier, so will ich Dier kommen in Gotes nahmen, Du Hundes u. s. w. Dreymahl gesagt, Waß haben mich deine Kreuter v. Wurtzeln geholffen? Hudel Dich weg Du verlogner Teuffel, hernach eine gute

Weill mit sich selbst Disputiret, daß man nicht hören konnen, was es eygentlich gewesen.

15. July berichtet Ehr Rinder, daß der printz die vergangene nacht biß auf ein vhr allerhand sachen geredet, alß hielte er mit einem sprache v. vnterschidlich angefangen zu ruffen, Macht mier auf, Ich muß hinauß.

16. July Haben Ihre F. Gn. mit dem Knopf an der großen Ketten das schloß weggeschlagen vndt es zu sich in die Hosen gestecket,

22. July früh morgens haben Ihre F. G. angefangen mit sich selbst zu reden, Sihe, hetestu miers nicht können sagen, das es mier also gehen würde? Sihe ich bin miten vnter meinen freunden v. geschicht mir das?

24. July Zwischen 9 v. 10 vhr in der nacht erhebt sich in der custodi ein mechtiger starcker fall, gleichsam alß hette es den printzen Wider die erde geworffen, das die Ketten in die Höhe gesprungen sein, Daruber die Wache aufgefahren vnd Ihre F. Gn. zu ruffen wollen, Da fangen Ihre F. Gn. gleich an, Lecke mich u. s. w. das dich Gotes hundert Taüsent Sacrament, das dich der Hagel v. Donner erschlage, Darauf sich nidergelegt, v. biß an den morgen still gewesen,

29. July haben der von Sandersleben v. Ehr Rinders gehört, das Ihre F. Gn. geredet nicht anders alß wen ihr Zween mit einander frantzösisch Disputirten, auch vnterschiedene reden gehöret, Wie einer proponiret, vndt der ander respondiret, solcher frantzösische Discurß vndt murmelnde antwort auß den Winckel hat noch hora 6 gewehret, Alß vor dem gemach gesungen worden, Got der Vater wohn vns bey, haben Ihre

F. Gn. sobald mit großem eyver v. grimm an die Thüre geworffen.

Den 4. Aug. Berichtet der von Sandersleben, daß Ihre F. G. widerumb mit gantzer macht an den Keten zu arbeiten angefangen, die Kurtze Ketten zerrißen, vndt den Lincken schenckel loß gemachet, nachmalß die Kette mit den fesseln über die achsell geleget, sich hochvermessen, der erste, der hinein kehme, der solte sein sein, vndt sich mit großem grimm über die große Kete hergemacht vndt mit gewalt gerißen v. geschlagen, Auf geschehenes abmahnen mit einem Teller nach Sandersleben geworffen.

Dazumahl haben Ihre F. Gn. gedacht, Diß ding komme alles vom alten Coburger her, Waß demselben Gotfart riethe, das thete er, vndt waß der alte Coburger von Bruder Wilhelmen begehre, Das thete er auch, Bruder Wilhelm ließe sich vom alten Coburger gar zu sehr voppen v. zum narren machen.

7. Augusti Berichtet Nickel Teiner Leutenant, alß er naher Oldißleben auf F. Bevehl kommen, vndt den custodirten printzen errinnerte, das er die zerbrochene Kette vndt feßell von sich geben oder gewertig sein soll, das man derselbe mit gewalt von ihm nehme, habe der printz das F. schreiben selbst gelesen, v. stillschweigend es wider zum Loch heraus geben, die Ketten über der achsell gehabt, vndt gewincket, sie solten nur vom Loch weggehen, sich hingeleget v. geweinet, nach den fenster gewincket v. gelechelt, Darauf Drey personen in rustung neben andern eingefallen, der printz auf der seiten bey der Thür gestanden v. die Kette zum streich gefaßt, auch den ersten so hinein kommen alß Hans Wolfram, auf daß Casquet geschmißen, hernach die andern kommen v. ihm die Kette abgenommen, sie einrichten laßen v. wider angeleget.

Alß sie auf Bevehl den printzen besuchet, hetten sie im schubsack funden, 2 stuck von der Zerbrochenen Ketten, Welches ein gelenck gewesen, 1 Zerbrochenen silbern Leffel, 1 gelb (?) alt carlaken (scharlachenes) Band zu schlißen vndt in der mitte zusammen gestückt, forne ein schleifen Daran gemacht vngefehr ein par ellen Lang, 3 stück von schwartzen neßeln.

Nr. 50.

Extract

der Gütlichen außage Andreas Hatstadts, so Herzog Joh. Friderichs bedient gewesen, 19. Jun. 1627.

1) Er wehre von Ihrer F. Gn. oft nach Arnstadt v. Ohrdruven in die Apoteken geschickt, Kreuter, Wurtzelln vnd andere sachen zu holen, vndt wehren manchmahl neben ihm 3, 4, 5 Boten, ia einstmahls 8 Boten naher Arnstadt gelauffen, dergleichen sachen zuholen, der Apoteker zu Arnstadt hette viel geld v. mehr alß 60 fl. von ihm bekommen, hete auch 7 maß Brandwein, welcher 7 mahl geleutert vndt durchgangen, alß er 6 mahl geleutert, Wehre er noch nicht starck genug gewesen, geholet, Waß Ihre F. Gn. damit gemacht, wiße er nicht, S. F. G. heten die gantze nacht durch gemörselt, Kein mahl vor 1 od 2 vhr sich zur ruhe begeben, es hete wohl kommen mußen, wen er vmb 12 vhr zu bete gangen.

2) Es wehre auch einstmahl ein groß stück eichenholtz von Waymar kommen, daran ein Kerrell genug zu tragen gehabt, Davon heten Ihre F. Gn. Zwey stuck eine quer hand hoch abgeschniten v. ihn damit nach Arnstad geschickt zum Schwerdfeger, der hete mußen 2 Heff-

te auf ein rappier Daraus machen, durchboren vndt abfeilen, also das er in mitag, Da der Zeiger 11 außgeschlagen vndt nicht mehr geklungen, hat er angefangen v. damit gantz v. gar wie sichs gehöret, fertig sein mußen, ehe es habe angefangen 12 zuschlagen, welches auch also geschehen vndt heete er stets Darbey gestanden vndt gegen Ihre F. Gn. hochbethäwren v. schweren müssen, das es also v. auf die masse verrichtet.

3) Einsmahls sey Ihre F. G. naher Ohrdrufen geriten, alß er ihn den Hatstad erst gefraget, Obs einen Scharfrichter alda habe, vndt von demselben einen strick, Daran man die armen Sünder hencket, bekommen, welchen sein Töchterlein von 7 Jahren aufdrehen vndt alles wider zu werck machen, hernach solches wider zu garn spinnen v. auf ein Knaubel fast einer Bindfaden Buchß groß winden v. Ihrer F. G. selbst zustellen müßen, heete es sonst niemand angreiffen dürffen.

4) Ihre F. Gn. wehren oft v. mehrentheils gegen abend weggeriten, heete niemands nachsehen dürffen, sie heeten ihn Hotsted einmahl gefraget, Ob nicht ein Gericht in der nähe währe, das man könte Darzu kommen, er geantwortet, Ja, daß Ohrdruvische, Darauf seine F. Gn. auß v. in die gegend geriten.

5) Ihre F. Gn. wehren einst in der fasten nach mitag vmb 4 vhr von Ichtershausen weg durch die Gera vndt nachm Webicht bey Waymar geriten, Daselbst heete sein des Hotstads Sohn, so bey ihm gewesen im Webicht die gantze nacht mit den pferden halten mußen, Ihre F. Gn. wehren abgestigen v. in die stadt gangen, eine stunde oder drey darinnen verblieben, hernach wider auf v. Davon geriten, Diß heete er von dem iungen, so numehr verstorben, gehöret, vndt das er gesaget, sie reiten ihrer Zween nach, Dieselbe aber wolten ihme nicht aufstoßen, aufm Wege heeten Ihre F. Gn. gesagt, Si-

he du huren Sohn, dein Schelmischer Vater ist schon voran zu Waymar gewesen v. hat es verrathen, er macht mier meine sachen alle linck, wen ich heim komme, will ich ihn erschießen.

6) Wie er hotstad von dem iungen verstanden, heeten s. fürstl. Gn. Abraham den Pagen zu Amsterdam tod gemacht.

7) Er hotstadt habe neben dem Reitschmied Jacoben vndt dem iungen an das Erfurdische gericht in der nacht vmb 8 vhr reiten vndt einen Diebs Kopf holen müßen, also das er (der printz) Denselben morgens vmb 8 vhr gewiß in seine Hende bekehme, Welches sie gethan, den iungen mit einem seil hinaufgezogen, mit einem plotz den Kopf abgehawen, Welches gegen morgen geschehen, Die pferde heeten sich zerschrien, nicht stehen wollen, do wehre ein leben vnter den galgen gewesen, alß wens Lauter Teuffell wehren, der Kopf heete nicht auf die erden kommen dürffen, die Zeit wehre Ihrer F. Gn. solang darnach gewesen, das sie ihnen auf dem Wege entgegen kommen, den Kopf besehen, v. mit nach Ichtershausen genommen, Waß sie Damit gemacht, wiße er nicht.

8) Es lige einer zu Eischleben begraben, den s. F. Gn. erschoßen, soll ein langer Kerrell gewesen sein, Wie die sage, heete er den Schößer von Ichtershausen außkundschafften sollen, v. es nicht gethan, Ihre F. Gn. heten selbst ins Dorf angesaget, Draußen lege einer, wehre todt, solten ihn begraben, das pferd habe bey dem cörper gestanden.

9) Auf Ihre F. G. Bevehl heete er von Holtzhausen ein trechtig schaf holen mußen, v. Daßelbe mit einem schlachtmeßer aufschneiden, Ihre F. G. heeten es hinten beyn Beinen v. der iunge forn gehalten, das schaf heete mussen zeitig sein, das es fast in der geburt, das Lamb

heeten Ihre F. Gn. selbst heraus genommen, in aller Teufel nahmen mit dem netz, wie es gelegen, mit der Lincken Hand bein förderbeinen gehalten, das netz abgestrichen, v. mit einem Lorberbawm, den er zu Ohrdruf im schloß geholet, gepeitzschet, hernach in die stube getragen, in der hellen an die wand mit allen vier Beinen angenagelt, vndt es mit dem höltzern meßer aufm Kopf geschlagen, biß es gestorben, es heete lang an der Wand noch gelebet, hernach mit dem schlachtmeßer aufgeschnitten, vndt ihn hotstedt Draußen verwarten heißen, Was er Damit gemachet, wisse er nicht, das schaff aber heete er müßen außschlachten, das heeten S. F. G. ganz allein geßen, Wohl ein 14 tag sich Damit beholfen, heeten es mußen braten v. Kochen.

Nr. 51.

De Johanne Friderico IVto (?), Duce Saxoniae, Vinariae *misera morte trucidato* Ao. 1628. Casus tragicus. [1])

Novembr. die 9. Jllustrissimi soli me accersebant in conclave suum, significantes 1. Joh. Fridericum Principem Vinar. *in impietate iam esse defunctum, cum pridie interrogatus, an adhuc Satanae se mancipasset? responderet, omnino, et quidem sangvinis subscriptione: inventus fuit altero die pronus facie sua in terra decumbens in latere altero cruore suffusus et quidem compressus.* 2. Consilium petebant, quid faciendum? an 1. ceremonialiter sepeliri deberet? 2. an haec dissimulan-

1) Zwei Abschriften lesen: Casus practicus.

simulanda [2])? Electorem iam consuluisse ad petitum 1. non [3]) esse honorifice sepeliendum; (ad) 2. publice pro concione populo significandum, quod aegrotaret, et postea moreretur. Respondi humiliter (ad) 1. hoc esse certum apud Theologos, quod manifeste impius et [4]) in impietate moriens honesta sepultura christianorum sit privandus; quia non amplius christianus, sed diaboli mancipium et ab omnibus christianis vt in vita, etiam in morte separandum; dein hoc esse contra hodiernum statum, et tanta impietas monstrumque nulla memoria dignum; quin imo [5]) si ceremonialiter sepeliretur, publice esse dicendum de ipsius vita et statu diabolico: hoc esse toti familiae potius dolori, inimicis, si qui sint [6]), risui et divulgationi: vel dissimulandum, quod mendacii suspicione et reprehensione non vacaret. Consultissimum ergo (est) [7]), vt *in loco obscuro terrae corpus maledictum demandetur*, ne Satanas aliis [8]) suis spectris, quod agat, habeat.

Ad 2. et hoc probe esse considerandum; nam publice si quid nuncietur populo de morbo, forte multos nosse, quod iam tum et fere ante tres hebdomades fuerit mortuus, tum etiam esse hoc contra Principum Vinariensium intentionem, *qui omnia volunt esse occulta et minime divulganda;* et fortasse Electorem Celsissimum latere [9]), quod praeter spem obitus ipsius infelix et impius iam sit [10]) cognitus: Esse itaque hoc altiori conside-

---

2) Die von Lichtenberg'sche Abschrift liest differendum (a). 3) Dieselbe l. et ohne Negation. 4) Dieselbe läßt impius et weg. 5) Dieselbe l. Primum. 6) Dies. l. siquidem esse. 7) Dies. l. esse. 8) Diese l. alias cum. 9) Dies. l. ignorasse. 10) Dies. fügt multis hinzu.

T

rationi Vinar. Coburg. et Eisen. (Principum) committendum. Annuerunt Principes et concluserunt, scribendum Electoris consilium prius merito esse acceptandum, posterius cum Coburg. et Eisenac. (Principibus) communicandum: et nisi omnimode [11]) suffragari possent, excusatio [12]) Electori ableganda. Hoc et succurrit: si in concionibus deberet [13]) pro ipso quasi aegroto rogari [14]), ut converteretur, so wär's ein Spiegelfechten, frustranea [15]) esset precatio, und [16]) were nit thunlich, daß man mit dem Gebet so spielen wolte: quia iam dudum in impietate esset [17]) mortuus di(xi).

Manus Dr. *Henrici Eccardi*,
Superint. Altenburg.

---

11) Dies. l. cui itaque. 12) Dies. läßt excusatio weg. 13) Dies. l. duraret (?) 14) Dies. l. praecari. 15) Dies. l. contraria. 16) Dies. l. oder. 17) Dies. l. est.

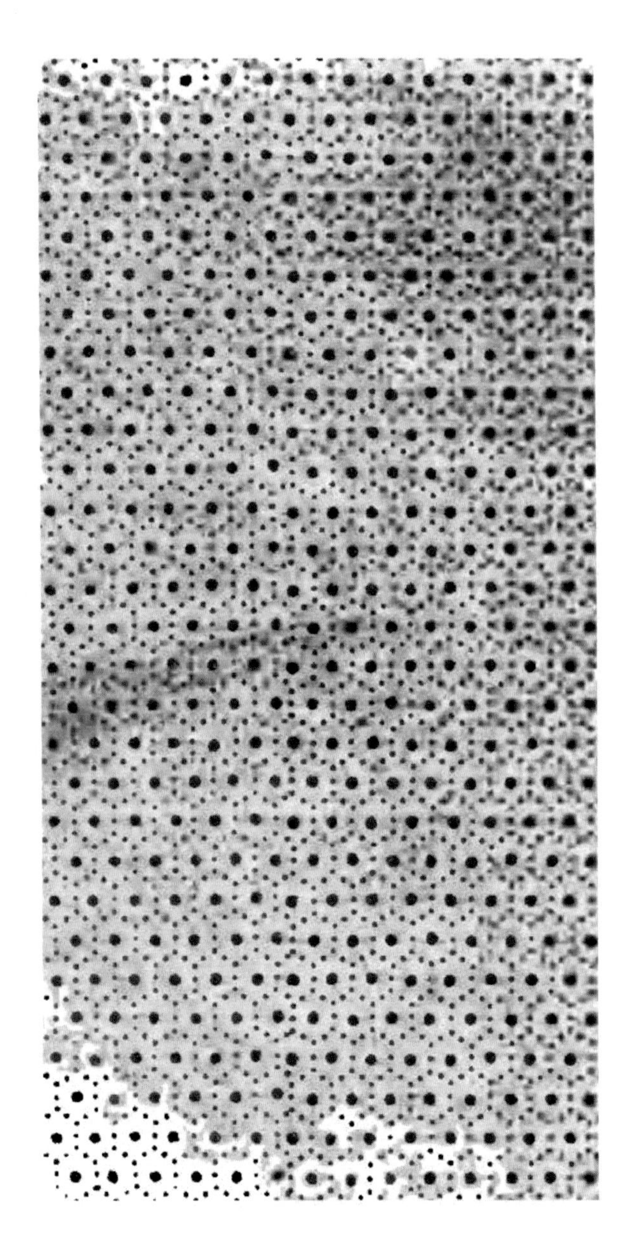